POUR ME SAUVER

Images de couverture :
© iStock / 35007
© Shutterstock / Peangdao
© Shutterstock / Nikkolia
Couverture : Marion Rosière et Camille Decoster

34-36 rue La Pérouse
75116 Paris
Collection dirigée par Franck Spengler
Ouvrage dirigé par Camille Léonard

Dépôt légal : septembre 2021
ISBN : 9782755639902
Imprimé en Espagne par Liber Dùplex

KALYPSO CALDIN

POUR ME SAUVER

Hugo Poche

NEW ROMANCE®

À ma petite sœur Camille,
qui a promis d'acheter ce livre,
et non de me le taxer.
Si tu l'as entre les mains,
tu as tenu parole, bien joué.
Maintenant referme-le,
tu n'es pas prête pour ça…

CHAPITRE 1

SYDNEY

Les images de cette horrible nuit continuaient de m'assaillir, même après quatre ans. Elles étaient particulièrement virulentes ce jour-là, tournoyant dans mon esprit, menaçant de me happer dans un océan de terreur.

Certains matins, je me réveillais avec la certitude que les prochaines heures seraient un calvaire. Je me trompais rarement. L'habitude, sans doute. Et, en effet, toute la journée je luttais contre les fourmis dans mes jambes, contre l'engourdissement imminent de mes mains et de mes bras. Mon corps se rebellait, se rappelait, il me trahissait. Le vide émotionnel avec lequel je vivais depuis le soir du drame se remplissait soudain de sentiments néfastes et étouffants. Il paraît que ça arrive souvent après une période de coma. Sous l'assaut des souvenirs violents, je perdais brusquement toute sensation physique, comme si je replongeais dans le sommeil.

Pour contrer ce mécanisme de défense incontrôlable, je courais. Je courais jusqu'à ce que la brûlure de l'effort dans mes mollets, mes cuisses et mes poumons chasse ce sentiment de paralysie qui me submergeait. Jusqu'à ce que les émotions destructrices qui montaient en moi se trouvent anesthésiées. Ironique, quand on sait à quel point je devais lutter pour éprouver ne serait-ce que l'ombre d'un sentiment à d'autres moments.

Ce soir-là, huit kilomètres avaient à peine suffi à m'apporter l'apaisement que je recherchais. J'accélérai à travers la campagne, piquant un sprint sur le chemin de terre éclairé par la lueur du crépuscule. Ma cage thoracique était à deux doigts d'exploser, mais c'était le but. J'avais besoin que la douleur me ramène à la réalité.

En nage, les membres en compote, je m'arrêtai devant le bar de mon paternel. Je pris quelques minutes pour souffler. Ma gorge m'élançait, et une quinte de toux me secoua. Je me sentais cependant soulagée, enfin libérée de ma léthargie.

J'habitais Lexington depuis trois semaines et j'avais remarqué que ma « faiblesse » s'y accroissait. Il fallait que je trouve de quoi m'occuper l'esprit. Déjà, les cauchemars revenaient. Comme à New York, à Charleston et à Richmond. Ce qui m'empêchait de sombrer, c'était de jouer avec les émotions des autres pour forcer les miennes à s'extirper de l'obscurité. Ça pouvait paraître grotesque, voire cruel, mais j'en avais trop bavé pour éprouver des remords.

– Salut, Sydney, s'exclama un type en sortant du bâtiment. Beau coucher de soleil. Tu as bien raison d'en avoir profité pour aller courir.

– En effet…

– Passe le bonsoir à ton père, il était occupé quand je suis parti.

– Ce sera fait.

L'homme rejoignit sa moto parmi celles garées sur le parking. Détournant mon regard, je levai les yeux vers la lueur clignotante du néon sur la façade du bâtiment. Les mots « Chez Ben » repoussaient la nuit. Ils se voyaient de loin ; c'était sans doute la raison pour laquelle l'établissement attirait autant de monde.

Je franchis les portes et tombai nez à nez avec mon antipathique (et trop jeune) belle-mère, qui ne dissimula pas une grimace de dégoût en me détaillant.

– Tu es encore allée courir ? me demanda-t-elle du haut de ses talons aiguilles.

– Il faut bien préserver ce corps de rêve. Mon père est dans le coin ?

– Il discute.

La jeune et jolie blonde décida que je ne méritais pas davantage d'attention et s'éloigna. Je me coulai jusqu'au bar pour y trouver Ryan, l'étudiant qui bossait ici à temps partiel. J'avais hésité à le choisir pour commencer une partie de « Lover Game ».

Mais il s'était avéré que ce gentil garçon n'était pas le candidat idéal. Il lui manquait une touche de dangerosité. Plus mes cibles étaient complexes, meilleur était le jeu.

– Il me faut une bouteille de vodka pour me réhydrater, lui lançai-je.

– Tu veux que je me fasse tuer par ton père ? Je tiens à mon job et à ma vie. Bois ça, plutôt.

Il posa une malheureuse bouteille d'eau devant moi. Puisque ma trachée me suppliait, je décidai de m'en contenter, mais de ne pas oublier cet affront.

– Un jour, tu regretteras de ne jamais me servir d'alcool, assenai-je à Ryan.

– Un jour, tu auras vingt et un ans et à partir de là, tu feras ce que tu veux.

Il m'adressa un sourire moqueur, avant de fixer un point derrière mon épaule.

– Et voilà, ça recommence. C'est la seconde partie de la soirée.

Je suivis son regard pour découvrir qu'une fille aux longs cheveux noirs et au visage couvert de piercings venait de grimper sur une table.

– On cherche un dernier joueur pour un tournoi de fléchettes, cria-t-elle. On joue par équipes de deux et les perdants paient une tournée générale !

– Moi ! répondis-je du tac au tac en levant la main.

L'avantage d'être dans un bar de bikers, c'était qu'ici, la plupart des clients savaient s'amuser.

Et parier.

– Tu devrais aller prendre une douche avant de te jeter tête baissée dans la bataille.

– Merci du conseil, Ryan.

Je bondis de mon tabouret et traversai la grande salle.

– C'est cool que tu veuilles participer, Nojan est tout seul, m'informa la gothique quand je la rejoignis.

– Putain, Terry, gronda le jeune homme en question, je t'ai dit que je ne voulais pas jouer.

Il posa ses yeux abyssaux ourlés de longs cils noirs sur moi.

Nojan…

On avait quelques cours en commun. Je passais la plupart d'entre eux à le mater plus que de raison. Il faut dire qu'il était à tomber. Une masse de cheveux noirs et bouclés encadrait son visage aux traits durs et soulignait la couleur caramel de sa peau. En plus d'une intensité particulière dans le regard, il possédait des lèvres pleines qui esquissaient rarement des sourires, sans que cela ne ternisse le charme de leur propriétaire.

Je le saluait aussitôt de la main, histoire de lui donner l'exemple. Nullement atteint par mon exceptionnelle courtoisie, il se contenta de froncer les sourcils et de me mater. Zut. Peut-être aurait-il fallu que je suive le conseil de Ryan et que je file prendre une douche et me changer avant de m'attarder au bar ? Je portais une de ces tenues immondes de sport qu'on enfile au lycée : un minishort vert et un tee-shirt avec le numéro 13.

– Jouez sans moi, finit par lâcher Nojan en se détournant. J'ai envie d'avoir la paix.

– Celui qui se défile paie la tournée, insista Terry. Allez, ça va être cool ! Une seule partie.

– Tu as la frousse, je comprends, intervins-je, faussement désolée. Ce n'est pas une honte de ne pas savoir jouer aux fléchettes et d'avoir peur de le montrer.

Terry me glissa un coup d'œil incertain, tandis qu'un sourire froid éclairait le visage de Nojan. Avant qu'il puisse rétorquer quoi que ce soit, j'ajoutai :

– Pas grave, je vais trouver quelqu'un à la hauteur.

– À la hauteur ?

– Clairement. Continue de bouder dans ton coin, ce n'est rien.

Ce type n'allait pas me priver d'une chance de rendre cette journée merdique beaucoup plus excitante.

– Tu te penses à la hauteur, toi ? demanda-t-il alors.

– Je suis plutôt bonne tireuse.

– Ben voyons. Tu n'as rien d'autre à faire ? Genre, te laver ? Tu pues la sueur à des kilomètres.

– Stratégie de défense, c'est pour déconcerter l'ennemi. Tu m'excuses ? Je vais chercher un coéquipier. C'est qui, là-bas ? Il a l'air d'en avoir dans le pantalon, lui.

Je pointai du doigt un molosse au visage patibulaire couvert de cicatrices. Il traînait avec une bande de mecs archi-louches qui auraient pu appartenir à un gang.

– Tu vas lui demander de jouer avec toi ? grimaça Terry. Tu es sûre ?

– Ouais.

– On dirait des psychopathes.

– Avec un peu de chance, je ne finirai pas dans le ravin le plus proche. Allez, j'y vais…

Un bruit de chaise frottant le parquet nous poussa à nous retourner. Nojan venait de se lever.

– Une seule partie, après vous me laissez tranquille.

– Promis ! s'exclama la gothique.

Sans cesser de me dévisager, Nojan tendit la main pour que son amie lui donne les fléchettes. La jeune femme cria à la cantonade :

– C'est bon, on est au complet ! On peut commencer.

Elle s'éloigna ensuite pour distribuer les autres fléchettes, me laissant seule avec mon équipier. Ce dernier ronchonna à mon intention :

– Tu as de quoi payer si on perd ?

– Et toi ?

– Ils peuvent tous aller se faire foutre.

Charmant.

– Attends, j'ai de quoi te détendre, lançai-je. Écoute bien : c'est un type qui entre dans un bar sur les mains. Son pote lui demande pourquoi. À ton avis, qu'est-ce qu'il répond ?

Nojan m'observa comme si je débarquais d'une autre planète. Au bout de quelques secondes, il haussa les épaules, toujours aussi morose.

– Aucune idée.

– Oh, allez, réfléchis, tout le monde connaît cette blague.

– Je suis là pour jouer, pas pour t'écouter parler.

– Tu devrais tout de même songer à t'acheter un sens de l'humour.

– Et toi, un bon savon.

– J'en ai déjà un, il s'appelle « Coco des tropiques sous l'orage ». Si tu me suis dans ma salle de bains après cette partie, je te le montrerai. Au fait, moi, c'est Sydney.

– Qu'est-ce qui te fait croire que je te suivrais où que ce soit ?

– Mon instinct.

– Ton instinct est aussi pourri que tes blagues.

Je croisai les bras sur ma poitrine, outrée.

– Pas aussi pourri que ta bonne humeur.

Je n'avais jamais vu quelqu'un d'aussi fermé… Mais je m'entêtai :

– Tu as des yeux superbes, on te l'a déjà dit ?

En guise de réponse, Nojan me tendit les trois fléchettes de couleur rouge.

– Prends le premier tour.

– À vos ordres, capitaine !

– Je reviens.

Il me contourna, et je compris qu'il s'apprêtait à m'abandonner lâchement. Je me plantai devant lui pour lui barrer le passage.

– Alors là, beau gosse, tu rêves ! m'insurgeai-je. Je vois très bien ce que tu essaies de faire, et tu ne m'auras pas aussi facilement.

– Je ne rêve pas beaucoup, rétorqua-t-il. Mon truc, ces temps-ci, c'est plutôt les cauchemars.

Déjà un point en commun...

– N'essaie pas de te défiler.

Il avança jusqu'à ce que ma poitrine touche son torse.

– Sinon quoi ?

– Je te traquerai jusqu'au bout du monde. Tes cauchemars ne seront rien à côté de moi, je t'assure. Alors, reste ici.

Il me fixa du regard, longtemps, sans que je parvienne à déchiffrer ses émotions. Puis il lâcha :

– On verra bien si c'est vrai. Pousse-toi.

Les menaces semblaient fonctionner moyennement sur lui, alors je changeai de stratégie.

– Écoute, je te propose un truc : si on perd aux fléchettes, tu n'auras rien à payer. Je connais le patron, il est sympa avec moi.

À sa mine, je devinai que Nojan se retenait de céder à l'agacement et de donner un grand coup de poing dans le mur. Dans le genre « ténébreux », il décrochait la palme d'or.

– Tu connais le patron ?

– Comme si c'était un membre de ma famille, minaudai-je.

Il haussa un sourcil, et j'insistai :

– Ne fais pas ta flipette, Nojan chéri. Joue avec moi !

– « Nojan chéri » ?

Il éclata d'un rire qui manquait cruellement de joie.

– J'essaie de flirter avec toi pour te convaincre de rester, soufflai-je en posant une main sur son torse. Est-ce que ça fonctionne ?

Je priai pour qu'il me réponde oui. Ses lèvres dessinées à la perfection me suppliaient de les dévorer et son parfum me…

– Pas vraiment. Bouge de là, je vais pisser, OK ?

Il me poussa et s'enfonça dans la foule. Terry s'approcha de moi, l'air désolé.

– Ce n'est sans doute pas le meilleur équipier qui soit, mais c'est quelqu'un de bien, même si… on ne dirait pas.

– Qu'est-ce qu'il a ? Pourquoi il est comme ça ?

– Tu débarques, toi ? Avant, il venait ici tout le temps avec son frangin et quand on organisait des tournois de ce genre, il se mettait avec lui. Ne le prends pas pour toi s'il est désagréable.

– Terry ! C'est ton tour.

– Oups, je dois y aller ! Vous passez en dernier, Nojan et toi, alors fais en sorte qu'il soit revenu d'ici là.

La jeune femme me planta là pour se placer à trois mètres de la cible. La première fléchette qu'elle tira atterrit dans le dix, la deuxième dans le vingt et la dernière dans la zone noire. Trente points d'un coup, ce n'était pas si mal. Un garçon à la crête verte la prit dans ses bras et la souleva de terre en lui volant un baiser.

Au bout de cinq minutes sans nouvelles de Nojan, je décidai de prendre les devants : je filai en direction des toilettes des hommes.

– Je savais que tu te débinerais, me moquai-je en découvrant Nojan appuyé contre les lavabos.

Il ricana sans lever les yeux de son téléphone.

– C'est chez les mecs, ici.

– C'est surtout chez moi. Enfin, chez mon père.

Cette fois, Nojan me regarda.

– Chez ton père ?

– Ouais, Ben Blair.

– Attends… il a une fille ?

– Je t'ai dit qu'on se connaissait bien, lui et moi.

Mon équipier prit le temps de me détailler des pieds à la tête.

– Ben a une gosse… Qui l'aurait cru ?

– La vie est pleine de surprises, que veux-tu ? Allez, dépêche-toi, ça va être notre tour.

– Et si je n'ai pas envie de jouer à ton jeu merdique ?

– Mon jeu ? Tu te trompes, Nojan chéri. Mon jeu n'a pas commencé. Et si tu continues à me défier de la sorte, tu risques d'être entraîné dedans à tes dépens.

Il se décolla des lavabos pour m'approcher avec la démarche d'un prédateur. Quand il me dépassa, son parfum boisé emplit mes narines, réveillant en moi un brusque besoin de le toucher.

– Va te faire voir, Boucle d'or, me lança-t-il.

– « Boucle d'or », comme c'est original. Tu cherches à te venger pour le surnom que je t'ai donné ?

– Devine.

– Si tu ne joues pas, je te jure de cracher dans chacun des verres qu'on te servira ici jusqu'à ce que mort s'ensuive.

D'accord, niveau chantage, j'avais déjà fait mieux.

Sur le pas de la porte, Nojan se retourna avec brusquerie.

– On n'a pas besoin d'être en équipe pour jouer aux fléchettes. Arrête de me prendre la tête.

– Sinon quoi ?

Des tas de scénarios me traversaient l'esprit, tous plus sanglants les uns que les autres. Sans doute était-ce une mauvaise idée de défier un type aussi musclé et aussi… pfiou, ce qu'il était sexy ! Il dégageait une énergie sauvage qui me fascinait.

– De quoi as-tu peur ? continuai-je.

Dans son dos, Terry battit des bras dans notre direction et hurla :

– C'est à vous !

Nojan me prit les fléchettes des mains en me lançant :

– Ça fait bien longtemps que je n'ai plus peur de grand-chose.

– Prouve-le.

Il grimaça et se dirigea vers la cible.

– Je préfère ça, approuvai-je. On va former un duo d'enfer toi et moi. Tu verras, tu ne regretteras pas de t'être pris au jeu.

Il se figea si brusquement que je faillis lui rentrer dedans.

– Qu'est-ce que tu as dit ? me demanda-t-il.

– Qu'on allait former un duo d'enfer. Pourquoi tu fais cette tête ?

Une lueur brillait dans ses yeux. De l'amusement ? de la tristesse ? de la colère ? Ou bien les trois à la fois ? Ce type était si compliqué que ça me paraissait tout à fait possible.

– Quelqu'un que je connaissais bien me disait ça tout le temps, m'avoua-t-il. Viens, plus vite ce sera fini, plus vite je pourrai me barrer.

Il tira deux flèches dans le vingt sans la moindre difficulté, puis me laissa jouer la dernière.

– Treize ? Pas mal, Boucle d'or.

– Tu vois, ma stratégie fonctionne. Avec l'odeur de transpiration que je dégage, on va leur botter les fesses.

Si Nojan semblait toujours aussi taciturne, il avait l'air moins à cran.

Dès que notre tour fut passé, il s'installa à une table vide en retrait, et consulta nerveusement son écran de téléphone.

– Tu attends quelqu'un ? devinai-je.

Il soupira pour toute réponse.

– Et si on rendait les choses plus intéressantes, Nojan chéri ? lui proposai-je. Lors du prochain tour, on tire une fléchette chacun. Celui qui fait le plus gros score paie un verre à l'autre.

– C'est déjà l'enjeu général, je te signale.

– Oui, mais là, ça se jouera entre toi et moi. Qu'en dis-tu ?

– Qu'est-ce que j'y gagne ?

– De l'amusement ? Ne le prends pas mal, mais tu as l'air d'avoir besoin de t'éclater. À moins que tu aies peur de perdre contre moi ? Ce qui serait légitime.

– Très bien, Boucle d'or. Tu l'auras voulu.

Il se leva, attrapa les fléchettes au milieu de la table et se dirigea vers la cible. Notre tour arriva. Imperméable aux encouragements autour de lui et à l'excitation évidente de Terry, il tira le premier.

Un vingt qui comptait triple.

Consciente que je ne parviendrais pas à faire mieux en un seul lancer, je ne pus réprimer une grimace. Je venais de me faire avoir.

– Nojan est l'un des meilleurs joueurs de la bande, m'annonça le garçon avec la crête verte sur la tête. Quand il faisait équipe avec Joram, on n'avait aucune chance face à eux. Tu as du bol d'être avec lui.

– Joram ?

– Son frère jumeau.

Voyant que Nojan s'apprêtait à me rejoindre, je demandai rapidement à mon interlocuteur :

– Attends, s'il est si bon que ça, pourquoi personne n'a voulu se mettre avec lui ?

Crête Verte pouffa.

– Parce que d'habitude il se fout de la victoire, ce n'est pas une valeur sûre de le choisir. Ce soir, il a l'air bien décidé à gagner, cela dit… Tu as de la chance.

Sur ce, Nojan arriva près de moi.

– Sauf si tu fais un triple vingt, tu me dois un verre, ricana-t-il.

Avec toute la dignité que je pus rassembler, je tirai à mon tour. Mon score de trois fit rire la moitié de la bande.

Génial.

En coulant un coup d'œil discret à Nojan, je remarquai sur ses lèvres un petit sourire en coin qui en disait long. Il appréciait de me rabattre le caquet…

Je reportai mon attention sur la cible, déçue. Deux mains se posèrent alors sur mes épaules.

– Je te laisse tirer la dernière fléchette, me chuchota Nojan. Considère ça comme une fleur.

Je tentai d'ignorer les frissons agréables que me procurait le contact des paumes de mon équipier, préférant me concentrer sur les sensations que m'apportait cette partie de fléchettes. Celles pour lesquelles j'avais décidé de jouer. L'euphorie et l'excitation du défi que je m'étais lancé accéléraient les battements de mon cœur.

Je devais montrer de quoi j'étais capable.

Je devais gagner cette partie, et effacer le sourire narquois de la belle frimousse de Nojan.

Je pris une grande inspiration, me concentrant sur la cible.

– Fais le vide dans ton esprit, murmura le jeune homme.

Quelle ironie. Le vide, je nageais dedans depuis des années. C'était justement pour lui échapper que je jouais. La clef, c'était de laisser le besoin de gagner me submerger, emplir la vacuité de mon être.

Je tirai.

Une explosion de hurlements retentit autour de moi lorsque la fléchette atteignit le centre de la cible. Cinquante points d'un coup. Le genre de truc qui m'arrivait une fois sur cent.

Un sourire stupide étira mes lèvres.

– Pas mal, mais tu as quand même perdu, Boucle d'or.

– Très bien. Le prochain tour, on ne parie pas un verre, mais dix dollars.

– Tu es sûre de toi ?

– Certaine.

Une demi-heure plus tard, je devais trente billets à Nojan, mais nous remportions la partie haut la main face aux autres duos. Je jubilais, savourais cette soirée. Bientôt, le vide reviendrait, alors autant profiter des moments que je lui volais.

– Tiens, tu t'achèteras le sens de l'humour que j'ai vu en promo à la boutique du coin de la rue, dis-je en tendant à Nojan l'argent promis.

– Je me tâte à te laisser la thune pour que tu puisses t'offrir un cerveau.

Il me salua de la main, puis s'éloigna jusqu'à une table libre au bout de la salle. J'hésitai un instant entre le laisser tranquille et le gratifier un peu plus longtemps de ma charmante présence. J'optai rapidement pour la seconde option. Nojan possédait ce petit côté aventureux que j'aimais chez les garçons. Bien décidée à m'amuser encore, je le rejoignis. Sans la moindre grâce, je me laissai tomber sur la chaise qui faisait face à la sienne.

– Encore toi ? souffla-t-il en levant les yeux au ciel.

– Que dit Dracula en entrant dans un bar ?

– Tu devrais t'en aller.

Il posa lentement sa bière sur la table. Devant son manque flagrant de réaction, je soupirai.

– Tiens, j'irais bien boire un cou. Un cou, C.O.U. Tu vois ?

Avant que Nojan puisse répondre, ma belle-mère se planta près de nous, envoyant un sourire lumineux à mon interlocuteur.

– Si cette fille t'importune, je peux l'envoyer dans sa chambre. Son père ne veut pas qu'elle traîne ici trop longtemps.

– Comme si tu possédais le moindre droit sur moi. Tu veux bien aller voir ailleurs si j'y suis, Jenna ?

– Je suis censé compter les points ? demanda Nojan d'une voix cassante.

– Non, ma belle-mère s'en va. Pas vrai ? Regarde, la table trois a besoin de toi.

Jenna suivit mon regard, m'envoya un coup d'œil courroucé et décida de nous laisser.

– Ne te frotte pas à elle, embrayai-je à l'attention de Nojan. Elle a des MST et probablement la lèpre. Et c'est une garce.

Les bras parfaits du jeune homme se contractèrent quand il se pencha en avant, les coudes appuyés sur la table.

– Et toi, tu n'en es pas une, peut-être ?

– Non, je suis tout ce qu'il y a de plus adorable. En plus, je suis saine. Tu peux m'essayer, si tu veux.

Ma remarque eut le don de dérider Nojan.

– J'ai d'autres projets pour ce soir et elle s'appelle Lauren, me révéla-t-il.

– Zut ! Une petite copine ?

Il grimaça.

– Pas vraiment.

– Cool, j'ai encore toutes mes chances.

– De quoi ?

– De te séduire.

Je posai mes chevilles sur la table, la tête renversée en arrière, la poitrine excessivement mise en valeur. Mon micro-tee-shirt m'aidait beaucoup pour ce dernier détail.

Nojan fit glisser sur moi un regard indifférent.

– Pourquoi tu n'aimes pas Jenna ? me demanda-t-il.

Ce bref élan d'intérêt me surprit.

– Je la soupçonne d'avoir épousé mon père pour le blé, lui répondis-je.

Il suivit Jenna du regard, la mine pensive, et grommela :

– Elle a toujours aimé les mecs plus âgés qu'elle.

– Tu la connais bien ?

Il haussa les épaules.

– De vue. Elle est arrivée à l'époque où j'entrais au lycée. Avant de travailler au bar, elle a bossé dans un snack juste à côté.

Je tendis la main pour attraper le verre de Nojan.

– Pour ma défense, soulignai-je en buvant une gorgée de sa bière, elle ne m'apprécie pas non plus.

– On se demande bien pourquoi.

– Essayerais-tu de me vexer, Nojan chéri ?

Silencieux, il se contenta de reprendre sa boisson. Je continuai sur ma lancée :

– C'est qui, Lauren ?

– Mon plan cul. Je dois passer la voir ce soir…

Il me sonda, comme s'il cherchait à évaluer ma réaction.

– Charmant. Tu es sûr que tu ne préférerais pas passer la nuit avec moi ?

– Je ne fais pas dans le détournement de mineur.

– Ça tombe bien, j'ai dix-neuf ans. Et toi ?

– Mes potes arrivent, tu devrais te barrer.

– Ce ne sont pas tes potes, eux ? demandai-je en montrant la bande à Terry.

– Pas vraiment, il m'arrive de traîner avec eux, c'est tout. Allez, fous le camp, Boucle d'or.

– Tu veux réellement que je m'en aille ? C'était cool ce soir, non ?

Nojan poussa un long soupir, les yeux fermés.

– Je ne suis plus d'humeur, là…

– Très bien, je m'en vais. Mais je sens que ces prochains jours, on va bien s'amuser…

– S'amuser à quoi ?

Je me levai et me penchai doucement vers lui par-dessus la table. Il resta soigneusement impassible quand mes lèvres frôlèrent sa joue, même si je sentis un muscle de sa mâchoire tressaillir.

– Au chat et à la souris, lui soufflai-je à l'oreille.

– Vraiment ? rétorqua-t-il. Et qui est le chat ?

– Devine.

Son regard s'arrêta sur ma bouche, avant de remonter et de plonger dans le mien. À son tour, il avança son visage de façon à frôler mes lèvres.

– Tu sais ce que je fais aux souris ?

– Tu les manges ? minaudai-je.

Pour la première fois de la soirée, un rire sincère lui échappa.

– Ouais, Boucle d'or. Je les bouffe tout cru.

– J'ai hâte que ce soit mon tour, alors.

– Eh, Nojan ! le héla quelqu'un à cet instant.

Cette intrusion mit un terme à notre petit flirt. D'un bond, je me rassis tandis que deux types et une fille approchaient de notre table.

– Surprise ! jubila la belle demoiselle aux cheveux platine. J'espère que tu es content de me voir, bébé.

Lauren, probablement.

– Qu'est-ce que tu fous ici ?

Sans se formaliser du ton agressif de Nojan, la blondinette s'installa sur ses genoux, lui crocheta la nuque et enfonça sa langue dans sa bouche. Je dus me racler la gorge trois fois avant qu'elle se rende compte de ma présence.

– Tu veux quoi, toi ? Tu es la serveuse ? Va nous chercher à boire.

– Combien de blondes faut-il pour changer une ampoule ? me contentai-je de lui demander.

Le mépris tordit sa bouche.

– C'est quoi ton problème ? Je ne pensais pas qu'on faisait entrer les attardées mentales ici.

– Bien sûr que si. La preuve, tu es là, *bébé*.

– Tu vas la laisser me traiter comme ça ? râla-t-elle à l'attention de Nojan.

– Arrête, Lauren.

– Mais, c'est elle !

Nojan ne me quittait pas des yeux, le coin de ses lèvres légèrement retroussé. Je m'éloignai pour le laisser avec sa copine, mais il me héla.

– Boucle d'or !

– Oui ?

– Tu es blonde, me fit-il très justement remarquer.

– Je sais. J'espère que ça m'aidera à pécho un certain mec aux abdos bien trop sexys. Bonne soirée. Surtout à toi, *bébé*, ricanai-je en jetant un dernier coup d'œil à Lauren.

La tête haute, la démarche faussement assurée, je traversai le bar. Derrière moi, j'entendis la blonde demander à Nojan pourquoi il m'avait appelée « Boucle d'or ». À mon plus grand contentement, il répondit :

– On n'est pas en couple, toi et moi, que je sache. Arrête de me prendre la tête.

Je me précipitai derrière le comptoir pour me servir un verre de vodka pure. Mais avant que je puisse boire, mon père se matérialisa devant moi et m'arracha le breuvage des mains.

– Hé, je viens de me prendre un râteau ! protestai-je.

– Si tu ne veux pas un coup de pelle en plus, ne bois jamais. Même quand tu auras plus de vingt et un ans, je te préviens.

– Papounet, la plupart des jeunes que tu sers ici ne sont pas majeurs. D'ailleurs, celui qui est là-bas, Nojan, il a quel âge ?

Le visage de mon père se ferma.

– Sydney…

– Allez, dis-le moi !

– Il a vingt ans.

– Tu vois ! Lui, tu lui sers de la bière !

– Mais lui, ce n'est pas mon fils.

Il fronça les sourcils.

– Vous avez passé la soirée ensemble ? demanda-t-il brusquement.

– Peut-être bien.

– C'est surprenant.

– Pourquoi ?

Il lança un bref coup d'œil à Nojan et haussa les épaules.

– Pour rien.

Je chipai un bol de cacahuètes sur le comptoir.

– Bien sûr, oui, je te crois. Bon, moi, je monte réviser.

– Ça, c'est une phrase que j'aime bien.

– À plus.

L'étage au-dessus du bar était réservé à la famille : c'était là que je vivais depuis mon arrivée à Lexington. Une fois dans ma chambre, je sortis mon téléphone et envoyai un SMS à la fille que j'avais choisie comme meilleure amie dans ma nouvelle ville.

Coucou Violette, j'ai parlé avec un mec
hyper sexy ce soir. Il s'appelle Nojan,
tu le connais ?

Elle me répondit pendant que j'ouvrais mon livre de littérature.

Vaguement.

Mon amie était arrivée cet été à Lexington et avait travaillé pour mon père pendant un mois, avant d'entrer à la fac. Son niveau de sociabilité n'atteignait pas des sommets, elle préférait lire et bosser dans son coin. J'insistai tout de même, décidée à grappiller la moindre information disponible, et demandai :

Tu sais quoi sur lui ?

Que c'est un con.
Et qu'il est en deuxième année.
Qu'est-ce qui te plaît chez ce mec ?

La question demandait réflexion, mais je fournis les réponses les plus évidentes :

Ses abdos et son cul. Bordel,
son cul est parfait.

Tu es folle !

Et encore, Violette ne savait pas à quel point.

Je sentais les sensations grisantes de cette soirée s'évaporer peu à peu, alors je me plongeai dans un texte que j'allais bientôt étudier en cours, puis embrayai sur un roman.

La lecture réussissait aussi à combler mon vide, parfois. Il m'arrivait de refermer un livre seulement quand mes yeux commençaient à brûler et que la fatigue m'écrasait. Ça repoussait les cauchemars.

Cauchemars qui semblaient aussi hanter Nojan.

Mais pourquoi ?

CHAPITRE 2

NOJAN

Sydney venait de m'ouvrir la cage thoracique à grands coups de blagues à la con et de sourires innocents. Comme Joram savait si bien le faire avant de m'abandonner à ce monde pourri. Jamais encore je n'avais croisé quelqu'un qui lui ressemblait.

Je ne pouvais pas m'empêcher de penser que c'était une foutue blague du destin. Une manière de me punir ou… de me sauver, si j'avais cru un tant soit peu à l'existence de Dieu.

Je tentai de retrouver la chevelure de Boucle d'or dans la foule pour m'assurer qu'elle était bien réelle. Sans succès : elle avait disparu.

– Bébé, je suis désolée, me murmura Lauren. Je sais qu'on n'est pas ensemble, c'est juste que… je n'aime pas te voir flirter avec d'autres filles.

Bébé. Ce surnom me donnait envie de gerber.

– Qu'est-ce que tu fais ici ? Tu sais que je viens dans ce bar avec mes potes pour avoir la paix.

Je sautais cette fille chaque soir depuis deux semaines. Le sexe m'aidait à encaisser la douleur et le manque liés à *eux*. C'était con à dire, et putain, ça me rendait malade d'utiliser une meuf uniquement pour ça ! Mais c'était le cas et je n'y pouvais rien. Maintenant, elle commençait à s'attacher…

– Je voulais te faire une…

– Une surprise, ouais, j'avais saisi, la coupai-je. Mais pourquoi ce soir ?

Légèrement en retrait, Steph, qui était arrivé en même temps que Lauren, la mettait en veilleuse, un crayon à la main et l'attention rivée sur une serviette en papier. La pointe de son stylo effleurait à peine le support, sur lequel une œuvre d'art se dessinait peu à peu. Ce mec voulait devenir tatoueur, ce que sa mère ne trouvait pas assez respectable. Pourtant, il avait un putain de talent… Ça ne l'empêchait pas d'agir comme un con.

Sentant mon regard sur lui, il leva les yeux et me servit un sourire d'excuse avant de faire mine de regarder ailleurs en grattant le long serpent qui ornait son cou.

– Je vais me refaire une beauté, déclara Lauren, agacée. Profites-en pour te calmer, Nojan.

Elle quitta mes genoux et s'éloigna. Victor, contrairement à Steph, se marrait. La seule raison pour laquelle je ne lui envoyai pas mon poing dans la tronche, c'est qu'il m'aurait rendu la pareille.

Et j'aurais sacrément morflé.

– Qui a eu l'idée de ramener mon plan cul ici ? demandai-je.

– Pour notre défense, intervint Steph, elle nous a cassé les couilles jusqu'à ce qu'on cède.

– C'était une erreur.

– Je me doute.

Mon ami se mit à tapoter la pointe de son stylo sur la table. D'un geste ferme, Victor le fit arrêter.

– C'était qui ? demanda-t-il de sa voix bourrue.

– Je ne vois pas de qui tu parles.

Je bus une gorgée de ma bière pour couper court à la conversation.

– Tiens, Nojan ! s'exclama Terry en posant une chope devant moi. De la part de Phil. C'est son binôme et lui qui ont perdu la partie de fléchettes.

Elle remarqua Steph et Victor, et ajouta :

– Oh, salut les gars ! La prochaine fois, venez plus tôt, on jouera ensemble.

Steph, n'en ratant pas une pour essayer de pécho, se pencha vers elle :

– Et nous, on a droit à une tournée gratuite ?

– Pas vraiment, mais si tu me dessines un truc je veux bien t'offrir une bière.

– C'est comme si c'était fait.

Victor, silencieux, secoua la tête. Il ne pouvait s'empêcher de dévisager Taron, le mec de Terry. Le punk était du genre à plonger tête baïssée dans la première bagarre venue, notamment si on touchait à sa copine. Mais il devait savoir que s'il s'en prenait à un de mes potes il le regretterait pour le restant de ses jours. C'est sûrement la raison pour laquelle il se contentait de nous reluquer de loin, serrant sa queue de billard entre ses doigts.

– Oh merci, Steph, tu es un ange ! s'exclama Terry. Je t'envoie ce que je veux par message sur Facebook.

– Tu me ramènes la bière avant ?

– Je reviens. Nojan, tu sais où est ta partenaire ?

– Sydney ? Elle s'est barrée.

– Dommage.

Terry nous laissa seuls, et je me tournai vers Steph.

– Tu sais qu'elle a un mec ? lui lançai-je.

– Ouais. Peut-être que pour une fois, je voulais juste rendre service sans arrière-pensée ?

La grosse blague !

– Tu ne rends jamais service sans arrière-pensée.

– Sauf peut-être à nous, se marra Victor.

Aussi rouge qu'une écrevisse, Steph maugréa.

– Ce que vous êtes cons !

Décidant qu'il avait assez charrié notre ami commun, Victor s'en prit à moi :

– Tu as joué aux fléchettes avec la blonde qui était là ?

– Ça se peut.

– Tu n'avais pas accepté de partie depuis un moment, commenta Steph. En plus, tu n'as pas fait semblant de perdre. Ça, c'est bizarre.

J'avais eu le sentiment que si j'avais foiré mes tirs, Sydney me l'aurait fait payer de la pire des façons. Encore une fois, j'essayai de la trouver en fouillant la grande salle du regard. Un nouvel échec… qui n'aurait pas dû me pincer le cœur à ce point.

Qu'est-ce que je foutais ? Cette fille n'avait rien à voir avec Joram ! Il fallait que je me bourre ça dans la tête. Et que j'en sorte cette timbrée.

– N'en veux pas à Lauren d'être venue, reprit Victor. Elle pensait que tu aurais besoin de… compagnie.

– Ce n'est pas ça qu'il me faut.

– Alors quoi ? Tu sais qu'on est là.

Ouais, je le savais, et je leur en étais foutrement reconnaissant.

– À moins que vous soyez capables de ramener les morts à la vie, je n'ai besoin de rien. Sauf que vous arrêtiez de m'ensevelir sous votre pitié, pigé ?

Mes deux potes échangèrent un coup d'œil embarrassé. Lauren revenait ; je me focalisai sur son corps aux courbes alléchantes pour me forcer à penser à autre chose qu'à la boule qui venait de se loger dans ma gorge.

Sans crier gare, la blonde s'installa à nouveau sur mes genoux, passant ses bras autour de mes épaules. Je fis semblant de ne pas remarquer ses yeux rouges, malgré la pointe de culpabilité qui me déchira la poitrine.

– Tu es calmé ? me demanda-t-elle.

– On va dire ça.

C'était la deuxième pire question qu'on pouvait me poser après l'éternel : « Ça va ? » Heureusement, elle embraya en me demandant :

– Et si on allait tout de suite dans ma chambre, histoire d'être tranquilles ?

Je me surpris à penser à Boucle d'or et à la façon dont elle s'était moquée ouvertement de Lauren. Je me surpris également à la chercher à nouveau. Putain, qu'est-ce qui n'allait pas chez moi ?

Je me levai, forçant mon plan cul à m'imiter avant d'attraper ma veste et mon casque. Je devais foutre le camp rapidement. Trop de choses me rappelaient mon frangin, son visage, sa voix.

– Viens.

Lauren n'y trouva rien à redire.

Je quittai le bar les épaules chargées d'un poids plus lourd que d'habitude. Dehors, le vent tiède me permit de reprendre légèrement le contrôle de mon esprit.

– Tu es encore en colère, bébé ?

– Tu as pris ta caisse ?

Vu la tenue de Lauren, je l'imaginais mal être venue sur la moto de Steph.

– Oui, on se rejoint à ma résidence ?

En guise de réponse, j'enfilai mon casque et grimpai sur ma bécane.

Vingt minutes plus tard, la blonde et moi entrâmes dans sa piaule universitaire. Une nana aux cheveux violets sursauta à notre entrée.

– Hé, vous ne pouvez pas frapper ? Il y en a qui travaillent, ici !

J'envoyai un coup d'œil à Lauren, qui haussa les épaules.

– Je ne pensais pas qu'elle serait là ce soir.

– Je dors ici, je te signale que je suis ta coloc, répliqua la fille que nous venions de déranger. Ce qui ne me plaît pas plus qu'à toi, d'ailleurs.

Bordel de...

Je pris une grande inspiration pour me calmer. Ces derniers temps, selon mon grand-père, je manquais de patience.

– Tu peux t'en aller ? demanda Lauren à sa camarade de chambre. On va être occupés.

La fille remonta ses lunettes noires sur son nez, la mine narquoise.

– Occupés à quoi ?

– À ton avis ? Tu veux un dessin ?

– Je vois. Hors de question, je bosse, moi. Allez faire vos affaires ailleurs.

– Tu peux rester, on s'en tape, rétorquai-je. Si c'est ton truc de mater.

Lauren éclata de rire. Plus dégoûtée qu'apeurée, la fille attrapa ses livres de cours et son sac à bandoulière.

– Vous abusez, sérieux.

– Brave fifille.

– Allez vous faire voir !

Dès que la porte se referma sur la gêneuse, j'attrapai Lauren par la taille et lui retirai son haut.

Je baisais autant que possible ces derniers temps. Ça m'aidait à oublier que j'avais perdu une partie de mon âme et que j'en souffrais encore comme au premier jour.

D'un mouvement brusque, je saisis mon plan cul par les hanches, la soulevai et la collai contre le mur. Elle se frotta contre mon début d'érection, le souffle déjà saccadé. La pression sous mon jean augmenta, et avec elle, le besoin viscéral de la soulager.

– Oh, bébé…

L'image de Sydney s'imposa dans mon esprit. Son sourire également, plus moqueur que méchant.

« Bonne soirée. Surtout à toi, bébé... »

Je libérai Lauren de mon étreinte et reculai, éclatant d'un petit rire. Les souvenirs de la soirée affluaient en moi sans que je puisse les arrêter.

Sydney. Sydney, Sydney, Sydney…

Putain !

Le visage de Joram se superposa au sien. Mon rire s'éteignit, menaçant presque de se transformer en sanglots. Tout à coup, j'eus besoin d'air. Besoin d'évacuer, d'oublier, de… ne plus penser.

– Nojan, qu'est-ce qui se passe ?

– Je ne peux pas. Pas ce soir.

Une main invisible me compressait la gorge.

– Attends !

Mes yeux me brûlaient. J'avais passé tant de temps à me battre contre mes larmes qu'on aurait pu penser qu'il me serait de plus en plus facile de leur résister. Il n'en était rien.

– Tu veux parler ? demanda Lauren en baissant sa jupe sur ses cuisses.

– Nan, je me tire.

– C'est parce que je suis venue au bar, c'est ça ?

– Tu as mal choisi ta soirée. On se voit plus tard, salut.

Je quittai la piaule en courant. Sur le chemin menant au parking, je songeai aux efforts que je faisais pour garder le cap. Pour ne pas plonger tête la première dans un abysse infernal. Parfois, je me disais que céder au vide apaiserait mon âme. Mais il y avait Hugo, mon grand-père. La seule personne pour qui je tenais encore debout.

Le chemin menant *Chez Ben* me parut plus long que d'habitude. Chaque kilomètre me lacérait la poitrine. L'image de Joram ne cessait d'apparaître derrière mes paupières. Histoire de ne pas sombrer dans la tristesse, je me concentrai sur Sydney. J'avais passé un bon moment en sa compagnie, ce soir. Pour la première fois depuis longtemps, je n'avais plus eu aussi mal.

Une fois devant le bar, j'ôtai mon casque et tournai mon visage vers le ciel nocturne. Les fines gouttes de pluie qui tombaient noyèrent bientôt ma colère, emportèrent ma tension.

– Paraît que tu as mis ma Violette à la porte ? C'est pas cool, ça. Elle vient de m'envoyer un message qui dit : « Le mec que tu veux pécho s'est pointé avec sa copine. Smiley pas content. » Je lui ai répondu que ce n'était pas vraiment ta copine, elle m'a demandé : « Définis-moi "pas vraiment", smiley petit diable. » Je lui ai répondu par un smiley crotte. Toutes mes excuses.

La silhouette de Sydney se détacha de l'obscurité. Elle s'approcha de moi sans se soucier de la pluie, aussi silencieuse qu'un chat. Oui, un chat. Elle se déplaçait avec la grâce d'un félin et l'espièglerie qui les caractérisait brillait dans ses yeux. La revoir me procura un étrange sentiment de joie voilée.

– Alors, continua-t-elle, définis-moi « pas vraiment », histoire que je puisse argumenter la prochaine fois.

– Je pensais que tu avais foutu le camp.

– Je vis ici. Je sortais faire un tour pour décompresser quand tu es arrivé.

Je descendis de ma moto.

– Définis-moi « décompresser ». Parce que si tu as une solution miracle, j'en ai vraiment besoin.

Sydney me détailla en fronçant les sourcils. Une lueur éclaira son regard et un sourire triste étira ses lèvres. Ses cheveux blonds bouclés ramenés en arrière par une queue-de-cheval faisaient ressortir ses traits juvéniles.

– Je n'ai jamais vu autant de peine sur un visage et pourtant, j'en connais, des personnes abattues par la vie, me dit-elle. C'est à cause de Lauren ?

Je secouai la tête.

– Rien à voir. Tu es arrivée quand à Lexington ?

– Bientôt trois semaines.

– Et tu n'as pas encore entendu la « triste histoire de Nojan Saïdi » ? demandai-je sans pouvoir étouffer un rire acerbe.

– Non, je ne suis pas sortie beaucoup depuis mon arrivée. Je passe mes soirées à défier les clients de mon père aux fléchettes, au billard et aux cartes. Et le jour, je dors. Sauf quand il y a cours. Tu sais qu'on est dans la même université, n'est-ce pas ?

Puisqu'il n'y avait qu'un campus en ville, c'était logique. Sauf que je ne souvenais pas d'avoir déjà vu cette fille.

– Aucune importance, répondis-je avec une grimace.

– Bien sûr que ça en a. Viens.

Elle attrapa ma manche et m'entraîna à l'arrière du bâtiment. Juste parce que mes battements de cœur avaient cessé de briser ma cage thoracique depuis son apparition, je la laissai faire.

Il y avait un porche derrière le bar. J'avais oublié qu'avant de devenir un commerce, cette maison n'était qu'une simple… maison. Boucle d'or s'installa sur une balancelle, se pencha en avant et crocheta une planche branlante.

– J'hallucine, murmurai-je quand elle tira du trou une bouteille en verre sans étiquette.

– Mon paternel est un passionné et, parfois, il fait ses alcools lui-même. Tu n'en goûteras jamais de meilleur. Assieds-toi.

– Je ne picole pas, j'ai du travail demain matin.

– Juste une gorgée et quelques minutes, c'est tout ce que je te demande.

J'arrachai la bouteille des mains de Sydney et portai le goulot à mes lèvres. Le liquide m'arracha la gorge.

– Bordel, c'est quoi, ça ?

– De la vodka, je crois.

Boucle d'or me vola le breuvage et but à son tour. Je me retins de sourire quand elle faillit s'étouffer et que ses yeux s'embuèrent de larmes.

– La vache, c'est de l'essence, non ?

– Ça y ressemble.

Elle éclata de rire. Encore une fois, je me retrouvai propulsé dans le passé. Comment était-ce possible que cette fille puisse ressembler autant à Joram, sans rien avoir physiquement en commun avec lui ?

– Quoi ? demanda-t-elle quand elle s'aperçut que je la matais.

– Rien. Tu me rappelles quelqu'un.

– Pas Lauren, j'espère.

– Non, pas Lauren.

Quelques secondes de silence s'écoulèrent. Les moins tristes de ma journée. Puis Sydney me lança :

– Réponds honnêtement à la question, Nojan chéri : ai-je une chance de coucher avec toi ce soir ?

– Non.

– Même pas cinq minutes ?

Je bus une autre gorgée de l'acide en bouteille. Je ne pus m'empêcher d'imaginer Boucle d'or allongée sous moi, dans un lit, en train de murmurer mon prénom.

– Je ne suis pas d'humeur, grognai-je.

– Peux-tu au moins me dire ce qui ne va pas ?

– Je n'ai pas envie de parler.

– Dans ce cas, je me vois obligée de détendre l'atmosphère avec une autre devinette. Est-il possible qu'une main en ait par-dessus la tête ?

Une main, je n'en savais rien, mais moi, sans aucun doute. J'avais envie de rouler jusqu'à m'oublier.

– Faut que j'y aille.

Je posai la bouteille sur le plancher et me levai.

– Et ma devinette ? insista Sydney.

– Tu crois qu'elle peut en avoir plein le cul, cette main, aussi ?

Boucle d'or éclata de rire, et ses yeux se remplirent de milliers d'étoiles en attrapant les reflets d'une ampoule vacillante. Sa bonne humeur évidente faillit déteindre sur moi. *Faillit*, car la noirceur qui me dévorait l'âme depuis plusieurs mois n'était pas prête à se laisser vaincre si facilement.

– Je n'en reviens pas que tu aies renchéri, Nojan chéri ! s'exclama Sydney. Toutes mes félicitations, tu viens de dévoiler un sens de l'humour que j'aime beaucoup.

Je me détournai, un putain de sourire sur les lèvres. Si elle appréciait mon humour, elle aurait adoré celui de mon frangin. Ou celui de mon père, c'est de famille.

– Fais gaffe à ne pas terminer la bouteille, répliquai-je en montrant la vodka. Tu risquerais de ne pas supporter le choc.

– J'ai une bonne descente. Tu as envie de parier sur lequel de nous deux sera capable de la finir ?

– Non : je te l'ai dit, j'ai du boulot demain. Tu as un sacré problème avec les paris, toi.

Elle me fit un clin d'œil sans rebondir sur ma remarque.

– Bonne nuit, Nojan chéri.

– C'est ça, ouais.

Je m'enfonçai vers ma moto dans l'obscurité, accompagné par le rire de Sydney et étrangement plus détendu que je l'aurais cru.

CHAPITRE 3

SYDNEY

Je me réveillai en pleine crise vers 5 h 30 du matin. Mon souffle refusait de se frayer un chemin dans ma poitrine, de la transpiration poissait mon corps tout entier et mes muscles commençaient à s'engourdir. D'un revers de main, j'essuyai mon visage moite. La vache ! Après des années à souffrir de ces symptômes, j'aurais pu m'y habituer. J'aurais dû m'y habituer. Mais la vie n'était pas aussi facile.

Les yeux fixés sur le plafond, la gorge nouée, je tentai de me souvenir des conseils donnés par un ancien psy.

Me calmer.

Me concentrer sur mon souffle.

Inspirer.

Expirer.

Insulter intérieurement l'homme responsable de mon état.

Recommencer depuis le début.

– Bordel, finis-je par lâcher.

La douleur dans ma poitrine diminuait à mesure que ma respiration reprenait le dessus. Une fois le combat gagné, je bondis hors du lit, frictionnai mes bras et sautai sur place pour réveiller mes jambes. C'était un des moyens que j'avais trouvés pour éviter la « paralysie ». Ça, courir jusqu'à l'asphyxie et jouer, avec mes émotions et celles des autres.

Je n'en étais pas particulièrement fière. Mais c'était ça ou perdre les pédales.

Consciente que je ne parviendrais plus à dormir, je décidai de m'occuper l'esprit en commençant une rédaction que je devais rendre pour le cours d'espagnol. Quatre pages plus tard, mon crâne m'élançait, mais au moins j'avais réussi à me concentrer sur une tâche utile.

Quand le soleil commença à se lever, je laissai tomber les cours pour me concentrer sur une activité beaucoup plus attrayante : Facebook.

Je cherchai le profil de Nojan en utilisant la liste d'amis de Terry la gothique. Cette fille m'avait envoyé une invitation dès le jour de mon arrivée, alors que nous ne nous étions même pas encore rencontrées : il m'avait pris l'idée un peu hâtive de mettre « Université du Kentucky » en établissement fréquenté, et elle avait dû le voir. J'étais à peu près sûre que tous les étudiants de la fac étaient dans ses contacts. Tant mieux pour moi, puisque je ne tardai pas à trouver le compte du jeune homme que je recherchais. Sur sa photo de profil, il se tenait en compagnie d'un mec qui lui ressemblait comme deux gouttes d'eau, les tatouages en moins – probablement Joram –, et d'une fille brune au sourire lumineux.

Ce qui me surprit sur cette image, c'est que le Nojan de l'époque n'avait rien à voir avec l'actuel. Il paraissait beaucoup plus serein, plus joyeux et plus ouvert. Qu'est-ce qui avait changé pour qu'il soit si refermé sur lui-même désormais ?

Curieuse et déterminée, je lui envoyai une invitation, accompagnée d'un message privé.

Crois-tu que ceux qui posent
les panneaux « ne pas toucher, danger
de mort » sont morts eux-mêmes ?

Puisqu'il y avait peu de chances que Nojan me réponde tout de suite, je m'installai à nouveau dans mon lit, soupirai et pris le premier bouquin de cours qui me tomba sous la main.

À ma grande surprise, mon téléphone vibra cependant, me prévenant de l'arrivée d'une réponse à mon message.

Tu es qui ?

La question était légitime : mon pseudo Facebook était « Mademoiselle Cat », et ma photo de profil montrait un chaton plein d'innocence plutôt que mon visage.

Celle avec qui tu as bu de l'essence
hier soir et qui ne quittera plus
tes pensées jusqu'à ce que tu lui cèdes.

Ah, je vois. J'espérais que tu aies fini
la bouteille et que ça t'ait achevée.

Dommage pour toi.
Si on pariait que d'ici un mois,
on aura couché ensemble ?

Qu'est-ce que tu fais debout
à cette heure ?

Question tout aussi légitime.

Insomnie.

Bienvenue au club.

Qu'est-ce qui te tient éveillé, toi ?

Comme la précédente, cette question resta sans réponse. Heureuse malgré tout d'avoir réussi à engager le dialogue, je partis courir.

Le bar de mon père se situait au bord d'une route fréquentée, mais l'arrière du bâtiment donnait sur des champs séparés par des sentiers : l'idéal pour mes footings. Le sport était essentiel à mon équilibre : j'aimais sentir mes muscles, mes poumons, mon corps entier se soumettre à un effort de plus en plus intense. J'avais besoin de ça pour rappeler à mon esprit que je n'étais plus allongée dans un lit, immobile, prête à m'abandonner aux ténèbres. Alors je courais à en perdre haleine. Je courais pour me sauver, pour me sentir en vie.

Je rentrai à temps pour prendre une douche avant de partir en cours. Une fois à l'université, je profitai de chaque pause entre deux amphis pour chercher Nojan du regard dans les couloirs, sans succès.

En fin d'après-midi, je pris la direction de la résidence universitaire afin d'y retrouver Violette. En réalité, elle s'appelait Victoria ; je l'avais rencontrée alors qu'elle finissait son contrat saisonnier dans le bar de mon paternel. Elle m'avait attendrie dès que j'avais croisé ses grands yeux bleus et découvert sa frimousse toute mignonne. Depuis, la pauvre devait me supporter.

À peine entrée dans sa chambre, je me laissai tomber sur le lit de Lauren.

– Je n'en reviens pas que la bimbo de Nojan soit ta coloc, lançai-je.

– Et moi, je n'en reviens pas qu'elle m'ait jetée dehors hier. D'ailleurs, si tu me parles encore de Nojan, je t'étrangle.

– Tant pis, parce que j'aurais bien voulu que tu me balances ce que tu sais à son sujet.

– Rien, je te l'ai déjà dit.

– Oh, allez, tu l'as déjà servi au bar, non ?

– Je te rappelle que je restais derrière le comptoir. Tu l'as déjà vu se lever pour aller commander ? Non, monsieur préfère attendre que les bières viennent à lui.

– S'il te plaît, minaudai-je en papillonnant des paupières.

Violette repoussa une mèche parme derrière son oreille et soupira :

– Je sais juste qu'il lui est arrivé un truc moche il y a un an.

– Quel genre de truc ?

– Ses parents et son frère ont eu un accident, je crois.

Un accident qui avait fait de Nojan ce qu'il était aujourd'hui, devinai-je en repensant à sa photo de profil. Un mec brisé, sur le point de succomber à la peine et à la colère. Je l'avais lu dans ses yeux, la veille. Il était prêt à tout pour oublier sa tristesse.

Une chance que je sois arrivée dans sa vie.

– Je le veux, décrétai-je.

– Pourquoi ?

– Je le trouve… craquant.

– C'est tout ?

– Oui.

Violette me décocha un regard plein de méfiance. Elle avait raison, ce n'était pas toute la vérité.

– Tu attends quelque chose de lui, comprit-elle.

– Peut-être, admis-je.

– Et c'est quoi ?

Elle s'installa sur le bout du lit, me détaillant avec curiosité.

– Tu ne comprendrais pas si je t'en parlais.

– Je ne suis pas idiote, Sydney.

Loin de là, en effet.

– Tu crois qu'il aime les défis, Violette ?

– Je n'en sais rien, je ne le connais pas. Il me donne juste envie de sauter sous un train.

– Moi, il me donne envie de le sauter tout court.

Mon amie tenta de garder son sérieux, sans succès.

– J'avoue qu'il est pas mal, lâcha-t-elle avec un sourire.

– C'est un euphémisme. Ce mec est une bombe sexuelle. Toute cette énergie qu'il dégage…

Je poussai un soupir rêveur.

– Si tu veux mon avis, ce mec n'aime pas les défis…, me dit Violette. Il *est* un défi.

– Eh bien voilà !

– Quoi ?

– Ça répond à ta question. C'est exactement pour cette raison qu'il me plaît. Tu devrais songer à devenir psychologue plutôt que biologiste, Violette.

Je me redressai d'un bond, chipai un paquet de gâteaux posé sur la table de chevet et déposai un baiser sur la joue de mon amie.

– Je dois y aller, mon chou. Arrête de me regarder comme ça, on dirait que j'ai commis un crime !

– Quoi que tu aies l'intention de faire avec Nojan, prends garde.

– Bien, grande prêtresse du destin. Je suivrai ton judicieux conseil. Mais tu as vu ses biceps, ses abdos, ses tatouages… Rien que d'y penser, j'ai un orgasme.

Violette éclata de rire, non sans me mettre un coup de hanches pour me sortir de sa chambre.

– Je te le laisse volontiers.

– Trop gentil. Cette semaine, faut qu'on sorte toi et moi. Jeudi. J'aime le jeudi. Je t'emmènerai faire les boutiques.

– On mangera des donuts ?

– Des tas.

– Marché conclu, alors.

Nous nous dirigeâmes vers la sortie du bâtiment. Dans le hall, nous croisâmes Lauren, qui discutait avec d'autres filles. Quand elle nous vit, elle nous lança un regard meurtrier.

– Je déteste cette nana, grimaça Violette.

– Attends de voir sa tête quand Nojan la larguera pour moi.

Dehors, le ciel dégagé promettait une soirée à la météo clémente.

– N'empêche, soupira mon amie après quelques secondes, Nojan Saïdi… Tu aurais pu choisir un mec moins compliqué.

Oui, mais alors, le jeu aurait été moins drôle.

CHAPITRE 4

NOJAN

– Tu veux qu'on t'accompagne là-bas ? me demanda Victor.

Non. Pour rien au monde je ne souhaitais me retrouver en compagnie de quiconque au cours des prochaines heures.

Comme s'il avait lu dans mon esprit, mon ami me gratifia d'une tape dans le dos et se dirigea vers sa moto. À ce que j'avais compris, il avait un entretien pour un stage. Steph, lui, resta près de moi un instant, le temps de me glisser :

– Si jamais tu as besoin, appelle-moi.

Je le sentis prêt à ajouter quelque chose. Heureusement, il se retint. Là, je voulais simplement être seul, échapper à cette atmosphère pesante qui m'avait étouffé toute la journée.

– C'est bon, merci. À plus.

J'enfilai mon casque, montai sur ma moto et quittai le parking.

Le voyage fut moins long que prévu. À chaque fois, il paraissait un peu plus court. Mais j'avais besoin de plus en plus de temps pour trouver le courage de descendre de ma bécane et de traverser les rangées de pierres tombales. Cet endroit me tuait à petit feu. Chaque fois que je m'y rendais, j'avais l'impression que des griffes me laminaient le corps. Cette putain de souffrance que j'encaissais depuis des mois ne disparaissait pas. Je ne m'y habituais pas. Je la sentais toujours en moi, insatiable, sur le poing de m'exploser à la gueule comme une foutue bombe.

Chaque pas était plus difficile que le précédent. Je réussis cependant à rejoindre trois tombes fleuries et parfaitement propres. Quelqu'un venait régulièrement les nettoyer. Mon grand-père, peut-être ?

Je pris le temps de saluer mes parents et d'arroser les plantes, le tout en essayant de ne pas lire les noms gravés sur la pierre. Quand je le faisais, la terrible réalité me paraissait encore plus… réelle. Ma respiration se coupait, le monde vacillait, les larmes emplissaient mes yeux. Je me souvenais n'être qu'un gamin qui avait tout perdu, et cela me tuait.

Une fois que j'eus passé quelques minutes devant les tombes de mes parents, je me plaçai devant celle de Joram. C'était tout ce qui me restait de lui : une stèle froide, dénuée de couleur, d'avenir. Le témoin d'une infinie solitude.

– Salut, frangin.

Ma gorge se noua. Je me laissai tomber dans l'herbe, les bras autour des genoux.

– Putain, je ne pensais pas que ce serait aussi dur de me pointer ici.

Du bout des doigts, je frôlai le J du prénom de mon jumeau. L'ombre d'un sourire m'échappa quand j'imaginai mon frère se foutre de ma gueule devant la tronche que je tirais.

– Bordel, Jori, c'est tellement con de devoir te souhaiter ton anniversaire ici, dans ce cimetière de merde !

Je fermai les yeux, en proie à une déferlante de souvenirs douloureux.

– C'est tellement… injuste. Mais je vais le faire quand même, OK ? Je te souhaite un bon anniversaire. Hugo voulait passer, mais il n'a pas pu. Il ne se sentait pas bien aujourd'hui.

Je balançai parmi les fleurs une paire de mitaines en cuir, légèrement abîmée.

– J'avais l'intention de te les offrir depuis longtemps déjà, je voulais juste attendre le bon moment. Je sais que tu les voulais. Je suis désolé de ne pas l'avoir fait avant, parce que le bon moment n'est jamais arrivé.

D'un revers de manche, j'essuyai mon visage.

– Tu te souviens de ce qu'on avait l'intention de faire à nos vingt et un ans ? Je veux dire, en dehors de nous mettre la murge de nos vies jusqu'à oublier nos prénoms ? Tu te souviens qu'on parlait de s'inscrire au concours de la police ?

Je ne pus m'empêcher de rire.

– Les frères Saïdi au nom de la loi. Tu parles d'un projet de malades. On avait prévu d'arrêter nos conneries, de se poser, de… vivre comme des mecs bien. Ouais, de vivre. Visiblement, tu ne t'en es pas souvenu, hein ?

J'étouffai un foutu sanglot, serrant les mâchoires le plus fort possible. La colère me cramait les tripes, presque aussi brûlante que la douleur. C'était débile d'en vouloir à Joram de m'avoir lâché en chemin, non ? Mais je n'y pouvais rien. Son abandon avait arraché une partie de mon âme. Personne ne cicatrisait d'un truc pareil.

– Il avait des projets, Nojan, et tu étais toujours dedans, annonça soudain une voix féminine derrière moi.

Je me retournai et découvris une fille aux longs cheveux bruns et aux grands yeux humides. Elle tenait un bouquet de fleurs.

Emily.

– C'était surtout avec toi qu'il avait des projets, ma belle, lui répondis-je tendrement.

Elle me sourit, essaya de retenir ses larmes, n'y parvint pas. Embarrassée, elle continua :

– Excuse-moi, je ne pensais pas que tu serais là. Enfin, je veux dire… pas à cette heure-ci.

– Le crépuscule, répondis-je simplement.

– Son moment préféré de la journée.

– Sûrement parce que c'était à ce moment-là que tu quittais ton centre d'appels. Il trépignait toujours avant de venir te chercher. Une vraie gonzesse, je te jure.

– Il me rapportait un beignet. Chaque jour.

– Je te le dis, une vraie gonzesse.

Joram et Emily se connaissaient depuis qu'ils avaient douze ans. La jolie brune avait été sa meilleure amie pendant longtemps, jusqu'à ce qu'il lui avoue ses sentiments. Je n'y connaissais que dalle à l'amour, mais ce qu'ils avaient vécu allait bien au-delà d'une simple passade.

Il aurait pu crever pour elle.

La robe d'Emily me chatouilla le bras, soulevée par la brise, quand elle s'avança pour me rejoindre. Ni elle ni moi ne parlâmes pendant un très long moment. Nous nous contentions de réfléchir, de nous souvenir.

De ne pas craquer.

– Tu… c'est ridicule de demander ça, je sais, soupira la jeune femme, mais tu tiens le coup ?

– Nan.

– Je pense tout le temps à lui, moi aussi. C'est de plus en plus dur.

C'était débile. Il fallait qu'elle tourne la page !

Je fus cependant incapable de lui donner ce conseil. Je n'étais pas bien placé pour jouer les psys.

– J'ai appris que tu vivais à la ferme de ton grand-père et que tu avais vendu la maison de tes parents, reprit Emily.

– Ouais, je ne pouvais pas continuer à habiter là-bas. Et puis, Hugo a besoin d'un coup de main.

– James ne travaille plus pour lui ?

– Si.

James était l'employé de mon grand-père. Mes parents l'avaient aidé alors qu'il s'enfonçait dans la délinquance, et lui avaient trouvé ce job pour qu'il se remette dans le droit chemin.

– Tu ne t'entends toujours pas avec lui ? me demanda Emily.

– Non.

– Pourquoi ?

– Parce que mes parents se sont saignés pour le sortir de la merde, pour l'empêcher de toucher à la drogue et…

Une colère sourde m'empêcha de continuer. Emily compléta :

– Et il n'a pas décroché, malgré leurs efforts.

– Ouais. Putain, ouais. À croire qu'il se fout de ce que mes vieux lui ont apporté.

– Il s'en sortira un jour.

– Je m'en fous.

– Je ne pense pas, sinon tu ne le détesterais pas autant.

Je ne répondis rien, conscient de m'enfoncer dans la colère.

– Tu crois que Jori se moquerait de moi s'il me voyait avec ces fleurs ? demanda tout à coup Emily.

– Si ç'avait été moi, c'est clair que ça l'aurait fait pisser de rire. Mais c'est toi. Tu étais bien la seule à pouvoir lui offrir ce que tu voulais sans le vexer. C'est toi qui as décoré sa tombe ?

Les joues de la jeune femme s'empourprèrent. Elle hocha la tête, incapable de soutenir mon regard.

C'en était trop. Le manque me happait vers le fond, me comprimait la cage thoracique. Il fallait que je parte. Je m'en sortais déjà assez mal avec ma souffrance, alors avec celle du grand amour de mon frère…

Je me mis debout.

– Tu t'en vas déjà ? me demanda Emily. Si tu veux rester seul avec eux, je peux…

– Nan, c'est bon, reste.

Un dernier coup d'œil en direction de la stèle, une ultime prière silencieuse, et je m'éloignai.

– Nojan !

Je m'arrêtai sans me retourner.

– Bon anniversaire.

Venant de n'importe qui d'autre, ces deux mots m'auraient fait péter les plombs. Venant d'Emily, ils se contentèrent de me précipiter dans un putain de gouffre sans fond. Je serrai les dents, le ventre noué. Tentai de trouver une réponse, en vain.

– On devrait se revoir, tu ne penses pas ? ajouta-t-elle.

– On devrait, oui. Je te tiens au courant.

Elle éclata de rire.

– Je sais que tu ne le feras pas, tu n'es pas du genre à maintenir le contact. Pourtant, c'est important qu'on le fasse.

– Tu bosses toujours dans ton centre d'appels pour payer tes études ?

– Oui, pourquoi ?

– Je passerai te chercher un de ces soirs, quand j'irai mieux.

– Ce serait super.

– Salut, Emily.

Sans un mot de plus, je quittai le cimetière, puis rentrai chez moi. Devant mon mobile-home, je trouvai James en train de faire les cent pas, l'air nerveux. L'ombre de la maison de mon grand-père l'écrasait, mais me permettait de voir briller le bout rougeoyant de sa clope. Il vint vers moi quand je descendis de moto.

– Nojan, Hugo m'a dit de te prévenir qu'il avait changé d'avis. Il voudrait que tu l'accompagnes… tu sais…

Aux tombes, compris-je.

J'appréhendais ce revirement de situation. Dans un soupir, je demandai :

– Il a dormi longtemps ?

– Ouais, une bonne partie de la journée. Il a regardé la télé, ensuite il s'est rendormi. Il s'est réveillé il y a une demi-heure et il pète un plomb. Tu peux l'emmener ?

– Fais-le, toi.

– Quoi ? Attends, tu…

– Vas-y, je te dis ! Je n'ai franchement pas besoin que tu viennes me casser les couilles.

James ne broncha pas. Peut-être parce qu'un air menaçant était plaqué sur mon visage.

– Je crois qu'il voulait y aller avec toi, finit-il par avouer.

– Je ne peux pas.

Je ne peux plus.

Je plantai là James et entrai dans mon mobile-home. Je me laissai tomber sur la banquette, les mains dans les poches de mon jean.

Je ne me sentais pas capable de retourner au cimetière. À cet instant précis, j'avais besoin d'autre chose. D'un truc capable de me libérer de ma peine pendant une heure ou deux.

Ma première pensée fut de contacter Boucle d'or *via* Facebook. Mais Lauren était sans doute une option plus raisonnable. Je sortis mon téléphone et composai son numéro.

– Salut, bébé, lança-t-elle avant que je puisse dire quoi que ce soit. Je ne m'attendais pas à ce que tu m'appelles aujourd'hui.

– Ce soir dans ta piaule à vingt et une heures. Seule.

– Génial ! Je ferai en sorte de virer Victoria, cette fille me sort par les…

Je raccrochai, les nerfs trop à vif pour continuer la conversation.

La nuit était totalement tombée lorsque je me garai devant la fac. Je grimpai les marches menant aux étages de la résidence universitaire et ouvris la porte de Lauren sans prendre la peine de frapper. Allongée sur son lit en sous-vêtements, elle pianotait sur son téléphone.

– Tu es en retard, me fit-elle remarquer.

J'ignorai sa remarque, me contentant de refermer derrière moi.

– J'ai tellement envie de toi, me chuchota-t-elle.

Elle écarta les cuisses, passa les doigts sous son string et commença à se masturber. Je sentis la pression monter dans mon jean, et avec elle, le besoin lancinant de me perdre dans le corps de Lauren.

Elle ne réclama aucune douceur, aucune tendresse. De toute façon, j'aurais été incapable de lui en donner. Pas aujourd'hui. Je me concentrai sur son parfum, sur l'odeur de ses cheveux, sur la texture de sa peau, sur tout ce qui pouvait me faire oublier que, sous mon désir brutal, je souffrais le martyre. Ses gémissements et ses soupirs d'aise alimentèrent mon excitation, les mots qu'elle me murmurait aussi.

– Tu restes avec moi ? me demanda-t-elle lorsque nous eûmes terminé, la tête posée sur mon torse.

Ses doigts formaient des cercles sur ma poitrine.

– Oui, répondis-je en lui emprisonnant la main. Dors, OK ?

– Je crois qu'on devrait sortir ensemble.

Ses mots me firent l'effet d'un électrochoc. Je restai immobile et muet, les yeux rivés sur le plafond.

Je savais que ce moment allait forcément arriver, je savais que prendre un plan cul régulier pouvait entraîner ce genre de désagrément. Mais bordel de merde, je n'avais pas besoin d'une copine ! Surtout pas Lauren.

– Bébé ? insista-t-elle.

– Tu connais déjà ma réponse.

J'allais me lever pour me tirer de cette foutue piaule quand elle me retint et me força à me rallonger.

– Je suis désolée, d'accord ? Reste avec moi encore un peu. Je ne te parlerai plus de ça.

Je fermai les yeux, la fatigue m'envahissant soudain. Ces derniers temps, je souffrais d'insomnies et je bossais beaucoup en dehors de la fac. Mon corps commençait lentement à se venger de mon comportement… alors je m'autorisai à me reposer.

Au moins pour quelques heures.

CHAPITRE 5

SYDNEY

Lauren m'a encore foutu à la porte
pour baiser avec ton abruti de Nojan,
j'ai dû dormir dans la chambre
de ma voisine la sorcière,
une fois de plus. Au secours.

Voilà le SMS qui m'avait poussée à me lever à 6 heures du matin et à courir jusqu'à la fac. J'étais motivée par le désir de venger l'honneur de mon amie, mais aussi par celui de voir l'abruti concerné.

Et, bien sûr, j'éprouvais comme chaque jour le besoin impérieux de réveiller mon corps, de chasser les images qui me hantaient la nuit. Mais ça, c'était habituel.

À présent, je me tenais assise sur le lit vide de Violette, les yeux rivés sur le corps parfait de Nojan. Une jambe pliée sous mon menton, un gobelet de chocolat chaud à la main, je le matais sans retenir mes soupirs rêveurs. J'avais toujours eu un faible pour les gars typés à la beauté sauvage, et celui-là empestait l'assurance à des kilomètres, même les yeux fermés. Ses mèches noires en bataille tombaient sur son visage aux traits bien plus sereins que lorsqu'il était réveillé.

La seule ombre au tableau, c'était Lauren. La bouche ouverte, la bave aux lèvres, elle ronflait.

Nojan grogna quand je lui envoyai quelques gouttes d'eau à la figure. Il souleva les paupières et tourna la tête dans ma direction. En me voyant, il jura.

– Putain, j'ai cru que c'était un surveillant, murmura-t-il avec l'air de celui à qui il manque encore soixante-douze heures de sommeil

– Bonjour, bel homme ténébreux, chuchotai-je en réponse. Que se passe-t-il si tu cries trois fois « Dame Blanche » une nuit de pleine lune ?

Nojan se détacha de sa copine en prenant soin de ne pas la réveiller et se redressa. Les manches courtes de son tee-shirt dévoilaient des bras couverts de tatouages du poignet à l'épaule. En avait-il aussi sur le torse ? Mon imagination fertile lui ôta mentalement toutes ses fringues.

– Qu'est-ce que tu fais là, Boucle d'or ?

Il lança un coup d'œil à sa copine, plongée dans un profond sommeil. Malgré le bruit, elle ne remuait pas d'un iota.

– Ton voisin te demandera probablement de fermer ta gueule.

Reportant son attention sur moi, Nojan m'envoya un coup d'œil à faire fondre la banquise.

– Quoi ?

– Si tu cries « Dame Blanche » trois fois une nuit de…

– OK, j'ai compris. Tu veux quoi ?

– Te dire que c'est vilain de demander à réserver la chambre pour ta copine et toi. Très vilain. Vous avez fait beaucoup de peine à Violette.

– C'est qui, Violette ?

– La coloc de ton plan cul. Tu devrais quand même vérifier si *bébé* n'est pas tombée dans le coma, d'ailleurs. Personne n'a un sommeil aussi profond, si ?

– On s'en tape de Lauren…

Nojan, qui venait d'enfiler ses chaussures, se mit à chercher quelque chose autour de lui.

– Je croyais que c'était Victorine ou un truc du genre ? fit-il remarquer.

– Victoria, en fait. Mais je l'appelle Violette à cause de ses cheveux. Tu sais qu'elle fait elle-même sa teinture ? C'est fort.

Je bus une gorgée de mon chocolat.

– Et alors, pourquoi tu as débarqué ce matin, Boucle d'or ?

Ce surnom. Il pénétrait sous ma peau, m'électrisait.

– Je viens jouer les justicières. J'avais l'intention de vous balancer un verre d'eau sur la tronche, avouai-je en montrant ledit objet posé sur la table de nuit. Les quelques gouttes que tu viens de recevoir n'étaient qu'un début.

– Et alors, quand vient la suite ?

– J'ai changé d'avis, je ne suis pas une lâche. Je ne m'en prends pas à des personnes endormies. Alors pour cette fois je me contenterai d'un avertissement.

– Un avertissement ? Voyez-vous ça.

– Si jamais vous jetez encore mon amie à la porte pour vous bécoter, je vous défonce tous les deux.

Je sautai hors du lit pour me planter devant Nojan. Il resta imperturbable.

– Tu en serais capable ? demanda-t-il, un brin amusé.

Il semblait mettre un certain soin à ne pas réveiller Lauren. Peut-être dans le but de continuer cette conversation ?

– De vous défoncer ?

– Oui.

– Je suis capable de beaucoup de choses, Nojan chéri.

– J'aimerais voir ça. Et j'aimerais savoir qui tu es, aussi.

Il me regardait avec une véritable lueur d'intérêt dans les yeux. Cela réchauffa un instant mon cœur d'ordinaire si froid.

– Sydney, dix-neuf ans, je suis astrologiquement vierge.

– Je parlais de qui tu es réellement, là-dedans, rétorqua Nojan en tapotant ma tempe de son index. Parce que ça n'a pas l'air de tourner rond.

J'avançai jusqu'à ce que ma poitrine le frôle, et ma main se perdit dans son cou. Ses muscles se tendirent sous le contact de mes doigts. Je n'avais pas eu l'intention de le toucher, mais, maintenant que je venais de sauter le pas, je ne pouvais ignorer à quel point ça me plaisait.

– Qu'est-ce que tu fais ? me demanda-t-il.

– Je vérifie un truc.

Il sourit. Sa bouche m'appelait, me suppliait de l'embrasser, de la posséder. Une vague d'adrénaline, mêlée à du désir, courut dans mes veines. Il dégagea la mèche de cheveux qui me barrait le visage, s'approcha doucement… puis se détourna à la dernière seconde.

– Je ne sais pas à quoi tu joues, me murmura-t-il à l'oreille, mais ça ne fonctionnera pas.

– Tu crois ? le taquinai-je. J'ai plutôt l'impression que ça marche, pour l'instant.

Il ôta ma main de son cou en un geste impatient. Je reculai, faussement vexée.

– Je t'ai rapporté ça, minaudai-je.

Je fouillai rapidement dans mon sac, puis lui tendis ce que j'avais acheté pour lui. Une balle de base-ball en plastique, qu'il tourna et retourna plusieurs fois entre ses doigts.

– C'est quoi, ça ?

– Il y a des bonbons à l'intérieur.

Oups, je venais de parler un peu fort. Lauren bougea dans son lit, mais n'ouvrit pas les paupières.

– Je veux dire, c'est pour quoi ? me demanda Nojan, toujours aussi paumé.

– J'ai vu sur Facebook que c'était ton anniversaire, hier. Tu n'as toujours pas accepté mon invitation, mais l'info est publique. Alors joyeux anniversaire !

Sur ce, j'ouvris une carte qui se mit à chanter une chanson. Nojan fronça les sourcils. Il tenait toujours la balle de base-ball surprise. Avant qu'il puisse me remercier – où m'assassiner, vu sa tête je n'étais sûre de rien –, une voix ensommeillée intervint :

– Nojan ? À qui tu parles ? Et c'est quoi cette musique horrible ?

Lauren s'extirpa de son sommeil en s'étirant. L'espace d'une seconde, j'hésitai à lui balancer le verre d'eau à la figure. Ma bonne éducation m'en empêcha. Dommage.

– Salut, bébé, l'accueillis-je. J'ai bien cru que tu nous faisais un remake de la Belle au Bois dormant. Je disais à ton adorable mec que la prochaine fois que vous ordonnerez à ta coloc de foutre le camp pour baiser, je vous mettrai mon poing dans la tronche. Pigé ?

Lauren tendit la main pour dissimuler son opulente poitrine sous la couverture tout en me crachant :

– Dégage d'ici, sale conne !

– Oh, ne t'en fais pas, je me sauve. Il faut que j'aille me doucher, j'ai quand même couru dix bornes sans m'arrêter.

Nojan, parfaitement calme, effleura mon bras.

– Boucle d'or, si j'étais toi, j'éviterais de lancer des menaces en l'air.

– Tu préfères que je vous lance l'eau ? C'est faisable.

Lauren se leva, la couverture enroulée autour d'elle.

– Pourquoi elle est là ? s'en prit-elle à Nojan. Et pourquoi tu lui parles ?

Je fis volte-face, prenant la direction de la porte.

– Elle veut nous défoncer, ricana mon futur petit copain. Avec un verre d'eau…

– Quoi ? Elle est tarée !

– Clairement, ouais.

– Et pourquoi ça te fait rire ?

Il fallait que je mette les voiles au plus vite. J'aimais assister aux disputes, mais seulement celles entre mon père et Jenna.

– C'est bon, laisse tomber. Elle se barre.

– Ça ne t'embête pas qu'elle vienne nous mater pendant qu'on dort ? C'est trop malsain !

– Tu devrais partir, me conseilla Nojan en se plaçant entre la blondinette et moi. Et prendre une douche. Tu pues la sueur à des kilomètres.

– N'oublie pas, lui rappelai-je, premier avertissement. Ici, c'est autant la chambre de Violette que celle de ton plan cul. Allez, bonne journée.

Sur ce, je quittai la pièce, non sans gratifier le couple d'un magnifique doigt d'honneur.

Bon d'accord, question éducation, on repassera.

CHAPITRE 6

NOJAN

– Attends ! Tu vas où ? On peut prendre une douche ensemble, si tu veux, bébé.

Encore ce surnom, putain ! Il imposait le visage moqueur de Sydney dans mon esprit. Je ne l'avais jamais trouvé aussi débile depuis… Ouais, depuis ma rencontre avec Boucle d'or.

– Je rentre, j'ai du boulot.

Lauren me suivit dans le couloir, l'air mécontente.

– Tu vas bosser ?

– Ouais.

– Où ça ?

Elle ne connaissait rien de ma vie. Pourquoi aurait-ce été le cas ? Nos liens se résumaient à du sexe. Seulement du sexe.

– Comme si j'allais te le dire.

– Écoute, on pourrait passer notre samedi ensemble.

Sans prendre la peine de lui répondre, je me détournai. Quelle grosse connerie de m'être endormi dans la piaule, je n'en revenais pas ! J'évitais toujours de commettre de telles erreurs d'habitude.

– Attends, s'il te plaît, me retint Lauren. Tu veux parler de ce qui ne va pas ? Je me doute que pour toi ça ne doit pas être facile ces derniers temps, mais...

Je fis volte-face, à deux doigts de plaquer cette conne contre le mur.

– Tu n'as aucune idée de ce que je vis, alors ne fais pas semblant de le savoir ! Lâche-moi, OK ?

Elle ouvrit la bouche, choquée, puis la referma. Je reculai d'un pas, conscient d'être sur le point de péter un plomb. Ce n'était pas la faute de Lauren. D'ailleurs, ce n'était la faute de personne.

La batte en plastique dans ma main faillit se casser tant je la serrais.

– Désolé, je..., commençai-je.

Je soufflai, le temps de trouver mes mots, puis repris :

– Arrête de me coller. J'ai besoin de respirer.

– Te coller ? C'est toi qui m'as appelée !

– Je n'aurais pas dû.

Je me détournai et dévalai l'escalier qui menait au rez-de-chaussée. Dans le hall, je trouvai Sydney en train de faire des étirements en s'appuyant contre le mur. Mon regard suivit la ligne de transpiration qui dévalait son dos. Je détaillai sa silhouette finement musclée, ses fesses parfaitement dessinées sous son jogging.

Là, tout de suite, je n'étais plus certain de vouloir lui résister. Même si elle passait une bonne partie de son temps à m'exaspérer.

Je m'approchai d'elle en jetant et en rattrapant le cadeau qu'elle venait de m'offrir. Franchement, je ne savais pas s'il me touchait ou me foutait en rogne. Sans doute un peu des deux, et ce n'était franchement pas normal.

– Tu penses quoi de ma surprise ? demanda Sydney sans me regarder.

En temps normal, j'aurais foutu le camp sans attendre. Seulement… le culot de cette fille m'intriguait. Plus ça allait, plus elle me faisait penser à Joram.

Elle posa les mains contre le mur, ramena une jambe en arrière et se pencha légèrement pour accentuer le galbe de son cul. Je déglutis, incapable de la quitter des yeux.

– Qu'est-ce que tu fais ? lui lançai-je.

– Des étirements. Je dois repartir et j'habite loin.

Ce n'était pas réellement le sens de ma question. Je voulais connaître ses véritables intentions, je voulais la cerner. Mais je n'osai pas le lui dire.

– Tu t'étires ou tu essaies de pousser le mur pour permettre à tes bourrelets de passer ? rétorquai-je plutôt.

– Alors tu es ce genre de type ? s'insurgea Sydney en réponse.

– Quel genre de type ?

– Celui qui critique les gens sur leur physique ?

Qu'est-ce qu'elle racontait, encore ?

Comme si elle lisait dans mes pensées, elle reprit :

– Tu ne parles pas de mes bourrelets sur ce ton.

– Ah ouais, d'accord. C'est pire que je le pensais, tu es timbrée puissance dix mille. Rassure-toi, je n'ai rien contre tes poignées d'amour. Cela dit, si tu veux les éliminer, il existe un moyen plus plaisant que la course à pied.

Elle sourit. Un sourire lumineux, contagieux. Je le lui rendis malgré moi, sans savoir si c'était une bonne ou une mauvaise chose.

– Tu veux m'apprendre des choses coquines, Nojan chéri ? Pour ça, il faudrait que tu acceptes de coucher avec moi.

Elle cessa ses exercices pour me rejoindre. Sa main se posa sur mon torse, électrisante, et sa lèvre inférieure se tordit d'une manière qui ne me laissa pas indifférent.

Mon corps devenait cinglé. *Je* devenais cinglé.

– Courir me libère, annonça-t-elle.

– De quoi ?

– De mes démons, tout ça, tout ça.

Une pause, puis elle déclara :

– Je suis en train de me demander combien de temps tu pourras me résister.

– Encore un défi ?

Elle haussa les épaules avec une moue de gamine. Si une seconde plus tôt j'avais été prêt à enfoncer ma langue dans sa bouche, son attitude me doucha. Elle me testait, et je détestais l'idée de n'être qu'un jouet entre ses mains.

– Peut-être bien, susurra-t-elle.

– Dommage, les tarées c'est pas mon délire.

– Vraiment ? Je suis prête à parier le contraire.

Son sourire s'étira et ses yeux gris se perdirent dans les miens. Des paillettes dorées y brillaient comme de minuscules étoiles, une véritable constellation. Une soudaine envie de la coller contre le mur me saisit l'estomac… et pas que l'estomac, d'ailleurs.

Je reculai d'un pas, histoire de ne pas céder à mes pulsions. J'avais d'autres choses à faire, en commençant par rentrer à la ferme.

– Lauren ressent des trucs pour toi, annonça Sydney alors que je jetais un regard vers la porte de la résidence.

– Et alors ?

– C'est ton cas ?

Cette question me tira un rire dénué de joie.

– J'ai l'air amoureux, Boucle d'or ?

– Pas encore. Alors prépare-toi à jouer et à adorer ça. En attendant, tu m'excuses ? Je dois aller réviser.

Elle me salua de la main, puis se détourna. Pris d'une impulsion subite, je la retins.

– Hé, Boucle d'or.

– Oui, Nojan chéri ?

– C'est quoi ton problème ?

– Demande ça à mon psy. Ça fait des années qu'il cherche.

Elle haussa les épaules, puis claqua des mains et se précipita vers l'extérieur en m'envoyant un baiser au passage.

– Bordel… soupirai-je.

***

Dix minutes plus tard, je poussais ma moto à plus de cent soixante kilomètres heure sur une petite route de campagne. Je n'arrivais pas à me sortir Sydney de la tête. Ses yeux, son humour pourri… Cette fille venue de nulle part semblait s'amuser à me défier sans aucune limite. L'avantage c'était que, depuis que je l'avais rencontrée, je ne me focalisais plus uniquement sur *eux*. Si elle me rappelait mon frère, ça ne me faisait pas aussi mal que je l'aurais pensé.

J'accélérai. Le paysage devint flou, à l'image de ces derniers jours. Le ruban gris de la route accapara toute ma concentration. Il devint ma seule réalité, annihila mes pensées jusqu'à ce qu'il ne reste plus rien. Juste lui et moi.

La ferme d'Hugo apparut trop vite. Dommage, j'aurais aimé continuer à me perdre quelque part entre l'oubli et le calme. À défaut, je garai mon bolide devant l'immense maison.

– Salut, Nojan, tu viens d'où comme ça ? Je pensais que tu dormais encore, ce qui m'étonnait.

Comme toujours, j'ignorai la présence ce bon à rien de James et entrai chez mon grand-père.

Tout, de l'architecture à la déco, puait les années soixante chez Hugo. Il semblait coincé à cette époque, incapable d'évoluer. Une vieille radio crachotait de la musique tous les matins, et je n'étais pas loin de croire qu'elle rediffusait des émissions d'il y a cinquante ans. Joram et moi en avions souvent ri tous les deux.

Avec un soupir, je posai mes clefs sur la commode et mon casque sur la table.

– Bonjour, Hugo. Désolé de ne pas avoir été là ce matin. J'ai eu un contretemps.

Le vieil homme mangeait une pomme, assis dans son canapé. Il leva la tête à mon approche, les sourcils froncés.

– J'ai eu l'espoir fou que tu te sois trouvé un autre job, me répondit-il. Ou que tu aies décidé de donner une chance à une gentille fille et de fonder une famille.

– Aucune chance. James t'a préparé ton petit déjeuner ?

– Ouais. C'est un bon gars.

– Mon cul.

Je faillis me prendre un trognon dans la face.

– Ton langage, jeune homme.

– C'est bon, je suis désolé. Pas besoin de me défigurer.

L'horloge affichait 8 h 30. D'habitude, je me pointais ici à 6 heures pile pour préparer à manger à mon grand-père et nettoyer la maison. C'était l'une des raisons qui me poussaient à ne jamais m'endormir quelque part après une partie de jambes en l'air.

– Je ne suis pas rentré au mobile-home, cette nuit, avouai-je. James s'est bien occupé de toi ? Il a changé les draps de ton lit ? Et il a lancé une lessive ?

L'agacement se peignit sur les traits de mon grand-père. Je lui lançai une autre pomme, qu'il attrapa sans problème.

– Tu sais, je ne suis pas infirme. Je peux me préparer à manger tout seul et faire mon pieu ! Mais ouais, James s'en est occupé. C'est pour ça que je le paie, je te ferais remarquer.

Rien à foutre. Bosser ici jusqu'à ne plus pouvoir réfléchir m'aidait à tenir le coup. Sans compter que j'avais besoin d'Hugo, j'avais besoin des derniers points de repère qu'il me restait.

– Ton employé chéri est en train de fumer une clope près de l'enclos des vaches. Je lui botte le cul ou j'attends qu'il explose comme une merde ?

Hugo se leva avec difficulté et traversa le salon. Une fois dans la cuisine, il fit chauffer de l'eau. Je lui aurais bien demandé un café extra-noir, mais il ne buvait que du thé.

– Laisse-le, Nojan. À une époque, toi non plus tu ne respectais pas les règles. D'ailleurs, aujourd'hui encore tu n'en fais qu'à ta tête. Ce gamin va apprendre. Hier, je lui ai fait décharger trente kilos de purin.

C'était toujours vingt kilos de moins que ce qu'il m'avait fait ramasser à la pelle cet été…

Il déposa deux tasses sur la table de la cuisine et m'ordonna de m'asseoir avec lui.

– Je me demande pourquoi tu continues à te lever à 4 heures du matin tous les jours. Tu aimes souffrir, ou quoi ?

J'arrivais rarement à dormir plus de quelques heures. Trop de souvenirs. Trop de douleur.

– Je n'y peux rien si un bourreau de travail me jetait des seaux d'eau avant l'aube. Maintenant j'ai pris l'habitude.

Mes paroles me rappelèrent la menace de Sydney. Elle aurait été capable de me balancer son verre à la figure, j'en étais certain. Je me demandai jusqu'où elle pouvait aller quand on la poussait à bout. Une question à creuser.

La porte d'entrée s'ouvrit. James entra dans la pièce avec l'air de celui qui a bien fait son travail. *Tu parles.* Ce mec méritait des patates dans la gueule.

– Je peux prendre une pause, Hugo ? J'ai fait tout ce qu'il fallait.

– Et tu veux une médaille ? grimaçai-je.

James m'ignora, continuant de sourire à mon grand-père avec hypocrisie.

– Ouais, repose-toi un peu, lui dit le vieil homme. Cet après-midi on a du boulot.

L'employé quitta la maison, victorieux. Je me retins de répéter à Hugo qu'il perdait son temps avec un type comme celui-là. Au lieu de quoi, je bus mon thé en l'écoutant parler du temps où son fils – mon père – subissait le même sort que moi.

– Ah ouais, j'étais pas tendre avec lui ! Il a bien failli partir à plusieurs reprises, mais il est coriace. Tu tiens ça de lui, d'ailleurs.

Il riait si fort qu'il menaçait de s'étouffer. Quant à moi, je la bouclais. Serrant les poings sous la table, je m'efforçais de maîtriser l'incendie à l'intérieur de mon corps, ces putains de flammes qui me bouffaient les organes en silence. « Ton père, ta mère », ne cessait de répéter Hugo, comme si ces mots n'agissaient pas sur moi comme de l'acide. Malgré cela, je continuai à l'écouter en hochant la tête et en buvant sa mixture aux herbes dégueulasse.

Parler des disparus l'aidait à encaisser le deuil. C'était le principal.

– Tu es passé voir Joram, hier ? me demanda-t-il.

Le gouffre dans ma poitrine se creusa un peu plus.

– Ouais. Je suis désolé de pas y être allé avec toi, c'est juste que…

Je ne terminai pas ma phrase, la gorge trop nouée.

– Je comprends, tu sais ? Je ne t'en veux pas. Ne t'en veux pas non plus.

J'avalai une autre gorgée de thé.

– Tes parents aussi, tu leur as rendu visite ?

– Ouais. Je dois y aller. Appelle-moi si tu as un souci.

Il me laissa me lever sans un mot. J'aurais tout fait pour ne pas avoir à supporter son regard triste.

Je filai directement dans mon mobile-home pour prendre une douche.

Et pour exorciser la douleur.

CHAPITRE 7

SYDNEY

Violette ne digérait toujours pas d'avoir dû dormir dans la chambre de sa voisine le vendredi précédent. On était lundi et ça la hantait encore.

– Les murs étaient couverts de posters glauques, et elle encadre des os de petits animaux, tu te rends compte ? Elle m'a dit qu'elle trouve les restes au pied des arbres, là où les chouettes les régurgitent. L'horreur.

Je posai une main sur son épaule en un geste réconfortant.

– C'est fini, Violette, la méchante sorcière ne te jettera pas de sort.

– Ne te moque pas de moi, Syd' ! Et dire que tout ça, c'est la faute de ma peste de coloc et de ton sale petit… Je les déteste !

– Ce n'est pas si grave, si ?

– Je révisais ! Je ne veux pas rater mes études, moi.

Oups, ça ressemblait à une attaque.

– Moi non plus.

– Combien d'heures as-tu bossé sur tes cours cette semaine ?

Violette avait l'air de croire que je négligeais mon travail universitaire. Sans doute à cause de mon attitude nonchalante et du fait que plus les jours passaient, plus je réalisais que les études ne me réussissaient pas vraiment. Après avoir goûté à la vie active, je me rendais compte peu à peu qu'il était difficile pour moi de revenir sur les bancs de l'école. Le système trop scolaire bridait mon plaisir de la lecture, je n'aimais pas ça. Cependant, je faisais de mon mieux pour ne pas baisser les bras. Je m'empressai de rétablir la vérité :

– J'ai lu quatre livres et rédigé deux rédactions.

– Sérieusement ?

– Je suis plus productive que tu le penses. Bon, pour détendre l'atmosphère, je te propose qu'on aille manger des donuts en ville très bientôt.

Mon amie m'envoya un coup d'œil courroucé suivi d'un coup de coude dans les côtes.

– On ne m'achète pas.

– Même avec le goût noisette ? Tu adores le goût noisette.

Cette fois, elle me décocha un sourire, avant de secouer la tête.

– Il n'empêche, pour en revenir au sujet qui nous occupe… Je ne vois pas ce que tu trouves à Nojan. Il craint.

– Il est ultra-viril et sexy. Tu as raison, il n'a rien pour plaire.

– Arrête de fantasmer sur lui.

– Impossible.

Violette éclata de rire.

– Je te jure, Syd', tu es désespérante. Ça fait trois semaines qu'on se connaît et chaque jour, tu me surprends un peu plus.

– C'est ça la base d'une bonne relation. La surprise, le mystère.

Plus bas, j'ajoutai :

– Et le sexe, mais nous n'en sommes pas encore là. Attendons encore un peu.

– Avec un type que tu connais à peine, tu ne dirais pas non.

– Tu as raison. Et dire que c'est lui qui ne veut pas voir la couleur de ma petite culotte. Je ne comprends pas pourquoi.

– Tu n'es sans doute pas son genre.

– Si, je le vois dans ses yeux quand je m'approche un peu trop près.

– Peut-être qu'il n'aime pas les harceleuses ?

– Il est… différent des autres.

Violette soupira et sortit une brique de jus d'orange de son sac.

– J'ai entendu dire que lorsqu'il est entré à la fac, c'était une tout autre histoire, m'expliqua-t-elle. Un vrai chaud lapin. Il a changé de comportement après l'accident de son frère. Avant Lauren, ça faisait longtemps qu'il n'avait vu personne.

J'ignorais ce qui était arrivé à son frangin, mais ça l'avait détruit. Cette peine en lui le dévorait à petit feu, ça se voyait.

– Il lui faut une échappatoire, décrétai-je.

– Quoi ?

Peu à peu, une idée de génie germait dans mon esprit.

– Regarde-le, ma Violette. Il est grand, il est fort, il est musclé, il a des yeux à damner le diable, et son sourire… tu as vu son sourire ?

– Pour l'instant, le seul que je vois, c'est le tien.

– Peut-être que dans six mois, on sera mariés ?

– J'espère bien que non. Mais si c'est le cas, fais-moi plaisir et ne m'invite pas à la cérémonie.

Violette m'envoya des bonbons dans la figure, puis me désigna quelque chose sur notre gauche.

– Regarde, quand on parle du loup… Le voilà, ton Nojan. Qu'est-ce que tu crois qu'il essaie de faire ?

Je tournai la tête dans la direction indiquée, et découvris le beau gosse et ses potes en train de zoner à l'ombre d'un arbre. Mon futur mari essayait de mettre son poing dans la figure d'un type deux fois plus balèze que lui, qui éclatait de rire à chaque tentative. Je le reconnus : il avait rejoint Nojan au bar en même temps que Lauren le soir du tournoi de fléchettes.

Violette changea soudain de sujet :

– N'empêche, je ne t'aurais jamais crue capable de venir sur le campus en courant. Jenna ne voulait pas que tu prennes la voiture ?

– Mmh, pas vraiment.

– Peut-être que si tu étais plus sympa avec elle, elle ferait des efforts.

Outrée, je posai la main sur ma poitrine.

– Je n'y peux rien si elle me déteste !

– Le jour où ton père te l'a présentée, tu as grimacé en lançant un « c'est une blague ? » qui m'aurait aussi vexée.

Jamais je n'aurais dû raconter à Violette les détails de mon arrivée à Lexington... Je poussai un soupir, puis expliquai :

– Je ne la sens pas sincère avec mon paternel.

Mon amie secoua la tête, remonta ses lunettes sur son nez et haussa les épaules.

– Jenna a toujours été cool avec moi. Laisse-lui une chance.

– Mouais. On verra.

Violette rejeta ses longs cheveux couleur lilas en arrière et s'allongea dans l'herbe, bien décidée à prendre un bain de soleil avant la reprise des cours. Quant à moi, je restai assise, les bras autour des genoux, pour observer Nojan. D'ici je ne voyais pas ses yeux, mais je me souvenais d'eux avec une clarté étonnante. Emplis d'un désespoir voilé, d'une colère profonde, d'une tristesse intense, ils m'avaient attirée comme des aimants dès la première fois que je m'étais plongée dans leur profondeur. Ils m'interpellaient, encore plus que le physique de Nojan.

J'avais besoin de découvrir ce qu'il dissimulait, de comprendre la douleur qui le consumait.

– J'ai envie d'un chocolat chaud, lançai-je à Violette quand je le vis se lever et se diriger vers le snack. Je t'en apporte un ?

– Non, merci. En revanche, prends-moi un donut.

– Noisette ?

– La question ne se pose pas.

Je me redressai d'un bond et observai les fringues que m'avait prêtées Violette quand j'étais arrivée à l'université tout à l'heure, trempée de sueur après mon footing matinal.

– N'empêche, tu aurais pu me filer un jean et un tee-shirt, lâchai-je en grimaçant. Comment veux-tu que je pécho avec ça ?

Je portais une robe à fleurs immonde avec une paire de baskets. Faute de mieux, j'avais dû me contenter de ça. Je ressemblais à un sac abandonné dans un caniveau. Tristesse absolue.

– N'oublie pas ma pâtisserie, Syd' ! se contenta de me répondre Violette avec un gloussement.

Je rejoignis le snack, où Nojan et son ami aux allures de videur avaient commencé à faire la queue. Je me plaçai derrière eux comme si je les accompagnais, doublant les quelques personnes qui étaient arrivées entre-temps, et pris le temps d'observer le mec qui m'intriguait tant. Sur l'un de ses bras était tatoué le visage de son frère. Sur l'autre se trouvaient deux autres portraits à hauteur des biceps : un homme et une femme. Ses parents, peut-être ? Des ronces les entouraient, ponctuées de petites roses rouges. Je remarquai une plaque de police dissimulée dans la végétation.

Étaient-ils morts tous les trois ? À cette pensée, la culpabilité m'envahit. Nojan était brisé, il n'avait pas besoin que je vienne jouer avec ses sentiments dans une tentative égoïste pour me sauver, moi. Il était déjà trop… malheureux.

Sauf que voilà, je n'avais pas choisi de m'intéresser à lui. Je ressentais pour lui une attirance physique certaine, mais aussi quelque chose de plus profond. Il me semblait aussi paumé que je l'étais avant de trouver un moyen de m'en sortir.

Une nuée de souvenirs désagréables me prit d'assaut. Ils quittèrent mon esprit pour descendre le long de mes bras et les engourdir. Je fermai et ouvris les poings pour combattre la paralysie qui me menaçait.

Pense à autre chose, pense à autre chose, pense à autre chose…

Je posai les doigts sur l'épaule de Nojan, me dressai sur la pointe des pieds et murmurai à son oreille :

– En Chine, comment appelles-tu un ascenseur ?

Ses muscles se tendirent. Il se retourna, les sourcils froncés.

– Encore toi ?

– Je suis partout. Fais un effort, s'il te plaît, et réponds à cette devinette.

– Pourquoi des blagues ?

– Parce que c'est de l'humour et que l'humour, ça sauve les gens ?

Je savais de quoi je parlais.

– Et puis, elles rendent la vie moins triste, ajoutai-je.

– C'est toi qui le dis.

– Je te jure. Réponds à celle que je viens de te poser, tu verras. En Chine, comment appelle-t-on un ascenseur ?

– Par le bouton, j'imagine.

– Bingo ! m'exclamai-je en levant les poings en l'air. Alors, tu ne te sens pas mieux ?

Nojan tenta de se retenir de sourire, mais n'y parvint pas. Une fraction de seconde, j'entrevis celui qu'il cachait derrière son armure maussade.

– Pas vraiment, mais tu as essayé.

– Attends d'entendre celle-ci : quelle expression répète toujours un kangourou ?

– Hé, Nojan, intervint alors l'ami qui l'accompagnait, tu nous présentes ?

Comme mon beau motard restait silencieux, je pris les devants :

– Je suis sa copine, ravie de te rencontrer.

– Il n'a pas de copine.

– Pour le moment.

– Arrête ça, OK ? s'agaça Nojan.

– Aucune chance. Tu as été choisi, tu ne peux plus t'échapper.

Je fis volte-face, la tête haute malgré la tenue horrible dont j'étais affublée, puis me dirigeai lentement vers le grand arbre sous lequel somnolait Violette.

– Hé ! Boucle d'or, attends !

Comme prévu, Nojan me rattrapa et se planta devant moi pour me barrer le passage.

– À quoi tu joues ? me demanda-t-il.

– De quoi tu parles ?

– Pourquoi tu dis des trucs comme ça devant mes potes ?

Oh, alors ça l'embarrassait ?

– Je ne joue pas, je prédis notre avenir.

Pas l'ombre d'un sourire sur le visage de Nojan.

– Tu ne peux pas te ramener et foutre le bordel dans ma vie.

Il n'y avait pas que de l'énervement dans ses paroles. Il y avait aussi une douleur profonde qui suintait dans chacun de ses mots, comme si, soudain, c'en était trop pour lui et qu'il avait du mal à la contenir.

– Ah, parce que je fous le bordel ?

– Ouais, et pas qu'un peu ! C'est quoi ton foutu problème ?

– Est-ce que tu es déjà tombé amoureux ?

Il eut un mouvement de recul, aussi prononcé que si je lui avais envoyé un coup de poing dans l'estomac.

– Qu'est-ce que ça peut te faire ?

– Je prends ça pour un non. J'ai remarqué que tu aimais les défis, Nojan chéri…

J'avançai d'un pas et retirai un brin de paille coincé dans les maillons du collier en argent qu'il portait autour du cou. Sa main emprisonna la mienne quand elle frôla sa peau. Les mâchoires serrées par la colère, il approcha son visage du mien jusqu'à ce que nos nez se frôlent. J'hésitai entre me détourner et l'embrasser. Une tension palpable venait de s'installer entre nous, mélange étrange de colère et de désir refoulé.

– Tu me prends la tête, Boucle d'or.

– Déjà ?

Un sourire mauvais étira ses lèvres.

– Tu es complètement cinglée. Tu penses me connaître ? Pouvoir me faire chier impunément ?

– Arrête, Nojan. Tu as de plus gros problèmes que moi, non ?

Il recula et, contre toute attente, me libéra le poignet.

– Dommage, ça devenait intéressant, minaudai-je.

Je le plantai là pour rejoindre Violette. Jamais mon cœur n'avait battu aussi vite, jamais mes jambes n'avaient tremblé aussi fort.

– Et ma pâtisserie ? bouda mon amie en se redressant.

– J'ai eu un empêchement.

– Le genre d'empêchement en tee-shirt noir et jean moulant ? Le genre qui ordonne à une gentille fille comme moi de dégager de sa chambre pour baiser sa pouffe ?

– Oui.

– Tu vas être ravie, parce que ton empêchement se dirige droit sur toi. Quand tu auras fini d'essayer de le foutre dans ton pieu, tu me rejoindras ? Je serai à la bibliothèque.

Violette bondit sur ses pieds et fila à toute vitesse. Les mains sur les hanches, j'attendis que Nojan me rejoigne.

CHAPITRE 8

NOJAN

Je n'y arrivais pas. À gérer ma peine, à ne pas penser constamment à eux. Ils me hantaient jour et nuit sans que je puisse rien y faire. Ça faisait un mal de chien. Toutes les douleurs physiques du monde auraient mieux valu que celle que je ressentais depuis leur disparition. Putain, ça me rendait malade de ne pas réussir à encaisser. D'être aussi faible.

J'étais presque parvenu à me détendre en revenant en cours cet après-midi, puis Sydney était venue tout foutre en l'air. Elle et son sourire, ses yeux, son corps qui agissaient sur moi comme des putains d'aphrodisiaques et réduisaient mon self-control en miettes. J'allais finir par crever si elle continuait de croiser ma route. Ou par la baiser, ça restait à voir.

L'avantage, c'était qu'en sa présence, je ne songeais plus à *eux*.

À présent, elle me fixait avec fierté dans son horrible robe à fleurs.

– Alors, Nojan, te sens-tu prêt à relever un défi ?

Quand mon nom roulait sur sa langue, j'avais envie d'enfoncer la mienne dans sa bouche pour en connaître le goût. J'avais été à deux doigts de le faire, quelques secondes plus tôt. Il s'en était fallu de peu.

– De quel genre ?

À la base, j'étais venu lui dire d'arrêter de me coller aux pompes. Qu'est-ce qui me prenait d'entrer dans son jeu ?

– Un pari, proposa-t-elle avec un magnifique sourire. Histoire de mettre un peu de piment dans nos vies. Tu en penses quoi ?

Je poussai un soupir, à deux doigts de foutre le camp. Je n'avais pas le temps pour ces conneries.

– Tu crois que j'ai besoin de mettre du piment dans ma vie ?

– Oui, ça se sent à des kilomètres. Alors ?

Pour le coup, je ne pouvais pas vraiment la contredire. Mon existence ressemblait à un tas de purin abandonné dans un champ.

Sydney mordit sa lèvre inférieure. Je retins un grondement alors que des images d'elle se servant de sa bouche pulpeuse pour autre chose que parler me venaient à l'esprit.

Cette nana m'attirait sans que je comprenne pourquoi. Elle était mignonne, mais, plus que ça, elle dégageait une énergie et une chaleur capables de tout faire fondre sur son passage. Y compris cette glace qui entourait mon cœur depuis un an.

Et ça ne me plaisait pas du tout. C'était trop perturbant.

– Tu es blindé comme un tank de l'armée soviétique, reprit-elle. Du coup, ce serait drôle si on pariait que d'ici un mois tu baisseras les armes et que tu tomberas amoureux.

Un mois. Un foutu mois. Elle lisait dans mes pensées ou quoi ?

– De toi, j'imagine ?

– Bien entendu. Si je gagne, tu devras admettre ta défaite et m'offrir… disons un sac de couchage en forme de chat. Ça se trouve sur Internet, tu verras.

Il me fallut plusieurs secondes pour comprendre qu'elle ne plaisantait pas.

– Tout ça pour un stupide sac de couchage ?

J'avais l'impression de me faire mener en bateau.

– J'adore les chats, d'accord ? Ils sont si mignons, si tendres, si beaux, si dignes…

– Pourquoi ? la coupai-je.

– Pourquoi j'adore les chats ? Je te ferais remarquer que j'étais en train de te l'expliquer.

– Non. Pourquoi ce pari ? Qu'est-ce qu'il t'apportera ?

– Tu n'es pas le seul à traîner des boulets.

Un silence s'étira pendant quelques secondes. Puis, guillerette, Sydney me demanda :

– Et toi, qu'est-ce que tu veux en cas de victoire ?

– Tu ne m'approches plus. Si je gagne, tu n'entres plus en contact avec moi. Tu restes loin, limite tu fous le camp de cette ville. C'est clair ?

Elle plissa les yeux pour réfléchir, puis me tendit la main. Pas une once de doute chez elle, comme si elle ne craignait pas de perdre.

– Marché conclu.

Je frappai sa paume, et elle ajouta :

– Tout jeu comporte des règles, on en fixe une chacun pour rendre la partie plus excitante ?

– Je t'écoute.

– Bien. Pendant le mois à venir, tu ne coucheras plus avec Lauren.

Nom de Dieu ! Incapable de retenir un rire, je lâchai :

– Tu te fous de ma gueule ?

– Absolument pas.

Très bien, si elle voulait s'aventurer sur ce terrain, elle allait le regretter.

– Ça roule. Dans ce cas, ma règle à moi, ce sera que pendant toute la durée de la partie, tu seras sympa avec Jenna. Tu lui lécheras les pompes, tu feras tout ce qu'elle te demandera. J'irai aux nouvelles de temps en temps : si j'apprends que tu lui as mal parlé ou que tu l'as envoyée balader, tu perds.

Le visage de Sydney se décomposa. Bingo, je venais de toucher un point sensible.

– Pendant un mois entier ?

Mon sourire répondit à sa question.

– J'accepte ! céda-t-elle. On commence demain.

– Marché conclu.

Une joie intense remplaça alors l'agacement sur son visage. En une seconde, elle se mit à irradier une lumière si vive que j'en fus presque aveuglé. Ça aussi, c'était un truc que savait faire Joram.

– Les jeux sont faits, Nojan chéri.

Et elle s'éloigna d'un pas tranquille.

Quand je revins auprès de Steph et de Victor, ils me toisaient avec des sourires amusés.

– Alors, ce devoir d'anglais ? demandai-je à Steph pour faire diversion.

L'hilarité déserta son visage. Ce mec était aussi doué que moi en cours.

– Pas important.

– Bien sûr que c'est important, tonna Victor. Espèce d'abruti de première !

Il s'énervait pour très peu de choses, mais les études en faisaient partie. Il prenait les siennes très au sérieux. Il voulait devenir avocat, et se donnait à fond pour y parvenir.

– Ouais, bref, tiqua Steph. Tu parlais à la fille du bar, Nojan, non ?

– Peut-être bien.

– Elle ressemble à la nana dans *La Petite Maison dans la prairie*, habillée comme ça. Tu sais, la blonde. Ou à une amish. Elle est quand même sacrément bonne.

J'ignorais s'il parlait de la fille de la série ou de Boucle d'or.

– Comment elle s'appelle ? insista-t-il. Je vais essayer de choper son numéro.

Étrangement, cette idée ne me plaisait pas du tout.

– Mary, mentis-je.

– Tu es sûr ? Je crois qu'elle avait dit autre chose, au bar. Victor, tu t'en souviens, toi ?

Notre ami, occupé à relire un de ses devoirs, répondit sans hésiter :

– Mary.

– Ah, OK. Je vais la dessiner et lui offrir un portrait, elle va kiffer.

Steph se prit mon poing dans l'épaule.

– Hé ! Pourquoi tu as fait ça ?

– Tu restes loin d'elle, lui ordonnai-je.

Peut-être que je n'aurais pas dû lâcher la bombe de cette façon ? Dans tous les cas, mes potes me fixèrent avec un mélange curieux de suspicion et de surprise.

– Attends, tu la kiffes, cette nana ?

Si je la kiffais ? Je n'étais pas encore capable de répondre à cette question. Mais une chose était sûre : l'imaginer avec Steph me rendait malade.

L'imaginer avec n'importe qui d'autre que moi me rendait malade, en fait.

– Nojan, tu la kiffes ? insista mon ami.

– Non, répondis-je, agacé.

– Dans ce cas, tu ne vois aucun inconvénient à ce que j'essaie de la pécho ?

Le pauvre galérait à se dégoter des nanas. Il s'efforçait de se trouver quelques coups en piochant dans les filles qui s'intéressaient à moi. Pitoyable.

– Je m'en tape, grimaçai-je.

– Cool ! Tu veux parier sur lequel d'entre nous deux couchera avec Mary en premier ?

Son sourire débile fana sous mon regard assassin.

– Quoi ? geignit-il.

– Allez tous vous faire foutre avec vos paris à la con.

Même si Steph était mon pote, à cet instant, j'avais envie de l'étrangler et d'abandonner son corps dans le désert.

– Pas la peine de t'énerver comme ça.

– Tu n'aurais aucune chance avec elle, de toute façon, rétorquai-je. Elle a trop de caractère pour toi, elle te boufferait tout cru.

– Tu sais ce que je voudrais qu'elle me bouffe ? La bite.

Je me levai pour foutre le camp. Victor me suivit sans un mot. J'ignorais à quoi il pensait à cet instant précis. Il n'était pas du genre à me charrier, comme Steph. Lui, c'était plutôt le sage de la bande.

– C'est Sydney son nom, non ? me demanda-t-il lorsque notre ami ne fut plus à portée de voix.

– Oui.

– Elle a l'air *space*, c'est clair. Surtout dans sa façon de s'habiller.

Immédiatement, le souvenir de Sydney en train de s'étirer dans le hall de la résidence universitaire me revint en mémoire. Il était clair que les leggings lui allaient mieux.

– Pourquoi tu souris ? demanda mon pote.

Putain, ouais, je souriais.

– Elle s'est changée parce qu'elle est venue en courant sur le campus. Elle a dû piocher ces fringues dans les objets trouvés.

Tout à coup, une fille aux cheveux violets se matérialisa devant moi.

– Dans les objets trouvés ? C'est de ma robe que tu parles, crétin !

Violette. Ou plutôt Victoria, la colocataire de Lauren. Elle sortait de la bibliothèque, les bras chargés de livres. La façon dont elle me défiait me faisait penser à Sydney. Bordel ! En fait, beaucoup trop de choses me rappelaient Sydney.

– Alors c'est ta robe ? J'aurais dû m'en douter.

– D'abord, je ne la mets plus, je voulais juste faire une blague à mon amie ! Elle m'agace, elle passe son temps à me parler de toi. Tu ne pourrais pas quitter le pays une semaine ou deux ? Ça me ferait des vacances, et en plus ça me permettrait de dormir dans ma propre chambre.

Je venais de comprendre pourquoi Boucle d'or s'entendait si bien avec cette nana. Elles n'avaient pas la langue dans leur poche, toutes les deux.

– Vous n'en avez pas marre de me casser les couilles ? ricanai-je en passant une main sur mon visage.

– Je suppose que par « on », tu entends Sydney ? Tu n'as pas fini d'en baver.

Un dernier regard plein de mépris, et Violette me dépassa. Sans doute ne s'était-elle pas aperçue que Victor patientait derrière moi, parce qu'elle fonça droit sur lui. Ses livres tombèrent au sol alors qu'elle évitait la chute de peu. Je restai planté là, à me délecter de sa mine hagarde.

– Ça va ? la questionna mon ami, réellement soucieux. Attends deux secondes, je vais t'aider.

– Merci, c'est gentil, répondit Violette, rougissante.

Elle s'empressa de rassembler ses affaires, que lui tendait Victor, puis elle s'enfuit dans le couloir sans demander son reste.

– C'était qui ? me demanda mon pote.

– La colocataire de Lauren. Elle est amie avec la fille que j'ai rencontrée au bar.

– Elle habite sur le campus ?

– Ouais, je peux même te filer le numéro de sa chambre. Tu craques pour elle ?

– Elle a du répondant et elle est mignonne.

Je devais reconnaître une chose importante à propos de Victor : il en avait une sacrée paire. Il se foutait bien de s'humilier en avouant ses sentiments, il assumait toujours ce qu'il éprouvait. Joram était comme ça, lui aussi.

– Si son genre c'est les géants tatoués, tu as toutes tes chances, balançai-je.

Mon ami ignora mon ton moqueur, fourrant ses mains dans les poches de son jean.

– Parle-moi de Sydney, ordonna-t-il.

Ah, le sujet fâcheux.

– Cette tarée a déboulé de nulle part avec ses blagues à deux balles et a décidé de me faire chier. Sérieux, elle a un grain.

– Je vois le genre, répondit Victor en riant. Tu l'apprécies, pas vrai ?

– Elle me rappelle Jori.

– Ça se voit. Et je suis plutôt content qu'elle ait réussi à te prendre dans ses filets.

– Elle n'a rien réussi du tout.

– Si tu le dis ! Allez, à toute, mon pote, j'ai cours de droit.

Il me posa une main sur l'épaule et ajouta :

– Bonne chance. Elle a l'air plutôt tenace…

Il ne savait pas à quel point.

CHAPITRE 9

SYDNEY

Mon père somnolait derrière le bar, la tête posée dans ses mains et les paupières mi-closes. Son stylo glissé entre ses lèvres menaçait de tomber sur le comptoir.

Je l'avais rarement vu aussi fatigué. Ces temps-ci, il semblait dormir peu et bosser beaucoup trop.

– Tu devrais me laisser travailler avec vous, lui lançai-je. Tu as l'air d'un zombie après cinq ans d'errance.

Il se redressa en sursaut, papillonna des paupières et toussota pour reprendre ses esprits.

– Déjà rentrée ?

– Il est dix-huit heures. Encore heureux que je sois déjà rentrée, sinon il aurait fallu t'inquiéter un minimum. Imagine que je me sois fait enlever par un psychopathe ?

– J'aurais plaint ce pauvre bougre, dans ce cas.

Je poussai un soupir, décidant d'ignorer cette attaque.

– Je suppose que tu n'as pas eu mon SMS qui te suppliait de venir me chercher ?

Mon père se redressa et regarda sa montre avec lassitude.

– Non, mon portable est là-haut, désolé. J'ai bossé sur les comptes tout l'après-midi. Tu es revenue en bus ?

– Ouais. Tu n'as pas idée des odeurs qu'il y a dans ce genre de véhicule. Si seulement j'avais une moto…

Je balançai mon sac sur une table et attrapai une bouteille de vodka sous le comptoir. Avant que je puisse boire au goulot, mon père me l'arracha des mains.

– Sydney.

– J'ai presque vingt et un ans !

– Dans deux ans seulement. Et jamais tu ne boiras devant moi, même à quarante piges. Quant à la moto, il te faudra me passer sur le corps avant d'en avoir une.

Je reculai, la mine faussement choquée.

– Ne dis pas un truc comme ça alors que, chaque soir, je dois prendre trois somnifères pour oublier que tu sautes une fille qui a presque mon âge !

À son tour de grimacer. Oups, peut-être y avais-je été un peu fort.

– Je t'ai déjà dit d'arrêter de parler de Jenna de cette façon. Laisse-lui une chance, c'est une fille bien.

Il le pensait réellement et, même si ça me tuait de l'avouer, il était plus heureux avec elle qu'il l'avait été avec ma mère.

Mieux valait changer de sujet.

– Que penses-tu de ma proposition de t'aider ici le soir ? Tu serais moins crevé.

– Ça ira, occupe-toi de tes cours. Tout va bien, d'accord ? C'est juste un coup de fatigue.

Aussi têtu qu'une mule.

– Comme tu veux. Tu sais où me trouver si tu changes d'avis.

Je saisis mon sac par la bandoulière et montai dans ma chambre, où je m'écroulai sur mon lit, portable en main. Un petit tour sur Facebook m'apprit que Nojan n'avait pas encore accepté ma demande d'ami. Monsieur se faisait désirer. Tant mieux, j'aimais les défis. Surtout les défis aux abdos prononcés, aux biceps parfaits et à la peau couverte de tatouages. Je lui envoyai une blague par message privé :

Qu'est-ce qui est jaune et qui court
très vite ?

Puis j'éteignis l'application et me mis à recopier mes cours au propre et à réviser. Je devais rédiger un essai sur l'impact de la technologie sur le comportement humain. J'avais des choses à dire sur le sujet : quatre ans plus tôt, j'avais passé des mois et des mois en compagnie d'un mec qui ne faisait que regarder la télé et jouer sur son téléphone.

Résultat des courses : coma. Bon, d'accord, c'était surtout à cause de la drogue que ce type vendait et ingérait. Mais quand même !

J'écrivais le dernier mot quand ma porte s'ouvrit sur Jenna. Immédiatement, la règle de Nojan me revint en mémoire : être sympa avec elle.

La torture.

– La notion de vie privée te dit quelque chose ? balançai-je malgré mes bonnes résolutions.

– Ta mère a appelé sur la ligne fixe. Ça avait l'air important.

Mon stylo-bille se brisa entre mes dents. Je recrachai les morceaux de plastique puis demandai :

– Qu'est-ce qu'elle voulait ?

– Aucune idée, tu n'as qu'à la rappeler. Et range-moi cette chambre, c'est le chaos, ici.

– Ma chambre ? Et si tu allais te… Non, tu as raison, Jenna, je vais ranger ma chambre, comme tu le souhaites. À tout à l'heure.

Mon élan de bonne volonté tira une mine suspicieuse à ma belle-mère, qui referma la porte sans un mot. J'attrapai alors mon téléphone et composai le numéro de l'établissement où résidait ma mère. Une standardiste décrocha aussitôt.

– Centre Psychiatrique des Douze Lunes. Edwige, je vous écoute.

– Bonjour, ici Sydney Blair. Je crois que ma mère a essayé de me joindre dans la journée. Elle s'appelle Sophia Lane.

– Elle est partie en thérapie et, à cette heure-ci, les patients ne prennent plus d'appels. Je peux lui demander de vous recontacter demain ?

– Non, ça va aller. Dites-lui de ne plus essayer de me joindre. Bonne soirée.

Je raccrochai, le cœur lancé à mille à l'heure.

De mauvais souvenirs remontaient du fond de ma mémoire à chaque fois que j'appelais l'hôpital. Douloureux, traumatisants. Je m'obligeai à les chasser et à penser à autre chose avant qu'ils n'engourdissent mes membres. Je décidai de descendre au bar voir si Nojan s'y trouvait. Il était 20 h 30 maintenant, ça n'avait rien d'impossible.

Bingo.

Assis à la même place que la dernière fois, il buvait, les yeux rivés sur son téléphone. Je me faufilai jusqu'à lui en contournant les autres clients avec l'aisance d'un ninja en mission secrète.

– Un citron pressé, murmurai-je à son oreille en arrivant à ses côtés.

Il ne sursauta même pas. Je me laissai tomber sur la chaise juste devant lui, posant mes chevilles sur la table. Et priant intérieurement pour que mon père ne me voie pas faire.

Après quelques secondes, Nojan leva les yeux de son écran pour les poser sur moi. Je compris qu'il n'avait pas saisi de quoi je parlais, alors je me fis un plaisir de le lui expliquer.

– C'est la réponse au message privé que je t'ai envoyé il y a deux heures et auquel tu n'as pas répondu. Un citron pressé. Tu sais, quand on appuie sur les citrons pour faire sortir le jus ?

Il posa les coudes sur la table et approcha son visage du mien.

– Tu as un sérieux problème avec les blagues. Tu comptes me saouler encore longtemps ?

– Autant qu'il le faudra pour que tu daignes m'offrir un peu de ta délicieuse personne.

Il se fendit d'un sourire en coin.

– Et qu'est-ce que tu veux de moi, Boucle d'or ?

– Ton corps. Ton âme.

Il glissa un cure-dent entre ses lèvres, prenant un air dubitatif.

– Tu es sacrément mal barrée, alors. On ne couchera peut-être jamais ensemble.

Oh, ça, j'en doutais. J'étais certaine de lui faire autant d'effet qu'il en avait sur moi.

– Menteur. Pourquoi tu viens tout seul ici ? Tu aimes la solitude ?

– Pour avoir la paix. On dirait que je vais devoir me trouver un autre bar.

– Je ne vois pas pourquoi tu dis ça. Je t'offre une bière ?

– Je peux me l'offrir seul. Laisse-moi tranquille, OK ?

Récalcitrant, mon Nojan.

– Pourquoi ?

– Pourquoi quoi ?

– Tu veux que je te laisse tranquille.

Il se renfrogna.

– Parce que j'en ai besoin.

Non, ce dont il avait besoin, c'était d'évasion et de compagnie, même s'il ne se l'avouait pas. Je claquai les mains sur la table, refusant de lâcher l'affaire.

– Commande-moi une bière, lui ordonnai-je. Mon père me tuera si c'est moi qui demande.

– Tu crois qu'il me fera quoi, s'il découvre que c'est pour toi ?

– Tu risques de repartir sans tes jambes. Mais tu aimes le danger, n'est-ce pas ?

– J'aime des tas de trucs, comme la moto, les jolies blondes et les balades en montagne. Pas me faire tabasser par un mec qui a appartenu aux Blacks Crows.

Mon père avait fait partie, dans sa jeunesse, d'un gang local. Mais c'était il y a longtemps. Ensuite, il avait rencontré ma mère, elle lui avait demandé de quitter Lexington et ils avaient déménagé dans l'État de Washington. Suite au divorce, bien des années après, il était revenu ici pour oublier sa douleur.

– Tu aimes quoi d'autre ? demandai-je.

Le regard de Nojan se perdit dans la foule. Puisqu'il ne répondait pas, je décidai de l'aider :

– Moi j'adore les chats, les films d'horreur, lire. Allez, dis-moi ce qui te botte ! Il doit bien y avoir un truc dont tu raffoles par-dessus tout ?

Il haussa les épaules.

– Tant que tu ne me répondras pas, je vais continuer à te lister toutes les choses que j'apprécie :

le chocolat, les licornes, les balades dans les animaleries, la mer, le saut à l'élastique, les histoires d'amour, Will Smith, les bandes dessinées, la philo, les Funko Pop, le camping, le bière-pong…

Il poussa un long soupir.

– Les chevaux. J'ai toujours adoré les chevaux, avoua-t-il.

Un mec qui aimait les chevaux et qui conduisait une moto… La perfection incarnée.

– Tu montes ?

– Les chevaux, je suppose ? demanda-t-il avec un fin sourire.

– Entre autres, oui.

Il haussa les épaules.

– Ça m'arrive… mais moins souvent qu'avant.

Je faillis lui demander avant quoi, mais la réponse s'imposait. L'accident dont Violette m'avait parlé…

– Je ne suis jamais montée, annonçai-je.

Il but une gorgée de sa boisson, le regard tout à coup incandescent et plein de curiosité.

– Sérieux ? On est à Lexington. « La capitale mondiale du cheval », comme disent les brochures de la mairie.

– Sauf que je n'ai jamais vécu ici. Ça ne fait que trois semaines que je suis là.

– Je vois. Tu penses quoi de la ville ?

– Qu'on y trouve des personnes très intéressantes.

– Il y a aussi des coins dont tu ne soupçonnes même pas l'existence.

– Tu m'emmèneras un jour ?

– Tu peux toujours courir.

Bonne idée. Le besoin de me dégourdir les jambes m'assaillait depuis que j'avais dû appeler le centre psychiatrique.

– S'il te plaît, Nojan chéri, va donc me chercher à boire. Tu n'imagines pas quelle peste je peux être quand j'ai la gorge sèche.

– Pire que là tout de suite ?

– Beaucoup, beaucoup plus chiante.

CHAPITRE 10

NOJAN

Les yeux de Sydney pétillaient de malice et son sourire puait la satisfaction. Ça aurait dû me foutre en rogne qu'elle se foute de ma gueule comme ça. Mais je n'avais jamais croisé une nana qui aimait autant me défier. Et, je devais l'avouer, ça avait quelque chose de rafraîchissant. D'excitant, même. Depuis qu'elle traînait dans mes pattes, je trouvais ma vie moins merdique. Moins triste. Elle était arrivée pile au moment où je me demandais pourquoi continuer à me battre. Même si ça me tuait de me l'avouer, sa présence m'aidait à encaisser le manque et à gérer *leur* absence. Sans doute parce que je n'avais jamais rencontré quelqu'un qui ressemblait autant à mon frangin.

– Alors, tu m'en paies une ? insista-t-elle. S'il te plaît, s'il te plaît, s'il te plaît !

Je fis l'erreur de laisser glisser mon regard sur ses cuisses. Elle avait de très belles jambes pour une fille aussi petite.

– Pourquoi ton père refuse que tu boives ? Tu te fous à poil quand tu es saoule ou un truc du genre ?

La remarque la désarçonna à peine.

– Ma mère avait un problème d'alcool. Je n'ai pas eu une enfance hyper drôle, si tu vois ce que je veux dire, et ça a marqué mon père aussi. Il flippe à l'idée que je puisse suivre le même chemin. Ironique, pour un mec qui tient un bar, non ?

Une étincelle de douleur scintilla dans les yeux de Sydney. Le genre de lueur que je connaissais par cœur.

– Il fait ça pour te protéger, soufflai-je.

– Je n'ai pas besoin d'être protégée.

– Ce n'est pas l'impression que tu donnes, Boucle d'or.

Elle haussa les épaules, et retrouva son enthousiasme habituel.

– Allez, tu me la paies, cette bière ?

– Si je le fais, tu arrêtes de me saouler ?

– Promis, juré, si je mens je vais voir le curé.

Je me levai et me frayai un chemin à coups de coudes à travers la foule. Derrière le comptoir, Ben croisa mon regard. Je me rendis compte que ses yeux possédaient la même teinte métallique que ceux de Sydney.

– Tiens, Nojan. Comment va ton grand-père ?

– Tu le connais, il dit à tout le monde qu'il va bien.

– Ça me rappelle quelqu'un. Toi, comment tu vas ?

– Si tu pouvais éviter de me poser cette question…

– OK, alors dis-moi, comment avance ta vie ? Quoi de neuf ?

Rien, mis à part que ta môme fout le boxon dans mon cerveau. Et pas que.

– Tu peux me mettre une fruitée, s'il te plaît ?

Il obtempéra, non sans jeter un regard en direction de ma table.

– Tu as fait la connaissance de ma fille, je vois.

Cette remarque sentait le piège à des kilomètres.

– Ouais, on est à la fac tous les deux et on a joué aux fléchettes, la dernière fois.

– Paraît que tu lui plais bien. Sauf qu'elle n'est pas ton genre, hein Nojan ?

Mon genre ? Je n'avais pas de « genre » particulier. Tant qu'elles savaient écarter les jambes et me faire jouir, ça m'allait. Sauf qu'avouer ça à l'homme devant moi n'était sans doute pas une bonne idée.

– Relax, Ben. Elle ne risque rien.

J'allais partir, mais il posa une main sur mon épaule. Mes muscles se tendirent à ce contact.

– C'est ma fille unique, Nojan. Elle n'est pas ce qu'elle paraît être.

Folle à lier ? Chiante ? Tenace ?

– C'est quelqu'un de fragile, poursuivit Ben. Et je serai là s'il lui arrive un truc moche.

Fragile ? Mon cul, ouais !

– Crois-moi, ce n'est pas moi qui ai commencé la partie, grommelai-je.

Je dégageai mon épaule, et filai à ma table avant d'être à nouveau retenu.

– Je ne pensais pas que tu me paierais un verre, commenta Sydney quand je posai la bière devant elle.

Moi non plus. Et j'aurais sans doute mieux fait de me péter un bras plutôt que de lui rapporter sa commande. Les émotions contradictoires qu'elle déclenchait en moi me tapaient sur le système.

– Bois et ensuite, laisse-moi tranquille.

Avec un large sourire, elle s'empressa d'avaler la moitié de sa bière. La mousse forma une ligne au-dessus de sa lèvre supérieure. Putain, cette vision fit jaillir en moi une flopée d'images perverses. Je détournai mon attention de cette bouche tentatrice, bien décidé à garder le contrôle.

– Tu ne devrais pas boire aussi vite, Boucle d'or.

– J'habite là-haut, je te rappelle. Et puis, si je n'arrive plus à me déplacer, tu pourras me conduire dans ma chambre.

Je ne connaissais aucune fille ayant autant de culot.

– Ou alors, je te laisserai expliquer à ton père que tu es bourrée.

– Je lui dirai que tu m'as forcée à boire pour me peloter.

J'hésitai entre l'applaudir ou la réduire au silence.

– Nom d'un Détraqueur, continua-t-elle, on n'a jamais rien inventé de mieux que l'alcool ! Tu ne penses pas ?

– Arrête. Y a carrément mieux.

– Quoi, par exemple ?

– Les moyens de contraception. Ceux que tes vieux auraient dû utiliser neuf mois avant ta naissance.

Elle fronça les sourcils, l'air vexé.

– Alors ça, c'était petit et méchant. Surtout venant de toi.

– Et pourquoi ça ?

– Je te croyais plus mature.

– C'est l'hôpital qui se fout de la charité, ma parole.

Elle but une nouvelle gorgée de bière, avant de tendre un index dans ma direction. J'espérais lui avoir rabattu le caquet, mais, visiblement, je me trompais.

– Parlons de choses sérieuses. Sur une échelle d'un à dix, Nojan chéri, à quel niveau estimes-tu ton amour pour moi ?

– Moins quinze.

– Tu es dur.

– Tu n'as pas idée, ricanai-je.

Elle sourit.

– Si on montait tous les deux ? Je pourrais te montrer la couleur de mes draps.

Cette perspective ne me déplaisait pas. Si seulement cette fille ne passait pas son temps à vouloir m'entraîner dans ses défis à la con, je me serais laissé tenter.

– C'est tout ce qui t'intéresse, Boucle d'or ?

– Coucher avec toi ?

– Gagner le pari.

Elle réfléchit, une moue tordant ses lèvres. Des lèvres pulpeuses et rosées qui m'obsédaient. J'imaginais déjà tout ce qu'elle pouvait faire avec elles.

– Je veux te gagner, toi. Toi au complet. Cœur et corps, Nojan.

Je fermai les yeux pour étouffer un rire acerbe. Mon cœur ? Ça faisait un moment qu'il ne battait plus, celui-là.

– N'importe quoi.

– J'y arriverai, j'en suis sûre.

– Je te souhaite bon courage.

– Tu vois encore Lauren ? demanda-t-elle tout à coup.

– Qu'est-ce que ça peut te faire ?

– Cette fille n'est pas pour toi.

– Sans blague ? Parce que toi, oui ?

Elle m'envoya un clin d'œil agrémenté d'un sourire mystérieux.

– Sans aucun doute. Rappelle-toi le pari.

Je me rendis compte que, si elle continuait d'insister pour m'emmener dans sa piaule, je n'étais pas certain de résister. La couleur de ses draps m'intéressait plus que je voulais bien le laisser paraître.

Sydney finit son verre cul sec et le claqua sur la table.

– Tu n'as pas accepté ma demande d'amitié sur Facebook. Pourquoi ?

L'art de passer du coq à l'âne.

– La raison semble évidente. Peut-être que je n'ai pas envie qu'on devienne potes ?

Elle m'observa un long moment sans parler.

– Tu habites où ? reprit-elle enfin.

– Pourquoi ça t'intéresse ?

– Pour que je puisse venir te voir.

Toujours avec son sourire, elle se leva et plaça les mains sur sa taille. Le piercing à son nombril, laissé à découvert par sa brassière, brilla sous la lueur d'un plafonnier.

– Il faut que j'y aille avant de me faire griller par mon père, si ce n'est pas déjà fait.

– Quel dommage.

– Bonne nuit, Nojan chéri.

Une minute plus tard, elle disparaissait. Je quittai le bar, les jambes lourdes, le cœur sur le point d'éclater, et grimpai sur ma moto. Le bruit du moteur emporta avec lui la tension dans mes muscles. Les doigts serrés autour des poignées, j'expulsai tout l'air de mes poumons. Il me fallait de la vitesse, du bruit, il me fallait m'échapper de ce monde. Tout de suite. Je m'engageai sur la route déserte, laissant les ondes parcourir mon corps, emporter cette putain de tristesse que je trimbalais depuis des mois. Le paysage autour de moi perdit ses contours. Mes pensées aussi. Ne demeurèrent que la route, la lumière du phare de ma moto, celle des lampadaires.

Ainsi que celle qu'émettait Sydney. Chaude, bienveillante, pure. La même que celle qui se dégageait de Joram, avant.

CHAPITRE 11

SYDNEY

La fête battait son plein en ce vendredi soir arrosé. Des types couraient nus dans les couloirs de la fraternité, des nanas se trémoussaient sur les tables, la bière immonde coulait à flots... le pied total ! Un paradis sur Terre. J'adorais vraiment la fac.

– Tu sais, dis-je à Violette, là où j'habitais avant, il n'y avait pas de gobelets rouges. La supérette au coin de chez moi peinait déjà à se faire livrer des œufs frais, alors des gobelets rouges n'en parlons pas. Ça me déprimait, parce qu'ils donnent tout de suite une ambiance de série télé, tu ne trouves pas ?

Violette détacha son attention des mecs à poil, la mine dégoûtée. La pauvre ne se trouvait clairement pas dans son élément.

– Est-ce qu'on peut aller parler de ton ancienne vie dans ma chambre plutôt qu'ici ? suggéra-t-elle. J'ai du pop-corn quelque part, si ça peut te décider. J'ai eu ma dose de gros lourds quand je bossais chez ton père. Au moins, là-bas, ils portaient des vêtements…

– Une demi-heure, lui promis-je. On ne reste qu'une demi-heure.

Mon regard se perdit dans la foule, et j'avouai brusquement :

– Zack m'a emmenée à une soirée un peu similaire l'année dernière. Mais tout le monde préférait traîner dans la piscine que s'adonner aux jeux d'alcool.

– Qui est Zack ?

– Un type avec qui j'ai…

... *commencé une partie de « Lover Game » l'année dernière.*

– … passé du bon temps pendant quelques semaines. Ensuite, il m'a jetée pour son ex-copine.

– C'est horrible ! Pourquoi tu souris, alors ?

Parce que, parfois, perdre était aussi excitant que gagner. Parce que j'avais eu mal quand il m'avait abandonnée. Parce que cette douleur avait réveillé mon cœur anesthésié.

Comment expliquer ça à une fille que je connaissais depuis un mois seulement ? Comment expliquer ça à quiconque sans passer pour une folle ?

– C'était le risque du jeu, résumai-je.

– Quel jeu ?

Un garçon dans son plus simple appareil fonça dans notre direction, sauta par-dessus un canapé et s'échoua à nos pieds. Les lettres K et A écrites au feutre noir sur ses deux fesses me firent rire. Je lui tendis la main, voyant qu'il était bien trop bourré pour se relever seul.

– Mon Dieu, il faut que je parte d'ici, paniqua Violette.

– Du calme, tu as déjà vu un garçon nu, non ?

– Hé, s'exclama le gars à mon intention, tu es… l'amish, c'est ça ? J'ai entendu parler… de toi.

– Pas vraiment. Je suis Sydney. Enchantée tout de même de te rencontrer, K-A.

– Sydney, me souffla Violette à l'oreille, il est nu. Tu ne trouves pas ça dégueu ?

– Mon amie, ici présente, tient à te faire remarquer que tu es en tenue d'Adam.

Le blondinet éclata de rire, perdit l'équilibre et se rattrapa à moi. Je dus tendre le bras pour qu'il évite de coller son intimité contre mes hanches.

– Ouais, les potes et moi, on a promis deux cents dollars à celui qui resterait à poil le plus longtemps. Je crois que j'ai gagné… depuis au moins une heure.

Deux cents dollars ? Les gars de la fraternité ne plaisantaient pas avec la thune.

– Félicitations, K-A.

Je lançai un coup d'œil au groupe qu'il me montrait du doigt. Il comportait un nombre conséquent de types tatoués en blouson de cuir. Des filles dans un style similaire les accompagnaient, la plupart assises sur les genoux des messieurs. Je reconnus Terry, la gothique qui m'avait invitée à jouer aux fléchettes avec Nojan. D'ailleurs, en parlant du loup… Ces derniers jours, il avait sournoisement essayé de m'éviter. Ce soir, il n'y parviendrait pas si facilement.

– Tu vas où ? me cria Violette alors que j'esquissais un mouvement pour m'éloigner. Attends, non, reste avec moi !

– Je vais raccompagner K-A jusqu'à ses amis. Essaie de te détendre, d'accord ?

Le garçon gloussa. Il avait du mal à tenir debout. Je passai son bras par-dessus mon épaule, attrapai sa taille et le traînai à travers le salon.

– Tu manges tes cinq fruits et légumes par jour ? Parce que tu pèses une tonne.

– Ouais.

Je n'étais pas certaine qu'il m'ait comprise, car il enchaîna sur une musique de pub pour shampoing.

Je slalomai entre les fêtards jusqu'à atteindre le mini-gang des vestes en cuir.

– Chaud devant, vous avez perdu ça.

K-A s'écroula sur Terry, qui ne put s'empêcher de cracher une série de jurons en le repoussant.

– S'cuse, minauda le nudiste.

Tous les regards se tournèrent vers moi. Heureusement, je ne portais pas de robe à fleurs, ce soir-là.

– Salut, les gars.

– Salut, me lança Terry. Tu aurais pu laisser ce boulet cuver quelque part.

– Je suis trop bonne pour ça.

Mon cœur accéléra quand je vis que Nojan me détaillait de ses yeux sombres. Un type d'une maigreur étonnante et qui arborait des tatouages sur le crâne se pencha dans sa direction avec un sourire de connivence. Je fus certaine d'entendre le mot « pari » lorsqu'il lui parla, juste avant de se prendre le coup de coude le plus violent de l'histoire de l'humanité.

– Ta gueule, Steph.

– On te voit souvent au bar, reprit Terry. Et même derrière le comptoir, parfois. On se demandait pourquoi.

– Mon père est le patron.

– Cool ! s'extasia le garçon à la crête verte. Quand on y retournera, tu nous fileras à boire gratos ?

Certaines personnes me prenaient vraiment pour une bille. Je me laissai tomber entre Terry et K-A avec un soupir. Le nudiste entreprit de poser la tête sur mon épaule pour somnoler. Tant qu'il ne vomissait pas, ça m'allait.

– Pourquoi pas ? Ça dépendra de mon humeur, mentis-je. Mais, pour ça, il faut venir plus souvent.

Histoire de faire monter le chiffre d'affaires de mon papounet.

– Et qu'est-ce qui pourrait te mettre de bonne humeur ?

Le fameux Steph me souriait. Il avait une idée derrière la tête, ça se voyait.

– Des tas de trucs.

Me taper ton pote Nojan, par exemple.

Steph fronça les sourcils en buvant une gorgée de bière.

– Je peux te dessiner un truc, si tu veux, je suis plutôt doué pour ça, me proposa-t-il. Tu n'as pas envie de te faire tatouer ?

Je dus avouer que c'était tentant.

– Tu sais tatouer ?

– C'est un peu ma vocation, ouais. Tu vois les dessins sur les bras de Nojan ? C'est moi qui les ai faits. Je veux ouvrir mon propre salon. Alors, dis-moi, quelque chose te ferait plaisir ?

– Ne plus entendre ta grande gueule ? proposa Nojan, acerbe.

Était-ce de la jalousie que j'entendais dans sa voix ?

– Prends ça dans ta face, Steph, jubila Crête Verte. C'est vrai que tu es lourd, sérieux.

– Quoi ? s'indigna-t-il. Je veux juste faire connaissance avec Mary.

– Qui est Mary ? demandai-je.

Nojan se mit à rire.

– C'est toi, répondit Steph, incertain.

– Désolée, si c'était le cas, je le saurais.

– Elle s'appelle Sydney, tête de gland ! renchérit Nojan.

– Quoi ? Mais pourquoi tu m'as dit n'importe quoi, alors ?

– Pour te faire galérer. C'est marrant.

Nojan posa les yeux sur moi. Ses pupilles semblaient me hurler de me casser. Dommage pour lui, il n'imaginait pas à quel point je m'amusais.

– OK, OK, désolé Sydney, grimaça Steph, on ne peut plus compter sur ses potes visiblement. Donc, revenons à nos moutons. Qu'est-ce qui te met de bonne humeur ? Je serais curieux de le savoir.

– J'ai une préférence pour le chocolat, les chats et les beaux gosses taciturnes. Même quand ils ignorent mes messages Facebook.

– Si tu m'envoyais une invitation, je l'accepterais avec plaisir. Et plus si affinités.

– Très sympa.

– De rien, de rien. Je t'offre une bière ?

– Non, ça ira, merci.

– Un dessin, alors ?

– Euh… plus tard.

Steph hocha la tête, déçu. Une demoiselle dans le cercle lui lança :

– Hé, moi j'en veux bien un ! Tu me montres les derniers que tu as faits ?

Comme si Noël arrivait avant l'heure, le tatoueur m'oublia complètement, et attrapa un sac à dos.

– Bien sûr ! Je suis en train de créer une série de dragons dans le style *fantasy*, viens, je te montre.

Sans attendre, je me levai et m'installai à côté de Nojan, obligeant ses voisins à s'écarter.

– Elle est où, *bébé* ? lui demandai-je tout bas. Elle me manque.

– En week-end chez ses parents.

– Quelle merveilleuse nouvelle ! Tu as couché avec elle récemment ?

– Non. Ne cherche pas, tu ne gagneras pas.

Une étincelle de défi brillait dans ses yeux sombres.

Il se leva. Je le suivis à travers la pièce, jusqu'au buffet.

– Pourquoi cette mine si sombre, Nojan chéri ? C'est une fête.

– Tu n'as pas autre chose à faire que me saouler ?

Oh, alors comme ça, il était de mauvaise humeur ?

– Si, je dois raccompagner ma meilleure pote. Tu sais, Violette, la gentille fille ? Mais je crois qu'elle est en grande discussion avec ton copain, celui qui mesure presque deux mètres.

Le biker suivit mon regard. Violette souriait, ça faisait plaisir à voir, même si ça me surprenait qu'elle s'intéresse à un ami de Nojan.

Ce dernier vida son verre avant de balancer le gobelet dans l'âtre éteint de la cheminée.

– Ouais, j'ai cru comprendre qu'elle lui plaisait. Ils ont l'air de bien s'entendre.

– Elle doit avoir un penchant pour les motards. Comme moi.

Nojan ne répondit rien.

– Elle est cool, cette fête, ajoutai-je pour briser la glace.

– Non, elle est à chier.

– Pourquoi tu y es, alors ?

Il poussa un soupir et attrapa une poignée de chips.

– Par habitude. C'est la première fois que tu viens, toi, je me trompe ?

– Yep. C'est mon baptême, ce soir.

Il rit, attrapa ma main, puis y fourra un cocktail de cochonneries grasses.

– Dans ce cas, tu te dois de te goinfrer au lieu de parler.

– Tu as mis du poison là-dedans ?

– Tais-toi et mange.

Je suivis son conseil, le sourire aux lèvres.

Il porta bientôt son attention sur son groupe d'amis, près de la cheminée. La tristesse envahit lentement ses traits.

– Mon frère aimait venir aux fêtes comme celle-là, m'avoua-t-il sans me regarder.

J'étais surprise qu'il me fasse une telle confession. Précautionneusement, je lui demandai :

– Du coup, ça t'aide de continuer à t'y rendre ? Tu te sens plus proche de lui ?

Il fronça les sourcils.

– Il n'existe pas grand-chose capable de m'aider, Boucle d'or.

Il avait l'air si peiné… Sans trop savoir pourquoi son état m'affectait autant, je posai la tête sur son épaule.

– On peut en parler, si tu veux.

– Non.

– Je crois que ça t'aiderait. Les mots soignent, tu sais ? Ce n'est pas toujours évident de s'en rendre compte, mais ils ont un pouvoir. C'est ma psy qui me l'a dit.

CHAPITRE 12

NOJAN

Venant de n'importe qui d'autre, ces paroles m'auraient donné envie de foutre le camp. Sauf que, prononcées par Sydney, elles me rappelaient toutes ces soirées où Joram et moi discutions pendant des heures et où il me forçait à aborder des sujets douloureux. Il avait le chic pour ça.

Joram.

Putain, quand allait disparaître cette foutue douleur ? Je me sentais sur le point d'imploser, comme si la peine me pressurait les organes.

Sydney me regardait avec… inquiétude. Ce qui me surprenait, puisque depuis le début elle m'entraînait dans son jeu débile sans paraître se soucier de ce que je ressentais. Agacé, je retournai auprès de la bande à Terry. Évidemment, la tarée m'emboîta le pas. Elle resta debout pendant que je prenais à nouveau place dans le cercle.

– Hé, Sydney, l'accosta un mec, la prochaine fois qu'on va dans ton bar, tu nous files une tournée gratos, à ce qu'il paraît ?

Je ne pus m'empêcher d'intervenir :

– C'est le bar de son père, gros con, pas le sien.

– Pas la peine de me parler comme ça !

– Sinon quoi ? le provoquai-je.

Totalement à l'aise, Sydney lui servit un sourire penaud. Mais, intérieurement, elle se moquait de lui, j'en étais persuadé.

– Peut-être bien, lui répondit-elle comme pour détourner son attention.

À côté de moi, Steph décida de clore le sujet :

– On s'en tape du bar pour l'instant. Sydney, on allait jouer à « je n'ai jamais », ça te dit ? J'ai encore soif.

– Vous pariez des trucs ? demanda-t-elle, intéressée.

– Non, pourquoi ? C'est juste pour s'amuser…

À mon grand étonnement, elle secoua la tête pour décliner la proposition.

– Désolée, une autre fois, même si j'adorerais participer. J'ai promis à une pote de la raccompagner. Bonne soirée.

Elle disparut dans la foule sous l'œil appréciateur de Steph. À mon tour, je me levai.

– Moi aussi je me tire. On se voit lundi, à plus.

Et je me mis à suivre Sydney à travers la maison sans qu'elle s'aperçoive de ma présence. Une fois dehors, à l'abri des regards de tous ces abrutis qui me servaient de potes, je laissai libre cours à mon envie de la mater. Mon regard glissa sur son dos à la peau hâlée, puis se perdit un peu plus bas. J'imaginai mes mains sur ses hanches, et un désir brutal me submergea.

Boucle d'or balaya les alentours des yeux, l'air perplexe. Elle finit par me remarquer.

– Tu t'en vas aussi ? me lança-t-elle.

– Ouais. Je bosse demain. Tu fais quoi, toi ?

– Je cherche Violette. Tu ne l'as pas vue ? Victor ne l'aurait tout de même pas emmenée dans une chambre, j'espère ?

À mon avis, il l'aurait fait avec joie s'il en avait eu l'occasion, mais je savais que ce n'était pas le cas.

– Non, j'ai vu mon pote dans la maison, il n'était plus avec ta copine. Peut-être qu'elle en a eu marre de t'attendre ?

– Le pire c'est que tu as sûrement raison. Elle a dû rentrer seule, je me sens trop nulle.

Tout à coup, elle me fit face et m'annonça, un sourire victorieux scotché sur les lèvres :

– Jenna m'a demandé de ranger ma chambre.

– Et ?

– Je ne lui ai pas dit d'aller se faire voir, j'ai même fait ce qu'elle me demandait.

Je me souvins de la règle stupide que je lui avais imposée.

– Mais, continua-t-elle, il faut avouer que j'en souffre énormément. Jenna est une plaie.

Je me retins de sourire. À cet instant, son téléphone portable sonna dans sa poche.

– Oh, c'est elle !

– Jenna ?

– Non, Violette. Excuse-moi, Nojan chéri, je dois répondre.

Je plantai là Sydney et partis retrouver ma moto garée sur le parking du campus. Je n'avais pas réussi à m'amuser ce soir, à me libérer de cette pression qui me tordait les tripes. L'anniversaire de la mort de mes parents et de Joram approchait à grands pas, et ça me flinguait le moral. J'avais cru que venir m'aiderait, mais je m'étais trompé.

J'enfonçai le casque sur ma tête pour étouffer les souvenirs qui menaçaient de me submerger. Je grimpai sur l'engin, démarrai et… restai sur place. À l'abri de la visière, je pouvais observer Sydney sans qu'elle s'en rende compte. Pour ne pas penser à *eux*, je pensais à elle. Un peu trop, sans doute. Les questions se bousculaient dans ma tête. Que cachaient ses iris gris et son éternel sourire ? J'avais trop souffert moi-même pour ne pas savoir reconnaître la douleur. Et chez cette fille, elle était présente, même si elle faisait tout pour le masquer. Je le voyais dans ses yeux.

Merde, je recommençais à divaguer. Il fallait que je me sorte Sydney de la tête. La journée de demain promettait de me mettre KO, c'était déjà ça. Hugo m'avait chargé de m'occuper des ballots de paille, laissant à son stupide employé des tâches plus faciles.

Je quittai le campus quelques secondes après avoir remarqué que Violette avait rejoint Boucle d'or. Sur la route menant à la ferme, je songeai au pari que j'avais conclu avec la jolie blondinette. Elle croyait sérieusement que je tomberais amoureux d'elle ? Son assurance me laissait perplexe…

La lune brillait dans le ciel quand je m'arrêtai à une centaine de mètres de la ferme, et poussai mon bolide jusqu'à mon mobile-home pour ne pas réveiller Hugo. Une fois à l'intérieur, je me débarrassai de mes fringues et pris une douche. Il était près de minuit lorsque je m'allongeai sur mon lit, moins crevé que je l'aurais voulu.

Une heure s'écoula. Puis deux, puis trois. Incapable de fermer l'œil, je faillis me lever pour aller squatter le bar de Ben. Ce vieux bougre ne fermait pas avant l'aube, j'avais de la marge. Sauf que l'idée de croiser sa fille ne me plaisait pas. Elle foutait le bordel dans ma tête et dans mon froc, ça me perturbait.

– Fait chier.

J'extirpai mon portable, que j'avais glissé sous mon oreiller, et me connectai à Facebook. Pas de nouveau message privé de la part de « Mademoiselle Cat ». Elle avait sans doute décidé de me foutre la paix, comprenant ce que je cherchais à lui faire piger avec mon silence radio. Je relus ses blagues pourries et ses pseudo-déclarations d'amour. « Toi et moi, on est faits l'un pour l'autre, un peu comme le sucre et le café noir », disait son dernier message.

Mes doigts pianotèrent sur les touches avant que je puisse me rendre compte de la connerie que je faisais.

Tu te drogues ou tu es née comme ça ?

Malgré l'heure tardive, il fallut à peine cinq minutes pour que Sydney lise ma question. Trois petits points mouvants apparurent, signe qu'elle écrivait. Puis ils se volatilisèrent. Je ne reçus aucune réponse finalement. Sans savoir si ça me foutait en rogne ou si ça me décevait, je mis le mode avion et décidai de fermer les yeux. Si je ne dormais pas un minimum, la journée du lendemain promettait de ressembler à un calvaire sans nom.

4 heures sonnèrent une seconde à peine après que je me fus endormi. Je me redressai, la tête lourde de fatigue et les yeux éclatés. J'enfilai un vieux tee-shirt, un jean et traversai le domaine silencieux d'Hugo. Je m'affairai à nettoyer la maison, à ne pas regarder les nombreuses photos de mon père, celles un peu moins nombreuses de ma mère, et celles de Joram, en quantité astronomique. Depuis l'accident, je passais devant elles en faisant mine de ne pas les voir, en faisant mine que les sourires de ces portraits ne m'atteignaient pas en plein cœur.

Un an. Un an à faire semblant et c'était toujours aussi dur, putain !

Je préparai le petit déjeuner d'Hugo les mains tremblantes, la poitrine en feu. Du pain grillé au beurre et du thé dégueulasse sans sucre, que je montai à l'étage.

Je tambourinai à la première porte de chambre à coups de poing. Derrière, cet enfoiré de James hurla :

– Dégage !

– Bouge ton cul, bouffon.

Je remontai le couloir, puis frappai contre le battant de mon grand-père. Il lui fallut à peine trois secondes pour m'inviter à entrer. Il sortait tout juste de son lit ; les chiffres fluorescents de son réveil indiquaient 6 h 02.

– Tu n'es pas obligé de m'apporter le petit déjeuner, tu sais ? gronda-t-il.

Il disait cela à chaque fois, sans parvenir à dissimuler la note de tendresse derrière son ton bourru.

– Ouais, je sais. Bon app'.

Je quittai la pièce et redescendis. Du boulot m'attendait.

CHAPITRE 13

SYDNEY

– Aujourd'hui, tu m'accompagnes, Sydney. On ira manger ensemble ce midi, ça nous permettra de discuter un peu, lança mon paternel.

Trop de mots d'un coup à la sortie du lit. Avant d'engager une conversation décente, il me fallait un chocolat chaud. Ou même deux. Je digérais mal la bière bon marché de la fête, et des relents gastriques me remontaient dans la gorge. Génial.

– Comment l'homme invisible appelle-t-il sa mère et son père ? demandai-je en traînant les pieds sur le carrelage de la cuisine.

– Tu m'as écouté, Sydney ?

– Ses transparents. Elle est tordante, non ?

Je préparai ma boisson chaude sous l'œil sévère de mon papounet.

– Tu ne peux pas être sérieuse une minute et répondre à ma demande ?

– Sydney est un elfe libre, d'accord ? rétorquai-je en me laissant tomber sur une chaise. On demande l'autorisation des elfes libres, on ne leur donne pas d'ordre !

– Ta fille est tarée, intervint Jenna, restée jusque-là en retrait.

– Bonjour, Jenna, belle journée aujourd'hui, n'est-ce pas ? lui dis-je avec un grand sourire.

Mon père me dévisagea avec méfiance.

– Qu'est-ce que tu as ?

– Quoi, je n'ai pas le droit d'être gentille ?

Même si ça m'arrachait le cœur ?

– Va te préparer, on part dans une demi-heure.

– Je ne pense pas que tu aies saisi le concept des elfes libres.

– Tout de suite, Sydney. Ton petit jeu des blagues, ça ne fonctionne pas avec moi.

Je me laissai retomber contre le dossier de ma chaise. Mon père venait de casser l'ambiance, bravo. En silence, je mis cinq morceaux de sucre dans ma tasse. Il me fallait au moins ça si je voulais survivre à un nouveau week-end en compagnie de Jenna.

– Tu veux que je t'accompagne où exactement ? demandai-je.

– Chez Hugo Valon, un fermier du coin. Je lui livre un carton de whisky tous les six mois.

– Ah oui, je le connais, on fait des fêtes de malades, lui et moi, tu n'as pas idée.

– Tu m'agaces, tu sais ?

– Moi aussi je t'aime beaucoup, papounet chéri.

– En parlant de fête, tiqua-t-il, tu es rentrée à quelle heure cette nuit ?

Alerte rouge ! Je ne voulais pas m'engager sur ce sujet. Au lieu de chercher une repartie (trop mal à la tête), je haussai les épaules, plongeant le regard dans ma tasse.

Après avoir raccompagné Violette dans sa chambre, j'étais restée trois heures avec elle. Quand elle s'était endormie, j'étais retournée à la fête de la fraternité dans l'espoir d'y voir Nojan à nouveau. Pas de chance, il avait foutu le camp depuis un bail. Tant pis, j'avais continué à m'éclater.

Je ne me rappelais plus comment j'étais rentrée. Heureusement, à mon réveil, je n'avais trouvé personne dans mon lit. Même pas Nojan, à mon grand regret.

– Très tôt, mentis-je.

– Arrête tes bobards, tu as vu ta tête ? Tu as bu, Sydney. Tu sais très bien que je n'aime pas ça.

Mon père me couvait trop. Il croyait que j'avais besoin d'être sauvée. Pas de chance, ce n'était pas nécessaire. Personne ne pouvait rien pour moi.

– Maman a essayé de m'appeler.

Diversion réussie.

– Quoi ? Je lui ai dit d'arrêter.

– J'ai prévenu l'hôpital que je ne voulais plus de contact avec elle. Qu'est-ce qu'elle veut, selon toi ?

– Peut-être que tu lui pardonnes ?

Lui pardonner ? Alors qu'à cause de sa passivité, son ancien copain m'avait précipitée en enfer ?

Comme s'il lisait mes pensées, mon père secoua la tête.

– Écoute, je vais appeler le centre, déclara-t-il. Je vais même contacter un juge.

Un sourire triste étira mes lèvres.

– Non, pas la peine d'en arriver là, on va se contenter de l'ignorer. Elle finira par se lasser. Elle se lasse tout le temps. Pendant un an et demi, elle n'a pas essayé de me joindre.

– Pendant un an et demi, tu n'as pas essayé de contacter ton père non plus, intervint Jenna.

Pas faux.

– Bon, je vais me préparer.

Une heure plus tard, mon paternel me faisait la leçon dans la voiture : « Essaie de bien te comporter avec ta belle-mère… apprends à la connaître… bla… bla… bla… bla. » Selon lui, on pouvait devenir amies. La blague !

Face à mon absence de réaction, il décida de changer de sujet et me demanda comment se déroulaient les cours.

– Ça va, admis-je. Je me débrouille pas mal pour l'instant.

– Très bien. Un petit copain en vue ?

– Des tas.

– Un qui se détache du lot ?

Question piège. Je haussai les épaules, l'air de rien. Heureusement, la ferme apparut au bout de la route à ce moment-là.

– Oh, regarde, on arrive.

– Si on parlait de Nojan ? tenta tout de même mon père.

– Et si on s'abstenait ?

Il me lança un regard appuyé.

– Ne pousse pas le bouchon avec lui, Sydney. Tu risquerais de te brûler les ailes.

Mon sourire lui tira un haussement de sourcil.

– À moins que ce soit ce que tu recherches ?

La discussion dérapait un peu trop à mon goût.

– Comment ça ?

– Tu continues ton petit jeu, Sydney ?

– Je ne vois pas de quoi tu parles.

– Pousser les autres à nous briser le cœur n'est pas la seule façon de se sentir vivant…

– Écoute, j'avais quinze ans à l'époque, d'accord ? J'ai changé, je ne fais plus ça.

– Tu peux me jurer que ces dernières années, pas une seule fois tu n'as joué avec un garçon ?

Le visage du dernier type avec lequel j'avais commencé une partie s'imposa dans mon esprit. Zack. Le schéma se répétait en permanence : je m'accrochais corps et âme à un mec… jusqu'à ce qu'il me lâche dans le vide.

C'était ça le meilleur : la chute.

La douleur que je ressentais alors m'empêchait de dériver, de m'oublier, de dissocier mon corps de mon esprit.

– Sydney ?

– Je n’ai pas envie de parler de ça, d’accord ?

Dans un soupir, mon père reprit :

– Quelles que soient tes intentions, demande-toi si Nojan mérite d’en souffrir aussi.

CHAPITRE 14

NOJAN

– Ben ! Entre, vieille branche ! cria Hugo depuis le couloir d'entrée. Qui est cette charmante jeune fille qui t'accompagne ?

– Sydney, ma fille. Elle s'est installée à la maison pour ses études.

Je me figeai net, les sens aux aguets.

Sydney ? Il avait bien dit « Sydney » ?

– Vous vous ressemblez comme deux gouttes d'eau, vous avez les mêmes yeux. Allez, restez pas dehors, une tempête approche.

Les mains encombrées par la vaisselle, je tentai de garder le contrôle de mes émotions. Putain, j'avais oublié que le barman devait se pointer dans la matinée pour apporter des bouteilles à mon grand-père. Pire, je n'avais pas songé une seule minute qu'il pouvait venir avec *elle*.

Je rangeai les tasses et les assiettes dans l'armoire au-dessus de l'évier en tentant de faire aussi peu de bruit que possible. Jusqu'ici, j'avais toujours réussi à faire en sorte que personne ne sache vraiment où je vivais – en dehors de Steph et Victor, évidemment. Ça évitait les questions gênantes et les crises de nerfs. Devoir justifier ma situation en disant que j'avais vendu la maison de mes parents parce que je ne parvenais plus à vivre dedans… Non, merci. D'ailleurs, rien que d'y penser, ça me donnait envie de chialer. Les souvenirs heureux des années passées là-bas essayaient de se frayer un chemin dans mon esprit. Et ils étaient tout aussi douloureux que le manque qui me bousillait le cœur.

– C'est vraiment charmant, chez vous. J'adore ce… portrait.

La voix de Sydney me fit reprendre pied dans la réalité. Je balançai mon torchon et me glissai jusqu'à la porte de la cuisine pour découvrir Boucle d'or dans le hall. Dans son sweat et son jean délavé, elle ne ressemblait pas franchement à un mannequin. Ses cheveux étaient réunis en une queue-de-cheval négligée et elle avait des cernes sous ses yeux. Pourtant, je devais admettre que je la trouvais carrément sexy. Elle avait une façon envoûtante de sourire, de se tenir, de… vivre.

– Pas la peine de mentir, petite ! s'exclama mon grand-père en éclatant de rire. Ce truc est laid, il a été peint par mon fils quand, un jour, il s'est réveillé avec la lubie de devenir artiste. Il avait vingt ans.

Avec ses couleurs criardes, la peinture en question était franchement moche. Je n'avais jamais réussi à savoir si elle représentait une fille ou un mec. À chaque fois que je posais la question à mon paternel, la réponse restait la même :

– Cela dépend de ton interprétation, Nojan. Laisse la créativité te submerger.

Un sourire étira mes lèvres. Quand ma mère entendait ces paroles, elle ne pouvait s'empêcher d'intervenir :

– On dirait un mélange des deux. Il y a aussi des airs de tyrannosaure, non ?

Et mon père de rétorquer :

– Je suis peiné par votre manque d'ouverture d'esprit.

Joram, dans toute sa splendeur, ajoutait :

– Moi, je ne suis pas peiné que tu aies arrêté la peinture. Et toi, tu en penses quoi, Nojan ?

Je revoyais leurs visages tournés dans ma direction, attendant ma réponse. Je ne me souvenais plus de ce que j'avais dit. Mais, aujourd'hui, j'étais sûr d'une chose…

– Je l'aime bien, lança Boucle d'or en écho à mes pensées. Elle est vivante, cette œuvre d'art.

Oui, elle était vivante. Elle avait été faite par l'une des personnes que j'aimais le plus au monde et qui n'avait plus la chance d'être là.

– Ce ne serait pas une queue de dinosaure, là ? continua Sydney en inclinant la tête sur le côté.

– Possible ! s'exclama Hugo. Va savoir.

Je me surpris à sourire. Et si la présence de Boucle d'or entre ces murs n'était pas un hasard ?

Et si quelqu'un, là-haut, m'envoyait un message ? Lorsqu'elle se trouvait près de moi, la souffrance et le manque cessaient de me poignarder, comme si elle réussissait à faire barrage entre eux et moi.

Putain, quelle grosse connerie ! Qu'est-ce que j'imaginais ?

Je retournai à la cuisine, fis coulisser la fenêtre vers le haut et m'éclipsai de la maison. Cela ne suffit pas à me libérer de l'impression étrange que m'avait laissée la présence de Sydney chez mon grand-père. Comment un truc pareil était-il possible ? Je devenais cinglé.

Je trottinai jusqu'aux écuries, de l'autre côté de la ferme, là où je me réfugiais quand je ne parvenais plus à maîtriser mes émotions.

– Hey, salut vous.

Un pur-sang gris à la robe soyeuse somnolait, couché dans son box, tandis qu'une jument couleur crème broutait du foin dans celui d'à côté. À mon approche, les deux animaux relevèrent la tête. Sahara avança d'un pas majestueux, fière de sa beauté. Elle avait toujours eu un côté princesse qui me faisait beaucoup rire. Elle appartenait à mon père. D'un caractère docile, presque maternel, elle adorait les caresses et les démonstrations d'affection.

– Ma belle, comment tu vas ?

Elle fourra son nez dans mon tee-shirt couvert de transpiration, puis piaffa. Je passai les doigts entre ses oreilles avant de les perdre dans sa crinière tressée.

– Arrête ça, tiquai-je quand elle essaya de manger l'une de mes boucles d'oreille. C'est bon, Sahara, tu me saoules !

Mon engueulade manquait de conviction. J'aurais tout donné pour cette jument, et elle semblait en avoir parfaitement conscience. Elle continua de me taquiner jusqu'à ce que son mâle approche et passe la tête en dehors de son box.

Courage appartenait à ma mère. Discret, lunatique et peu ouvert aux caresses, il ne se laissait pas monter. Sauf par sa propriétaire…

– Salut, mon pote.

Il frappa du pied, me couva d'un regard presque tendre, puis me tourna le dos. Sa manière de me dire bonjour… Aussi poli que moi, ce canasson.

Je m'éloignai des boxes non sans remarquer que leur litière était dégueulasse. Pile à ce moment, James déboula de derrière les écuries. Il s'arrêta net en me voyant, puis essaya de dissimuler le joint qu'il fumait. Peine perdue : je le plaquai contre le mur, les doigts serrés autour de son tee-shirt.

– Tu te fous de ma gueule ? crachai-je.

Trois ans plus tôt, mes parents avaient tout fait pour l'aider à surmonter son addiction. Il bousillait tous leurs efforts, ce bouffon. Et dire qu'Hugo l'avait embauché en leur souvenir… N'importe quoi. Je lui avais pourtant dit de me prendre à la place. Mais, selon lui, ça n'aurait fait que m'ancrer dans mon mal-être. Tu parles !

– Hé, relaxe mon pote. Je prenais juste une petite pause avant de me remettre au boulot.

– Je ne suis pas ton pote, pigé ? Je t'avais dit quoi, ce matin ? Tu devais t'occuper des boxes pendant que je me chargeais des ballots de foin ! Qu'est-ce que tu as foutu ?

Sans attendre de réponse, je le balançai sur un tas de paille propre. Il s'écrasa dessus, le souffle coupé.

– Je vais le faire, c'est bon. Calme-toi, Nojan.

– Ferme ta gueule !

Lorsqu'il prononçait mon prénom, il me filait des envies de meurtres. Je le saisis par le col et le soulevai de terre sans effort.

– Ce n'est pas parce que mes vieux voulaient t'aider à te sortir de ta misérable vie que je vais faire comme eux ou comme Hugo. Tu vaux que dalle ! Tu n'es qu'une raclure de merde.

Il réussit à reculer, le visage tordu par la colère. S'il croyait qu'il m'impressionnait du haut de son mètre soixante-dix et de ses soixante kilos, il se fourrait le doigt dans l'œil.

– Tu m'en veux parce que tes parents se sont occupés de moi, ou c'est autre chose ? trouva-t-il le courage de me lancer.

Je le haïssais pour une seule raison : il était toujours là. Contrairement à mes parents et à Joram…

– Occupe-toi des boxes, lui ordonnai-je, maîtrisant ma fureur. S'ils ne sont pas faits à mon retour, je te pète les jambes. Après ça, Hugo sera bien obligé de te virer.

– Ils me détestent ! hurla-t-il. Tes chevaux me détestent, ils essaient de m'attaquer à chaque fois que je veux m'en occuper.

– Rien à foutre.

– Ils sont à toi, putain, Nojan ! Tu dois t'en occuper ou les vendre !

Je faillis lui balancer mon poing dans la gueule. Au lieu de quoi je me figeai et lui sommai de partir.

– Quoi ? Je croyais que tu voulais que je…

– Fous le camp, je vais me charger des boxes. Dégage, allez.

James ne se fit pas prier. Je revins me planter devant Sahara et Courage, notai la réprobation dans leurs yeux et ne pus m'empêcher de rire.

– Quoi ? Vous croyez que j'ai que ça à foutre ? C'est son job de changer vos litières.

Sahara renâcla. Elle secoua la tête, puis plongea la bouche dans sa nourriture. Son mâle, lui, ne me quittait pas du regard. *« Où est-elle, Nojan ? »* semblait-il me demander silencieusement.

– Moi aussi, elle me manque. Ils me manquent tous.

Je détournai la tête, le cœur laminé par une putain de tristesse. J'oubliais parfois que l'étalon aussi devait vivre avec le poids de l'absence de sa maîtresse. J'oubliais que parmi tous les êtres de cette planète, Courage était celui qui me comprenait le mieux. On se ressemblait. Sahara, quant à elle, gérait mieux le deuil que nous. Je lui aurais bien demandé conseil, mais, à part des hennissements, elle n'aurait pas pu me répondre grand-chose.

Je sortis les chevaux et les attachai à quelques mètres des écuries. Il ne faisait pas assez chaud pour les laisser courir au pré, le vent avait tendance à se lever sans prévenir. Selon Hugo, on aurait droit à une tempête dans la journée.

Fourche en main, je commençai le travail. Il me fallut une demi-heure pour nettoyer le premier box et une autre pour le second. J'étais en train de terminer lorsqu'une voix familière s'éleva dans mon dos :

– Je me demandais d'où te venaient tes abdos. J'ai trouvé, maintenant.

Je balançai la fourche par terre, bien décidé à prendre une pause. Je ne m'attendais pas à ce que Boucle d'or vienne me trouver ici. Encore moins à ce que la voir fasse naître en moi une pointe de joie capable de chasser mes mornes pensées.

– Tu ne m'as pas encore vu soulever les ballots de paille, répondis-je.

– J'ai hâte. J'en déduis que tu bosses ici ?

– On va dire ça comme ça.

Elle me sourit avant de tourner son attention vers les chevaux.

– Qu'est-ce que tu fais là, Boucle d'or ?

– Il fallait que je me dégourdisse les jambes. Entendre mon père et Hugo parler du bon vieux temps commençait à m'ennuyer. Hé, salut toi !

Sahara était venue d'elle-même à sa rencontre, curieuse de nature. Sydney la gratta entre les oreilles.

– Oh oui, tu es beau, mon petit chou ! s'exclama-t-elle d'une voix de gamine.

– C'est une femelle, intervins-je en essayant de dissimuler mon sourire moqueur. Elle s'appelle Sahara.

– Sahara ? Ce nom te va bien, ma belle.

À ma grande surprise, Courage approcha à son tour. Il renâcla, hésita un instant, puis choisit de fourrer son nez dans le cou de Sydney. Stupéfaite, cette dernière hurla et bondit en arrière.

– Par Dumbledore ! Je viens d'avoir la frousse de ma vie !

– Dumbledore ?

– Le plus grand sorcier de tous les temps, précisa-t-elle.

– Merci, je connais. Je trouve juste ça débile de t'entendre faire référence à *Harry Potter* à longueur de temps.

Elle parut choquée.

– C'est un vilain garçon, n'est-ce pas, Sahara ?

La jument broncha. Ça ressemblait un peu trop à une approbation. Je fis quelques pas en avant et passai les doigts dans la robe grise de Courage, redevenu impassible.

– Il n'aime pas les gens, en général, dis-je.

– Tout le monde m'aime, moi, rétorqua Sydney.

– Je crois qu'il est juste curieux. Il n'avait encore jamais croisé de dingue.

Boucle d'or voulut caresser l'étalon, mais, comme s'il était vexé, Courage se détourna.

– Je crois que je viens de me faire un autre ennemi, soupira-t-elle.

– Tu en as tant que ça ?

Elle haussa les épaules et fit mine de réfléchir.

– Deux ou trois. Ils sont à qui, ces chevaux ?

Je faillis lui répondre : « à mes parents ». Mais je n'avais pas envie d'aborder ce sujet qui allait, sans aucun doute, me foutre de mauvais poil. Alors je ne donnai qu'une vérité partielle :

– À Hugo.

– J'adorerais en avoir aussi, avoua Sydney grattant le nez de Sahara. Tu les montes, parfois ?

– Non, pas depuis… un moment.

– Si Hugo est d'accord, je pourrais essayer un jour ?

La question me surprit. Personne n'avait demandé à monter ces chevaux depuis un an. Avant, les petits-enfants du fermier d'à côté venaient presque tous les jours pour faire des balades équestres. Ce n'était plus le cas.

– Nojan ?

Je me rendis compte que Sydney s'était approchée de moi. Un sourire peiné étira ses lèvres et elle ajouta :

– Je ne sais pas ce qui te rend si triste, mais si c'est ma question, je l'enlève. De toute façon, je ne suis jamais montée sur un cheval. Il y a de fortes chances que je tombe dès la première seconde.

Une brusque envie de seller Sahara me prit. Imaginer Boucle d'or sur son dos, en train de galérer, me plaisait bien.

– Je ne suis pas triste, affirmai-je.

– Non, bien entendu, c'est évident. Tu es d'une joyeuseté terrifiante.

Sydney me fit face, les mains sur les hanches. Je n'aimais pas sa façon de me détailler, comme si un plan machiavélique germait dans son esprit. Je n'aimais pas non plus la sentir si près de moi : ça éveillait trop de choses dans mon corps et dans mon esprit.

– Je connais un excellent remède contre la tristesse, me glissa-t-elle sournoisement.

Quand elle posa une main sur mon torse et se mordit la lèvre inférieure, j'hésitai entre reculer et l'embrasser. Je fis l'erreur de détailler son décolleté sous sa veste de sport ouverte. Bordel ! J'aurais pu lui arracher ses fringues sur-le-champ, sans aucune sommation. C'est vrai que la baiser m'aurait aidé à me sentir mieux, au moins pour un temps.

Une goutte d'eau s'écrasa sur mon visage, et une bourrasque de vent froid nous fit frissonner.

– Il est temps de rentrer les chevaux, décrétai-je.

– Et moi, je dois partir. Je crois que mon père m'attend dans la voiture. À plus ?

Elle se tendit sur la pointe des pieds et déposa un baiser sur ma joue. Le contact de ses lèvres douces sur ma peau faillit me faire perdre pied. Heureusement, il ne dura pas plus longtemps que nécessaire, et Boucle d'or s'éloigna bientôt en courant.

Dix minutes plus tard, trempé jusqu'aux os, je retournai chez Hugo.

– Tiens, un revenant, lança-t-il.

Assis dans son canapé, il lisait un livre. Du moins, il essayait, puisque ses mains tremblaient si fort que les lignes devaient se brouiller devant ses yeux.

– Ouais, je m'occupais des chevaux, lui répondis-je.

– Tu m'expliques ?

Je m'arrêtai dans le couloir, attrapant une vieille veste à moi pour m'essuyer les cheveux.

– T'expliquer quoi ? Je viens de te dire que je m'occupais de Sahara et Courage. Ton branleur d'employé n'avait pas changé leur litière.

– Pourquoi tu es parti quand Ben est arrivé ? D'habitude tu restes un peu, tu lui dis bonjour, au moins.

– Ce n'est pas à cause de Ben.

– Alors, à cause de quoi ?

Pas de quoi, mais de qui. Je n'avais pas eu envie que Sydney me trouve dans la cuisine en train de faire le ménage. D'accord, c'était con, mais je n'y pouvais rien.

– J'avais du boulot, c'est tout, grommelai-je.

Je me détournai et ajoutai :

– Je vais à la cave chercher le matos pour réparer la fuite d'eau dans la salle de bains.

– Attends, gamin.

Encore une fois, je fis preuve d'une patience qui me surprit moi-même pour encaisser la question que mon grand-père me posa alors :

– La date approche. Comment tu te sens ?

Comment lui dire que plus les jours s'écoulaient, plus mon cœur se transformait en un putain de morceau de lave en fusion ? Que, pour dormir sans penser à eux, je devais bosser d'arrache-pied au point de ne plus être capable de tenir debout ?

Je préférai ne même pas essayer, et grognai :

– Ça va.

– Tu es sûr ?

– Et toi ?

– Ils me manquent beaucoup, me répondit Hugo avec un sourire triste.

Et à moi donc… Je hochai la tête, poussai un soupir et me réfugiai dans le sous-sol de la maison. Au moins, là-bas, je pouvais chialer sans que personne ne me voie.

CHAPITRE 15

SYDNEY

– Il est atteint de Parkinson ?

– Oui, répondit mon paternel en s'engageant sur la nationale. Hugo a commencé à développer la maladie il y a cinq ans. Au début, son fils, sa belle-fille et ses petits-fils l'ont aidé à gérer la ferme. Maintenant, il a un employé.

Le pauvre homme avait renversé sa tasse de thé sur son vieux tapis qui devait dater de Mathusalem. Deux fois. En parfait gentleman, mon charmant papa lui avait filé un coup de main pour nettoyer, même si le vieillard grognon avait essayé de l'en empêcher.

– Je peux me débrouiller, Ben, tu sais ? Je ne suis pas inapte, bon sang de bonsoir ! avait-il crié.

Comme s'il avait l'habitude de ce genre de sorties, mon paternel avait fait comme s'il n'avait pas entendu.

– J'ai vu Nojan, lui avouai-je. Il bosse à la ferme ?

Mon père me lança un coup d'œil surpris.

– Oui, il habite là-bas depuis un peu moins d'un an. Il aide Hugo comme il peut. C'est un bon gars, tu sais ?

Oui, je le savais.

– Comme Hugo, continua mon paternel. Ce sont des gens caractériels, mais qui ont un grand cœur.

Nous nous arrêtâmes sur le parking d'un petit restau en bord de route. *Le Burger*, avec un B majuscule. Mon fast-food préféré à Lexington, dans le style des années cinquante. Les serveuses se baladaient en patins à roulettes. En patins ! La classe absolue.

– J'ai bien cru qu'Hugo allait te frapper quand tu l'as aidé pour la tasse, commentai-je. Il n'assume pas sa maladie ?

– Ce qu'il n'assume pas, c'est la perte d'autonomie. Il ne peut plus s'occuper de sa ferme comme il le faisait avant et ça le mine.

Je suivis mon père hors de la voiture. À peine mis-je un pied à l'extérieur que la pluie trempa mes vêtements. Heureusement, nous nous réfugiâmes vite dans le restaurant, où nous nous installâmes à une table près de la fenêtre.

Les serveuses nous saluèrent, slalomant avec des plateaux dans les mains. Un employé à peine plus âgé que moi passait la serpillière pour éviter qu'elles ne glissent sur les flaques d'eau laissées par les clients à leur entrée.

– Je veux faire ça après la fac, décrétai-je.

– Nettoyer ? Je t'embauche tout de suite au bar si tu veux.

– Non, serveuse en patins.

Mon père jeta un regard aux robes minuscules des filles.

– Pas tant que je serai en vie, grimaça-t-il. Tu ne te baladeras certainement pas dans cette tenue.

– Alors il me reste plus qu'à trouver un moyen de te tuer. Ensuite, je me débarrasserai de Jenna, puis je pourrai bosser où je veux dans les vêtements que je veux.

– Tu ne voulais pas devenir prof de littérature jeunesse ?

– Quand j'étais petite. Maintenant, j'hésite entre serveuse ici… et hôtesse de l'air. J'adore leurs uniformes.

– Tu me fatigues avec ces robes, je te jure.

Quinze minutes plus tard, nous savourions notre déjeuner en continuant de nous chamailler.

– Et sinon, que penses-tu du bar ? me demanda mon père, nerveux. Je l'ai rénové avant ton arrivée. Je finirai peut-être par proposer des chambres d'hôtes, qu'en penses-tu ? Jenna est d'accord pour m'aider.

Ça m'était égal. De toute façon, je n'avais pas l'intention de rester à Lexington.

– Tu as réalisé ton rêve, c'est le plus important, dis-je tout de même, poussée par un élan de gentillesse. Peu de gens y parviennent.

Mon père enfonça les dents dans son burger, aspergeant la moitié de la table de ketchup. Les joues rouges, il s'empressa de nettoyer avec un tas de serviettes.

– Et toi, Sydney, c'est quoi ton rêve ? m'interrogea-t-il ensuite, réellement intéressé.

On ne me posait jamais cette question. « Que veux-tu faire plus tard, après la fac ? » revenait souvent. Mais pas le sujet des rêves.

– Faire le tour du monde.

Mon père éclata de rire.

– Alors ainsi soit-il, ma petite. Je te souhaite de tout cœur d'y parvenir un jour. Mais, avant, je te conseille de trouver un boulot stable, histoire de renflouer ton compte en banque. J'ai cru comprendre qu'il ne te restait plus beaucoup d'économies…

Son coup d'œil appuyé ne me disait rien qui vaille.

– Tu me suggères de trouver un travail en parallèle de la fac ?

Il haussa les épaules.

– Certains projets demandent des fonds. Si jamais tu as l'intention de rester en ville plus longtemps que tu l'as prévu, je pourrais peut-être te trouver un job au bar…

Désireuse de changer de sujet, je posai la question qui me brûlait les lèvres.

– Tu es heureux avec Jenna ? Je veux dire, vraiment heureux ?

Il poussa un soupir, posa sa chope de bière et me servit un petit sourire.

– Ces dernières années n'ont pas été faciles. J'ai eu quelques soucis financiers après l'ouverture du bar, la clientèle a mis du temps à arriver. Elle a été ma première employée et elle a enchaîné les heures sup' sans poser de question, sans jamais se plaindre. Elle a toujours été là, tu sais ? Elle m'a soutenu de toutes les manières possibles, elle m'a empêché de baisser les bras de nombreuses fois.

Dans ses yeux, je voyais l'éclat de l'amour briller. Je songeai à lui balancer une vanne, mais changeai d'avis. Il était heureux avec sa nouvelle compagne, ça se voyait comme le nez au milieu de la figure. Sans compter que, moi, je n'avais pas été présente durant toutes ces années. La honte me comprima l'estomac.

Son téléphone portable se mit à vibrer sur la table. J'en profitai pour me lever et feindre une furieuse envie d'aller faire pipi. Dès que la porte des toilettes fut verrouillée derrière moi, je me laissai glisser contre le battant, les membres lourds. Des fourmis remontaient le long de mes jambes, mes doigts s'engourdissaient de seconde en seconde.

– Non, pas ça ! Pas maintenant !

Si, maintenant. Je serrai et desserrai les poings à intervalles réguliers tout en bougeant les pieds pour tenter d'étouffer la douleur. Parfois, ça fonctionnait.

Une envie de pleurer m'assaillit, mes yeux me brûlèrent.

Elle a toujours été là, tu sais ?

Les mots de mon père avaient ouvert ce gouffre sans fond que je tentais de combler de toutes les manières possibles. Les blagues, les défis, l'humour y parvenaient à peu près, jusqu'à ce qu'une chose comme celle-là arrive. Jusqu'à ce que je me prenne le revers de la médaille dans la tronche, que je me souvienne à quel point j'avais merdé, à quel point j'étais un monstre d'égoïsme… et que je ne pouvais rien faire pour arranger la situation. Me servir des autres pour me guérir avait toujours été le meilleur des remèdes. Même si l'effet n'était que provisoire.

Je laissai le néant me submerger. À cet instant, je n'avais plus le courage de lutter. Je le laissai emporter les regrets, la souffrance, la colère, tout ce qui faisait de moi Sydney Blair.

Quelqu'un frappa à la porte. Un coup d'œil à ma montre, et je me rendis compte que j'étais assise par terre depuis dix bonnes minutes. Le temps passait vite quand il ne restait que le vide.

– Une seconde !

Je sortis de la cabine pour la laisser à une mère et son enfant, et rejoignis mon père, qui m'attendait à notre table.

– Ah, génial, tu es revenue… me dit-il en me voyant. On doit rentrer, Jenna a un souci avec la machine à pression. Il faut que je règle ça avant ce soir, sinon ce sera une catastrophe.

– Pas de problème, on y va.

Quand il partit payer, je me forçai à sourire. Malgré tout, cet après-midi en compagnie de mon père avait été cool.

Je tâtai les poches de mon jean à la recherche de mon portable.

– Oh non.

Mon téléphone avait disparu. Je fermai les yeux, retenant difficilement un soupir.

– Un problème ? me demanda mon père en revenant.

– J'ai oublié un truc chez Hugo. Je vais aller le rechercher et en profiter pour courir un peu. D'ici à la ferme, il y a quoi, trente minutes à pied ? Quinze en courant ?

Dehors, il ne pleuvait plus, même si le ciel restait couvert. Une couche de nuages noirs cachait le ciel.

– Je vais t'emmener, à mon avis une tempête se prépare. Le vent est traître : s'il ne souffle plus pour l'instant, c'est pour mieux surprendre les New-Yorkais.

Ça n'avait pas l'air si terrible. Et puis, l'idée de prendre un risque rendait le challenge encore plus excitant.

– Non, je vais courir, affirmai-je.

– Hors de question, Sydney. Si tu es surprise par la pluie, tu…

– Je me réfugierai chez Hugo. Je t'en prie, il est nécessaire que tu comprennes une chose à propos de moi : j'ai besoin de courir et d'être seule. Je t'en prie.

– Sydney…

– Vraiment, insistai-je avec un sourire. Ne t'inquiète pas, OK ? J'attendrai que le temps soit redevenu clément pour rentrer.

– Ne me fais pas croire que le sport est ta seule motivation.

– Non, c'est vrai. C'est aussi parce qu'il m'arrive de me sentir si vide que mon corps en oublie qu'il s'est réveillé. Alors j'ai besoin de l'aiguillonner, par tous les moyens.

Mon père ouvrit la bouche… puis la referma. Ses yeux, si semblables aux miens, se couvrirent d'un voile de tristesse.

– Fais attention à toi. Si le temps se gâte, trouve un abri.

– T'inquiète, tout roule.

Je fis quelques pas pour m'éloigner, mais, avant que je puisse filer à toute allure, il me héla d'une voix tendre :

– Appelle-moi quand tu arriveras chez Hugo. Si besoin, je viendrai te chercher.

– Oui, chef !

– Oh, Sydney !

– Oui ?

– Il faudra qu'on parle de ce qui s'est passé il y a quatre ans. Des conséquences aujourd'hui.

Je hochai la tête, puis quittai le *Burger*. Mes foulées d'abord tranquilles m'emmenèrent sur des petits chemins de terre que la pluie avait transformés en gadoue. En moins de dix minutes, le bas de mon jean fut couvert de boue. Mais ça m'était égal. L'air sentait l'humidité, la nature, la liberté. Quand les premières gouttes s'écrasèrent sur ma peau, j'accélérai la cadence. Pas dans l'espoir vain de leur échapper, non. Les bourrasques glaciales ne m'effrayaient pas. Tout ce que je voulais, c'était sentir mon cœur cogner si fort dans ma poitrine que ses battements se répercuteraient dans tout mon corps. Alors j'accélérai encore.

Lorsque les contours de la ferme se dessinèrent au loin, mes poumons criaient grâce et mes côtes m'élançaient. Voilà, c'était cela que j'avais besoin de ressentir. La douleur physique. Je devais pousser mes muscles à l'extrême pour oublier la souffrance qui se dissimulait au plus profond de mon âme. La pire de toutes. Celle qui me donnait envie de hurler.

Essoufflée et pratiquement pliée en deux, je m'arrêtai une seconde. Un éclair déchira le ciel, suivi de près par un coup de tonnerre monumental. Je me remis en route et me précipitai sous le porche de la maison.

Avant que je puisse frapper, la porte s'ouvrit à la volée sur une silhouette masculine familière. Une silhouette hyper sexy qui se figea dans l'encadrement, la bouche entrouverte de surprise.

– Rebonjour, Nojan chéri. Je crois que des extraterrestres essaient de se poser sur notre sol. Je n'ai jamais vu une tempête pareille.

– Putain. Qu'est-ce que tu fous sous cette tempête, justement, Boucle d'or ?

Une ombre assombrit ses traits et son regard se durcit.

– Je me balade, répondis-je.

Nojan grimaça et leva les yeux au ciel. Je remarquai ses yeux rouges et ses phalanges couvertes de sang aux jointures. Que lui était-il arrivé ? Un truc moche, vu sa tête.

– Tu as fait quoi à tes mains ?

Il baissa les yeux sur ses plaies avant de les cacher derrière son dos.

– J'ai frappé dans un mur, grommela-t-il.

– Pourquoi ?

– Peut-être que c'est ta faute ? tenta-t-il de plaisanter en s'appuyant contre le chambranle de la porte.

– Tu finiras par t'y faire, Nojan chéri.

– À tes surnoms débiles ? À tes comparaisons débiles ? À ton attitude débile ?

– À moi. En attendant, j'ai oublié mon portable chez Hugo.

CHAPITRE 16

NOJAN

La queue-de-cheval de Sydney ne ressemblait plus à rien, des mèches blondes collaient sur son front. Dans ses fringues trempées, elle ne payait pas de mine. Là, tout de suite, elle ressemblait à un vieux sac qu'on aurait oublié au bord de la route. Pourtant, dans ses yeux, une lueur taquine dominait toujours, comme si rien au monde ne pouvait l'effrayer.

– Ton portable ? répétai-je.

Mes mains m'élançaient de plus en plus et je commençais à regretter d'avoir foutu des coups de poing dans le putain de mur du sous-sol. Toutefois, je devais avouer que ça m'avait calmé.

– Tu me laisses entrer, Nojan chéri ?

– Non.

– Je fais vite.

Elle m'écarta du passage et s'engouffra dans la maison. Un instant plus tard, elle revint sur ses pas, son portable en main.

– À bientôt, Nojan chéri.

– À quel moment tu vas arrêter de m'appeler comme ça ?

– Quand on sortira ensemble. Je te trouverai un autre surnom. Tu préfères « bébé » ?

La garce.

– Je préfère que tu foutes le camp.

– Message reçu cinq sur cinq.

Elle s'éloigna d'un pas tranquille, plongeant sous la pluie sans hésitation. Insensible à toute la flotte qui lui tombait dessus, elle se retourna et cria assez fort pour couvrir le bruit du déluge :

– Petite devinette avant de partir. Elles sont sexy et il suffit d'un oui ou d'un non pour qu'elles se séparent. Qui sont-elles ?

Je restai immobile, comptant les secondes et essayant de deviner combien de temps Sydney pouvait rester sous la pluie. Plus de vingt, déjà.

– Alors, Nojan, une idée ?

– Pas vraiment.

– Tu es sérieux ? Je vais finir par croire que tu es stupide.

Avec un soupir désolé, elle ajouta :

– Mes lèvres. Celles que tu comptes embrasser bientôt. Elles sont sexy et un oui ou un non les sépare.

En parlant de ses lèvres, ces petites garces s'étirèrent davantage, attirant mon regard sur elles. Elles brillaient et viraient peu à peu au rose pâle à cause du froid.

Je devais admettre que Sydney en avait dans le pantalon. Plus que la plupart des mecs de ma connaissance.

– Qu'est-ce qui te dit que je t'embrasserai, Boucle d'or ?

Elle comptait essayer de se noyer ou quoi ? Elle commençait à trembler. Je dus me retenir pour ne pas la tirer à l'abri.

– Tu n'y songes jamais ? me lança-t-elle.

Oh que si. Une petite voix dans ma tête me poussait au vice. Si je l'écoutais, Sydney aurait fini dans mon pieu depuis un bail.

– Tu crois que je n'ai pas vu la façon dont tu me regardes ? insista-t-elle. Cette étincelle de désir dans tes yeux ?

– Ne reste pas sous la flotte. Viens.

Elle revint sous le porche, dégoulinant de partout. Elle s'arrêta à quelques centimètres de moi et plongea ses iris gris dans les miens.

– Si on s'embrassait ? Ce serait tellement romantique.

Je l'écartai, préférant mettre un peu de distance entre nous.

– Je ne suis pas un mec romantique.

– Oh, Nojan chéri, tu n'as pas dit non, s'enthousiasma-t-elle. Je m'en doutais.

– Rentre chez toi. Ton père t'attend, non ?

– Ne t'inquiète pas, je suis venue à pied.

Nom de Dieu. Aucune trace de plaisanterie sur son visage. Voilà pourquoi elle était aussi mouillée.

– Tu es venue à pied d'où ?

– Du *Burger*.

– Tu es tarée.

– Tarée ? Non. Je préfère le terme « téméraire ».

Sur ce, elle repartit, et le rideau de pluie l'avala. Je restai planté là, ne pouvant m'empêcher de m'étonner de son audace.

– C'était qui ? demanda Hugo depuis la cuisine quand je rentrai. J'ai entendu une fille.

– Ouais, c'était celle de Ben, elle est venue récupérer un truc qu'elle avait oublié. Écoute, je vais chez moi, je repasserai ce soir. Dis à James de rentrer les chevaux dans la grange, ils vont commencer à paniquer.

Je me voyais mal monter dans la chambre de l'employé de mon grand-père pour lui ordonner de se mettre au boulot. Mes poings me démangeaient à l'idée de s'abattre sur sa gueule de con. Mais je ne pouvais pas me permettre de craquer : Hugo ne se sentait pas assez bien aujourd'hui pour encaisser une énième dispute sous son toit.

Je laissai donc la maison derrière moi et rejoignis le mobile-home. Une fois à l'abri, j'attrapai une serviette dans la salle de bains et m'essuyai les cheveux. Dans la foulée, je songeai à Sydney.

Encore.

À chaque fois que j'essayais de me la sortir de la tête, elle débarquait dans ma vie pour foutre le bordel. Je balançai la serviette à travers la pièce et m'échouai sur mon lit. Un coup de tonnerre suivi d'un éclair éclata au-dessus de la ferme. L'image de Boucle d'or en train de courir sous la pluie s'imposa à moi.

Je pouvais continuer à jouer mon gros connard et la laisser se démerder seule. Avec un peu de chance, elle choperait la crève et me laisserait tranquille un moment.

Après tout, je n'en avais rien à foutre de cette fille.

– Ouais, rien à foutre, répétai-je. Si seulement…

Je détestais ça. Qu'une inconnue puisse avoir autant de pouvoir sur moi. Pourtant, je savais que m'attacher ne servait à rien, les gens finissaient tous par partir. Alors pourquoi n'arrivais-je pas à ignorer cette putain d'attraction que je ressentais pour elle ? Son sourire, sa façon de me regarder, son humour merdique, sa personnalité explosive ? Pourquoi avait-il fallu qu'elle m'aborde au bar, le soir du tournoi de fléchettes ?

– Tu me fais chier, Boucle d'or.

Je me redressai, attrapai une veste et courus jusqu'à la maison. Hugo regardait la télé, assis dans son vieux canapé. Ses mains et ses genoux tremblaient. Les tempêtes le rendaient nerveux depuis la mort de mes parents et de Joram. Il ne supportait plus les orages, même s'il l'admettait difficilement.

– Hugo, j'ai besoin de tes clefs de voiture, s'il te plaît.

– Pourquoi ? Tu ne comptes pas sortir par ce temps, j'espère ?

Ses épais sourcils gris se froncèrent, et les rides de son visage se creusèrent.

– J'en ai besoin, c'est tout, lui répondis-je. Tu me les files ?

– Non. Tu restes à la ferme. Va te reposer, tu es crevé.

– Arrête ça.

Un coup de tonnerre résonna. Mon grand-père sursauta.

– Je te jure que je n'en ai pas pour longtemps, le tranquillisai-je. Je vais juste aider quelqu'un qui en a besoin. Je t'en prie.

– Qui ça ?

– La fille de Ben, elle est revenue ici à pied et elle vient de repartir, toute seule. Alors ?

Un éclair de lucidité traversa les yeux mi-clos d'Hugo. Une lucidité qui ne me plaisait pas beaucoup.

– Tu la connais bien, cette Sydney ? demanda-t-il en fouillant dans ses poches.

Je pris place sur le canapé, la tête renversée en arrière. Je sentais venir l'interrogatoire.

– On est en cours ensemble, expliquai-je. Et… elle s'est mis en tête de me harceler.

– C'est ta copine ?

– Non.

– Dommage.

– Pourquoi, dommage ?

– Devine, idiot. Tu la trouves comment ?

– Elle me tape sur le système en permanence.

– Mais encore ?

– Elle est tellement chelou. Si tu savais, elle plane à quinze mille, on dirait que rien ne l'atteint, cette cinglée.

Sans plus de question, Hugo me tendit son trousseau. Un vague « merci » et je me levai.

– Hé, mon petit gars, me retint-il.

– Quoi ?

Il m'envoya un sourire plein d'espoir. Le genre de sourire qui illuminait son visage quand j'étais môme et qui me rappelait ces après-midi passés dans les prés, lorsqu'on venait lui rendre visite, mes parents, Joram et moi.

– Ça faisait longtemps que je ne t'avais pas vu comme ça, lâcha-t-il.

– De quoi tu parles ?

– Elle te fait du bien, cette fille.

Et puis quoi encore ? Il ne se rendait pas compte à quel point elle me cassait les couilles !

– Tu te trompes, niai-je.

– Je suis bien content que tu l'aies rencontrée. Tu auras besoin de quelqu'un d'autre que moi ces prochaines semaines.

Sans répondre, je me précipitai dehors, puis dans la voiture. Encore sous le choc des paroles de mon grand-père, je démarrai non sans cracher une série de jurons.

Pour qui me prenait-il ? Je n'avais besoin de personne. De personne en dehors d'*eux*. Maintenant qu'ils n'étaient plus là, la solitude était tout ce que je désirais.

CHAPITRE 17

SYDNEY

Année après année, courir était devenu un besoin viscéral. Sentir mon cœur battre à tout rompre, enregistrer chaque pulsation dans mon esprit, me convaincre que tout ceci était réel… C'était nécessaire pour moi. Qu'importent la pluie ou le vent, ils n'avaient jamais tué personne. Le tonnerre peut-être, mais combien de chances avais-je de me faire foudroyer ?

J'accélérai. Le chemin de terre n'était plus qu'une mare de boue et les champs alentour disparaissaient derrière le rideau liquide. Avant que je puisse réaliser que je perdais l'équilibre, je me retrouvai allongée sur le ventre. Bon. Ce n'était sans doute pas une très bonne idée d'être repartie. J'aurais mieux fait de rester chez Hugo et d'appeler mon père.

Je me redressai et essayai de me servir de mon téléphone, mais l'écran tactile ne répondait plus. Je fourrai mon portable dans ma poche, essayant de ne pas paniquer. J'avais vécu pire, bien pire. Un éclair illumina brièvement le paysage. Sur la route, des phares déchirèrent l'atmosphère plongée dans l'obscurité, puis une Jeep se gara devant moi. Je détaillai la carrosserie rouge et crasseuse, abîmée à certains endroits. Cette voiture m'était familière : je me souvins l'avoir aperçue à la ferme. Nojan s'extirpa de l'habitacle.

– Bouge-toi, m'ordonna-t-il en contournant le véhicule. On se barre, grouille !

Il ouvrit la portière côté passager et me jeta à l'intérieur sans douceur. Quand il se glissa derrière le volant, je me remettais à peine de ce traitement.

– C'est quoi ton problème, sérieux ? s'énerva-t-il.

– Tu balances souvent les nanas dans ta voiture ?

– Ce n'est pas ma voiture. Et je ramasse seulement les filles qui courent en plein milieu d'une tempête. À quoi tu pensais ?

Il enclencha la première et démarra. Au lieu de prendre la direction de la ville, il fit demi-tour sur le chemin boueux et repartit vers la ferme.

– Loin de moi l'idée de me méfier de ta charmante personne, mais tu m'emmènes où ? lui demandai-je.

– C'est trop dangereux de rouler par ce temps, on va chez Hugo. Tu ne pouvais pas attendre demain pour récupérer ton téléphone de merde, bordel ?

Je haussai les épaules, le front posé contre la vitre.

– J'avais peur que ton grand-père le jette à la poubelle. Tu as vu sa déco ? Ça doit être le genre d'homme à considérer la technologie comme l'œuvre du Malin.

L'ombre d'un sourire suréleva légèrement les pommettes de Nojan. Il me jeta un coup d'œil, puis secoua la tête. Dans la foulée, il passa une main sur son visage et dans ses cheveux pour en chasser l'humidité. Cela ne servit à rien, mis à part augmenter sa sexitude de dix mille pourcents.

– Ouais, il aurait sûrement fait ça, avoua-t-il, un brin plus détendu. Mieux vaut ne rien oublier là-bas. Ça va ?

Il détailla mes fringues couvertes de boue.

– Je suis tombée, avouai-je.

– Sans blague ?

Je dégoulinais de partout, une véritable serpillière.

– Il ne va rien dire si tu m'emmènes chez lui ? m'enquis-je.

– Il te suffira de la boucler.

– Alors là, je ne te promets rien. Je n'ai pas toujours le contrôle sur ma langue… si tu vois ce que je veux dire.

Un rire secoua les larges épaules de Nojan. Je détaillai les tatouages qui fleurissaient dans son cou et se perdaient sous le col de son tee-shirt trempé. Des plantes grimpantes et des roses, comme sur ses bras. Une tête de mort était dissimulée dans la végétation, prisonnière des ronces.

– Pourquoi tu faisais ça ? me demanda-t-il soudain, un brin énervé.

– Faire quoi ?

– Courir sous la tempête. Tu veux te tuer ou quoi ?

Quelle ironie.

– Non, au contraire. Il y a quatre ans, il m'est arrivé un truc pas cool et, parfois, mon esprit se met à dérailler.

– À dérailler ?

– Si je te raconte l'histoire, on en a pour un moment…

– Très bien, dans ce cas tais-toi. Je te préfère quand tu n'ouvres pas la bouche.

– Attends un peu que je te montre tout ce que je sais faire avec.

Je fis mine de ne pas remarquer l'air amusé qui traversa son visage.

– Qu'est-ce qui s'est passé ? finit-il par soupirer.

– Il était une fois un dealer de drogue, une mère camée et une ado de quinze ans…

– Ne me saoule pas avec tes blagues.

– Ce n'en est pas une.

Il se gara devant la ferme tandis qu'un nouvel éclair zébrait le ciel. Au moment où je voulus m'extirper de l'habitacle, il me retint par le bras. De délicieux frissons remontèrent jusqu'à ma nuque. Et Nojan ne pouvait que ressentir cette attraction entre nous, lui aussi. Il me lâcha d'ailleurs comme si je venais de le brûler.

– Laisse tomber, on ne va pas chez Hugo, décréta-t-il.

Je suivis son regard. Une fenêtre éclairée avait attiré son attention à l'étage.

– Pourquoi ?

– Il va dormir.

Il redémarra et contourna la maison.

– Amène-toi, me somma-t-il en sortant en trombe de la Jeep. On va chez moi.

Je le suivis jusqu'à un mobile-home placé à la lisière d'un champ.

– Tu vis ici ? m'étonnai-je.

– Non, je l'ai piqué à quelqu'un. Pas un mot ou je devrai te réduire au silence.

– C'est que tu es capable de faire de l'humour ? Un point pour Nojan !

Il soupira, puis s'engouffra à l'intérieur de sa demeure, m'entraînant à sa suite. Une banquette d'angle matelassée, une table et des armoires formaient un salon plutôt confortable dans la pièce principale, complétée par un coin cuisine. Deux portes devaient ouvrir sur une chambre et une salle de bains. La dominante lambrissée offrait à l'ensemble un côté chaleureux. Franchement, je n'avais jamais vu un endroit aussi propre et bien rangé. Nojan semblait cacher à merveille un petit côté maniaque.

– Tu habites là depuis combien de temps ? lui demandai-je.

– Presque un an.

Il me balança une serviette-éponge qui sentait la lessive et le parfum, puis il retira son tee-shirt, m'offrant un spectacle des plus intéressants. Les muscles de son dos, en partie couverts de tatouages, roulèrent sous sa peau hâlée. La température augmenta de vingt degrés. Je détaillai en silence les dessins tracés sur sa peau. Le prénom « Joram » avait été écrit en dessous d'une moto de sport noire semblable à celle de Nojan. À moins que ce soit la même ? Et s'il chevauchait en permanence la monture qui avait appartenu à son frère pour ne pas l'oublier ? Ça aurait quelque chose de triste. De beau, mais triste.

– Tu aimes mater, Boucle d'or ?

– Ce serait mentir que de te dire non. Ce corps… miam.

Des ondes de plaisir me chatouillèrent le bas-ventre à l'idée de caresser cette peau parfaite, d'en découvrir chaque parcelle, d'autant que Nojan me décocha un sourire à faire fondre tous les icebergs de la planète.

– Je crois qu'il vaut mieux que je prenne une douche, non ? lançai-je, mine de rien. Tu m'as vue ? Je suis tombée dans la boue. Tu pourrais me rejoindre, si tu le souhaites.

Il me regarda des pieds à la tête, non sans avoir pris le temps de passer un nouveau tee-shirt. Dommage.

– Tu essaies de flirter ?

– Oui. Ça fonctionne ?

– La salle de bains est par là, dit-il en montrant la porte sur sa gauche. Ne prends pas toute l'eau chaude.

– C'est que monsieur devient sociable, on dirait. J'aime bien le véritable toi, celui que tu caches derrière le masque taciturne.

– Va te faire foutre.

– Ah, j'ai parlé trop vite.

J'ôtai mon haut, me retrouvant en soutien-gorge. Loin de moi l'idée de jouer les exhibitionnistes, mais les fringues sales me filaient des boutons.

– Tu fais quoi, là, Boucle d'or ?

– J'essaie de te persuader de coucher avec moi, ça ne se voit pas ?

L'expression de Nojan s'assombrit. Je poussai un soupir et repris :

– En fait, j'aimerais que tu me prêtes un tee-shirt. Sauf si tu as l'intention de me l'enlever dans la minute qui suit, bien entendu.

Il quitta la pièce, puis revint et me jeta un haut noir.

– Tu veux dire quoi par « le véritable moi » ? demanda-t-il tout à coup.

– Celui qui se cache derrière la carapace, expliquai-je en retirant mes chaussures. Tu crois que je commence une partie avec des débiles de première ? Bien sûr que non. Je savais que tu étais un tendre, en réalité.

Il répéta « tendre » à voix basse et ricana. Avant de détourner complètement la tête lorsque je me débarrassai de mon jean.

– Putain, souffla-t-il, tu me saoules. Arrête de te désaper devant moi.

La tension dans l'air grimpa en flèche. Il avait beau faire mine de rester impassible face à moi, je l'avais surpris à de nombreuses reprises sur le point de craquer.

– Comme si tu n'avais jamais vu de nana en sous-vêtements, ironisai-je.

– N'en rajoute pas.

– C'est quand même super sympa de m'inviter chez toi. Promis, je n'en aurai pas pour longtemps sous la douche.

Ma poitrine entra en contact avec son torse lorsque je passai devant lui pour rejoindre la salle de bains. Le pauvre se tendit comme la corde d'un arc à mon contact.

– C'est étroit, ici, rappelai-je d'un ton innocent.

– Tu peux toujours partir.

– Dans tes rêves. Merci, Nojan chéri.

– Pourquoi ?

– Pour m'avoir filé un coup de main.

Cette fois, il osa me regarder. Ses iris sombres fixèrent mes lèvres, éveillant en moi une furieuse envie de l'embrasser. Un tic agacé déforma sa bouche. L'oxygène cessa d'alimenter mon cerveau lorsqu'il l'approcha de la mienne. À la dernière seconde, il vint la perdre près de mon oreille.

– Ne me pousse pas à le regretter, Boucle d'or.

– J'ai comme la certitude qu'une partie de toi ne regrettera jamais tes décisions me concernant. Je me trompe ?

– Arrête.

Il s'agissait moins d'un ordre que d'une supplication. Il luttait de toutes ses forces pour me résister.

– Très bien, répondis-je. C'est toi qui vois.

Je me forçai à ignorer l'électricité autour de nous et filai à la douche sans un mot de plus.

CHAPITRE 18

NOJAN

Je ne savais pas ce qui m'avait pris d'inviter Sydney chez moi. Aucune fille n'avait jamais pénétré dans mon mobile-home. Pourtant, en devinant qu'Hugo s'apprêtait à faire une sieste, je n'avais pas hésité. J'aurais dû simplement raccompagner Boucle d'or chez elle : ces derniers temps, je morflais trop pour me permettre de laisser quelqu'un comme elle entrer dans ma vie. Elle était trop instable, elle exerçait sur moi un pouvoir que je ne comprenais pas et ça me rendait dingue. Merde. Si seulement je pouvais être ce connard insensible que certains voyaient en me regardant… Ça m'aurait simplifié la vie, tiens.

Sydney me faisait un effet tel que j'avais du mal à me concentrer. La vision d'elle sous la douche ne cessait de me hanter et je crevais d'envie de la rejoindre. Surtout après l'avoir vue en petite tenue. Mon corps réagissait un peu trop violemment en sa présence. Pour ne rien arranger, notre récent rapprochement physique me filait encore des suées. Résister à l'envie de l'embrasser m'avait demandé une énergie colossale.

Je pris place sur la banquette, la tête entre les mains. Je me tins immobile un long moment, ne sachant pas si je devais rester ou fuir. Parce que je ne voyais pas d'autre solution pour ne pas céder à l'envie de balancer Boucle d'or dans mon pieu. Comment une fille pouvait-elle à la fois m'exciter et m'énerver ? Je perdais complètement la boule, ma parole !

La porte de la salle de bains s'ouvrit.

– Il doit rester un peu d'eau chaude, tu devrais aller prendre ta douche, tu vas mourir de froid. Ce serait dommage d'attraper une grippe.

Sydney me dévisagea. Mon tee-shirt lui arrivait à mi-cuisse et lui donnait une apparence frêle, en parfaite contradiction avec la force pure de son caractère. Mon regard glissa le long de ses jambes et la pression sous mon jean s'accentua.

– Qu'est-ce qui te met autant en colère ? demanda-t-elle brusquement.

Je faillis lui répondre : « toi ». Sauf que le problème, c'était moi. Pas elle.

– Je ne suis pas en colère, soufflai-je.

– Oh que si, Nojan chéri, tu exhales la fureur. Pas juste aujourd'hui, mais en permanence.

Elle se prenait pour une psy ou quoi ?

– Avec combien de mecs tu as joué ? me contentai-je de lui balancer.

Elle écarquilla les yeux, surprise. Par la froideur de ma voix, peut-être ? Aucune idée et je m'en foutais. J'avais envie qu'elle sache à quel point elle me les brisait.

Et à quel point elle t'attire, intervint une petite voix dans ma tête.

– Pourquoi ça, Nojan chéri ?

– Tu as dit que tu ne commençais pas de partie avec des débiles. Je suppose donc que tu n'en es pas à ton coup d'essai. Alors, combien de mecs ?

– Quatre, avoua-t-elle en s'asseyant à côté de moi.

– Et qui a gagné ?

Elle me servit un sourire lumineux, puis son regard se perdit dans le vague.

– Je suis célibataire, ça répond à ta question ?

– La défaite n'a pas l'air de te chagriner.

– Que veux-tu ? Il faut savoir perdre.

Je me levai et partis m'asseoir sur l'une des chaises qui entouraient la table. Boucle d'or me suivit puis prit place de l'autre côté. Son genou frôla le mien, et elle secoua son pied sans se rendre compte qu'elle frappait dans ma chaussure. Je me contraignis à penser à Lauren histoire de recentrer le foutu désir qui m'envahit à cet instant.

– Les quatre en même temps ? l'interrogeai-je.

– Non, je ne joue qu'une partie à la fois.

Arrête de lui poser des questions, m'ordonna ma petite voix. *Laisse tomber...*

– Tu les kiffais, ces mecs ?

– Mmh, bien sûr. Tu me vois commencer à harceler un gars qui ne me plaît pas ? Je t'en prie.

– Putain, tu es encore plus jetée que je le croyais. Donc tu aurais voulu sortir avec eux, mais comme tu as perdu… c'est tout ? Tu n'as pas cherché plus loin ?

– C'est à peu près ça. Faut dire que Zack, le dernier type avec qui j'ai joué et le premier avec qui j'ai… enfin bref, il cherchait une échappatoire lui aussi. Un moyen d'oublier son ex. Ça a plutôt bien marché, jusqu'à ce que la demoiselle revienne.

Je cherchai une trace de douleur sur le visage de Sydney. Mais je ne vis rien. Juste de la résignation.

– Et toi, qu'est-ce que tu cherches à fuir ? embrayai-je.

– Quoi ?

– Tu as dit que Zack aussi avait besoin d'une échappatoire, je suppose donc que tu fais ça pour une raison précise. Laquelle ?

Sydney haussa les épaules, silencieuse. Je compris qu'elle n'avait pas l'intention de répondre à ma question.

– Tu comptes jouer avec tous les mecs qui te plaisent ? insistai-je. Je ne pige pas.

– Non, j'espère que tu seras le dernier.

Cette fois, elle me fixa droit dans les yeux, comme si elle désirait savoir ce que je ressentais. Merde.

– Même si tu gagnes, tu n'arrêteras pas, Boucle d'or.

Elle ouvrit la bouche. D'un signe de la main, je lui demandai de la boucler.

– Tu es accro aux paris, poursuivis-je. Alors, même si tu gagnes celui-ci et que par malheur, je tombe raide dingue de toi, tu ne pourras pas t'empêcher de recommencer avec un autre gars. Ce n'est pas l'amour que tu cherches, c'est autre chose.

– Et quoi donc ?

– L'échappatoire dont je te parlais il y a une minute.

– Tu me prends pour une demeurée, Nojan chéri ?

Ouais, mais là n'était pas la foutue question.

– C'est clair.

– Tu te trompes, affirma-t-elle.

– Je ne crois pas. On peut même parier sur le fait que tu…

– Sans hésiter, lâcha-t-elle avant même que je finisse ma phrase.

Un petit sourire victorieux étira mes lèvres.

– Tu vois, Boucle d'or. Accro.

Je la laissai se rendre compte de son comportement, préférant aller préparer du café plutôt que de la mater à moitié nue. Pas que la vue soit désagréable, mais c'était bien ça le problème.

– Un chocolat pour moi, dit-elle alors que je sortais deux capsules de l'armoire.

Un chocolat. Qui buvait encore des chocolats chauds à dix-neuf piges ?

– J'en ai pas, tu te contenteras d'un café au lait.

Dehors, le vent avait gagné en puissance. Les bourrasques frappaient les parois du mobile-home et les gouttes d'eau s'écrasaient sur le toit. Nous n'étions pas près de sortir d'ici.

– Je ne joue pas avec les garçons parce que je suis accro aux paris, insista Sydney.

– Alors tu es juste fataliste ? Du genre : tant pis si je me retrouve avec le cœur brisé, c'est le jeu ?

– Peut-être bien.

Le liquide noir coulait dans les tasses, et une douce odeur de café chatouillait mes narines. C'était toujours mieux que le parfum du gel douche pour mec qu'exhalait la blondinette.

– Tu t'en tapes des gars avec qui tu t'amuses, Boucle d'or. Et ça ne fait pas de toi seulement une accro aux paris, mais aussi une sacrée garce. Tu t'amuses avec les sentiments des autres pour assouvir tes propres désirs.

– Tu n'as jamais fait ça, Nojan chéri ? Ne me fais pas croire que tu vaux mieux que moi. Tu veux que je te donne un exemple ? Voyons… son prénom commence par « Lau » et finit par « ren ». Tu vois de qui je parle ?

Dans le fond, peut-être qu'elle n'avait pas tort. Sauf qu'une chose était sûre :

– Entre Lauren et moi il n'y a que du cul, rien d'autre. Toi, tu choisis tes victimes sans savoir comment tournera la situation.

Une moue dubitative déforma les lèvres de Sydney. Elle replaça une mèche derrière son oreille.

– Oui, mais si tu es tellement persuadé de ne pas tomber amoureux de moi… pourquoi flippes-tu autant ? me fit-elle remarquer. Qu'est-ce que ça peut te faire ?

– C'est avec moi que tu joues. Je n'apprécie pas qu'on me mène en bateau.

– Que je te « mène en bateau » ? répéta-t-elle, moqueuse.

– C'est ce que tu fais depuis le début. Tu t'amuses avec moi comme si je n'étais qu'un vulgaire pantin.

Son soupir faussement déchirant fit monter une colère sourde en moi. Putain ! Tout à coup, j'avais envie de frapper quelque chose. Ou quelqu'un.

– Je crois que si ça te fait peur, c'est parce que tu n'es pas insensible à mon charme.

– Ne raconte pas de conneries !

Mais mes paroles ne sonnaient pas juste. Clairement, Boucle d'or ne me laissait pas insensible. Elle avait cette capacité étrange à me rappeler Joram et, en même temps, me permettre de moins souffrir de son absence. Si je lui résistais, c'était seulement parce que j'avais la sensation que moi, je ne lui apportais pas autant qu'elle m'apportait. Et aussi parce que si je passais une certaine frontière, le jour où cette tarée foutrait le camp, je n'en sortirais pas indemne.

Et, dans le fond, je crevais de trouille à l'idée qu'elle le devine.

– Nojan chéri, avoue-le.

Elle se redressa, posa un premier genou sur la table, recula les tasses et approcha de moi à la manière d'un chat. Elle recommençait à me chauffer.

– Arrête, Boucle d'or.

– Jouons cartes sur table, d'accord ? Tu as raison, je suis accro aux défis. Mais toi aussi tu as un problème.

Sans blague ? J'en avais des millions.

– Vraiment ? ricanai-je, narquois.

Elle plaça ses avant-bras sur mes épaules et ses jambes de chaque côté de mon bassin. Toujours assise sur la table, elle poussa un soupir.

– Tu luttes pour ne pas céder à tes pulsions, tu luttes pour me résister. Pourquoi ?

– Peut-être parce que je n'ai pas envie de jouer ?

– Non, Nojan chéri. Tu veux absolument garder le contrôle sur tes sentiments et la situation. Et quand tu es avec moi, tu n'y arrives pas. C'est pour cette raison que tu me repousses.

J'éclatai de rire.

– Quoi ? se vexa-t-elle. Pourquoi tu te moques ?

– Tu te trompes.

– Donc, si je te demandais de m'embrasser, là, tout de suite, murmura-t-elle en glissant ses lèvres le long de ma joue, tu le ferais ?

Tout mon être me hurlait de céder. Chaque centimètre carré de mon corps désirait cette tarée à un point inimaginable. Plus elle resserrait son étreinte, plus les barrières que j'avais érigées entre elle et moi se fissuraient.

– Non.

Ma voix perdit en intensité. Tu parles d'une réponse convaincante.

– Pourquoi ?

Je lui attrapai les deux bras pour l'empêcher de me toucher et plantai mon regard dans le sien.

– Parce que tu te fous des conséquences que ça aura.

Et parce qu'à tout moment, elle pouvait se barrer en me laissant sur le carreau.

– Quelles conséquences ?

Je ne répondis rien.

– Pour une fois, arrête de réfléchir, laisse-toi aller, ajouta-t-elle. Que risques-tu ? Un peu de plaisir ? C'est peut-être ce dont tu as besoin en ce moment.

En ce moment, j'avais surtout besoin d'oublier ma foutue douleur. Celle qui me déchirait le bide à chaque fois que je fermais les yeux. J'avais besoin d'oublier leurs visages. D'oublier le manque, la pire des souffrances au monde.

– Et si on abandonnait les règles ? proposa Sydney. Si on se contentait de laisser libre cours à nos instincts ? Parce que tu me désires, Nojan. Autant que je te désire. Arrête de combattre.

Sa bouche effleurait mon cou, la ligne de mon menton, s'approchait dangereusement de la mienne.

– Embrasse-moi, j'en ai besoin autant que toi.

La supplication non voilée dans ses paroles abattit toutes mes défenses. Finalement, je n'étais pas le seul à avoir besoin d'oublier. De m'oublier. Sydney aussi traînait des boulets derrière elle, comme je l'avais deviné à la seconde où elle m'avait accosté.

Sydney, Sydney, Sydney.

Elle m'énervait autant qu'elle me fascinait. Je la convoitais comme jamais je n'avais convoité personne. Pourquoi ?

Pourquoi exerçait-elle une telle emprise sur moi ?

CHAPITRE 19

SYDNEY

Mon désir brûlait au creux de mon ventre, remontait le long de mes bras, rougissait mes joues et me liquéfiait le cerveau. Il annihilait ma raison. Maintenant que j'avais fait le premier pas, je réalisais à quel point, moi aussi, j'avais du mal à contrôler la situation.

– Embrasse-moi, répétai-je dans un murmure. Juste un baiser, rien de plus.

Je devinais Nojan sur le point de céder.

– Ensuite, il se passera quoi ? demanda-t-il. Tu es prête à aller jusqu'où ? À sacrifier quoi pour un simple jeu ?

Je restai figée, incapable de répondre.

– Alors ? insista-t-il.

Je resserrai ma prise autour de sa nuque et me glissai lentement sur ses genoux. Il me laissa faire. Ses yeux brillaient à la fois de colère et de désir. Avec une lenteur presque surnaturelle, il posa les mains sur mes hanches. À travers le tissu, ma peau s'embrasa.

– Réponds-moi.

Je n'arrivais pas à prononcer le moindre mot, justement parce que la question de Nojan était pertinente.

Ensuite, il se passera quoi ?

Il ne me resterait plus qu'à marcher sur un terrain inconnu en me demandant si j'y trouverais ce que je cherchais.

– Ensuite, on improvisera, déclarai-je.

– J'ai l'impression de faire une putain de grosse connerie.

– Tais-toi.

– Si ton intention c'est de me blesser, Boucle d'or, arrête-toi tout de suite. Parce que j'en bave assez en ce moment, je n'ai pas besoin qu'une fille que je… que quiconque en ajoute une louche.

Il souffrait le martyre. Il ressentait cette douleur que j'avais longtemps recherchée pour éveiller mon esprit, mon corps… Je n'étais plus certaine de la désirer, finalement.

Je laissai retomber les bras le long de mon corps.

– Si ça peut te rassurer, je ne fais pas ça seulement pour m'amuser, affirmai-je. J'ai vraiment, vraiment envie de toi.

Nojan lâcha une série de jurons, puis but une gorgée de café en regardant le mur comme s'il était responsable de sa fureur.

– Putain, j'en ai ma claque ! Tu me fais chier, Boucle d'or, tu le sais, ça ?

– J'avais saisi, oui.

Il se leva si vite que je faillis tomber en arrière. Je repris mon équilibre *in extremis*, me retrouvant debout à côté de la table. Nojan me faisait face.

– Pourquoi je t'énerve autant ? lui demandai-je.

Son rire me heurta de plein fouet.

– Parce que tu es… bordel !

Et là, un miracle se produisit. Il fallait croire que Dieu en avait marre d'entendre Nojan jurer toutes les deux secondes, parce qu'il m'embrassa.

Ses lèvres se posèrent sur les miennes et les entrouvrirent sans aucune douceur. Comme s'il désirait prendre sa revanche, sa langue envahit ma bouche, chercha la mienne. L'incendie destructeur se ralluma sous ma peau, plus violent que jamais, m'entraînant dans un tourbillon de chaleur.

Nojan me plaqua contre un mur, m'attrapa par les cuisses et me souleva du sol. Son désir refoulé transpirait par tout son être et ses mains s'accrochaient à moi avec désespoir. Je lui rendis son baiser avec autant de fougue qu'il en démontrait et enroulai mes jambes autour de sa taille. Son début d'érection contre mon intimité accentua mon désir.

Sauf qu'il me lâcha, brusquement. Hagarde, je haletai, le cœur lancé à un million de kilomètres heure.

– Alors là, si je m'attendais à ça, pouffai-je. C'était sans doute le meilleur baiser de toute mon existence.

Il ne répondit pas. Non, il me regardait avec une intensité extraordinaire, les mâchoires serrées.

– C'est bien ce que tu voulais, non ? finit-il par cracher.

– Ce n'est pas ce que toi, tu voulais ?

Si, je le voyais dans ses iris sombres, dans la manière dont il évitait de me toucher à présent. Il retenait presque son souffle.

– Je n'aurais jamais dû faire ça, pas en ce moment !

– Ce n'était qu'un baiser, le tranquillisai-je. Écoute, on peut l'oublier si tu veux. Il ne s'est rien passé, ne t'inquiète pas.

Il posa ses deux mains de chaque côté de ma tête pour m'empêcher de filer.

– Tu me tues, Boucle d'or, tu sais ça ?

– Tu veux que je parte ? Je comprendrais parfaitement.

Il soupira, et le temps sembla s'arrêter.

– Maintenant, commença-t-il, je te proposerais bien de te rhabiller, mais…

– Mais ? Oui, je sais, mes fringues sont dégueulasses, je ne ressemble à rien dedans et je…

Il s'empara à nouveau de mes lèvres. Cette fois, qu'on soit bien d'accord, je n'y étais pour rien. Prise d'une ferveur soudaine, je passai les mains dans ses cheveux. Sa bouche glissa le long de mon menton, jusqu'à mon oreille, laissant une traînée ardente derrière elle.

– Mais je viens d'avoir une idée géniale, murmura-t-il.

– Ah oui ? Laquelle ?

Ses mains s'engagèrent sous le tee-shirt qu'il m'avait prêté, prenant un malin plaisir à frôler ma peau et à attiser l'incendie qui irradiait mon bas-ventre. Je retins un gémissement lorsque ses lèvres se posèrent au creux de mon épaule. Le contact de sa fine barbe, ses caresses, ses baisers furtifs me rendaient folle.

– Il est trop tard pour reculer, continua-t-il sans que je sache s'il s'adressait vraiment à moi.

– Tu m'étonnes. Si tu me parlais de ton idée géniale ?

Alors que je m'apprêtais à caresser son torse, il emprisonna mes poignets et les plaqua le long de mon corps.

– Un pari, comme tu les aimes, Boucle d'or.

Mon souffle cessa de circuler dans ma poitrine. Une étrange sensation de vulnérabilité me prit aux tripes, bien vite repoussée par la douce chaleur qui alourdit ma poitrine et se diffusa dans mes joues. Je repoussai légèrement Nojan histoire de voir son expression. Il souriait, à présent. Un sourire qui me donnait envie de me foutre à poil et de m'oublier dans ses bras. Sauf que… quelque chose clochait.

– C'est plutôt mon délire, les paris, lui fis-je remarquer.

– Je sais, mais je n'aime pas qu'on m'utilise comme tu le fais. Alors puisque tu es persuadée que je tomberai amoureux de toi, on va changer la donne.

– Je t'écoute.

– Tu es le genre de fille qui n'a jamais ouvert son cœur. Si c'était le cas, tu ne jouerais pas avec tes sentiments de cette façon, et encore moins avec ceux des autres. Alors je te parie qu'en fait, c'est toi qui tomberas amoureuse. Je te parie aussi que ça te fera tellement flipper que tu n'auras plus envie de recommencer ton jeu merdique.

– Tu veux me filer une bonne leçon ? compris-je sans me retenir de rire.

– Qui sait ?

Le sourire en coin de Nojan n'avait pas déserté ses lèvres.

– Très bien, lançai-je. Et si tu gagnes, tu veux quoi ?

– Tu arrêtes les paris. Définitivement, avec n'importe qui.

À cet instant, quelqu'un se mit à frapper contre la porte à coups de poing, et une voix masculine s'éleva :

– Nojan, on a un problème !

– C'est qui ? demandai-je en ignorant le pincement au cœur que m'avaient causé les dernières paroles de celui pour qui mon corps ne pouvait s'empêcher de s'embraser.

Je ne me sentais pas capable d'abandonner les jeux, c'était l'une des seules choses qui me tenaient debout. Mais je ne pouvais pas non plus refuser.

Pour rien au monde je ne souhaitais perdre la face devant Nojan.

– Un connard, répondit-il à ma question. Alors ?

– Marché conclu.

Il s'éloigna de moi, un air victorieux sur le visage.

– Nojan, insista notre visiteur, les chevaux se sont barrés ! La grange était mal fermée, ils ont dû paniquer !

– Les chevaux ? Merde !

Nojan mit les voiles. J'enfilai mon jean couvert de boue, ma veste et mes chaussures, puis le suivis sous la pluie. Dehors, je vis mon père qui descendait tout juste de voiture.

– Bon sang, Sydney, ça fait une demi-heure que j'essaie de t'appeler !

– Désolée, j'étais juste… sous la douche.

Douche qui n'avait servi à rien, puisqu'en trois secondes, je venais de me resalir et de me tremper. Génial.

– Elle va bien, Ben, lança Nojan. Mais tu devrais sérieusement envisager de l'interner.

CHAPITRE 20

NOJAN

– Hé ! s'exclama Sydney dans mon dos. Je ne vois pas pourquoi tu dis un truc aussi méchant ! Je n'ai pas besoin d'être internée.

Mon cul, ouais. Sans attendre, je filai à la voiture d'Hugo. J'entendis Ben insister pour que sa fille lui explique pourquoi elle ne l'avait pas appelé. Ça me rappelait les crises que me tapaient mes parents, avant. Aujourd'hui, ce genre d'attentions me manquaient. Je glissai un coup d'œil à Boucle d'or et son père, incapable d'ignorer la douleur du manque. Jamais je n'allais parvenir à m'habituer à l'absence de ma famille.

Je me forçai à me reconcentrer sur le problème que je devais résoudre. Je savais exactement où trouver mes chevaux : ce n'était pas la première fois qu'ils fuyaient à cause d'une tempête. J'ouvris la portière de la Jeep et m'installai au volant. Avant que je puisse démarrer, Ben vint taper à ma fenêtre.

– Hé, mon gars, tu as besoin d'aide ? Je suis venu chercher Sydney, mais je peux te filer un coup de main.

– Non, ça ira, je me débrouillerai. Merci.

Il ne chercha pas à discuter. Je tournai la clef de contact et quittai la ferme. Alors que je roulais en direction de l'ancien pré de mes parents, je songeai à ce qui venait de se passer avec Sydney.

Bordel, je l'avais embrassée.

Deux fois.

Et ça me tuait de l'avouer, mais j'avais aimé ça. J'avais aimé sentir son corps contre le mien, le goût de ses lèvres, ses mains sur ma peau. Pendant quelques minutes, je n'avais plus eu mal. Cela dit, ça ne m'avait pas empêché de flipper à mort à l'idée de m'attacher à cette fille et de la perdre. D'où l'idée du pari. J'avais, moi aussi, besoin de me raccrocher à quelque chose d'aussi futile qu'un jeu. Si je ne le faisais pas, j'allais me noyer dans mes sentiments, dans mes questions, dans cette eau boueuse vers laquelle m'entraînait Sydney. Me noyer seul. Parce qu'il était évident qu'elle allait foutre le camp : tout ça n'était qu'un passe-temps pour elle.

– Putain, Jori, toi, tu aurais su gérer la situation.

Un éclair déchira le ciel. L'idée que mon frangin puisse m'observer de là-haut me fit sourire. Qu'aurait-il pensé de moi ?

Je finis par rejoindre le pré et me garai juste devant. En son centre, un abri protégeait mes deux fichus canassons. Trempés et couverts de boue, ils patientaient sans un bruit, comme s'ils attendaient ma venue. Ils avaient grandi dans ce champ, raison pour laquelle ils y venaient à chaque fois qu'ils paniquaient. C'était un moyen pour eux de s'évader de la réalité. De se rapprocher de mes parents, peut-être.

Au loin, mon ancienne maison se découpait dans le paysage morne. La voir me fila la nausée. Elle me rappelait que je l'avais vendue à des inconnus dans l'espoir d'avoir moins mal.

Peine perdue.

Je sautai par-dessus la clôture, faillis glisser dans une flaque, puis courus sous la pluie vers les deux chevaux. À mon approche, Courage se plaça devant sa jument et renâcla, l'air mauvais.

– Hé, mon pote, c'est moi, OK ? Tout va bien.

Il frappa du sabot, poussa des hennissements et s'approcha davantage de sa femelle. Il me fallut quelques minutes pour les calmer et les forcer à coopérer. Je savais ce qui les tourmentait : c'était lors d'une tempête semblable à celle-ci que leurs maîtres étaient morts. Je n'aurais pas été surpris qu'ils aient réussi à faire le lien.

Je posai la tête contre le cou de Sahara.

– C'est bon, relax. On va rentrer, OK ?

Les chevaux choisirent de me suivre seulement quand le vent se calma, une éternité plus tard. De vieilles longes m'aidèrent à les guider, et ce fut après une longue marche dans la gadoue que nous rejoignîmes la ferme. Une fois les bêtes dans leurs boxes, je retournai chez moi, trempé et gelé. Tant pis pour la voiture, j'irais la chercher le lendemain. Pour l'heure, j'avais besoin de me doucher et de me changer.

Dès que je sortis de ma salle de bains, James entra dans le mobile-home.

– Salut, vieux, lança-t-il comme si nous étions potes.

– Fous le camp de chez moi.

– Ça a été avec les chevaux ?

En guise de réponse, je dressai mon majeur. Il pouvait se le foutre là où je pense.

– OK… soupira-t-il. Écoute, je suis désolé d'avoir merdé. Repose-toi, d'accord ? Je vais m'occuper du dîner de ton grand-père et de tous les autres trucs dont tu te charges d'habitude.

Je haussai les sourcils, ne sachant pas si James était sérieux. Il ne proposait jamais son aide en temps normal.

– Hugo t'a passé un savon, c'est ça ? devinai-je.

Ses joues s'embrasèrent.

– Non, c'est juste que… Bon d'accord, c'est vrai. Il m'a soufflé dans les bronches.

J'éclatai de rire.

– Qu'est-ce qu'il t'a dit ?

– Que si un truc comme ça se reproduisait, il me foutrait à la porte. Pourquoi tu te marres ?

– Pour rien. Fais donc ça, va t'occuper de lui.

Je refermai la porte après l'avoir balancé dehors. J'avais la haine, et m'en prendre à lui m'aidait à faire descendre un peu la pression. Tout était la faute de ce blaireau ! S'il avait fermé la porte de la grange correctement, les chevaux ne se seraient pas barrés.

Et avec Sydney, ça aurait pu aller plus loin.

– Fait chier.

Un brusque sentiment de regret m'arracha les tripes. Je m'en voulais d'avoir cédé si facilement à cette demeurée. À partir de maintenant, ce serait moi qui mènerais le jeu.

Je m'écroulai sur mon lit, vidé de toute énergie. Cette nuit-là, je m'endormis en songeant à Sydney, au plaisir que j'avais ressenti en caressant son corps et à la façon dont elle avait réagi à mes baisers. Mes rêves furent peuplés de blagues merdiques et de sourires qui me rendaient complètement cinglé.

Le lendemain, il continua de pleuvoir. Ça ne m'empêcha pas de m'occuper d'Hugo, de la ferme et d'aller rechercher la voiture. Tout ça en pensant à Boucle d'or. Encore.

Le soir venu, je décidai de m'incruster à une énième fête sur le campus pour échapper à un dîner « en famille » proposé par mon grand-père. Quand on mangeait ensemble, il ne pouvait s'empêcher de parler du bon vieux temps. Je lui enviais sa capacité à passer au-dessus de la douleur. Moi, je n'y parvenais pas.

À la fraternité, une fille déguisée en lapin m'ouvrit la porte de la grande maison. Quand elle croisa mon regard surpris, elle éclata de rire.

– J'essaie d'intégrer une sororité, expliqua-t-elle.

– Je vois. Les anciennes font toujours la misère aux postulantes ?

– Tu n'as pas idée. Amuse-toi bien, la bouffe est dans l'autre pièce. Oh, Katy ! cria-t-elle en se précipitant vers une camarade habillée en loup. Je devais te voir !

Je filai dans le salon. Le buffet n'avait pas encore été rasé, il restait des chips et des petits sandwiches. J'en chopai une poignée de chaque et ratissai la foule des yeux à la recherche de Terry et des autres. Ils devaient se trouver dans le coin, ils adoraient les fêtes.

Je repérai rapidement Steph, qui vint à ma rencontre.

– Hé, salut Nojan. Je ne pensais pas que tu serais là ce soir.

Je bus une gorgée de bière dégueulasse, les yeux rivés sur la foule.

– Salut. Ouais, c'était ça ou entendre Hugo raconter à quel point mes parents ont été de bons flics.

– Merde. Désolé, mec. Au fait, tu sais qui je viens de croiser il y a une minute ?

L'image de Sydney s'imposa dans mon esprit. Encore. Je me refusai cependant à prononcer son nom, et secouai la tête.

– Emily.

Ma boisson passa de travers. Steph dut taper dans mon dos pour m'empêcher de crever de la manière la plus ridicule qui soit. Je relevai sur lui des yeux larmoyants.

– Emily ? répétai-je.

– Ouais, elle doit être dans le jardin.

Je posai le gobelet sur une table et filai à travers la maison. Étrange comme le nom de la copine de mon frère réussissait à briser toutes mes défenses. Le besoin de lui parler m'avait envahi en un instant, irrépressible.

Steph avait raison : elle était là, au bord de la piscine, les pieds dans l'eau. Elle n'étudiait pourtant plus à l'université de Lexington. Elle avait passé sa première année ici en compagnie de Joram, mais avait changé de fac après sa mort. Elle parlait avec une autre fille, sûrement l'une de ses amies. En m'approchant d'elle, je la vis sourire. D'un coup de coude, sa pote la prévint de ma présence.

– Salut, Emily, lui lançai-je.

– Oh, Nojan ! Je suis contente de te voir, attends.

Elle se remit debout, attrapa ses chaussures et dit à sa copine qu'elle la rejoindrait plus tard. Puis elle passa un bras sous le mien pour m'entraîner vers la pelouse. Elle s'installa dans l'herbe, tapotant la place à côté d'elle.

– Tu t'amuses bien, ce soir ? me demanda-t-elle.

– Pas vraiment.

– Tu devrais. C'est le rôle des fêtes, tu sais ? S'amuser.

Je passai les bras autour de mes genoux, les yeux rivés sur des étudiants qui venaient de sauter dans la piscine.

– Et toi, tu t'amuses ? l'interrogeai-je.

– Je suis surtout là pour soutenir Lexa, la fille avec qui je parlais avant ton arrivée. Elle cherche à voir un garçon.

– Je vois. Tu l'aides à pécho ?

– Ne te moque pas de moi ! s'exclama Emily en m'envoyant une tape dans le bras. Je suis une très bonne entremetteuse.

– C'est clair. Une fois, tu as voulu me caser avec ta voisine hyper flippante, celle qui a une meute de chiens-loups. Tu te rappelles que par ta faute j'ai failli me faire dévorer vivant ?

– Ses chiens étaient adorables !

– Avec toi, forcément. Pas avec moi. Je te pardonne, au fait. Ça remonte à loin, mais je n'ai pas envie que tu aies ce poids sur la conscience.

– Tu es trop bon, ricana Emily en frappant à nouveau mon bras. Puisqu'on en est aux souvenirs embarrassants… le jour de Thanksgiving, quand on avait quoi… douze ans ? Tu te rappelles ce que tu as fait ?

Je levai le regard vers les étoiles et laissai le passé m'envahir. Pour une fois, ce n'était pas douloureux.

– Aucun souvenir, mentis-je.

– Tu as renversé la sauce sur ma robe parce que tu pensais qu'il y avait une araignée dedans, m'accusa-t-elle.

– Faux. Le coupable, c'était Joram.

– Arrête tes bobards, Nojan. Il était assis à ma gauche. Tu as taché son pantalon préféré, d'ailleurs. Après ça, il a cramé tes vêtements.

L'enfoiré. Toutes mes fringues préférées y étaient passées. J'avais dû lui voler des tee-shirts pendant des semaines pour éviter d'aller en cours à poil.

– C'est vrai, mais c'est lui qui m'avait dit pour l'araignée, me défendis-je. Il savait que j'avais peur de ces bestioles.

– Vous deux, je vous jure, vous étiez des sketchs.

Le silence retomba entre nous pour quelques minutes. Puis, d'une voix douce, Emily reprit :

– Nojan ?

– Oui ?

– J'ai été contente de te revoir, mais je dois y retourner. Lexa m'attend. Amuse-toi, d'accord ? Jori s'amusait toujours, lui.

– Je vais essayer.

Emily se redressa, me décocha un dernier sourire et s'éloigna. Après son départ, j'ignore combien de temps je restai étendu sur l'herbe à regarder l'immensité du ciel. La douleur en moi s'était tue. Comme si l'aura apaisante de la copine de mon jumeau flottait encore autour de moi, me permettant de repenser à lui sans avoir aussi mal que d'habitude.

– Bébé, qu'est-ce que tu fais allongé là ?

Le visage de Lauren apparut dans mon champ de vision, masquant le ciel. Je me redressai, les mâchoires serrées.

– J'ignorais que tu viendrais, piailla la blonde. Pourquoi tu ne m'as pas prévenue ?

– Parce qu'on n'est pas ensemble, je te signale.

Je cherchai Emily des yeux parmi les fêtards, sans la trouver. En revanche, je vis Sydney. Elle me fixait, appuyée contre la baie vitrée, un gobelet rouge à la main. Elle le leva dans ma direction, un sourire aux lèvres.

– Tu n'es pas obligé de me le rappeler à chaque fois, s'offusqua Lauren. Tu n'as pas envie qu'on s'en aille d'ici ? Qu'on prenne un peu de bon temps ?

Elle s'agenouilla à côté de moi et posa la tête sur mon épaule. Contrairement à Sydney, quand elle me touchait, je ne ressentais rien. Mon corps ne s'enflammait pas, mon esprit restait douloureusement ancré dans ce monde dur et cruel. Je fermai les yeux, poussai un soupir. Ses lèvres se posèrent dans mon cou, l'une de ses mains glissa en direction de mon ventre.

– Arrête.

D'un bond, je me levai. Lauren faillit tomber en arrière.

– Hé ! Mais qu'est-ce qui t'arrive ?

Je n'étais pas du genre à jouer avec les filles. J'avais embrassé Boucle d'or dans le mobile-home, j'avais été prêt à lui arracher ses vêtements. Continuer avec Lauren me retournait l'estomac. Même si, dans le fond, je ne devais rien à Sydney.

Je reçus un message privé sur Facebook. Je sus de qui il venait avant même de l'ouvrir.

Souviens-toi de la règle du jeu.

– Nojan, bébé. Qu'est-ce que ça veut dire ?

Je me retournai pour fixer Lauren droit dans les yeux. Elle ne me faisait plus aucun effet. Putain, Boucle d'or m'avait retourné le cerveau !

– Qu'on arrête, lâchai-je.

– Attends, tu es sérieux ? Tu me largues ?

Je levai les yeux au ciel. Pourquoi les nanas rendaient-elles toujours tout super compliqué ?

– Techniquement, je ne te largue pas, puisqu'on n'était pas en couple.

– Tu es vraiment un sale con !

– Il paraît, oui.

CHAPITRE 21

SYDNEY

K-A portait des vêtements aujourd'hui. Il me salua de loin, un gobelet à la main, avant de filer vers la piscine et d'y sauter. De l'alcool gâché… Mon père l'aurait tué s'il l'avait vu.

Je lançai un nouveau coup d'œil vers Nojan. Il discutait depuis cinq bonnes minutes avec Lauren ; ou plutôt, Lauren lui criait dessus. Magnifique spectacle.

– Tu veux un truc à boire ?

Surprise d'entendre la voix de Victor, la montagne de muscles, j'écarquillai les yeux.

– Je me disais juste que, quitte à assister à ça, insista-t-il en me désignant Nojan et Lauren, autant le faire en buvant.

– Non, ça va aller. Je veux garder les idées claires.

– Dis-m'en plus sur ces idées. Surtout si elles concernent mon pote.

Il me jeta un regard insondable. Son ton protecteur ne m'avait pas échappé.

– Qu'est-ce que tu veux savoir ? soupirai-je.

– Il y a quoi entre vous ?

– De l'alchimie.

Il ricana.

– Ça, faut être aveugle pour pas le voir.

Le silence se fit pendant quelques secondes. Puis, très gêné tout à coup, Victor me demanda :

– Victoria est ta meilleure amie ?

– La seule que j'ai, on peut donc la considérer comme telle, oui.

– Je voudrais l'emmener quelque part. Tu peux me dire ce qu'elle aime ?

– Tu veux l'inviter à un rencard ?

– C'est l'idée.

Nojan déserta mes pensées. Je me tournai en direction de son ami, incapable de ne pas sourire.

– Les donuts, révélai-je. Victoria adore les donuts avec de la glace vanille à côté. Elle aime aussi les films de zombies et elle choisit toujours un mix de pop-corn : salé et sucré. Du coup, invite-la à aller voir un truc avec des morts-vivants, puis emmène-la dans un resto où il y a des donuts.

Victor me dévisageait à présent comme si je venais d'une autre planète.

– Elle aime les films de zombies ? répéta-t-il, incrédule.

– On ne dirait pas, je sais. Qui aurait cru que ma tendre Violette adorait voir des humains se faire manger ?

– Euh… OK. Merci pour l'info.

– Avec plaisir.

Il jeta un dernier regard en direction de Nojan, puis retourna à l'intérieur de la maison. J'allais le suivre dans l'optique d'aller me chercher un verre d'eau quand une tornade blonde me renversa. Je me retrouvai allongée sur le carrelage sans comprendre comment.

– Moi aussi je suis ravie de te voir ! criai-je à Lauren.

– Toi, ferme ta gueule. Je ne suis pas d'humeur.

Déjà, elle se frayait un passage à coups de coudes pour s'éloigner. À mon avis, elle devait s'être cassé un ongle. Ça aurait expliqué son comportement.

– Tu comptes rester étendue là pour le reste de la soirée ou tu vas te bouger le cul ?

Nojan me dominait de toute sa hauteur, les bras croisés sur son torse, toujours aussi beau. Mon corps se rappelait parfaitement le contact de ses mains. Miam.

– Tant de bienveillance dans ta façon de me parler, Nojan chéri. Tu me files un coup de pouce ?

Je tendis la main dans sa direction, un sourire innocent sur les lèvres. Il la saisit et me remit sur pied.

– Pourquoi ta blonde a foutu le camp ? embrayai-je en époussetant mon chemisier blanc.

Il haussa les épaules.

– Parce que je lui ai dit qu'on ne s'enverrait plus en l'air.

Tous les dieux soient loués, même ceux qui ne m'apprécient pas.

– C'est toujours difficile de se séparer de son animal de compagnie, mais quand il a la rage, il faut s'y résoudre, minaudai-je.

Un léger sourire étira les lèvres de Nojan.

– Tu es méchante, tu sais ?

– Pas du tout !

– Si. Tu l'es. Je vais commencer à croire que tu n'aimes pas les blondes. Jenna, Lauren, ça commence à faire beaucoup.

Je me plantai devant lui, les mains sur les hanches.

– Pour ta gouverne, je suis la gentillesse incarnée avec Jenna. On commence même à s'apprécier.

– C'est vrai ?

Pas du tout. Mais il n'était pas obligé de le savoir.

– Oui. Maintenant, dis-moi : aurais-tu un tee-shirt à me prêter, à tout hasard ? Quand je suis tombée, quelqu'un a renversé de la bière sur moi.

Nojan détailla mon haut taché, la mine moqueuse.

– Tu as toujours celui que je t'ai filé hier, me signala-t-il.

– En effet, il est encadré dans ma chambre. J'ai décidé que je le humerais chaque matin pour commencer la journée.

– Tu racontes toujours autant de conneries ?

Le pauvre. Il n'avait pas encore compris que l'humour faisait partie intégrante de mon ADN ?

– Toujours.

Je fis un pas en avant. Il recula. Notre rapprochement de la veille n'avait, visiblement, pas fait évoluer notre relation.

– J'en conclus que malgré ta décision de parier que je t'aimerais comme une folle d'ici quelques semaines, tu manques sacrément d'expérience en matière de romantisme, soupirai-je. Je tiens à te faire remarquer que tu t'obstines à me regarder comme si j'étais une dégénérée.

– Hmmm. Tu as raison, Boucle d'or, mais je n'y peux rien si tu as l'air débile avec tes expressions de gamine et ton comportement d'ado attardée.

Je posai une main sur ma poitrine, feignant une douleur intense.

– Tu viens de me briser le cœur.

– Ce n'est rien comparé à ce que tu me brises en permanence.

– Bon alors, fis-je, tu comptes faire quoi ce soir ?

– M'envoyer en l'air. Tu me conseilles quelle fille ?

Je ratissai la foule du regard, mais la réponse s'imposait d'elle-même :

– Moi.

– Tentant, admit-il en avançant vers moi.

Du bout des doigts, il maintint mon menton et approcha son visage du mien. Mon souffle se bloqua quand sa bouche frôla la mienne, trop brièvement pour apaiser le désir qui me transperçait le ventre, assez pour embraser chacune de mes cellules.

– Mais franchement, tu pues, Boucle d'or.

Sur ce, Nojan m'abandonna. Les hormones en ébullition, je restai plantée sur place, seule, pendant plusieurs minutes, puis je dus boire deux verres de punch cul sec pour me remettre de l'incendie émotionnel que je venais de vivre.

Mauvaise idée. Désormais, mon crâne tournait et mon estomac se rebellait.

Mon futur petit copain ayant refusé de m'aider, j'étais toujours affublée d'un chemisier sali par la bière. Décidant de partir à la recherche d'un tee-shirt dans les chambres à l'étage, je plongeai au milieu de la foule, prenant la direction du grand escalier en colimaçon. Arrivée à son pied, je vis que Nojan et une nana étaient en train de le gravir, collés l'un contre l'autre. Ils disparurent derrière une porte sans me voir.

– Hé, Sydney !

Terry, la fille gothique aux longs cheveux noirs et au maquillage sombre que j'avais rencontrée au tournoi de fléchettes, vint à ma rencontre lorsque je parvins sur le palier. Son rouge à lèvres avait bavé autour de sa bouche, signe qu'elle avait récemment utilisé cette dernière pour la frotter contre quelque chose. Ou quelqu'un. Probablement le type à la crête verte qui la suivait en s'essuyant la partie inférieure du visage avec la manche.

– Salut, Terry, comment tu vas ? la saluai-je.

– Ça roule. On va faire une partie de « je n'ai jamais » en bas, ça te dit ?

Merveilleuse idée !

– Pourquoi pas ! Vous m'attendez ? J'ai un truc hyper important à faire avant.

Ils hochèrent la tête et rejoignirent le rez-de-chaussée, tandis que j'avançai résolument en direction de la chambre où Nojan venait d'entrer.

CHAPITRE 22

NOJAN

Qu'est-ce que je foutais, putain ? Je n'avais pas envie de m'envoyer en l'air. Pas avec une parfaite inconnue. Pourtant, je me trouvais dans cette piaule, en compagnie de Taylor. Je ne savais rien d'elle en dehors de son prénom. On avait parlé deux minutes dans la cuisine, c'est tout. Elle non plus ne me connaissait pas et ne semblait pas encline à vouloir discuter. Ça m'allait très bien.

Non, ça aurait dû m'aller. Qu'est-ce qui n'allait pas chez moi, ce soir ?

Penchée en avant, les mains posées sur le lit, Taylor frottait son entrejambe nu et humide contre ma queue. Des gémissements étouffés franchissaient parfois ses lèvres quand je passais mes doigts sur son clitoris ou les laissais s'insinuer en elle. Elle tourna la tête dans ma direction, les yeux voilés par le désir. On s'était à peine embrassés avant qu'elle se désape. Il m'avait suffi de quelques caresses pour réveiller ses instincts. Les miens, cependant, étaient aux abonnés absents. Je bandais, mais pas autant que je l'aurais voulu. Pas autant que lorsque Sydney me chauffait à blanc. La nana dut s'en rendre compte, car elle se redressa et s'agenouilla devant moi.

– Tu vas adorer, je te le jure, promit-elle.

Ses lèvres pulpeuses entourèrent ma queue, et sa langue commença une danse endiablée. Je fermai les yeux. Putain ! Elle savait utiliser sa bouche. Elle stimulait les zones les plus sensibles, jouant avec la cadence pour varier le plaisir.

– Bordel…

J'avais envie de la prendre, là, tout de suite. Je voulais la sentir autour de moi, l'entendre gémir, la faire se mouvoir contre mon corps.

Sydney…

Malchance ou destin à l'humour malsain, la porte s'ouvrit soudain à la volée. Je rouvris les paupières. Surprise, Taylor se redressa et s'essuya la bouche. Sans un regard pour elle ou pour moi, Boucle d'or traversa la pièce pour se jeter sur une armoire. J'en profitai pour remonter mon caleçon et mon futal.

– Il doit bien y en avoir ici, pardi ! Ne faites pas attention, je viens chercher un tee-shirt. Bref, voyons…

Sydney extirpa d'un tiroir un haut à l'effigie des *Simpson* et me le montra fièrement.

– Parfait ! Tu en penses quoi, Nojan chéri ?

Rouge de honte, Taylor semblait chercher un trou dans lequel se cacher. Inutile : Sydney semblait se moquer de sa présence.

– Je pense que tu devrais foutre le camp, grognai-je.

En désaccord avec mes paroles, mon corps réagit instantanément lorsque Boucle d'or se débarrassa de son chemisier taché et se retrouva en soutif. Dire que pour bander comme ça, il m'avait fallu un début de fellation avant son arrivée…

– Nojan, tu veux que je parte ? demanda Taylor.

– Nan. Sydney va s'en aller.

Fière de son petit effet, cette dernière me fit un clin d'œil et quitta la pièce en me lançant :

– Bonsoir, Nojan chéri, moi je vais jouer à « je n'ai jamais » avec tes potes. Rejoins-nous quand tu auras fini.

La porte claqua et je me retrouvai seul avec ma conquête. La pièce me parut d'un froid sinistre, bien trop silencieuse tout à coup.

– Tu as l'intention de me planter là ?

Taylor attendait patiemment, les bras croisés sur la poitrine.

– Je suis désolé.

Surprise, elle écarquilla les yeux. Puis un sourire étira ses lèvres.

– Cette fille… tu la connais ?

– Ouais.

– Et tu l'aimes bien.

– Non.

– Ce n'était pas une question.

Je me détournai, incapable de déterminer comment me dépêtrer de la situation.

Boucle d'or, je vais te tuer...

– C'est ta copine ?

Un rire moqueur franchit mes lèvres.

– Ma copine ? Tu crois que je t'aurais laissé me sucer si ç'avait été le cas ?

J'enfilai mon tee-shirt et cherchai mon portable des yeux.

– Je te demande ça parce que vous vous regardiez étrangement. Bref, oublie ça.

– Bonne idée.

Merde, il est où ce putain de téléphone ?

– N'empêche que j'aurais aimé que quelqu'un m'observe comme tu l'as fait, ajouta Taylor.

Je la dévisageai. Elle rougissait. Pour se donner une contenance, elle souleva un coussin, récupéra mon portable en dessous – comment était-il arrivé là ? – et me le tendit.

– Tu t'en vas ? m'étonnai-je.

– Oui, il est évident que ce n'est pas avec moi que tu as envie d'être ce soir. À plus, Nojan.

Je quittai la pièce une éternité plus tard. J'avais essayé de me changer les idées en volant un livre dans la petite bibliothèque de la chambre ; ça n'avait fonctionné qu'à moitié.

En bas, je croisai quelques potes complètement déchirés, des verres à la main. Je ne me souvenais plus de la dernière fois où je m'étais retrouvé dans un état pareil. Ça remontait à avant *leur* mort. À l'époque, je pouvais me permettre quelques conneries, je n'avais pas une ferme et un fermier malade à gérer.

– Salut, Joram ! lança un mec sur ma droite.

Je serrai le poing et l'ignorai.

Il arrivait souvent que l'on me prenne pour mon frère. Dans ces moments-là, j'avais juste envie de fracasser des crânes contre les murs.

– C'est pas lui, chuchota quelqu'un, tu sais bien que Joram est mort.

Putain ! Je pris le plus de distance possible avec cette bande de cons.

– Hé, Nojan ! me héla Terry depuis le salon. Cool que tu sois là. Amène-toi, on s'éclate bien.

Je pris place à côté de Sydney. Elle ne remarqua pas ma présence, trop occupée à se marrer avec Steph. Même lorsque je fis courir mes doigts sur la peau nue de son bras, elle ne tourna pas la tête vers moi. Faisait-elle exprès de me snober ? Et pourquoi cette perspective ne me plaisait-elle pas ? Je finis par la pincer, agacé.

– Hé ! s'indigna-t-elle. Ça ne va pas, espèce de… Oh, Nojan, tu as terminé de t'envoyer en l'air ?

Combien de verres avait-elle bus ? Ses yeux vitreux brillaient d'étoiles et elle souriait comme une môme de cinq ans.

– Ouais, répondis-je.

– C'était bien ?

– Quel genre de meuf pose cette question ?

– Le genre moi ?

En effet.

– C'était bien, Boucle d'or, mentis-je.

– Pas autant que si j'avais été à la place de Joan, mais bon.

– Taylor.

– Ah mince. Taylor, future pompiste de carrière.

Je ne pus retenir un sourire.

– Elle est plutôt sympa.

– Je n'en doute pas. Ce que je donnerais pour avoir son corps !

– Ton corps est parfait comme il est, Boucle d'or.

– Ça, c'est du compliment ! C'est super que tu sois venu. Je suis contente.

Le pire ? C'est qu'elle avait l'air sérieuse. Ces derniers temps, je n'étais pas le gars le plus joyeux de la Terre et la plupart des gens m'évitaient. Ça m'allait plutôt bien. Sauf que Sydney n'était pas comme les autres.

– Je n'avais rien de mieux à faire, lâchai-je.

– À part déprimer dans ton coin ?

Je grimaçai. Elle me sourit.

– C'est bon, je rigole. Tu devrais manger du chocolat, je crois que ça te mettrait de bonne humeur. Je vais aller t'en chercher…

Elle s'apprêtait à se lever quand je l'attrapai par la main pour la forcer à rester à côté de moi.

– Pas la peine, Boucle d'or. Je n'ai pas envie que tu aies un accident entre ici et la cuisine.

– Ça alors ! Serait-ce une marque d'affection ?

– Pas du tout. Je pense surtout à ceux que tu pourrais tuer dans ton état. Tu as bu combien de verres ?

Elle balaya ma remarque d'un revers de la main.

– Un ou deux.

– Mais bien sûr. Soit tu me mens, soit tu ne tiens pas du tout l'alcool.

– Un peu des deux ?

– Tu es folle.

– De toi, c'est clair, chuchota-t-elle en se penchant dans ma direction.

Je me concentrai sur le nombre de bouteilles vides à l'intérieur du cercle. Plus de quatre. Putain !

– Vous avez fini de flirter ? demanda Steph.

– On ne flirte pas, répondis-je du tac au tac, d'ailleurs je n'ai jamais vu cette fille de ma vie. Je ne me souviens plus de son prénom.

– Boucle d'or, répondit l'intéressée sournoisement. Nojan, Steph me racontait comment il avait eu cette cicatrice dans le cou. C'est en sauvant un chat, tu te rends compte ? Un chat ! Il est sur le point de devenir mon nouveau héros.

Un sourire m'échappa. Je passai une main sur mon visage pour l'effacer, mais impossible.

Cette fille allait finir sa vie entourée de félins dans un petit appart ! C'était sûrement son rêve, d'ailleurs.

– Il s'est fait ça en tombant de vélo quand on avait dix ans, répliquai-je. C'est un mytho, ne l'écoute pas.

– Han ! Tu m'as menti, Steph !

– Ben quoi ? se justifia-t-il. Tu me vois raconter que je suis passé par-dessus le guidon alors qu'il n'y avait rien sur la route ? La honte.

Sydney s'étouffa de rire, non sans boire une énième gorgée d'alcool. J'hésitai à lui arracher son verre des mains. Je n'étais pas de ces connards sans cœur qui laissaient une fille non accompagnée se déchirer la gueule.

Pendant qu'elle continuait de glousser, je lui volai au moins ses clefs de voiture. Steph se pencha dans ma direction et me murmura discrètement :

– Tu ne veux toujours pas parier sur celui de nous deux avec qui elle couchera le premier ? Cent dollars de mise…

Avant que je puisse lui envoyer une réponse bien sentie, Terry lança :

– Bon, à mon tour ! Je n'ai jamais… couché avec deux partenaires en même temps.

Sydney secoua la tête.

– Non, aucun souvenir de ça.

Personne dans le cercle ne but. J'étais presque sûr que deux des mecs présents mentaient, ils kiffaient les plans à trois.

Boucle d'or me fila un gobelet qui contenait un mélange de vodka et de punch. Dégueulasse.

– Je n'ai jamais… baisé dans des chiottes publiques, embraya quelqu'un.

CHAPITRE 23

SYDNEY

Coucher dans les toilettes publiques, je n'avais jamais fait non plus. Encore heureux, rien que d'imaginer mon fessier de rêve entrer en contact avec un nid de microbes me donnait envie de vomir. Bon, d'accord, mes nausées venaient surtout de toute cette bière dégoûtante que j'avais ingurgitée pendant la fête. Ma faute.

Je sentais le regard de Nojan posé sur moi, comme s'il me jugeait. Il se tendit lorsque j'amenai le gobelet à mes lèvres, mais parut soulagé quand, à la place de boire, je me grattai le nez du bout de l'index.

– Tu croyais que j'avais déjà fait ce genre de trucs ? me moquai-je.

– Tu en serais capable.

– Pauvre chaton. Il y a tellement de choses que tu ignores sur moi.

Il leva les yeux au ciel.

– Je sais beaucoup de choses sur toi.

– Comme quoi ?

– Tu aimes les sensations fortes, le chocolat, les chats, tu aimerais avoir une moto et je suis presque sûr que tu es nympho.

– Pas du tout !

– Si, Boucle d'or.

– Au lieu de dire des bêtises, à ton tour.

– Non, laisse-moi en dehors de ça.

– Alors là, tu rêves, froussard. Tu t'y colles, c'est la règle.

Il poussa un soupir, regarda son verre non sans grimacer, prit une grande inspiration et lança à la cantonade :

– Je n'ai jamais été amoureux.

Oh, le fourbe.

Quelques joueurs avalèrent une gorgée de leurs verres. Pas lui. Ni moi.

– Tu es sûre de toi ? me glissa-t-il.

Non, là, alors qu'il était si près, ses lèvres frôlant ma peau, je n'étais sûre de rien.

– Tout à fait. Et toi ?

Il m'adressa un sourire malicieux.

– À toi, m'invita-t-il.

– Je n'ai jamais…

Il patientait, refusant de me quitter des yeux. Ça me perturbait, même si ce n'était pas désagréable.

Sur ma gauche, Steph compléta ma phrase restée en suspens :

– … été fan de *Twilight* ?

– Steph ! J'adore *Twilight*, ne te moque pas ! lui hurlai-je.

– Je le savais ! s'exclama-t-il en passant une main sur son crâne chauve.

Il éclata de rire, puis avala le contenu de son verre d'une traite. Tout le monde, y compris moi, fut surpris de voir Nojan l'imiter.

– Quoi ? grogna celui-ci. J'avais soif.

– On l'a maté tous les deux, annonça Steph.

– C'est toi qui m'as forcé à regarder cette daube parce que tu voulais draguer une nana fan de vampires.

– Arrête, tu kiffes la jolie blonde. Comment elle s'appelle ? Rosalie, je crois ? D'ailleurs, Sydney, tu lui ressembles un peu. Vous avez les mêmes lèvres charnues et des yeux globuleux.

Charmant. Personne ne m'avait encore jamais dit que je possédais des yeux globuleux.

– Tu me compares à une vampire sexy ? m'étonnai-je.

– Ouais, tu es grave bandante.

Nojan se leva, non sans s'appuyer lourdement sur mon épaule.

– Je me tire de cette fête pourrie, déclara-t-il.

– Quoi, déjà ? Reste encore un peu, ne fais pas ton coincé.

Il tressaillit lorsque je lui attrapai la main pour le forcer à se rasseoir. Silencieusement, il reprit sa place initiale. Tant mieux, j'aimais bien le voir jouer avec nous. Avec un peu de chance, on repartirait à deux, il m'emmènerait dans son mobile-home et on continuerait ce qu'on avait si bien commencé la veille... Cette perspective me chatouilla le bas-ventre et m'asséchа la gorge.

– Arrête de me fixer, Boucle d'or.

– Pourquoi ? Tu as peur de croiser mon regard et de tomber amoureux ?

– Va te faire foutre.

– Par toi ? Avec plaisir.

– Arrêtez de flirter, nous ordonna Terry. C'est mon tour...

Le jeu continua un long moment avec des questions qui portaient essentiellement sur le sexe. En un rien de temps, je me retrouvai complètement déchirée. Ma tête tournait et je gloussais comme une demeurée.

– J'y crois pas une seconde, se renfrogna Nojan.

– Qu'est-ce que tu ne crois pas ?

– Que tu aies autant d'expérience sexuelle.

– Figure-toi que Zack avait une imagination très fertile.

– Zack ?

– Je t'en ai parlé. Un mec avec qui j'avais quelques affinités l'année dernière.

– Avec qui tu as joué ?

– Bingo.

Une ombre passa sur le visage de Nojan.

– Rassure-toi, repris-je, je ne ressens rien.

– Pour lui ?

– Entre autres, oui.

À cet instant, Steph s'écroula en arrière, totalement ivre.

– Je meurs, putain ! gronda-t-il.

– Regarde-moi cette bande d'alcooliques, pouffai-je.

– Tu en fais partie, Boucle d'or.

– Absolument pas !

Je sortis mon téléphone, essayant de combattre la lourdeur de mes paupières. 1 h 20 du matin, j'allais devoir rentrer si je voulais réussir à me lever pour les cours du lendemain. Je me redressai, tanguai un instant et saluai la charmante compagnie. Mon fourbe d'estomac menaçait de remonter dans ma gorge.

Sans savoir par quel miracle, je me retrouvai dehors. L'air frais réussit l'exploit de me dessaouler légèrement. Je pris plusieurs grandes inspirations en me dirigeant vers la voiture de mon père. Le trottoir semblait se mouvoir sous mes pas. Peut-être valait-il mieux que j'attende un peu ? ou que je dorme dans l'habitacle ? Mince, où étaient mes clefs ? Je les cherchai dans mes poches, sans succès. Si je les avais perdues, mon père me tuerait. Mais, à cet instant précis, c'était le cadet de mes soucis.

Heureusement, je n'avais pas verrouillé les portières. Je me glissai derrière le volant et, complètement crevée, je rejetai ma tête en arrière contre mon siège.

Mes yeux se fermèrent. Juste quelques secondes. De minuscules secondes.

Qui devinrent des heures, réalisai-je en les rouvrant sur un ciel bleu piqueté de nuages blancs. Ma bouche pâteuse laissa passer un grognement douloureux. Je me sentais mal ; mon crâne allait exploser. En assassinant du regard les quelques arbres qui bordaient le parking, je me promis de ne plus jamais boire.

Une odeur nauséabonde régnait dans la voiture. Sûrement celle de mon haleine. Beurk.

Je trouvai mon téléphone sur le siège passager. Mon père avait appelé plus de vingt-deux fois et m'avait laissé autant de messages vocaux. Le dernier disait :

« Nojan m'a contacté et m'a dit que tu t'étais endormie dans la voiture, sur le parking. Je ne sais pas si j'ai envie de te tuer ou de te féliciter pour ne pas avoir pris le volant. »

Je répondis par un SMS :

Nojan a fait ça ?
N'est-il pas le mec parfait ?

Je dus me concentrer pour déchiffrer l'heure. 7 h 18. La bonne nouvelle, c'est que je n'étais pas encore en retard. La mauvaise, c'est que je le serais si je rentrais chez moi pour me préparer. Comme d'habitude, une seule solution s'offrait à moi : Violette. Ma chère et unique amie.

Je sortis de la voiture, non sans avoir l'impression de me trouver sur un bateau en pleine tempête. Il me fallut plus de vingt minutes pour traverser le campus et grimper les escaliers de la résidence universitaire. En entrant dans la chambre de Violette, je trouvai mon amie à moitié nue, en train de passer une paire de chaussettes. Insensible à son petit cri de surprise, je traversai la pièce et m'effondrai dans son lit encore chaud. Heureusement, Blondie ne se trouvait pas ici, auquel cas ma nausée serait revenue à vitesse grand V.

– Bon sang ! hurla Violette. Tu as dormi où ? Tu pues, Sydney.

– Tu peux arrêter de crier ? Pitié. Ma boîte crânienne se fissure.

– Tu es dingue, je t'avais dit de ne pas aller à cette fête débile. Pourquoi tu te balades avec des sapins désodorisants autour des oreilles ?

Visiblement, cette idée était aussi naze que toutes celles que j'avais eues hier.

– Pour ne pas puer, avouai-je.

– Ça ne fonctionne pas.

– Je sais. Je vais me doucher, tu me prêtes des fringues ? Elle est où, ma brosse à dents ? demandai-je, la voix pâteuse.

Il arrivait si souvent que je dorme ici que j'y avais mes propres affaires de toilette. La classe absolue.

– Tu la trouverais si tu prenais la peine de te lever, grogna mon amie.

Elle fouilla dans son armoire et me balança un pull et un jean.

– Merci, lui dis-je. Je vais y aller. Dans une petite minute…

J'étais si bien, allongée sur son lit… Je n'avais plus envie de bouger.

Je fermais les paupières quand la porte s'ouvrit à la volée.

– Hé ! se fâcha Violette. Qu'est-ce que tu fiches ici, toi ?

– Boucle-la deux minutes, ordonna un timbre familier et sexy. Je viens chercher un truc que j'ai laissé dans cette piaule la dernière fois. Merde, qu'est-ce qu'elle fout ici, elle ?

« Moi aussi je suis ravie de te voir », voulus-je répondre à Nojan. Sauf que j'étais trop fatiguée. Même l'amour ne pouvait rien contre la gueule de bois.

– Sydney, tu ne vas pas rester là ? S'il te plaît, sors de ma chambre et emmène cet imbécile avec toi !

– Vous pouvez arrêter de brailler deux secondes ? m'énervai-je. J'ai le crâne en feu.

– La faute à qui ? se moqua Nojan. Alcoolique.

Je me levai avec difficulté. Même la vision de mon futur petit ami ne suffit pas à calmer les élancements dans ma tête, bien qu'il soit vraiment beau ce matin-là dans son jean délavé bleu et son tee-shirt noir. En plus, il sentait le gel douche. Je suivis des yeux ses tatouages le long de ses bras avant de pousser un grognement. Ma migraine empirait.

– Je ne suis dépendante d'aucune sorte d'alcool, pigé ? Par la baguette de Sureau, je t'ai déjà dit à quel point je te trouvais grave sexy ? Tu pourrais devenir mannequin. Ou mannequin personnel, genre le mien, tu vois ?

J'avançai de quelques pas pour essayer de l'enlacer. La seconde d'après, je m'écroulai sur le plancher, juste à ses pieds.

– Mince, Sydney, ça va ? Espèce d'idiot, tu aurais pu la rattraper !

Je repoussai la main de Violette, espérant retrouver un peu de dignité.

– J'aurais pu, ouais, se moqua Nojan. Sauf qu'elle me casse les couilles, ta copine.

– J'y vais, maugréai-je, j'ai vraiment besoin d'une douche.

Des larmes coulaient sur mes joues.

– Tu pleures ?

Cette fois, la question de Nojan n'avait rien d'acerbe. J'y décelai une pointe de culpabilité et beaucoup de surprise.

– Non, mentis-je. J'expulse l'alcool par mes glandes lacrymales.

Il me tendit une main, que j'acceptai.

CHAPITRE 24

NOJAN

Sydney se releva et me dépassa, laissant derrière elle une odeur de bière pas fraîche et de parfum de synthèse peu ragoûtante. La porte de la chambre se referma sur elle et je me retrouvai en compagnie de la fille aux cheveux violets.

– Elle a quoi autour des oreilles ? demandai-je.

– Des sapins désodorisants pour voiture. Maintenant, si tu pouvais te tirer, ce serait sympa.

La fille leva les yeux au ciel, me laissant fouiller l'armoire de Lauren à la recherche de mon enceinte audio. Je la trouvai parmi ses petites culottes et quelques préservatifs.

– Tiens, dis-je en balançant un trousseau de clefs à Violette, tu rendras ça à Sydney.

– Ce sont ses clefs de voiture ?

– Devine.

– Comment tu les as eues ?

– Je les lui ai prises hier avant qu'elle quitte la fête. Je n'allais pas la laisser repartir dans cet état.

Je m'apprêtais à sortir de la piaule quand Violette me retint.

– Non, toi, donne-lui. Et en même temps, file-lui ça.

Elle me balança un jean et un pull noir.

– Pourquoi moi ?

– Tu passes devant les douches, tu tomberas sur Sydney. Prends ça aussi, ordonna-t-elle en me foutant une serviette dans les bras. Et ça.

J'observai, incrédule, la brosse à dents et le tube de dentifrice entre mes doigts. Putain de merde, cette fille me considérait comme sa boniche, ou quoi ?

– Tu m'as pris pour son copain ? grondai-je.

– Ferme-la, Nojan ! Juste… ferme-la et arrête de te comporter comme un connard profond. Franchement, si tu en étais un, tu l'aurais laissée repartir en voiture hier.

Je grimaçai. Violette continua :

– Si tu ne l'appréciais pas, tu cesserais d'agir pour son bien. Elle m'a raconté pour la tempête. Maintenant, dégage. Moi, je vais en cours.

Sur ce, elle quitta la chambre sans plus un regard pour moi, la mine blasée.

Pour qui se prenait cette donneuse de leçon à deux balles ? Je balançai les vêtements par terre, embarquai le dentifrice et sortis dans le couloir. Je ruminais encore quand je vis Sydney pratiquement allongée par terre, la tête appuyée contre le mur. Elle dormait. Sa minijupe relevée dévoilait ses cuisses et une partie de sa culotte en dentelle rose.

– Tiens, tiens, lâchai-je. Pourquoi suis-je à peine étonné de te voir ici ? Tu es aussi sexy qu'un clodo dans le caniveau.

Je me baissai à sa hauteur et attrapai son menton entre mes doigts.

– Hé, réveille-toi.

Elle n'ouvrit pas les yeux, et son haleine de chacal me força à reculer.

Qu'est-ce ce que j'étais censé faire, maintenant ? me barrer ? Il s'était déjà passé des trucs pas très nets dans cette fac. N'importe qui pouvait profiter de Boucle d'or pendant qu'elle roupillait. Merde !

– Tu me casses les couilles, je te jure.

Je l'attrapai par le bras et la tirai à travers le couloir jusqu'à la chambre de Violette. Après l'avoir allongée sur le lit de Lauren, je relevai sa tête avec l'oreiller et sortis le tube de dentifrice de ma poche. Elle ne bougea pas quand je remplis sa bouche de pâte blanche. Je pris une photo avec mon portable avant d'attraper une petite bouteille d'eau et de verser un peu de liquide sur son visage. Elle poussa un râle en tournant la tête sur le côté, gémit, puis toussa. Essuyant son menton d'un revers de manche, les yeux remplis de larmes, elle s'exclama :

– Nom d'un Serpentard ! Qu'est-ce qui se passe ?

– Il se passe que tu t'es endormie dans le couloir. Tu les pêches où, tes expressions ?

– Dans ton cul.

– Ben voyons, ricanai-je. C'est profond, ça.

Sydney me fusilla du regard, attrapa la couverture de Lauren et s'essuya avec.

– Qu'est-ce que je fais dans le lit de ta copine ? demanda-t-elle.

Note à moi-même : au réveil, Boucle d'or a mauvais caractère.

– Ce n'était pas ma copine.

Une grimace déforma le visage de Sydney. Ses cheveux blonds partaient dans tous les sens et des cernes creusaient ses joues. Les larmes qu'elle avait versées un peu plus tôt traçaient des sillons noirs sur son visage.

– Tu as une sale tête, tu sais ?

J'aurais donné mon âme au diable pour le penser. En réalité, cette nana me faisait de l'effet, quel que soit son état. Impossible de la trouver moche. Ça aurait pourtant été plus facile à gérer.

– Tu es vraiment un crétin. On ne malmène pas une fille avec la gueule de bois. C'est toi qui as fait ça ? demanda-t-elle en s'essuyant encore la bouche.

– Qui d'autre ?

– Punaise, tu es crade comme mec.

– Dit la meuf qui pue la bière à des kilomètres. Tu en as encore renversé sur le tee-shirt que tu as volé. Tu ne sais vraiment pas picoler.

– Je l'admets, renifla-t-elle, les larmes aux yeux.

– Attends, tu vas te remettre à pleurer ?

Sans me donner de réponse, elle cracha le reste de dentifrice au pied du lit.

– Pourquoi tu as fait un truc pareil ? C'est ignoble, le dentifrice !

– Parce que tu puais de la bouche.

– Et qu'est-ce que tu fiches encore ici, d'ailleurs ?

Ouais, bonne question. J'avais récupéré mon enceinte, alors pourquoi je restais ?

La réponse s'imposa d'elle-même : j'aimais faire chier Sydney comme elle me faisait chier.

– Heureusement que je t'ai pris tes clefs de voiture, lâchai-je. Tu es sacrément imprudente comme nana.

– Tu as pris mes clefs ? Oh, tu m'as sauvé la vie !

Et voilà, je regrettais mes paroles. Les yeux de Sydney pétillaient. À croire qu'une de ses nombreuses personnalités venait de se réveiller.

– Je voulais surtout sauver la vie des autres usagers, précisai-je.

Elle se leva, tout à coup d'excellente humeur. Son équilibre précaire faillit la précipiter au sol, mais elle tint bon. Un instant, je crus qu'elle allait vomir car son visage venait de virer au vert, mais elle se maîtrisa et se pencha pour ramasser les fringues par terre.

– Bon, je te pardonne. Tu fais quoi ce soir, Nojan ?

– Je m'envoie en l'air.

– Tu devrais venir au bar, poursuivit-elle comme si elle ne m'avait pas entendu. Vers vingt-deux heures, ça te dit ?

C'était ce que je comptais faire de toute façon. Steph, Victor et moi nous étions donné rendez-vous là-bas.

– Tu y seras ? demandai-je.

– Bien sûr. Je vis là-bas.

– Alors non. J'ai un truc plus important à faire. Genre t'éviter.

– Tu veux revenir sur ton pari, Nojan chéri ?

Je croisai les bras sur mon torse sans répondre.

– Ce soir, vingt-deux heures ? répéta-t-elle avec une moue adorable. On pourrait parler, toi et moi. Avoir une discussion civilisée, pour une fois. Ça changerait, non ?

– On verra mon humeur.

Ma réponse sembla la satisfaire, car elle se fendit d'un immense sourire. Je me détournai et quittai la chambre.

À l'instant où je franchis la porte, Lauren apparut dans le couloir. Elle se figea net en me voyant et s'écria :

– Nojan que fais-tu ici ?

– Rien du tout.

J'avançai dans le corridor, les mains dans les poches de mon jean.

– À ce soir ! s'exclama Sydney dans mon dos. J'ai hâte d'y être, Nojan chéri !

– « Nojan chéri » ? répéta Lauren. Qu'est-ce que ça veut dire ?

Je ne pris pas la peine de répondre.

– Attends, Nojan, tu voulais me voir ? insista-t-elle. Tu veux discuter ?

La question de mon ex-plan cul me surprit tellement que je me figeai.

– Nan, je venais voir Sydney, balançai-je.

– Tu couches avec elle ?

– Peut-être bien.

– Tu rigoles, j'espère. Tu l'as vue ?

Pour être franc, je la voyais un peu trop souvent à mon goût.

– C'est pour sortir avec elle que tu as voulu qu'on arrête de se voir ? demanda Lauren.

Je faillis dire « non ». Puis « oui ». En réalité, j'étais incapable de répondre à cette question, parce que des forces opposées se battaient dans mon esprit. Alors, plutôt que d'essayer de me justifier, je haussai les épaules.

– Tu es vraiment un gros con, Nojan !

Sans dire un mot de plus, je levai mes deux majeurs.

CHAPITRE 25

SYDNEY

– C'est cool de te voir de temps à autre, Sydney, lança mon père avec nonchalance. Ça me rappelle que tu habites ici.

Pas de remontrance, de remontage de bretelles, de cris parce que je n'avais pas répondu à ses appels ? Tant mieux. Je ne me sentais pas capable d'encaisser ça. J'avais besoin de sommeil.

Je balançai mon sac sur une table avant de m'y appuyer comme si je pesais le poids d'un mammouth mort. À l'autre bout de la pièce, Jenna secoua la tête et partit à la cuisine.

– Les joies d'avoir dix-neuf ans, répondis-je à mon père. Tu sais que je suis majeure ? Ça veut dire que, techniquement, je peux faire ce que je veux, rentrer à l'heure qui me convient et, parfois, ne pas rentrer du tout.

– En fait, Sydney, techniquement ça signifie que tu es responsable de tes actes. Et donc que je n'irai pas en prison à ta place si tu commets un délit. En dehors de ça, tu es toujours mon bébé.

– Oui, papa. D'accord, papa.

– La prochaine fois que tu me laisseras sans réponse aussi longtemps, je viendrai te chercher.

– Je dormais. Un enfant a besoin d'au moins huit heures de sommeil par nuit.

– Tu n'es plus un enfant !

– Ah ! m'exclamai-je. Tu vois, tu viens de le dire toi-même !

Jenna revint près de nous et m'offrit un grand verre rempli d'un liquide rouge qui ressemblait furieusement à du sang.

– Contre la gueule de bois. Cul sec.

Je restai immobile, papillonnant des paupières comme une demeurée.

– Il y a de la mort au rat là-dedans ?

– Goûte, tu verras bien.

Je portai le verre à mon nez. Ça sentait les tomates et tout un tas de trucs louches. Je jetai un coup d'œil à mon père. Il s'était replongé dans ses affaires administratives.

– Pourquoi tu fais ça ? demandai-je à ma belle-mère

– Parce que je sais dans quel état tu es. J'ai eu dix-neuf ans, moi aussi.

– Ouais, il n'y a pas si longtemps que ça.

Elle leva les yeux au ciel, puis se détourna.

– Merci pour le breuvage miracle ! lui lançai-je.

– Pas de quoi.

Je bus le verre d'une traite, quitte à mourir dans d'affreuses souffrances. Le goût était horrible. Elle avait mis du poivre là-dedans ou quoi ? Je faillis tout recracher, mais tins bon. Ensuite, je montai dans ma chambre. Il était évident que je n'étais pas capable d'aller en cours ce jour-là. Ma faute.

Une fois allongée sur mon lit, je sortis mon portable et me connectai à Messenger pour envoyer une blague rigolote à Nojan, chose que je n'avais pas faite depuis un moment. Je savais que ça l'agaçait, pourquoi m'en priver ?

Sauf qu'en voyant qu'il avait répondu à mon dernier message, je tiquai.

Tu te drogues ?

Il avait envoyé ça la semaine dernière, à 3 heures du matin.

Bon, ses mots réveillaient de mauvais souvenirs, je ne pouvais pas le nier, mais il avait fini par me parler. Nos rapports s'amélioraient, c'était une bonne nouvelle.

Je tapai la devinette que j'avais préparée :

Quel point commun y a-t-il entre une
blonde et une dinde ?

À ma grande surprise, je reçus une réponse dans la demi-heure suivante.

Tu es blonde. Tu te rends compte que
tu t'insultes toi-même ?

Faut se la farcir.

Trois petits points apparurent.

Cette fois, je ne peux pas
te contredire.

Tu viens toujours ce soir ?

Nojan ignora ce dernier message. Le fourbe.

Je passai la journée à dormir, puis à réviser. Quand je descendis au bar peu avant 22 heures, je cherchai mon cher biker parmi les clients, sans le trouver. Il n'avait pas intérêt à me poser un lapin… Malgré la soirée très arrosée de la veille, je me sentais prête à courir jusqu'à son mobile-home pour le rejoindre. Ensuite, advienne que pourrait.

Je pris place sur un tabouret au comptoir et tentai de commander une bière à Ryan, l'employé de mon père.

– Désolé, Sydney, Ben m'a interdit de te servir autre chose que de la limonade, me répondit-il.

Quel monde cruel…

– Hé, Lena ! Lena !

On tapota mon épaule. J'ignorais qui était Lena, mais le mec qui venait de m'aborder me rappelait vaguement quelqu'un. De taille moyenne, les cheveux bruns décoiffés, les yeux gris creusés par des cernes, le sourire facile, il portait une veste de cuir et des bottes de moto.

– Pardon ?

Son sourire fana légèrement.

– C'est moi, Elliot. Tu ne te souviens pas ? Ah, j'imagine que ta mémoire te joue des tours, tu n'étais pas super fraîche lors de notre rencontre.

– J'en conclus qu'on se connaît ?

– Oui, dit-il, embarrassé.

Si j'avais rencontré officiellement un Elliot, je m'en serais souvenue. J'adorais le film *Peter et Elliot*. Mon interlocuteur ne ressemblait cependant en rien à un dragon. Au contraire, il dégageait un charme évident qui forçait la confiance.

– Désolée, dis-je. Tu es à la fac ?

– Oui. En fait, je t'ai raccompagnée chez toi la semaine dernière. Tu te souviens de la fête ? Tu n'étais pas très sobre. Je t'ai trouvée dans les buissons en train de pleurer toutes les larmes de ton corps en insultant un autre gars.

Je fouillai ma mémoire, sans rien y trouver.

– Est-ce que j'ai enlevé ma petite culotte devant toi ? l'interrogeai-je.

Elliot rit doucement.

– Non, t'inquiète. Tu m'as avoué être vierge. Et puis, je n'allais pas coucher avec toi alors que tu étais complètement défoncée.

Oh, alors il n'y avait pas que sur mon prénom que j'avais menti. Pauvre gars, il avait l'air sympa.

– Merci de m'avoir raccompagnée. J'aurais pu tomber sur un psychopathe.

– C'est normal, tu n'as pas à me remercier.

Dans mon dos, un éclat de rire résonna. Mon cœur se mit à battre la chamade et un sourire idiot étira mes lèvres.

– Bonsoir, Nojan chéri, minaudai-je en me retournant. Quel est le comble pour Cyrano de Bergerac ?

– D'apparaître dans une de tes blagues ?

– Non, d'être complexé depuis qu'il est nez. N.E.Z., lui épelai-je. Tu as saisi ?

– Je suis à la fac, Boucle d'or, c'est qu'au fond je ne suis pas si con.

Bien entendu, jamais je ne l'avais considéré comme quelqu'un de stupide.

– Bon, intervint Elliot, troublé, je crois que je vais y aller.

– Encore merci pour la dernière fois, c'était sympa.

Il s'éloigna, et Nojan poussa un long soupir.

– Je ne sais pas ce qui me choque le plus. Qu'il te croie toujours vierge ou que tu lui aies dit que tu t'appelais Lena.

– Pourquoi ne m'aurait-il pas crue à propos de ma virginité ?

– Tu es chaude comme la braise, Boucle d'or.

– C'est un compliment ?

– Une observation.

– Je prends ça pour un compliment quand même. Mais je ne suis chaude qu'avec toi, tu sais ? Tu es le seul dans mon cœur.

– Mon cul, ouais, ricana-t-il.

Un léger silence suivit ses paroles.

– Tu es venu, finalement, c'est une bonne nouvelle, lâchai-je. Je savais que tu ne pourrais pas résister à l'envie de me voir.

Ses sourcils se froncèrent.

– Arrête de te prendre pour le centre du monde.

– Oh, je t'en prie. Et si on sortait, toi et moi ? Un premier rencard, qu'en penses-tu ?

D'un mouvement brusque, il se pencha vers moi. Nos visages se frôlèrent.

– Admettons que j'accepte, où voudrais-tu aller ?

Je ne m'attendais pas vraiment à cette question. En fait, je m'attendais à ce qu'il m'envoie balader.

– Oh… un endroit immense où on peut faire tout ce qu'on veut ! Le genre de lieu qui fait rêver. Tu en connais un ?

Il faillit dire quelque chose, se ravisa. Une lueur de tristesse zébra son regard et je vis ses mâchoires se serrer. La conscience qu'il traînait un lourd fardeau m'envahit. J'avais envie de l'aider, mais, en même temps, je ne pouvais pas renoncer à mon but premier…

Jouer pour ressentir.

Perdre pour souffrir.

– J'en connais un, ouais, finit-il par me dire. Joram et moi on y allait souvent.

– Tu veux me parler de lui ?

Il hésita un long moment, les yeux perdus dans le vague. J'étais certaine que, d'une minute à l'autre, il allait se lever pour fuir. Ce besoin qu'il avait de se protéger du passé et des gens était semblable au mien. Sauf que, là où j'utilisais des blagues et des masques, il optait pour le silence et le repli.

– Aucune chance, Boucle d'or, grommela-t-il après plusieurs secondes.

– Parce que tu ne me fais pas confiance ?

La question sembla agir sur lui comme un électrochoc. Il écarquilla les yeux l'espace d'un instant, avant de secouer la tête et d'éclater d'un rire sombre et triste.

– Non. Parce que ça fait mal.

Quelle imbécile j'étais, parfois !

– Je suis désolée.

– Qu'est-ce que tu y peux ? Ce n'est pas toi qui l'as tué.

Son dégoût et sa colère étaient palpables. Il me vint l'idée d'abandonner la partie, de trouver quelqu'un d'autre pour jouer. Mon paternel avait raison, Nojan ne méritait sûrement pas le traitement que je lui infligeais.

– Mes parents venaient ici tout le temps dans leur jeunesse, m'avoua-t-il. Ils se sont rencontrés dans ce bar.

– Vraiment ? C'est fou ! Je comprends pourquoi tu aimes venir, alors.

– Ouais. À l'époque le lieu était tenu par un autre propriétaire. Mon père adorait passer ses soirées à jouer au billard et à se marrer avec ses potes. Un jour, il a flashé une jeune serveuse qui s'appelait Adeline. Il a craqué sur elle… et elle lui a cassé deux doigts quand il a essayé de lui toucher les fesses.

Il éclata de rire. Je n'avais jamais entendu un tel son dans sa bouche. Il était magnifique, mais en même temps… imprégné de tristesse. De cette même tristesse qu'il trimbalait depuis qu'on s'était rencontrés.

– Adeline était ta mère ?

– Ouais, elle avait dix-huit ans à l'époque. Un sacré bout de femme. Elle possédait une moto et un bon crochet du droit. Il ne fallait pas se fier à son apparence innocente.

– J'hallucine ! Elle lui a vraiment cassé deux doigts ?

– Oui, et ensuite, elle l'a conduit à l'hôpital. Elle n'a pas arrêté de s'excuser dans la voiture et de l'engueuler en même temps. Mon père m'a dit qu'au cours de la semaine qui a suivi, il a reçu un cadeau tous les jours dans sa boîte aux lettres et qu'il était certain que ça venait d'elle… mais qu'il ne pouvait pas s'en assurer parce que, à chaque fois qu'il essayait de l'approcher, elle le fusillait du regard.

Une étincelle de bonheur brilla dans les yeux de Nojan. Elle embrasa son visage et transforma ses traits pour les rendre presque sereins.

– Il a fini par prendre son courage à deux mains et par l'approcher à nouveau. Il lui a dit qu'il était désolé et qu'il avait agi comme le dernier des crétins. Et que, si elle le voulait, elle pouvait lui casser deux autres doigts… à condition qu'elle lui accorde l'honneur de passer du temps avec lui.

Nojan lâcha un soupir léger tandis que son regard se baissait vers le comptoir. Son pouce frôla une éraflure dans le bois.

– Elle a accepté de sortir avec lui ? demandai-je.

– Au bout de trois mois. Tout le monde s'est dit qu'ils ne resteraient pas ensemble, parce que mon père n'était pas franchement un mec capable de se poser avec une nana.

– Ils se trompaient.

– C'est clair. Mes parents sont restés mariés toute leur vie.

– C'est magnifique.

Nojan acquiesça, puis se leva.

– Je dois y aller.

– Attends ! Je croyais que tu devais passer la soirée avec Steph et Victor ?

– J'ai changé d'avis.

Il se dirigea sans hésiter vers la sortie. Je le suivis dehors, sous un ciel piqueté d'étoiles.

– Tu ne peux pas t'en aller maintenant ! insistai-je. On a un rencard, je te rappelle.

Il se figea, son casque à la main.

– Je n'ai pas accepté, Boucle d'or.

– Comme si je te donnais le choix, pouffai-je. Viens par là.

Je m'éloignai de lui à reculons dans le but de l'attirer. Sauf que mon pied accrocha quelque chose de dur… et je me sentis partir en arrière. Un affreux bruit métallique résonna dans mon dos. Alors que mon cerveau faisait le lien entre les motos garées en file indienne devant le bar de mon père et la cacophonie apocalyptique, Nojan me rattrapa, une seconde avant la chute qui aurait pu me briser le dos.

– Bordel, Boucle d'or, tu fais chier !

Rapide comme l'éclair, il m'entraîna à l'arrière du bâtiment, me plaqua contre le mur et posa une main sur ma bouche.

Des hurlements furieux s'élevèrent dans la nuit. Sûrement les propriétaires des petits bolides qui cherchaient l'agresseur de leur bécane. Mais je m'en fichais. Nojan me tenait contre lui, un bras autour de ma taille. Le fait que je ne puisse plus ni parler ni bouger avait quelque chose de sauvage et d'érotique.

Il finit par me libérer et chuchota :

– Tu es cinglée, ma parole ! Tu sais ce que t'auraient fait ces gars s'ils t'avaient chopée ?

– Pas un baiser, j'imagine.

– Je ne plaisante pas !

– Ça va, c'était un accident.

J'attrapai Nojan par la main et l'emmenai sous le porche arrière de la maison. Nous nous installâmes sur la vieille balancelle rouillée, comme le soir de notre rencontre.

– Je ne boirai pas d'essence, m'informa-t-il.

– On peut juste regarder les étoiles.

Il ne répondit rien, le regard tourné vers le ciel.

– Nojan chéri ?

– Quoi ?

– Si tu viens dans le bar de mon père, c'est parce que tes parents y allaient aussi ?

– C'est sûrement ça. Ou alors, c'est juste que j'aime boire des bières.

– Arrête, tu détestes ça.

Il me jeta un coup d'œil surpris.

– Parce que tu sais mieux que moi ce que j'aime ou non ?

– Bien entendu. Par exemple, je sais que tu m'aimes bien.

Il se pencha en avant et fit sauter la latte disjointe du plancher de la terrasse d'un coup de pied.

– Finalement, je vais prendre un peu d'essence.

Il but l'alcool transparent au goulot. Je lui pris la bouteille des mains pour l'imiter.

– Si ton père vend ce truc, il peut devenir millionnaire, commenta-t-il.

– Jenna serait contente.

– Tu as été comment avec elle, ces temps-ci ?

– Très sympa.

Il secoua la tête.

– J'en doute fort.

– Tellement sympa qu'elle m'a fait une potion magique pour chasser les effets de ma gueule de bois.

Cette fois, Nojan rit.

– Elle a toujours été douée pour ça. Avant qu'elle soit avec ton père, elle passait son temps à organiser des fêtes. Elle a changé aujourd'hui. En bien, même si tu es trop bornée pour t'en apercevoir.

La tête posée contre le dossier de la balancelle, je gardai le silence pendant un bon moment, avant de finir par demander :

– Je n'ai pas connu Jenna avant qu'elle se mette avec mon père. Comment je peux savoir comment elle était, plus jeune ?

– Tu me fais confiance. C'est tout.

Le portable de Nojan sonna.

– Je dois aller retrouver Victor à l'intérieur, me dit-il.

– Tu n'as plus envie de t'en aller, finalement ?

Il se leva, s'étira comme un chat et me sourit.

– Non. À plus, Boucle d'or.

– C'était un chouette premier rencard.

– Ce n'était pas un rencard.

Pour toute réponse, je lui décochai mon plus beau sourire avant de rentrer dans la maison par la porte de derrière.

Bien sûr que c'en était un.

CHAPITRE 26

NOJAN

– Tu étais où ? demanda Victor alors que je m'échouais sur la chaise en face de la sienne.

– Avec Sydney.

Comme si je venais de lâcher une bombe, il écarquilla les yeux.

– Je te trouvais bizarre ces temps-ci. Je sais pourquoi, maintenant, lâcha-t-il.

– Comment ça ?

– Cette fille te plaît.

– Arrête.

– Je vois bien comment tu la regardes. Tu vas sortir avec elle ?

– Tu plaisantes ?

– Pourtant, tu as arrêté de te taper Lauren.

Je me tus, prenant quelques secondes pour détailler les gens autour de moi. Aucune des filles, même si certaines étaient très bien roulées, ne réveilla de besoin primaire en moi. Pourtant, j'aurais bien eu besoin de m'occuper le corps et l'esprit. Ma tête ressemblait à un champ de bataille, impossible d'y faire le tri. Je me noyais dans un maelström d'émotions contradictoires.

– Ce n'est pas ce que tu crois, finis-je par lâcher.

– Alors explique-moi. Tu vas devenir cinglé si tu gardes tout pour toi.

– On a parié, Victor. Tout ce que tu as pu voir entre elle et moi, ce n'est qu'une putain de mise en scène. Un jeu, rien d'autre.

– Permets-moi d'en douter. Allez, je t'écoute. C'est quoi cette histoire de pari ?

Je me résignai à lui déballer toute l'histoire depuis le début. Ma rencontre avec Boucle d'or, ses blagues à la con, son humour qui agissait sur moi de façon étrange, son habitude de surgir dans ma vie au moment où je m'y attendais le moins et où j'en avais le plus besoin. Ma douleur qui s'estompait un peu depuis que je la connaissais. Nos dérapages et leurs conséquences, et, enfin, mes doutes constants concernant mes foutus sentiments.

Victor ne me coupa pas une seule fois. Quand je me tus, il lui fallut plus d'une minute pour m'envoyer :

– Je vois le truc. Ça craint, mec.

– Tu m'étonnes.

– Si je résume, tu veux qu'elle tombe amoureuse de toi… pour mieux la jeter après ?

– Dit comme ça, c'est chelou, mais ouais.

– Si elle perd, elle devra partir ?

– C’est le deal.

– Et c’est ce que tu veux ?

Non. Oui. Je n’en savais rien, en fait.

– Ce qui te fout la rage, reprit Victor, ce n’est pas qu’elle joue avec toi. C’est que tu ne maîtrises rien.

Mon pied percuta le bord de la table, dont le plateau s’enfonça dans l’estomac de ce petit con. Je préférais quand il n’était pas aussi perspicace.

– Va te faire foutre, Victor. Depuis quand tu joues les psys à deux balles ?

– Depuis que mon meilleur pote en a besoin.

Je haussai les épaules et bus ma bière d’une traite. Tout à coup, j’avais envie de partir. De m’isoler dans mon mobile-home et de dormir longtemps.

Mais une autre idée germa dans mon crâne en bordel. Si je voulais une chance d’avoir ma revanche sur cette tarée de Boucle d’or, je devais agir. Maintenant.

– Toi, tu as pris une décision, constata Victor. Je le vois dans tes yeux.

– J’espère que c’est la bonne.

Il sourit.

– J’en doute, mais dans le fond je sais que tu ne m’écouteras pas.

Un silence, puis il ajouta :

– C’est quand même chelou qu’on n’ait jamais entendu parler d’elle. Ça fait deux ans qu’on squatte ce bar et on ignorait que Ben avait une fille. Peut-être qu’elle était dans un pensionnat.

– Ou en désintox. Attends, je vais mater son profil.

Je sortis mon portable et me connectai à Facebook. J'eus mal au pouce et au bide lorsque j'acceptai l'invitation de Sydney. Peut-être que, sur son mur, je trouverais des infos sur elle ? Je parcourus sa page. Elle y avait posté des photos de Violette, de chats et d'elle-même. Rien sur son passé.

– Alors ?

– Que dalle.

Je soupirai, puis lâchai :

– Bon, puisqu'il faut y aller…

– Tu fais quoi ?

– Je m'apprête à gagner mon pari. Ne m'attends pas.

J'abandonnai Victor et retournai à l'arrière de la maison. Là, je balançai un caillou sur la seule fenêtre illuminée. J'étais presque sûr que c'était la piaule de Sydney : il n'y avait qu'elle pour coller des autocollants de chats sur les vitres.

Le battant ne s'ouvrit que trois graviers plus tard.

– Qui ose essayer de casser ma fenêtre ? cria Boucle d'or. Si c'est pour les motos, c'était pas moi !

– Bien sûr que c'était toi, assume.

Elle braqua une lampe torche sur moi. Je détournai la tête, aveuglé.

– Nojan ?

– T'inquiète, ces mecs sont partis depuis longtemps.

– Ils ne m'effraient pas.

– C'est ça, ouais. Faut qu'on parle.

Elle marqua d'arrêt.

– Cool, finit-elle par glousser. Tu veux monter ? On parle beaucoup mieux dans un lit.

Il était temps de la jouer fine. Fini le gros connard blasé de la vie… Merde, ça promettait d'être difficile.

– Je t'invite à notre premier rencard.

– Quoi ?

Sydney resta bouche bée. Je ne la voyais pas avec netteté, mais ce que la lumière de sa piaule dévoilait de son visage me plaisait bien.

– Tu veux m'inviter à sortir ? bredouilla-t-elle.

– Ouais. Sauf si tu n'es pas en bas dans trois secondes…

– J'arrive !

– Regarde ton téléphone, aussi.

Elle disparut sans un mot avant de revenir se pencher à la fenêtre, l'écran de son portable illuminant son large sourire.

– Oh, tu as accepté mon invitation sur Facebook ! C'est tellement adorable. On va où ?

Je haussai les épaules, remarquant que mon malaise était passé. Je n'avais plus envie de me flinguer, c'était sans doute bon signe.

– Dans un endroit que tu vas apprécier, je te le promets.

– Génial !

Malgré son exclamation, Sydney resta plantée là, immobile.

– Tu te bouges, ou quoi ? lui lançai-je. Rejoins-moi devant le bar dans dix minutes. Si tu n'es pas là, je me tire.

– Nojan.

– Quoi ?

– Je te l'ai dit la dernière fois, mais le peu que tu montres de ta véritable personnalité, je l'aime beaucoup.

Son compliment me toucha. Je ne pus retenir un rire. Incapable de répondre, je lui décochai un clin d'œil et contournai le bar.

CHAPITRE 27

SYDNEY

J'enfilai la minijupe la plus sexy de ma garde-robe et un top qui dévoilait mon ventre : cette nuit, j'avais bien l'intention de mettre Nojan dans mon lit. Ou de me glisser dans le sien, au choix. J'avais hâte de me coller contre lui, de sentir sa peau contre la mienne, et ses lèvres…

Mes rêves explosèrent quand je le retrouvai sur le parking… près de sa moto. Je n'avais pas pensé que ces vêtements n'étaient clairement pas adaptés à une sortie en deux-roues.

Nojan resta immobile, la mine impassible. Son regard glissa sur mes jambes, remonta lentement sur mon ventre, puis se planta dans le mien. L'amusement illumina son visage.

– Tu comptes monter sur ma moto avec ces fringues, Boucle d'or ?

– Tout à fait. Ma tenue ne te plaît pas ?

Il secoua la tête.

– Tu n'es pas si mal, mais si on tombe parce que tu auras joué ta chieuse, c'est ta peau contre le macadam qui risque de ne pas aimer.

Je haussai les épaules.

– J'ai une idée. On n'a qu'à prendre la caisse de mon père, je n'aurai pas à me changer comme ça. Et puis, imagine tout ce qu'on pourrait faire dedans…

Je contournai sa bécane rutilante et me dirigeai vers le vieux tacot de mon paternel. Je possédais un double des clefs, justement pour des cas comme celui-là.

– Pourquoi tu cherches toujours à me défier ? me demanda brusquement Nojan.

Surprise, je m'arrêtai net.

– Te défier ?

– Oui, c'est exactement ce que tu fais.

Je soupirai.

– Peut-être que je n'ai pas de combi de moto ? et que je n'ai pas envie de me changer ? Arrête de voir des défis partout, tu es parano.

– Va te faire mettre.

– Avec plaisir. Tu veux t'y coller ?

Agacé, il me toisa plusieurs secondes, poussa un grognement las, puis avança dans ma direction. Je retins mon souffle quand ma poitrine entra en contact avec son torse. Sa main descendit le long de mon bras et glissa dans la mienne. Les yeux rivés sur ses lèvres moqueuses, je ne compris ce qu'il avait cherché à faire que lorsqu'il recula avec mon trousseau de clefs dans les mains.

– Je conduis, décréta-t-il.

– Ça, c'était petit.

– Un peu comme ton talent d'humoriste.

– Tu me déçois, Nojan chéri. Je suis quelqu'un de très drôle.

Je grimpai sur le siège passager. Avant que je ferme la portière, il la retint.

– Ce rencard a quelques conditions, Boucle d'or. Pas de questions ni de paris débiles de toute la soirée. Pigé ?

– Pas de problème.

Ses sourcils d'un noir intense se froncèrent face à mon sourire innocent.

– Quoi ? m'étonnai-je.

– Rien. Je m'attendais à de la résistance.

– Je suis pleine de surprises.

Il me décocha le plus mystérieux des sourires, puis se pencha sur moi et frôla ma bouche de ses délicieuses lèvres. Elles me touchèrent à peine, pourtant un incendie destructeur embrasa ma poitrine.

– Moi aussi, Boucle d'or.

Sur ce, Nojan m'abandonna et s'installa derrière le volant. Je restai immobile, le cœur battant. Il s'agaça.

– Qu'est-ce que tu fous ? Tu ne fermes pas ta portière ?

– Je suis en pleine combustion spontanée, je crois. Tu as l'intention de coucher avec moi ?

Il prit une grande inspiration, se força à reprendre son calme et déclara :

– J'ai dit « pas de questions ».

– Si tu ne comptes pas m'emmener dans ton lit, il faudrait que tu arrêtes de faire ce genre de trucs. Une femme a autant de besoins qu'un homme, tu sais ?

– Je sais, ricana-t-il. Je me venge pour toutes les fois où tu me saoules.

– J'oublie cet affront si tu m'embrasses encore. Un vrai baiser, de ceux qui font perdre la tête. Comme dans ton mobile-home.

Je fermai ma portière, et il démarra sans réagir à ce que je venais de dire. Respectant son silence, je croisai mes jambes sur le tableau de bord. Il tiqua.

– Ne te mets pas dans cette position.

– Parce que tu vois ma culotte ?

Il ne répondit pas.

– Tu peux me l'enlever quand tu veux, tu sais ?

La voiture s'engagea sur la route. Nojan gardait les yeux fixés sur le pare-brise, les mains serrées autour du volant.

– On aurait dû prendre la moto, finalement, grommela-t-il.

– Tu vois ce que ça fait d'être mis au supplice ?

Un grondement animal me répondit.

– Imagine un peu le couple explosif qu'on fera, continuai-je.

– Arrête de rêver.

– Attends, et nos enfants, tu imagines nos enfants ? Ils auront peut-être tes cheveux noirs bouclés, ta peau mate et tes yeux foncés.

– S'ils ont ton humour, on est mal barrés.

– Le pire, ce serait qu'ils héritent de ton *manque* d'humour. Mais ce n'est pas grave, tu as admis qu'on pourrait avoir des enfants, ça me suffit.

– Je n'ai rien admis du tout.

– Tu me ferais un bébé ?

Un fou rire incontrôlable me secoua de la tête aux pieds. La faute à la tête choquée de Nojan.

– C'est une plaisanterie, le rassurai-je. On attendra un peu pour les mômes.

– Mmh. Si je te fais un gosse, tu arrêtes la fac ?

– Envisageable.

– Alors l'idée me plaît. Rien que pour ne plus avoir à endurer ta présence toute la journée. Quant à la nuit… je pense que je supporterais plutôt bien.

Il prit un malin plaisir à parcourir mes jambes des yeux. Le rouge me monta aux joues.

– Ironique, de la part du mec qui ne veut pas coucher avec moi.

– Je n'ai pas dit ça. Tu es vraiment accro au sexe, non ? Presque autant qu'aux jeux.

– Du tout, répondis-je, vexée. Bon, alors, suis-je en droit de savoir où on va ?

– S'il y avait un endroit où tu aimerais aller, là tout de suite, ce serait lequel ?

– Churchill Downs ! C'est en tête de ma liste des lieux à visiter.

L'hippodrome de Louisville était l'un des plus réputés de l'État, et il ne se trouvait qu'à une heure et demie de route.

– Attends, tu n'y es jamais allée ? s'étonna Nojan.

Ça ressemblait à une accusation.

– Excuse-moi de n'habiter à Lexington que depuis quelques semaines.

Il se tut un instant avant de reprendre :

– Pourquoi Churchill Downs ?

– Pour… les chevaux. Quelle question.

Nojan me lança un coup d'œil soupçonneux.

– Bon, d'accord. Pour voir les courses et dilapider mes maigres économies, avouai-je.

– Je me disais aussi, ricana-t-il.

– Ça veut dire quoi, ça ?

– Que tu aimes les jeux plus que les animaux. Encore heureux que tu ne m'aies pas répondu que tu voulais aller voir une corrida.

Tout à coup, j'eus l'horrible sensation d'être un monstre.

– Attends, rien à voir, Nojan chéri ! À ce que je sache, on ne tue pas les chevaux après les courses !

– Mais on les utilise pour gagner du fric, ils sont élevés dans ce but. Tu trouves ça mieux ?

Je haussai les épaules. Note à moi-même : ne plus parler de courses en présence de mon motard préféré.

– De toute façon, je suppose que tu ne m'emmèneras pas là-bas.

J'inspirai profondément. L'odeur de Nojan emplissait l'habitacle. Un mélange de parfum enivrant, de savon et de fraîcheur. Je posai la tête contre la fenêtre, fermant les paupières.

– C'est tout ce que ça te fait ? me demanda-t-il.

– Quoi ?

– Qu'un type que tu connais à peine t'embarque en pleine nuit sans que tu saches où il t'emmène ? Tu veux crever, j'ai l'impression.

Cette fois, ce fut à mon tour de rire.

– En parlant de crever… est-ce que je t'ai dit que j'étais déjà morte ?

Non, bien sûr que je ne le lui avais jamais dit. Personne en ville ne le savait, pas même Violette.

– Tu es cinglée.

– Non, je te jure. Il y a quatre ans, j'ai eu un accident. Je suis morte pendant plus de trois minutes avant qu'on me ramène à la vie. Enfin, je suis restée un certain temps dans le coma après ça, je ne me suis pas réveillée tout de suite.

Je sentis le regard de Nojan se poser sur moi.

– Putain de merde, lâcha-t-il.

– Oh, c'est bon, je vais bien.

Même si, plusieurs nuits par semaine, je me réveillais en sursaut avec l'impression d'étouffer et de mourir encore. Même si je ressentais de plus en plus le besoin de prouver à mon corps qu'il vivait encore. Mais ça, comment Nojan l'aurait-il compris ? Moi-même, je n'y arrivais pas.

– Je pige d'où viennent les séquelles psychologiques, grogna-t-il.

– Hé ! Ce n'est pas très gentil de dire ça. Je n'ai pas de séquelle, j'étais comme ça avant.

Il me jeta un coup d'œil que je ne parvins pas à déchiffrer.

– Aussi chiante et débile ?

– Aussi fantastique et intelligente.

J'étais presque sûre qu'il allait parler, sauf qu'il choisit de se taire. Je l'encourageai :

– Quoi, Nojan ? Tu sais qu'à ce stade de notre relation nous pouvons tout nous dire.

– Rien.

– Tu ne veux vraiment pas savoir ce qui m'est arrivé ?

J'aurais aimé qu'il s'intéresse un minimum à mon histoire, ça m'aurait donné un peu d'espoir. Au lieu de quoi il secoua la tête et me montra la route d'un hochement du menton.

– On arrive.

Au loin, des dizaines de petites lumières de toutes les couleurs chassaient les ténèbres. Elles auraient pu appartenir à un village, mais ce n'était pas le cas.

– Une fête foraine ? m'exclamai-je en remarquant la grande roue pourvue de lampions.

– Ouais, une fête foraine. Tu t'attendais à quoi, Boucle d'or ?

– À ton lit, soupirai-je. Pourquoi tu préfères coucher avec de parfaites inconnues plutôt qu'avec moi ?

– Tu vois ? Tu ne penses qu'à ça.

C'était l'hôpital qui se foutait de la charité.

– Tu en crèves d'envie aussi, je le sais.

– On en reparlera quand j'aurai gagné le pari.

– Quand je tomberai amoureuse, tu veux dire ?

Il acquiesça. Tant d'espoir, c'était mignon.

Je pris une profonde inspiration et posai la main sur son épaule. Sous le tissu de sa veste, je sentis ses muscles se tendre.

– Qui te dit que ce n'est pas déjà le cas ? lui demandai-je.

– Parce que tu n'agis pas comme une fille amoureuse.

– Et comment devrait agir une fille amoureuse ?

Il me sourit.

– Pas comme toi.

– Si tu le dis.

CHAPITRE 28

NOJAN

Et voilà, je commençais à regretter d'avoir emmené Sydney à cette fête foraine. Mon instinct me disait que je commettais une erreur en traînant avec elle. Sans doute parce que, plus les jours passaient, plus je m'attachais à elle.

Bordel, ça me faisait mal de l'avouer. J'aurais mieux fait de picoler jusqu'à en perdre tous mes repères. Quitte à faire une connerie, autant que ce soit celle-là.

– Pourquoi ne veux-tu pas coucher avec moi ? me redemanda Boucle d'or tandis que je tournais à la recherche d'une place pour garer la voiture.

– Si tu as tellement envie de baiser, retourne voir Elliott.

– Impossible, je te rappelle que je lui ai dit que j'étais vierge. Il va flipper à mort. Pourquoi certains mecs flippent à l'idée de coucher avec une vierge, au fait ?

Je haussai les épaules. Ça m'était déjà arrivé une ou deux fois d'emballer une nana sans expérience, mais ça ne m'avait jamais fait d'effet particulier. Tant que les filles étaient consentantes, le reste m'importait peu.

– Vas-y, dis-moi, insista Sydney. Tu es un mec, après tout, tu dois bien avoir une petite idée sur la question.

– Ils ont peur que la fille s'accroche, peut-être. J'en sais que dalle, Boucle d'or.

– Mouais. Tu as peut-être raison. En tout cas, Zack ne flippait pas, lui.

– Tu parles beaucoup de ce gars pour un mec avec qui tu t'es juste amusée.

– Il m'a tout appris.

– Tout ?

– Tout.

Sydney se laissa aller en arrière dans son siège et soupira.

– Si tu me laisses en rade, je vais être obligée d'aller voir un de tes potes pour soulager toute la tension que tu fais naître en moi. Steph, par exemple.

Merde, pourquoi l'idée qu'elle voie cet obsédé me foutait-elle en rogne ?

– D'ailleurs, en parlant de ça, il veut parier avec moi, l'informai-je.

– Vraiment ?

– Ouais. Celui de nous deux qui te pécho le premier remporte la mise. C'est fun, non ?

Ma voix suintait d'ironie, mais Sydney ne sembla pas le remarquer. N'importe quelle fille aurait pété un câble en apprenant les projets de Steph ; pas elle. Au contraire, ses yeux se mirent à pétiller.

– C'est génial.

– Non, ce n'est pas génial. Tu as entendu ce que je viens de te dire ? Tu as un sérieux grain, toi !

– Tu as accepté, j'espère ?

De mieux en mieux…

– Pourquoi je ferais un truc pareil ? Je ne suis pas ce genre de fils de pute.

Sydney garda le silence, la mine songeuse, puis insista :

– Accepte, Nojan chéri.

– Non.

– Les défis sont un excellent moyen de rendre la vie moins ennuyeuse. Vu ta tête, tu devrais essayer.

– Je n'ai pas besoin de ce genre de conneries !

Elle haussa un sourcil, soupira, puis entreprit de m'imiter en répétant d'une voix taciturne :

– *« Je n'ai pas besoin de ce genre de conneries. »* Sérieux, regarde les choses en face. Tu as l'air complètement déprimé, tu en as conscience ?

N'importe qui d'autre se serait mangé une beigne. Mais, dans le fond, Sydney avait raison et je le savais très bien. Je supportais de moins en moins mon existence pourrie.

– Tu veux que je fasse quoi ? lui demandai-je.

– Accepte le pari pour cent… non, deux cents dollars. Remporte-le et on partage la somme.

– Qui te dit que je coucherai avec toi ?

– Arrête, c'est évident qu'on finira par s'envoyer en l'air. Autant faire d'une pierre deux coups.

– Tu es sûre que c'est ce que tu veux, Boucle d'or ?

– Coucher avec toi ?

– Parier sur ce genre de trucs.

Elle frappa dans ses mains avec l'enthousiasme d'une môme de cinq ans.

– Certaine. Ça va être trop, trop bien !

Je hochai la tête en me garant à la place d'une voiture qui venait de partir.

– C'est bon, je marche, décidai-je. Mais pas d'entourloupe.

– Juré. Je me sens comme sur un nuage de barbe à papa, tu ne peux pas savoir !

Elle me tendit la main, son fichu sourire innocent illuminant son visage. Le contact de ses doigts contre les miens me rappela à quel point sa peau était douce. Merde. Depuis quand ce genre de détail m'importait ?

Hilare, Sydney sortit de la caisse avec la grâce d'un éléphant alcoolisé, et faillit s'écraser dans la boue.

– Tu es vraiment un cas désespéré, toi.

– Je n'y peux rien si tu t'es garé ici. Attends une seconde, j'ai une idée merveilleuse.

Elle contourna le véhicule pendant que j'en sortais. Quelques instants plus tard, elle revint se poster devant moi et me demanda :

– Tu en penses quoi ?

Je dus allumer la lampe torche de mon téléphone pour voir de quoi elle parlait. J'aurais mieux fait de m'abstenir. Elle portait une paire de bottes en caoutchouc jaune poussin. Il y avait même des yeux et un bec imprimés dessus.

– Tu comptes te balader avec ça ?

– Bien entendu. Elles sont géniales, je les adore.

En effet, ça se voyait à son sourire. Je haussai les épaules.

– Comme tu veux. C'est toujours mieux qu'une paire de talons, je suppose.

– Tu as raison. Je peux te demander pourquoi la fête foraine ?

Bonne question. Pourquoi avais-je décidé d'emmener Sydney là où je passais parfois des week-ends entiers quand j'étais gamin ? De l'emmener là où ma mémoire me tourmentait ? Là où chaque lumière me faisait penser à une étoile tombée du ciel ? Là où le souvenir de mes parents était partout ?

Il existait des tas d'autres endroits pour un rendez-vous de ce genre. Alors pourquoi là ?

Je n'en savais rien.

Je pris conscience de m'être arrêté, les yeux rivés sur la grande roue. Le manège semblait inviter les visiteurs à entrer dans un monde d'insouciance. Ma mère adorait y monter et nous y traînait de force, mon père, Joram et moi. Cette pensée me donna envie de reculer, de partir en courant, de chialer toutes les larmes de mon corps. Mon cœur, ce putain d'organe que je pensais avoir endormi pour toujours, menaçait d'exploser dans ma poitrine.

Tout à coup, Sydney passa ses doigts entre les miens et la tempête dans mon esprit s'apaisa aussi vite qu'elle s'était déchaînée.

– Je suis désolée, Nojan.

– Désolée pour quoi, Boucle d'or ?

Pour la première fois depuis notre rencontre, l'espace d'une seconde, j'eus affaire à une tout autre Sydney. La vraie, celle qui se cachait derrière sa panoplie de blagues vaseuses et son univers enfantin. Elle me sourit avec une sincérité qui me toucha.

– Je l'ignore encore, mais tu as l'air triste. Ça me suffit à être désolée.

Elle serra un peu plus ma main et posa la tête sur mon épaule. Je faillis la repousser, sans doute par habitude. Sauf que son contact me faisait du bien.

– Tu veux en parler ? continua-t-elle.

– Ne m'oblige pas à te balancer d'une attraction.

Autour de nous, les couples et leurs mômes nous dépassaient. Je me remis en route, Sydney toujours collée à moi.

– Ça t'arrive de t'intéresser aux autres ? me demanda-t-elle.

– Pourquoi tu dis ça ?

– Parce que tu as tendance à ne pas vraiment faire attention à mes paroles quand je me confie.

Je savais pourquoi elle me faisait ce reproche. J'avais vu l'étincelle de déception dans ses yeux quand j'avais refusé de lui poser des questions à propos de son « accident ». J'étais pourtant curieux. Mais justement, c'était ça le problème : on ne réveillait pas les mauvais souvenirs chez les autres pour assouvir sa propre soif de savoir. Question de respect. Sydney me parlerait de son passé quand elle serait prête à le faire, pas parce que je l'y aurais poussée.

– Ouais, ça m'arrive de m'intéresser aux autres, répondis-je.

– Mais de moi, tu t'en fiches, n'est-ce pas ?

J'accélérai le pas. Elle aussi.

– Un jour, je te demanderai ce qui t'est arrivé. Et ce jour-là, dis-toi que, si je le fais, ce sera par véritable intérêt. Pas juste à cause d'une indiscrétion morbide.

Pour dissiper la tension entre nous, j'enchaînai en ramenant la discussion sur la fête foraine :

– Quelle attraction te fait le plus flipper ?

Sydney hésita à peine avant de répondre :

– Le train fantôme. Tout le monde a peur dedans, non ?

Nous passâmes sous l'arche lumineuse qui marquait l'entrée du champ. Des clowns jetaient des bonbons ; Sydney me lâcha pour en ramasser le maximum avec des cris excités, semblables à ceux des gosses qui se jetaient eux aussi sur les friandises. Je poussai un soupir, les bras croisés sur mon torse.

– Boucle d'or.

– Quoi ?

– Laisse les bombecs aux gamins, je t'en achèterai si tu viens tout de suite.

Elle se redressa, les mains pleines de papillottes colorées. Sa mine outrée me fit rire.

– Nojan, tu essaies de me soudoyer avec du sucre ? Figure-toi que j'aidais juste ces adorables enfants à constituer leur butin. Tu veux que je les stocke où, ces bonbons, de toute façon ? Je suis en minijupe.

Pas besoin de me le rappeler. Je l'attrapai par le poignet, l'entraînant avec moi. Dans la foulée, je fourrai les confiseries dans les poches de mon jean.

– Quelle honte, tu as volé ce que je comptais leur donner.

– Menteuse.

– Je vais oublier ce que tu viens de me dire. On commence par quoi ? enchaîna-t-elle avec une excitation non feinte.

Je connaissais cette fête foraine par cœur, depuis que j'avais cinq piges, j'y allais au moins une fois tous les trois ou quatre mois. Sauf cette année. Trop de manque. Trop de douleur. Trop de… trop. Ma vie ressemblait à un champ de mines.

– Le train fantôme, décidai-je.

– Si je vomis de peur, tant pis pour toi.

– Je te tiendrai la main. Les méchants fantômes ne t'attraperont pas. Quoique, à bien y réfléchir, s'ils peuvent t'emmener loin ce serait pas mal.

– Tu te moques de moi ? me lança-t-elle, feignant d'être vexée.

– Ouais.

– Très bien, dans ce cas je choisis la prochaine attraction. J'adore les montagnes russes ! Tu en penses quoi ?

Qu'elles ne devraient pas exister.

– Bonne idée, comme ça on sera deux à dégueuler, soupirai-je en prenant une friandise dans ma poche.

CHAPITRE 29

SYDNEY

Il en coûtait à Nojan de visiter cette fête foraine, je le sentais. La tristesse dans ses yeux n'avait pas disparu depuis que nous nous étions garés.

J'aurais aimé savoir pourquoi cette peine. J'aurais aussi aimé savoir pourquoi il m'avait emmenée ici si ça le mettait dans cet état. Je n'osais pas poser ces questions, mais je me doutais que cela avait un rapport avec ses parents et son frère.

Tandis que nous avancions à travers la foule, son regard restait rivé sur la grande roue. Au moment où je lui demandai s'il voulait monter dedans, il se figea net.

– Non.

– Tu es sûr ?

– Absolument, Boucle d'or.

– Je ne pensais pas que tu étais le genre de mec à aimer les fêtes foraines. Je te voyais davantage traîner près de rings de combats clandestins avec des chiens, tout ça…

– J'adore les chiens, se défendit-il. Et je ne participe pas aux combats clandestins. Putain, qu'est-ce qui te fait penser un truc pareil ?

Je haussai les épaules.

– Tu me files un bonbon ?

Il fourra les mains dans les poches de son jean, m'empêchant d'accéder aux friandises. Le fourbe ! En guise de représailles, je me collai un peu plus contre lui, passant son bras par-dessus mon épaule. Il se tendit comme la corde d'un arc, mais ne se dégagea pas. Et il ne réagit pas non plus lorsque je glissai une main autour de sa taille.

– Tu penses que je suis quel genre de mec, Boucle d'or ? demanda-t-il tout à coup.

Il ne s'en rendait sûrement pas compte, mais, quand il m'appelait comme ça, je me sentais fière. Comme si le fait qu'il me donne un surnom prouvait qu'au fond, il m'appréciait.

– Le genre à squatter avec tes potes dans les bars, répondis-je. Et à bosser dans une ferme le reste du temps.

Il prit quelques secondes de réflexion, puis affirma :

– J'ai une vie à côté. Je ne fais pas que ça.

– Oui, je le découvre maintenant et c'est chouette, je dois l'avouer. Oh, regarde !

Je l'entraînai en direction d'un stand de barbe à papa.

– Bonsoir, les jeunes, je vous sers quoi ? nous lança le vieil homme qui se trouvait derrière la machine.

– Deux barbes à papa ! piaillai-je.

– Une seule, me contredit Nojan avec une grimace. Moi, je vais prendre du pop-corn.

Il me faisait marrer à toujours s'opposer à ce que je disais, comme si manifester le moindre accord avec moi était synonyme d'une quelconque soumission. À moins, bien entendu, qu'il n'aime pas les nuages de sucre pur. Auquel cas ce ne serait plus de l'effronterie, mais un sacrilège.

– Tenez, passez une bonne soirée !

Je dus lâcher Nojan pour manger ma barbe à papa. Il en profita pour s'écarter de plusieurs pas, gardant son pop-corn hors de ma portée.

– Ce n'est pas très gentil de ne pas partager, le réprimandai-je.

– Tu n'as qu'à arrêter de me coller, pigé ? On n'est pas en couple.

– Pas encore, pouffai-je. Ça viendra, j'en suis sûre.

Il m'emmena au train fantôme. Le rire diabolique qui sortait de l'attraction me donna des frissons d'excitation. En réalité, j'adorais ce manège ; il me procurait le genre de sensations que je recherchais. Des shots d'adrénaline…

Prenant mon temps d'arrêt pour de la frousse, Nojan me lança sournoisement :

– Cap ou pas cap ?

– Cap, décidai-je en engloutissant le reste de ma barbe à papa. Tu ne finis pas ton pop-corn avant d'entrer ?

– Figure-toi que je peux te mater en train de hurler et manger en même temps.

Il partit acheter les places pendant que je m'installais dans une voiture verte à l'effigie du monstre de Frankenstein.

– Selfie ? proposai-je lorsqu'il revint.

– Même pas en rêve !

– Arrête de te plaindre ! De quoi tu as peur ?

Je tendis le téléphone devant nous et posai la tête sur son épaule. Comme je m'y attendais, il ne sourit pas lorsque je pris la photo.

– Tu es vraiment le mec le plus coincé de la Terre, soupirai-je.

– Moi, coincé ?

– Oui, à cent mille pourcents. Tu ne te laisses aller à aucun plaisir, tu es un glaçon.

Vexé, il passa une main sur son visage et fronça les sourcils. Au même moment, un employé s'approcha de notre voiture et baissa la glissière de sécurité.

– Je te préviens, Boucle d'or, cette attraction n'est pas ordinaire, me prévint Nojan lorsque nous fûmes de nouveau seuls.

– Comment ça ?

Il se pencha et me chuchota :

– Il y a dix ans, le responsable de la maintenance est mort à l'intérieur. Depuis, on raconte qu'il hante le manège. On dit que, parfois, tu peux voir son fantôme en train de nettoyer les lieux. Si tu croises son regard, il s'approche pour emprisonner ton âme.

– Aucun risque, je n'en ai pas.

– Tu as raison.

– Et puis, je ne crois pas à ton histoire.

Nojan haussa les épaules avec désinvolture.

– Je te répète seulement ce qu'on m'a raconté.

Une musique terrifiante s'éleva, et les voitures s'ébranlèrent. Elles s'enfoncèrent dans la bouche obscure du clown qui servait d'entrée aux enfers.

À l'intérieur, des éclairages verts et rouges renforçaient l'ambiance cauchemardesque des différents tableaux. Notre wagon passa devant des pierres tombales plus vraies que nature et des yeux rouges flamboyants qui semblaient m'observer. Une fausse main en plastique accrocha mon bras. J'attrapai celle de Nojan et la serrai fort.

– Protège-moi des vilains monstres !

– Les monstres n'attaquent pas les autres monstres.

– Hé, tu…

Je me tus. Le train venait de tourner à un coude, laissant apparaître un décor de film d'horreur. En arrière-plan, des branches tendaient leurs doigts noueux vers les pauvres passagers, et des squelettes couverts de sang rampaient sur le sol. Parmi eux, un homme debout, habillé d'une salopette bleue, agitait le balai qu'il tenait à la main. La mine menaçante, il fixait les voitures du regard avec un dégoût évident. Quand il remarqua l'écran allumé de mon téléphone, il focalisa son attention sur moi. Je me dépêchai de cacher l'appareil entre mes jambes.

– Ce mec est réel ! m'insurgeai-je.

– Ce mec est mort, rétorqua Nojan avec calme.

L'homme avança dans ma direction. Nous allions bien trop lentement pour que je puisse lui échapper s'il tentait quoi que ce soit. Puis, comme si de rien n'était, il se mit à balayer avec lenteur… Un horrible rire diabolique me fit sursauter. Déjà, un autre décor remplaçait le précédent.

– C'est n'importe quoi, lançai-je quand le train s'arrêta à l'extérieur. Ce n'était pas un fantôme.

– Tu ne le sauras jamais, Boucle d'or.

– Tu as inventé cette histoire, avoue-le !

– Peut-être bien. Ou alors elle est réelle et ce manège est vraiment hanté. Qui sait ? Va demander à Harold.

– Harold ?

– Le fantôme.

– Un fantôme qui s'appelle Harold ? Tu es sérieux ?

– Les fantômes ont tous été vivants un jour, Boucle d'or.

CHAPITRE 30

NOJAN

Les canards en carton qui défilaient sur leur socle tombèrent les uns après les autres sous mes plombs. Chacun d'entre eux faisait mouche. Et ce, même quand Boucle d'or sautillait comme une timbrée en hurlant dans mes oreilles. La perspective de gagner un chat en peluche la rendait complètement dingue.

Quand le gérant du stand me reprit la carabine des mains et me montra les lots que je pouvais choisir, Sydney me bondit dessus. Littéralement. Elle crocheta mon cou, entoura ses jambes autour de ma taille et m'ordonna :

– Choisis le chat, choisis le chat, choisis le chat ! S'il te plaît, choisis le chat !

Sauf qu'à trop me casser les couilles, elle n'y gagnerait que dalle.

– Le chat, le chat, le chat, le chaaaaaat ! Nojan chéri.

Je pointai du doigt un mug orné d'une tête de mort. Le poids autour de ma nuque se relâcha et Boucle d'or s'écarta, la mine outrée.

– Tu l'as fait exprès ! C'était mesquin.

– Ouais. J'avoue que je suis plutôt fier de moi, sur ce coup.

– Tu es un vrai gamin, dans le fond. Très immature.

– Me dit celle qui me harcèle pour avoir un chat en peluche.

Les mains sur les hanches, elle me détailla sans un mot. Je n'aimais pas son expression.

– Quoi ?

– Je me vengerai.

– J'ai hâte de voir ça.

Elle déposa un billet de dix dollars sur le comptoir, sans détourner son attention de la tasse que je venais de gagner. Quand elle se saisit d'une carabine, j'étais presque sûr qu'elle allait la pointer sur moi. Au lieu de quoi elle essaya de viser les cibles mouvantes sans en abattre une seule. Je ricanai, elle grogna, indignée. Elle s'éloigna d'un pas rageur et je la rattrapai en quelques enjambées.

– Arrête de bouder, Boucle d'or. Je ne pensais pas que tu étais aussi mauvaise joueuse, surtout que tu n'as pas l'habitude de gagner, j'ai l'impression.

Son doigt d'honneur me fit éclater de rire.

– Ne m'adresse plus la parole, traître ! s'insurgea-t-elle. Tu sais à quel point je désirais ce chat ?

Incapable de lui répondre, je partis dans un autre fou rire en voyant sa tronche de gamine de cinq piges. Elle était au bord des larmes.

– Je te déteste, Nojan.

– Non, tu ne me détestes pas.

Elle essaya de me défier du regard, mais finit par sourire.

– Bon, d'accord, je te désire toujours autant. Cela dit, je n'oublierai pas ça. Jamais.

Les mains dans les poches de mon jean, je me plaçai à ses côtés. Elle passa un bras sous le mien et posa la tête sur mon épaule.

– Que dirais-tu d'oublier ce malheureux incident et de monter dans les montagnes russes ?

Je cédai, et nous grimpâmes dans ces foutues montagnes russes. Deux putains de fois ! À la fin du second tour, j'avais tellement envie de gerber que je ne pouvais plus parler. Sydney s'amusait comme une folle, nullement affectée par cette attraction de l'enfer. Normal pour un démon, j'imagine.

– On y retourne ?

Mon estomac jouait au rodéo, sans parler de mon crâne. Chaque fois que je regardais un stand de confiseries, mon pop-corn remontait. Merde, à une époque je tenais plutôt bien le choc… Toutefois, je préférais crever que de montrer à Sydney l'état dans lequel j'étais.

– Non, parvins-je à articuler. On prend une pause.

– Tu veux dire que *tu* prends une pause ? Tu as l'air d'en avoir sacrément besoin.

Je pris appui contre le mur d'une caravane, à l'abri des regards. Le monde n'arrêtait pas de tanguer et les lumières multicolores se brouillaient dans mon champ de vision, si bien que je dus fermer les paupières.

– Ça alors, Nojan chéri va être malade.

– Boucle-la, maugréai-je en rouvrant les yeux.

Sydney se tenait plantée devant moi, les bras croisés sur son ventre nu. La pénombre dissimulait à peine sa bouille de petite garce prétentieuse.

– Je pourrais presque avoir de la peine, mais rappelle-toi le chat en peluche.

À quoi tournait-elle pour encaisser ce genre de trucs ? Je posai la tête contre la paroi derrière moi, et je dus attendre un très, très long moment avant de me sentir mieux.

– Est-ce que tu comptes m'embrasser ce soir ? me demanda Boucle d'or après plusieurs minutes.

Sa question brusque me tira un sourire. Un putain de sourire que j'aurais voulu dissimuler. Parce que l'envie de l'embrasser à nouveau me hantait. J'avais besoin de sentir ses lèvres sur les miennes, mais, chaque fois que je les imaginais se joindre, une partie de moi se révoltait. Cette partie qui ne voulait plus souffrir et qui m'assurait que, en continuant à jouer avec Sydney, c'était ce qui arriverait.

– Non.

– Quelle tristesse, je n'ai donc pas le choix.

Avec un soupir, Boucle d'or me serra dans ses bras. Son corps contre le mien réveilla autre chose qu'une foutue envie de dégueuler. Ses mains caressèrent mon dos, se faufilèrent sous mon tee-shirt et ses ongles me griffèrent la peau. J'aurais tout donné pour ne pas ressentir ce doux plaisir ou pour détester son parfum fruité. Sauf que j'aimais ça.

Bordel ! J'aimais ça.

– Qu'est-ce que tu fous ?

– Je prends les devants.

À peine termina-t-elle sa phrase qu'elle se dressa sur la pointe des pieds et m'embrassa. Sa langue n'eut pas à batailler longtemps pour prendre possession de ma bouche. Cette vérité me faisait mal, mais je crevais de désir à l'idée de la toucher, de la serrer dans mes bras, de la sentir contre moi. Et en même temps, je détestais ça. Être dépendant de quelqu'un, c'était un truc que je haïssais. Surtout d'une nana comme elle. D'une nana tout court, d'ailleurs.

– Viens, murmura-t-elle en m'entraînant dans l'ombre. On va s'amuser un peu.

À l'abri des curieux, Sydney resserra son emprise sur moi. Sans crier gare, je lui attrapai le visage et lui rendis son baiser. Ses doigts glissèrent dans mes cheveux et sur ma nuque. Les flammes à l'intérieur de moi grandissaient. Mon attirance pour elle consumait chaque parcelle de mon épiderme, déferlait dans mon crâne et repoussait toutes mes pensées cohérentes. Y compris cette voix qui me disait de ne pas entrer dans son jeu débile.

Rien à foutre. J'avais envie d'elle. Depuis qu'elle m'avait abordé, depuis qu'elle m'avait adressé la parole, depuis qu'elle me défiait. Alors tant pis si je lui brisais le cœur, tant pis si la ligne d'arrivée ne lui convenait pas.

– Tu vas le regretter, Boucle d'or.

Rien à voir avec une menace. Juste une sombre vérité.

– Je prends le risque.

Mes mains dévalèrent son corps, explorèrent chacune de ses courbes, se nourrirent de sa chaleur. J'en avais ma claque de résister. Qu'est-ce qui m'empêchait de m'éclater, finalement ? Tant que je n'y laissais pas de plumes, ça m'allait. Du sexe. Rien que du sexe, pas davantage.

Je la libérai, un foutu sourire scotché aux lèvres. Essoufflée, elle éloigna son visage du mien.

– C'était plutôt pas mal pour un mec qui me déteste, pouffa-t-elle.

La détester ? Non. J'aurais aimé pouvoir prétendre cela, mais, même si elle m'énervait, je ne la haïssais pas.

Comme je la devinais sur le point d'ajouter quelque chose de passablement débile, je l'embrassai à nouveau. Elle passa les bras autour de ma nuque et se colla contre moi. Le brasier sous ma peau s'accentua, surtout lorsqu'une main se coula le long de mon torse, puis de mon ventre, avant de s'aventurer sous mon jean pour y trouver le bord de mon boxer.

– Non, la retins-je. Je n'ai pas l'intention de m'envoyer en l'air avec toi.

– Et pourquoi ça ? On dirait que la partie inférieure de ton anatomie hyper sexy n'est pas du même avis. C'est juste du sexe. Je te jure que ça n'aura aucun impact sur notre pari.

Elle défit le bouton de mon jean, puis la fermeture Éclair, et continua son exploration. J'aurais pu l'en empêcher, l'envoyer se faire voir… mais je n'en avais pas envie. Je voulais la baiser, je voulais plonger en elle, sentir mes muscles se détendre à chacun de mes coups de reins, la pression déserter mon corps.

– Alors ? murmura-t-elle en entamant des mouvements de va-et-vient avec sa main.

En guise de réponse, je la laissai me caresser en fermant les yeux. Elle accéléra le mouvement de bas en haut, concentrant ses gestes sur les parties les plus sensibles de ma queue. Des images d'elle en train de me sucer me traversèrent l'esprit et vinrent nourrir le feu qui parcourait mon bas-ventre.

Putain, j'avais rêvé de ce moment. Bien des matins ces derniers jours, je m'étais réveillé avec des songes érotiques plein la tête. Chaque fois, Boucle d'or était dedans.

Un gémissement m'échappa. Je ne me contrôlais plus, comme souvent en présence de cette fille. Je ne pensais plus qu'à ses gestes, à son corps, au plaisir qu'elle me procurait. Je fis voyager ma main sur sa taille, remontai jusqu'à sa poitrine et lui saisis un sein. Son souffle accéléra, en écho au mien, au contact de mes doigts. Visiblement, je venais de découvrir une partie de son corps hyper sensible. C'était bon à savoir.

Elle continua de me masturber jusqu'à ce qu'une vague de chaleur déferle en moi et traverse mes cuisses. Je retins un gémissement *in extremis*, me contentant de serrer les dents le plus fort possible sous l'assaut des pulsations qui me traversaient. Je poussai un ultime soupir, puis ouvris les yeux sur le ciel nocturne.

– Alors, dis-moi, Nojan chéri, je me débrouille comment ?

Bien. Beaucoup, beaucoup trop bien.

Je tirai un paquet de mouchoirs de ma poche arrière, en tendis un à Sydney et me servis d'un autre pour me nettoyer.

– C'était… plutôt pas mal.

– C'est tout ?

Elle m'embrassa encore. Je ne la repoussai pas plus que les fois précédentes. Un barrage venait de céder dans mon crâne, emportant toutes mes craintes et tous mes doutes. Si Sydney voulait jouer, je n'y voyais plus d'inconvénient.

Elle me fixa, les yeux brûlants de désir.

– Tu as envie de moi ? me demanda-t-elle, une réelle curiosité dans la voix.

Oh, elle n'avait pas idée…

CHAPITRE 31

SYDNEY

Nojan ne prononça pas les mots que j'attendais, mais sa réponse se lisait dans ses yeux. Il observa ma bouche, passa sa langue sur ses lèvres et m'offrit un autre baiser. Beaucoup plus tendre que les précédents. Celui-là me fila des papillons dans le ventre et me fit fondre de la tête aux pieds.

– Whaoo. Alors comme ça, tu peux être doux ? Quelle surprise.

Il me servit un sourire insolent, avant de me prouver le contraire en m'embrassant à nouveau d'une manière qui n'avait rien de romantique. Sa bouche prit le goût de la colère, de la brutalité et de la possessivité, comme si une partie de lui regrettait ce que nous faisions, ce que nous devenions. Ses doigts, eux, s'insinuèrent entre mes cuisses avec une délicatesse étonnante pour venir titiller le voilage de ma culotte. Je retins mon souffle, la poitrine en feu. Nojan entama des mouvements circulaires de l'index et les accéléra quand il remarqua que mon corps réagissait à son toucher. Je fermai les yeux, en proie à de délicieux petits chocs électriques. Et dire qu'il ne s'était pas encore faufilé sous le tissu… Mes hanches se mirent à bouger, les battements de mon cœur s'emballèrent et l'humidité imprégna mon sous-vêtement.

Un sourire étira les lèvres de Nojan quand il s'en rendit compte. Sa prise se raffermit sur mon intimité.

– Et toi, Boucle d'or ? chuchota-t-il, moqueur. Tu as envie de moi ?

– Depuis le jour où j'ai posé mes yeux sur toi, Nojan chéri.

Son autre main empoigna l'un de mes seins et le caressa, faisant naître des milliers de frissons à l'intérieur de mon corps bouillant.

Alors, les doigts de Nojan quittèrent mon entrejambe et il me repoussa. Les nerfs à vif et la respiration saccadée, je restai immobile, surprise et pantelante de désir.

– Pourquoi tu résistes ? demandai-je sans dissimuler mon agacement.

– Je t'ai dit qu'on ne s'enverrait pas en l'air ce soir. Ça veut dire qu'on ne s'enverra pas en l'air ce soir.

Je n'avais jamais vu un mec combattre autant ses instincts. Les pauvres, je les voyais se déchaîner dans ses yeux noirs.

– Tu es vraiment un connard. Un connard sexy, mais un connard quand même.

– Ne fais pas cette tête, Boucle d'or. La prochaine fois, je ne m'arrêterai pas là.

Je haussai les épaules, légèrement moins énervée. Il y aurait donc une prochaine fois. Cette perspective me plaisait.

– Pourquoi on ne rentrerait pas chez toi ? proposai-je de ma voix la plus sensuelle. On pourrait finir ce qu'on a commencé.

Histoire de le convaincre, j'enroulai une jambe autour de ses hanches. Ses doigts se contractèrent dans mon dos et il ferma les yeux.

Pourtant, il secoua la tête.

– La prochaine fois, répéta-t-il d'un ton sans appel.

Il me lâcha, et mes pieds chaussés de bottes faillirent se dérober sous mon poids.

Nous nous remîmes en route, quittant le confort de la solitude. La situation redevint moins tendue, moins… sexuelle au contact de la foule. Malgré mes supplications, Nojan refusa de remonter dans les montagnes russes ou toute autre attraction s'élevant à plus de trois mètres du sol. En revanche, nous écumâmes les stands de tir.

– Où as-tu appris à manier la carabine ? demandai-je alors qu'il s'apprêtait à gagner un énième lot.

– Avec mon père.

– Oh, il était chasseur ?

La femme derrière le comptoir lui tendit la peluche qu'il demandait. La seconde d'après, je me retrouvai avec un énorme dauphin dans les bras. Ce n'était pas un chat, mais tant pis.

– Merci beaucoup.

– C'est bon, ce n'est qu'un poisson.

– Un mammifère, Nojan. Un mammifère que tu m'as offert. Je pourrais presque te pardonner le coup que tu viens de me faire derrière les caravanes.

– Ou le coup que je ne t'ai pas fait, justement, ricana-t-il.

– Très drôle, je suis pliée.

Pour toute réponse, il se contenta de m'envoyer un clin d'œil hyper sexy.

Nous nous éloignâmes du stand, et je crochetai sa taille pour me coller contre lui. Il ne faisait pas chaud à cette heure de la soirée. Heureusement, il ne me repoussa pas. Je compris qu'il appréciait mon contact, même s'il voulait me faire croire le contraire.

– Alors ? repris-je.

– Alors quoi ?

– Ton père était chasseur ou un truc dans le genre ?

Un rire silencieux secoua la poitrine de Nojan, et il détourna la tête. Lorsque je me penchai en avant pour l'observer malgré tout, mon estomac se noua. Je n'avais jamais vu autant de tristesse dans ses yeux.

– Mes parents étaient flics. Ils sont devenus lieutenants en même temps, trois ans après leur rencontre.

Alors là, je ne m'attendais pas à ça.

– Ils bossaient dans la police ? En fait, tu es un petit gars de la loi ! Je t'imaginais plutôt du côté des gangs.

– Tu as fini de raconter des conneries ?

– Non, jamais.

Je croyais que la discussion allait s'arrêter là, mais, à ma grande surprise, Nojan reprit la parole :

– Mes parents et mon frère jumeau sont morts il y a onze mois dans un accident de voiture, un soir de tempête. Ils revenaient du ciné quand la pluie leur a fait quitter la route.

Ma gorge s'asséchа.

– Mon père et ma mère sont morts sur le coup, raconta-t-il d'une voix étrangement lointaine. Mais pas Joram. Non, lui est mort à l'hôpital. Je suis quand même arrivé trop tard pour lui dire au revoir. Tu veux savoir le pire ? Je l'ai senti. Putain, au fond de moi j'ai senti mon âme se déchirer en deux. La douleur est insupportable, encore aujourd'hui. Tu n'as pas idée.

En effet.

– Nojan ?

Il me jeta un coup d'œil furtif. Je ne pris pas la peine de lui demander son autorisation pour le serrer contre moi le plus fort possible.

– Tu fais quoi, Boucle d'or ?

– Je te fais un câlin magique. Veux-tu que je t'apporte encore du pop-corn ?

– Il est magique aussi ?

Il répondait à mon étreinte avec timidité, comme s'il n'avait pas l'habitude de se laisser enlacer. Ce qui était le cas, en fait.

– Non, il n'y a que moi qui suis magique.

Un rire silencieux secoua son torse.

– Tu peux me lâcher.

Je m'exécutai. Le silence tomba entre nous, mais je le rompis quand je compris que Nojan ne continuerait pas à se confier.

– Donc, tu es un enfant adopté ?

– Qu'est-ce qui te fait dire ça ?

– Hugo est ton grand-père ?

– Oui.

– Pourtant, il n'a pas l'air d'avoir des origines orientales.

– Mon frangin et moi sommes arrivés à Lexington à trois ans. Nos parents biologiques sont morts quelques mois après leur arrivée aux États-Unis.

Le sort s'acharnait contre lui, décidément.

– Tu viens de quel pays ?

– D'Irak.

– Tu es déjà retourné là-bas ?

– Non, jamais. Je n'en ressens pas le besoin, c'est ici chez moi. Du moins, ça l'était encore il y a un an. Aujourd'hui, je ne me sens plus vraiment chez moi nulle part.

Après cela, nous ne parlâmes plus pendant plusieurs minutes. Nojan observait les attractions avec nostalgie et, moi, j'essayais de ne pas m'en vouloir d'avoir plombé l'ambiance en l'interrogeant.

– Bon, décidai-je finalement, puisque tu m'as dit un truc sur toi, c'est mon tour. Pose-moi la première question qui te vient à l'esprit.

– Je ne veux rien savoir.

Les mains dans les poches, la démarche traînante, Nojan nous conduisit vers la sortie de la fête foraine. Dommage, je serais bien restée encore un peu.

– Arrête de mentir, m'obstinai-je. Il y a bien une chose que tu te demandes sur moi ?

– Bon, soupira-t-il, OK. Mais ensuite tu te tais.

– Promis, juré.

– Comment se fait-il que tout le monde ignorait que Ben avait une fille ?

– Mes parents ont divorcé quand j'avais dix ans et c'est ma tarée de mère qui a eu la garde. Elle habitait dans l'État de Washington, dans un bled pourri où il pleut tout le temps. Quand j'ai eu quinze ans, après mon accident, on m'a envoyée en famille d'accueil.

– Pourquoi ton père ne t'a pas récupérée ?

– Parce que, selon les services sociaux, il ne m'aurait pas proposé un cadre assez sain. Faut dire qu'il a fait partie d'une bande de motards peu recommandable pendant longtemps. Tu le savais ?

– Ouais. C'est après le divorce avec ta mère qu'il est venu vivre à Lexington ?

– Ça fera bientôt dix ans, oui.
– Et pourquoi tu as fini par le rejoindre ?
– Pour reprendre mes études et me rapprocher de lui. Tu sais, pendant des années, je lui en ai voulu de m'avoir laissée avec ma mère, de ne pas s'être battu pour récupérer ma garde. Aujourd'hui, c'est terminé. Je ne lui en veux plus…

Je n'en voulais plus à personne, et c'était bien le problème. Le gouffre dans mon cœur continuait à anéantir chacun de mes sentiments.

Nojan et moi rejoignîmes en silence le vieux véhicule de mon paternel. Je grimpai dans l'habitacle après avoir ôté mes bottes.

– Alors ? me demanda brusquement mon compagnon une fois qu'il fut installé à son tour.

Les deux mains posées sur le volant, il fixait le pare-brise du regard.

– Alors quoi ?
– Ce premier rencard officiel ?
– Au vu du double râteau que tu m'as mis, je ne sais pas encore si je l'ai trouvé génial ou détestable. Ne crois pas que j'oublie le chat en peluche ! Mais la réponse pourrait s'imposer d'elle-même si tu m'emmenais dans ton mobile-home.

En silence, Nojan démarra. Nous mîmes vingt minutes à retourner au bar. Vingt minutes pendant lesquelles je serrai un peu trop fort contre moi le dauphin géant qu'il m'avait offert.

– Pourquoi ne m'as-tu pas pris le chat en peluche ? l'interrogeai-je lorsqu'il se gara.

– Parce qu'il me fallait une tasse.

– Je ne te crois pas.

Changeant de sujet, il déclara :

– Ce jeu entre nous n'engage à que dalle. Pigé ?

– Tu veux parler de nos craquages qui n'ont rien d'émotionnel et qui sont purement physiques ? Bien entendu.

J'ouvris la portière et me retrouvai à l'air libre. Sans plus un regard pour ma merveilleuse personne, Nojan récupéra son casque de moto, puis rejoignit son monstre de métal.

Malgré son air ronchon, j'étais presque sûre qu'il avait adoré cette soirée autant que moi.

***

– Tu étais où ? me demanda mon père quand je passai derrière le comptoir pour monter dans ma chambre.

– À la fête foraine. Regarde ce que m'a offert Nojan.

Il jeta un coup d'œil dubitatif à la peluche.

– Nojan t'a emmenée à une fête foraine ?

– Oui. Pourquoi, ça te surprend ?

Il poussa un soupir et détourna la tête.

– Je sais que je n'ai pas de conseil à te donner, Sydney, mais écoute celui-ci : ne lui fais pas ce que tu projettes.

Mon sourire s'envola, un poids dans ma poitrine écrasa ma cage thoracique. Tout à coup, je n'arrivais plus à respirer. Une onde parcourait mes jambes, des fourmis commençaient à grouiller peu à peu dans mes muscles.

Non, pas maintenant. Je refusais qu'une seule phrase puisse réveiller mes démons. Me rappeler à quel point mon corps et mon esprit déraillaient.

Je serrai les poings pour empêcher mes doigts de s'engourdir. Le froid dévalait mes veines.

– Bonne nuit, papounet, dis-je en grimpant l'escalier aussi rapidement que possible.

Une fois dans ma chambre, je me laissai tomber sur mon lit. Il était trop tard pour que j'aille courir ; pourtant, c'était la seule chose qui m'aidait à reprendre le contrôle.

Des flashs se succédèrent derrière mes paupières closes. L'image d'un homme aux yeux fous, penché sur moi s'imposa. Une douleur dans mon estomac faillit me faire vomir quand le souvenir des coups qu'il avait fait pleuvoir me submergea.

Puis la souffrance reflua, et il ne resta rien d'autre que l'engourdissement. Le vide. Un vide absolu, familier. Je fermai les paupières en repensant à ce que venait de dire mon père.

« Ne lui fais pas ce que tu projettes. »

Si, une minute plus tôt, cette phrase m'avait déchiré les entrailles, maintenant elle ne me faisait plus rien. Elle coulait sur ma peau comme de l'eau sur le plumage d'un oiseau. Je savais que j'aurais dû me sentir coupable, mais ce n'était pas le cas. Et ça me tuait de ne rien ressentir, là, tout de suite.

D'avoir le sentiment de me comporter comme une sociopathe.

Je m'endormis sans réellement m'en rendre compte, la tête emplie de réminiscences qui anesthésiaient un peu plus mes membres.

Un bruit inhabituel me réveilla vers 3 heures du matin. J'ouvris les yeux, encore ensommeillée. Je pouvais à nouveau bouger, mon corps ne me trahissait plus. Un soupir soulagé franchit mes lèvres… et j'entendis à nouveau le son qui m'avait tirée de mon assoupissement. On jetait des cailloux contre ma fenêtre. Je m'en approchai, et fis coulisser le battant vers le haut, enroulée dans un plaid. En contrebas, j'aperçus une silhouette dans les ténèbres.

– Qui est là ? Si c'est pour fumer ou boire de l'alcool, je vous préviens, je vais prévenir Ben…

– Espèce de balance.

La voix de Nojan me fit sourire.

– J'allais ajouter : « sauf si vous m'invitez à la fête ».

– Je ne suis pas étonné. Allez, descends.

Aussitôt, je dévalai les marches et franchis la porte de derrière. Une fois sous le porche, je constatai que Nojan n'était plus là. Je tentai de l'appeler, mais il ne se montra pas.

– Alors ça, ce n'est pas cool du tout, Nojan chéri.

J'allais remonter me coucher quand mon regard remarqua une forme sombre sur la balancelle.

Un chat en peluche, découvris-je en approchant. Le même qu'à la fête foraine…

Mon cœur se gonfla et un sourire idiot étira mes lèvres. Le moment de déprime que j'avais ressenti avant de m'endormir ne fut plus qu'un lointain souvenir, chassé par la joie qui m'envahit à cet instant.

Ça faisait longtemps que je n'avais pas éprouvé une telle émotion, si vive et si pure…

Peut-être que je me trompais, finalement. Peut-être que la douleur n'était pas le seul sentiment capable de me rappeler que je vivais toujours.

CHAPITRE 32

NOJAN

Debout dans la cuisine, je buvais un café noir. Sans sucre et bien fort. J'avais besoin d'oublier cette nuit, les cauchemars qui avaient suivi ma virée à la fête foraine. J'aurais dû m'attendre à ce genre de mauvais rêves quand j'avais parlé de l'accident. Comme si mettre des mots sur le drame de ma vie le rendait plus réel.

En me réveillant, pendant une seconde, je n'avais plus pensé qu'ils étaient morts. J'avais oublié que plus jamais je n'irais avec eux dans la grande roue, que plus jamais Joram ne me pousserait à grimper dans les montagnes russes comme Sydney l'avait fait. Une seconde de pur bonheur.

La chute avait été terrible. Mon cœur me faisait encore tellement mal que j'en crevais à chaque inspiration.

Hugo apparut sous le porche avec un panier d'œufs. Son sourire atténua un peu la douleur que je ressentais.

– Alors, tu t'es bien amusé hier soir ? me demanda-t-il. Le voisin t'a vu avec une fille à la fête foraine. Pourquoi tu ne m'as pas dit que tu sortais ?

Je haussai les épaules, incapable de répondre.

– Je suis content que tu y sois retourné. C'est un grand pas en avant.

– Ouais.

– C'est qui, la demoiselle ?

– C'est…

Un instant, je faillis lui mentir. Mais je lui dis tout de même la vérité :

– … Sydney, la fille de Ben.

– J'ai bien l'impression que cette petite te fait craquer !

Je haussai les épaules, les mains dans mes poches.

– Je dois partir, annonçai-je.

Je me dirigeais déjà vers ma moto quand Hugo me héla :

– Mon gars !

– Tu as besoin d'un truc ?

– Juste savoir comment tu vas.

Toujours la même question.

– Ça va.

Toujours la même réponse.

– Et les études ?

Les études… Je prenais à peine le temps de réviser, cette année partait droit le mur. L'échec m'attendait au bout du chemin.

– Je ne suis pas sûr d'y arriver, avouai-je.

Mon grand-père me sourit avec tendresse.

– Le dossier de recrutement pour les officiers de police est dans le tiroir de la cuisine. C'est Jo qui me l'a apporté la semaine dernière.

Je me retins de rire.

– Franchement, Hugo, j'ai une tête à devenir flic ?

– Ton père ne l'avait pas non plus, pourtant il a fait un bon shérif adjoint.

– On verra. Je dois y aller, à ce soir.

Mon grand-père me regarda partir sans rien ajouter. Je savais que je lui brisais le cœur, mais… bordel de merde, je n'étais pas son fils ! Je n'étais pas apte à rentrer dans la police, même si j'en rêvais plus jeune.

J'enfilai mon casque, davantage pour me couper du monde réel que pour me protéger d'une éventuelle chute. Ma moto ronronna sous l'éclat du soleil matinal et m'emporta dans un tourbillon de vitesse et d'adrénaline.

Cette bécane avait appartenu à Joram. Il l'avait eue en cadeau pour son seizième anniversaire, et il l'aimait plus que tout au monde. C'était sans doute la raison pour laquelle je ne m'en étais pas séparé. Une partie de mon frangin m'accompagnait partout, et ça me mettait du baume au cœur.

Je me garai sur le parking du bahut, à côté de Steph et Victor. Le premier fumait une clope en matant les nanas un peu plus loin et le second pianotait sur son téléphone en silence.

– Alors, c'était qui ? demanda Steph en recrachant la fumée de sa cigarette.

– De quoi tu parles ?

Je lui pris la cigarette des mains et tirai une taffe avant de la lui rendre.

Je ne fumais que très peu, et surtout quand j'avais les nerfs à vif. C'était le cas ce matin. Cette journée promettait d'être merdique.

– Je parle de la gonzesse pour qui tu nous as laissés tomber hier au bar, m'accusa mon ami. Je ne t'ai pas trouvé quand je suis arrivé, et ce gros porc de Victor n'a rien voulu me dire.

Le gros porc en question lui envoya son poing dans l'épaule sans même décoller les yeux de son écran. Steph siffla de douleur, réprimant une grimace. Victor croisa mon regard et m'offrit un clin d'œil.

– Allez, Nojan, insista mon pote. Je veux savoir qui c'est. On la connaît ?

À cet instant, une tornade noire déboula au milieu de notre cercle. Une tornade familière et couverte de sueur, capable d'emballer mon cœur par sa simple présence.

Bon sang, il fallait que j'arrête ce délire.

Pliée en deux, Sydney essayait de reprendre son souffle.

– Salut… les… enfants.

Elle portait un survêtement sombre qui moulait sa silhouette à la perfection. Steph matait déjà son cul d'un air intéressé. Ouvrant sa bouche de gros obsédé, il lui balança d'ailleurs :

– Hé, si tu aimes transpirer, je suis ton homme. Tu arrives d'où comme ça ?

– De chez moi. Parfois, je viens à la fac… en courant. Quoi de neuf, les gars ?

Elle respirait déjà mieux. Le sourire éblouissant qu'elle envoya à Steph alluma une foutue lueur vicieuse dans les yeux de mon ami. Il rêvait de se la taper.

Ce qui me faisait chier, c'était que moi aussi.

– On était en train d'interroger Nojan à propos de la fille qu'il a baisée hier soir, expliqua Steph.

Eh merde.

Sydney pivota dans ma direction. Sa mine réjouie me tira un grognement.

– Ah oui, tu t'es envoyé en l'air hier soir ? Je serais curieuse de savoir le prénom de la demoiselle.

– J'ai oublié. Elle ne devait pas être exceptionnelle au plumard.

En guise de réponse, Sydney se colla contre Steph en faisant mine de rentrer ses lacets à l'intérieur de ses baskets. Au moins, elle ne portait plus ses espèces de bottes canard hyper moches…

– Et toi, tu as passé une bonne soirée, Steph ? demanda-t-elle suavement.

– À chier, tu n'étais pas là.

Elle pouffa et lui tapota l'épaule avec compassion, tout en me décochant un sourire mauvais.

– Un de ces quatre, qui sait ? Bon, je dois aller prendre une douche et voler des fringues à quelqu'un. À plus.

Et elle s'éloigna en trottinant.

Une fois qu'elle fut assez loin pour ne plus nous entendre, Steph poussa un sifflement.

– Les mecs, je crois que je peux me la faire. Vous avez senti le feeling, là ?

– Arrête ton baratin, connard, grommelai-je. Tu ne te la feras jamais.

– Parce que tu crois que toi, si ? Mon pari est toujours d'actualité. Trois cents dollars que je la baise avant toi.

Un sourire m'échappa en repensant à ma conversation de la veille avec Boucle d'or.

– Si tu le dis. Cinq cents, renchéris-je.

Steph écarquilla les yeux, sembla peser le pour et le contre, puis accepta. Son téléphone sonna quelques secondes plus tard – sa mère, nous informa-t-il –, et il s'éloigna d'un pas précipité, me laissant seul avec Victor.

– Toi, dit ce dernier, tu as un truc de changé. Tu sors avec elle ?

Je n'avais même pas réfléchi à cette question.

– Je ne sais pas, avouai-je.

– Vous avez couché ensemble ?

– Nan.

– Alors il s'est passé quoi ?

Je haussai les épaules, observant Steph au loin sans vraiment le voir.

– On s'est embrassés. Plusieurs fois.

Entre autres choses, mais Victor n'avait pas besoin de le savoir.

– Je l'ai emmenée à la fête foraine, poursuivis-je. Tu sais, celle dans laquelle Joram vous a traînés l'année dernière.

Mon pote acquiesça, puis sourit.

Je revoyais la mine réjouie de mon frangin en forçant les mecs à monter dans les attractions à sensation. Steph avait vomi. Joram s'était foutu de sa gueule pendant plusieurs jours après ça.

– Je me souviens, ouais. C'était sympa, on s'était bien marrés. Ça a plu à Sydney ?

– Je crois.

– C'est une bonne chose que tu l'aies invitée. Elle avait l'air rayonnante ce matin.

À cet instant, Steph revint.

– Les gars, il est temps que je déménage de chez ma mère. Je n'en peux plus de ses appels, je n'ai plus de vie. Elle m'a demandé de lui rapporter des serviettes hygiéniques. Sérieux ! Je croyais qu'elle était ménopausée !

Le pauvre avait l'air d'en baver. Je lui tapotai le dos avec un soupir faussement désolé.

– Pas de bol.

– Va te faire foutre, Nojan !

– Allez, relax ! Je donnerais n'importe quoi pour avoir ta place et rendre ce service à ma mère… aussi embarrassant soit-il.

Mon clin d'œil n'empêcha pas le visage de Steph de se décomposer.

– Nojan, je ne voulais pas…

– C'est bon, arrête de stresser. On se voit tout à l'heure.

CHAPITRE 33

SYDNEY

Je laissai l'eau de la douche cascader le long de mon corps. Longtemps, je restai sous le jet, comme s'il possédait le pouvoir de m'isoler de la réalité. J'en avais besoin. M'isoler de la réalité, je veux dire. En me levant un peu plus tôt, mes mains tremblaient et une douleur sourde brûlait mon estomac. Ça m'arrivait de moins en moins, mais il suffisait d'un déclencheur, d'une minuscule étincelle pour me faire perdre les pédales.

Heureusement, courir m'avait apaisée.

À présent au top de mes capacités, je remontai le couloir et entrai dans la chambre de Violette. Puisque mon amie squattait la bibliothèque et que Lauren était aux abonnées absentes, je ne m'attendais pas à trouver quelqu'un dans la chambre. Par quelqu'un, j'entendais un beau brun hyper sexy à la barbe de trois jours et au corps outrageusement attirant. Étendu sur le lit, un bras sous la nuque et l'autre posé sur son torse de rêve, il attendait. En silence, il fit glisser son regard le long de la serviette enroulée autour de mon corps. Peut-être désirait-il que je la fasse tomber ? Quelle merveilleuse idée.

– Que me vaut ce plaisir, Nojan chéri ?

– Steph marche pour le pari.

Le contraire m'aurait étonnée, Steph aimait jouer. Je me coulai jusqu'au lit de Violette et m'assis au bord.

– Parfait. Tu es venu ici pour me dire ça ?

L'intensité avec laquelle Nojan me regardait accélérait les battements de mon cœur. Tout à coup, j'avais chaud. Vraiment très chaud. Et repenser à ce qui s'était passé la veille à la fête foraine n'arrangeait en rien ma situation.

– Tu as cours à quelle heure ? me demanda mon beau biker.

Je fis mine de regarder ma montre imaginaire.

– Dans une heure. Mais, avant, je dois rejoindre Violette à la bibliothèque pour réviser la littérature. Et puis j'ai des romans à rendre.

– Tu lis quel genre de livres ?

Je haussai les épaules avant de m'allonger à côté de lui. Il eut la décence de reculer pour me laisser de la place. Comme chaque fois que mon corps entrait en contact avec le sien, ses muscles se tendirent. Sans m'en offusquer, je posai ma tête contre son torse et passai une jambe par-dessus ses hanches, puis je lui répondis :

– Je lis beaucoup de romances fantastiques.

– Tu aimes les histoires d'amour ?

– Oui, il n'y a aucune honte à ça. Tu sais, le grand frisson, celui qu'on ne trouve que dans les livres ou dans les films, c'est ma came. Un jour, j'espère trouver un mec qui m'aimera à en crever et j'espère aussi qu'il s'appellera Nojan.

Il partit dans un fou rire, se cachant le visage avec la main. Quand il retrouva son calme, il soupira :

– Tu sembles tellement à des années-lumière de ce genre de trucs.

– Quel genre de trucs ?

– L'amour à en crever.

– C'est ce qu'on cherche tous, au fond. Cette personne qui ne nous abandonnera jamais, quelles que soient les difficultés.

Une émotion beaucoup trop vive traversa le visage de Nojan. De la peine ?

– Tu penses que ça existe ? me demanda-t-il.

– Non, répondis-je sans réfléchir. Mais, parfois, ça fait du bien de le penser et d'en rêver à travers les livres.

Il haussa légèrement les épaules.

– Tu as raison. Mes parents étaient amoureux.

Sa phrase puait la douleur à des kilomètres.

– Les miens, lui confiai-je, ne l'étaient pas. Ça a mal fini pour eux. L'un s'est retiré dans un bled pourri, l'autre s'est camée, s'est tapé un junkie, puis s'est retrouvée en psychiatrie.

– Putain, ça craint. Ta mère est enfermée ?

– Ouais, depuis mes quinze ans.

Je fermai les yeux, en proie aux souvenirs violents qui remontaient. Je sentis mon corps s'engourdir, s'alourdir, mon sang se muer en métal bouillant.

Je détestais parler d'*elle*. Je détestais me rappeler qu'elle n'avait pas joué son rôle de protectrice envers moi. Mes mains se mirent à trembler.

– Boucle d'or ?

– Embrasse-moi, ordonnai-je à Nojan. S'il te plaît. Maintenant.

J'ignore ce qu'il lut en moi, mais il n'hésita pas une seule seconde. L'instant d'après, le désir coulait à nouveau dans mes veines, redonnant vie à mes membres. C'était bête à dire, mais seuls les sentiments les plus puissants réussissaient à reconnecter mon corps à mon esprit.

Nojan déposa un ultime baiser sur mon front, puis me lâcha.

– Il s'est passé quoi ? m'interrogea-t-il.

– Comment ça ?

– Tu étais terrorisée. Ne le nie pas, parce que je l'ai vu. J'ai cru que tu faisais une attaque.

Je poussai un soupir et posai le menton sur son torse pour le regarder droit dans les yeux.

– Il arrive que je... perde le contrôle de moi-même ?

Je secouai la tête.

– Ce serait trop long à t'expliquer si j'essayais. Et puis, tu ne comprendrais pas.

Il garda le silence, les yeux rivés sur le plafond. Longtemps.

– Tu ne trouves pas que c'est étrange ce qu'on vit en ce moment, toi et moi ? finis-je par lâcher.

– Et qu'est-ce qu'on vit, exactement ?

– On est dans les bras l'un de l'autre. C'est puissant et assez difficile à croire.

– Ne te méprends pas, ricana-t-il, c'est juste une stratégie pour que je puisse gagner mon pari. Toujours pas amoureuse ?

En guise de réponse, je glissai une main le long de ses côtes, mais il stoppa mon avancée lorsque mes doigts frôlèrent son caleçon.

Zut. La veille, il ne voyait pourtant aucun inconvénient à ce que je m'aventure par là.

– N'y compte pas. Je ne coucherai pas avec toi ici.

Je me redressai et me mis à califourchon sur lui. Il me laissa attraper ses mains pour les poser sur ma taille. La lueur prédatrice dans ses yeux me donnait envie d'enlever la serviette pour le faire craquer.

– Rien qu'un peu ? le suppliai-je avec une moue boudeuse. Cinq minutes ?

– Tu es vraiment une désespérée, toi, grogna-t-il en se libérant.

– Je n'y peux rien si tu me fais de l'effet. Si on allait quelque part samedi soir ?

Il fronça les sourcils avant de se relever d'un coup. Je perdis l'équilibre et m'étalai par terre, à moitié couverte par la serviette. Nojan plaça ses pieds de chaque côté de ma taille, puis s'accroupit pour se mettre à ma hauteur.

– Tu veux m'inviter à un rencard, Boucle d'or ?

– Là, je n'en suis plus si sûre. Je vais peut-être attendre que ma colonne vertébrale se ressoude.

Il dissimula à peine son sourire, puis se dirigea vers la porte.

– On se voit plus tard, décréta-t-il.

– Ça veut dire oui ? demandai-je.

– Ça veut dire… qu'on se voit plus tard.

Sur ce, il s'éclipsa. Je me remis debout et fouillai l'armoire de Violette à la recherche de fringues convenables, les miennes étant couvertes de transpiration. Je pris un tee-shirt noir classique et un jean slim. J'étais en train de les enfiler quand la porte s'ouvrit à la volée.

– Toi ! cracha Lauren.

– Moi. Que me vaut le déplaisir ?

– Tu es dans ma chambre, alors je te retourne la question.

– Je suis aussi dans la chambre de Violette. Nuance.

Lauren portait un élégant combishort noir, des cuissardes et des chaussettes hautes. La classe totale.

– Tu serais d'accord pour me prêter des fringues en échange de quelques bouteilles d'alcool ? lui proposai-je.

Elle me dévisagea comme si elle avait affaire à un alien et que je m'apprêtais à pondre un œuf dans sa poitrine.

– Tu te fous de ma gueule ?

– Non.

– Tu m'as volé Nojan !

Enfin, on entrait dans le vif du sujet.

– Techniquement, on ne peut pas voler une personne à une autre personne.

– Tu me le paieras, espèce de poufiasse.

Je levai les yeux au ciel en enfilant mes baskets.

– Je t'en prie, bébé, tu savais qu'entre lui et toi ça ne fonctionnerait pas. Ce n'était qu'une question de temps avant qu'il cesse de te voir.

Elle releva la tête, hautaine.

– De toute façon, j'avais l'intention d'arrêter notre histoire.

Je me retins de lui dire qu'un plan cul, aussi régulier soit-il, n'était en rien une histoire.

– Il devenait trop… froid et bizarre, poursuivit-elle. Je te le laisse, ce mec est un enfoiré.

– Tu devrais te mettre d'accord avec toi-même, parce que là, tu n'arrêtes pas de te contredire. Tu es en rogne, je comprends. Tu es jalouse, je comprends aussi. Tu es…

Je ne terminai pas ma phrase, coupée dans mon élan par une gifle. Je restai bouche bée pendant quelques secondes, puis éclatai de rire.

– Une gifle, tu es sérieuse ?

– Dégage de ma chambre !

– Une gifle… J'ai déjà subi tellement pire, je suis presque déçue.

– Tu n'es qu'une tarée ! hurla Lauren.

J'attrapai mon sac de cours et me dirigeai vers la porte. Le sourire que j'arborais ne semblait pas plaire à la jolie blonde. Elle m'observa des pieds à la tête, l'air dégoûtée.

– Qu'est-ce qu'il peut bien te trouver ? s'agaça-t-elle.

– Il paraît que j'ai un sens de l'humour très apprécié.

Et je quittai la chambre, la laissant fulminer de rage. J'aurais pu me défendre et lui en coller une, histoire de la dissuader de réessayer de me frapper. Sauf qu'elle se sentait déjà blessée dans son orgueil, je n'allais pas en rajouter. Je n'étais pas un monstre.

Dehors, à ma grande surprise, je tombai nez à nez avec l'ami de Nojan, celui qui évoquait une armoire à glace. Il s'arrêta devant moi, visiblement surpris de me voir.

– Salut, Victor, lui lançai-je. Écoute celle-là : qu'est-ce qui est jaune et qui attend ?

– Sydney.

– Non, un poussin devant un arrêt de bus. Mais si tu parles de mon prénom, oui, c'est Sydney, effectivement.

Il tira sur sa cigarette sans me lâcher du regard. Je compris qu'il me sondait.

– Il paraît que tu es sortie avec Nojan, hier ? finit-il par me demander.

– Il t'a parlé de la fête foraine ?

– C'est le dernier endroit où je pensais qu'il irait.

Je songeai au chat en peluche que le motard m'avait offert, et compris soudain que retourner à la foire et y affronter seul ses souvenirs avait dû être difficile pour lui. Je n'avais même pas pensé à le remercier.

– Tu lui veux quoi ? m'interrogea Victor.

– On a parié que l'un tomberait amoureux de l'autre. Il te l'a mentionné aussi ?

Au vu du sourire qui étira ses lèvres, j'étais certaine que oui.

– J'ai comme l'impression que vous allez vous brûler les ailes, tous les deux, me prévint-il. Mais ça l'aide d'entrer dans ton jeu. Au moins, il ne pense pas à…

Victor se tut avant de se mordre la langue.

– À son frère et ses parents ? complétai-je. On en a discuté un petit peu.

– Vraiment ?

– Oui. Pourquoi ça t'étonne autant ?

Le géant émit un petit rire.

– Nojan ne parle jamais de ses proches avec quiconque, même avec Steph et moi. Pourtant, nous avons bien connu Joram et ses parents.

Il écrasa son mégot sous sa chaussure en concluant :

– On dirait que tu lui fais du bien.

– Je n'en doute pas une seconde.

Il commença à s'éloigner, mais je le retins :

– Au fait, Victor !

Il se retourna.

– Ce projet ciné-zombies-donut avec Violette, ça donne quoi ?

– Mmh… il n’y a pas de films de ce genre en salle en ce moment. Mais il y a cette comédie musicale hyper romantique avec le mec de *Sexy Dance*… J’ai oublié le titre. Tu penses que ça pourrait lui plaire ?

– Bonne idée, je suis sûre qu’elle va adorer.

Victor se fendit d’un large sourire sincère.

– Merci pour le coup de main.

– À charge de revanche.

Il me fit un clin d’œil, puis disparut au coin du bâtiment.

Quand je rejoignis Violette à la bibliothèque, elle était en train de ranger ses affaires. La séance de révisions était reportée, visiblement.

– Devine qui je viens de croiser sur le campus ! lui lançai-je.

– Nojan ?

– Non, Victor.

Les joues de mon amie virèrent au rouge.

– Il t’a parlé de moi ? Non, je ne veux pas savoir. Si, en fait. Attends… à la réflexion…

Je me laissai tomber devant elle, amusée. À cet instant, l’écran de son portable s’éclaira : elle venait de recevoir un SMS. Dès qu’elle le lut, sa bouche s’ouvrit sous l’effet de la surprise.

– Il… il veut m’inviter au cinéma, bredouilla-t-elle.

– Depuis quand il a ton numéro ?

– Un moment, on parle de temps à autre. Tu devrais essayer avec Nojan. La discussion a du bon, je t’assure.

– On y travaille. Tu vas répondre quoi à Victor ?

Elle haussa les épaules.

– Tu crois que je devrais dire oui ?

– Sans hésiter.

Bien qu'embarrassée, elle pianota sur son téléphone. Quand elle releva la tête, son sourire s'était élargi.

– On a rendez-vous vendredi soir, m'apprit-elle.

– Merveilleux. Amène-toi, on va en ville.

– Quoi ? Tu n'as pas cours dans quarante-cinq minutes ?

– Si, mais on est large. On va t'acheter une tenue et manger un donut pour fêter ça.

Étrangement, elle n'y trouva rien à redire. Nous prîmes donc sa voiture et, un quart d'heure plus tard, nous nous arrêtâmes devant une boutique de fringues pas très loin de l'université. À l'intérieur, Violette se mit à farfouiller dans les robes pendant que je flânais dans le rayon sous-vêtements. Ces petites choses en dentelle étaient l'arme ultime pour séduire les garçons. Je me demandais lesquelles je pourrais employer pour faire craquer mon Nojan chéri.

– Son père est procureur, tu le savais ? me lança Violette par-dessus un portant.

– Tu parles de Victor ?

– Oui. Que penses-tu de celle-ci ?

Elle me montra une robe blanche très mignonne cerclée d'un ruban à la taille. Le genre de tenue qu'on enfilait à l'église. Ma tête la fit éclater de rire.

– D'accord, j'ai compris. Pas celle-là. Bref, Victor veut suivre la même voie en devenant avocat. Aucun de ses amis, en dehors de Steph et Nojan, ne l'a jamais soutenu dans son projet. Les gens pensent tous qu'avec ses tatouages et sa carrure, sa place n'est pas dans un tribunal.

Oups. Honte à moi, j'avais songé à la même chose. Mais, franchement, ce mec pouvait bien devenir ce qu'il souhaitait. Il suffisait qu'il ne baisse pas les bras.

– C'est fou de juger les personnes sans les connaître, maugréa Violette. Non ?

– Tu as raison.

– Et celle-là ?

Cette fois, elle me tendait une robe noire bustier à dos nu.

– Tu tiens la bonne. Avec ça, Victor ne pourra pas résister à tes charmes. Quant à moi, je prends ça, décidai-je en attrapant un ensemble rouge sexy satiné. On ne sait jamais…

CHAPITRE 34

NOJAN

La voix du prof assommait tout le monde. D'un ton monotone, il relatait l'histoire de la Seconde Guerre mondiale à travers des portraits et tableaux de l'époque. Barbant.

Les yeux rivés sur mon portable, je jouais à un jeu débile que je venais d'installer. Steph m'envoya un gros coup de coude dans les côtes, m'obligeant à relever la tête.

– Qu'est-ce qu'il y a ?

Du menton, il me fit signe de regarder en direction de la porte.

– Mate-moi ça. Sydney se bonifie de jour en jour, ma parole.

Boucle d'or essayait de ne pas se faire remarquer par le prof en avançant dans les allées sur la pointe des pieds. Steph leva la main pour attirer son attention, ignorant mon soupir blasé.

– Sydney, j'étais en train de dire à mon voisin que tu étais magnifique, lui annonça-t-il d'emblée quand elle arriva à notre hauteur.

– Merci, Steph, répondit-elle non sans le gratifier d'un sourire charmeur.

Cet enfoiré profita du fait qu'elle s'installait à côté de lui pour passer un bras par-dessus ses épaules.

– Je me posais une question, Sydney. Tu as un copain en ce moment ?

– Mmh… pas officiellement. Pourquoi ?

Un sourire victorieux apparut sur le visage de mon pote. Sourire que j'eus envie de lui faire bouffer. Impossible d'ignorer cet élan de colère qui me brûlait les côtes et la tension dans mes poings.

– Tu accepterais de m'accompagner à la pizzeria ce soir ? On pourrait faire plus ample connaissance.

La mine de mon crayon de bois se brisa net. Le bruit attira l'attention de Steph et Sydney. Je fis semblant de regarder le tableau.

L'idée que mon ami puisse gagner le pari me foutait en rogne. Boucle d'or était assez tordue pour me rouler dans la farine.

– Tu y vois une objection ? me demanda Sydney.

– Pourquoi il y verrait une objection ? intervint Steph. Il m'a dit qu'il n'y avait rien entre vous…

Mon pote me décocha un regard plein de reproches.

– C'est bon, je m'en tape, grondai-je.

– Tu es sûr ? insista-t-il.

Lui aussi devait se demander s'il se faisait arnaquer. Ce qui était le cas, avouons-le.

– Pas d'objection, donc, décréta Boucle d'or. Parfait. Je suis d'accord pour une soirée pizza.

En vérité, ma putain d'objection massacrait ma cage thoracique à coups de masse. Je ne supportais pas qu'on se foute de ma gueule comme Sydney le faisait. À quoi jouait-elle ?

– Cool, s'exclama Steph. J'ai hâte d'y être.

Boucle d'or continua de discuter avec ce traître pendant le reste de l'heure. Il s'avérait qu'ils avaient un peu le même humour, ce qui me laissait perplexe sur la suite des évènements. Quand elle s'en alla, mon pote me rejoignit dans le couloir et m'envoya un coup de poing amical dans le bras.

– C'est dans la poche, mec ! Désolé, tu vas perdre, elle me kiffe.

– Si tu le dis.

– Je vais me la faire ce soir. Tu as vu la manière dont elle frôlait mon genou avec sa jambe ? C'est un appel au sexe, ça.

– Amuse-toi bien alors. Tu me raconteras demain.

Je m'éloignai dans la direction qu'avait prise Sydney.

Qu'est-ce qui me poussait à la retrouver ? Elle passait son temps à me foutre sur les nerfs. J'aurais dû l'éviter, pas chercher sa présence !

– Hé, Nojan.

La voix de Lauren agit sur moi comme une douche froide. Elle me contourna, puis me fit face, les mains sur les hanches.

– C'est quoi le problème de ta copine ?

– Quelle copine ?

Énervée, elle me fusilla de ses grands yeux bleus, et son ongle manucuré se posa sur mon torse.

– Tu es allée la choper où, cette clodo ? Tu sais qu'elle m'a suppliée de lui prêter des vêtements ?

– Elle t'a suppliée ? ricanai-je. C'est bien son genre, ouais.

L'ironie dans mes propos accentua la colère de Lauren.

– Je t'assure que si !

– Qu'est-ce que tu me veux ? J'ai autre chose à foutre que t'entendre brailler.

Un sourire méchant étira ses lèvres couvertes de gloss.

– Juste te dire qu'un jour tu me demanderas de revenir dans ta vie. Eh bien, ce jour-là, ne compte pas sur moi !

– Sérieux ?

– Cette fille n'est pas pour toi, tu t'en rendras compte. Elle est mauvaise, et je te jure… qu'elle le regrettera.

Je souris, le regard moqueur.

– Essaie de t'en prendre à elle.

– C'est une menace, Nojan ?

– Non, une demande. Essaie de t'en prendre à elle, fais-moi ce plaisir.

Lauren battit plusieurs fois des cils, l'air sceptique. Sa bouche s'ouvrit, puis se referma, puis s'ouvrit encore quand elle bredouilla :

– Je ne comprends pas, Nojan, vous…

– Il n'y a pas de « vous », OK ? Il n'y a pas plus de « vous » qu'il y avait de « nous », Lauren. Me fais pas chier.

Je la bousculai et me remis en marche. Ses hauts talons claquèrent derrière moi.

– Tu ne vas même pas la défendre ?

– Non.

– Pourtant, tu as l'air de l'apprécier. Ne me mens pas ! Tu peux te voiler la face, mais ça se voit.

Peut-être bien, ouais. Qu'est-ce que ça pouvait lui foutre ?

– Qu'est-ce qu'elle est pour toi, Nojan ?

– Toxique.

– Quoi ?

Je fis volte-face, les poings fermés.

– Elle est toxique, soufflai-je, pour moi comme pour toi. J'ai hâte de voir comment elle te bottera le cul, Lauren. Tu vois, Sydney est le genre de nana qui n'a pas besoin qu'on la défende.

À peine prononçai-je ces paroles que je me rendis compte de la vérité qu'elles contenaient. Boucle d'or n'avait besoin de personne. Elle possédait toujours un coup d'avance sur tout le monde, elle ne se laissait jamais distancer. Lauren n'avait aucune foutue idée du merdier dans lequel elle se fourrait. J'étais pressé de la voir se noyer dedans.

– C'est ce qu'on verra, lâcha-t-elle.

– Bonne chance, ma belle. Tu vas sacrément en avoir besoin.

Je repris ma route. Cette fois, Lauren ne me suivit pas.

Alors que j'allais quitter le bâtiment, mon regard croisa celui de Sydney, appuyée contre l'une des doubles portes menant à l'extérieur. Elle patientait, les bras croisés, la mine rieuse.

– Quelle est la différence entre un cadeau et moi ? me demanda-t-elle.

Avant même de réaliser ce que je faisais, je crochetai sa taille et attirai son corps contre le mien. Mes lèvres emprisonnèrent les siennes, se délectant de leur goût sucré. Nos langues se cherchèrent, se trouvèrent et se mirent à danser ensemble, comme pourvues d'une vie propre. Les mains de Sydney glissèrent dans mes cheveux, notre baiser se fit beaucoup moins brutal. Puis nous nous libérâmes l'un de l'autre, nos souffles saccadés. Les iris de Boucle d'or brillaient de milliers d'étoiles, ses joues avaient viré au cramoisi.

– Toujours pas amoureux ? me lança-t-elle.

– Et toi ?

Elle passa la langue sur sa lèvre inférieure.

– Quel baiser, j'en suis tout émoustillée.

– Ouais, je fais souvent cet effet-là.

Elle me jeta un regard incandescent.

– C'était en quel honneur ?

– Ce soir, en présence de Steph, n'oublie pas notre accord.

Nous sortîmes du bâtiment et nous dirigeâmes vers la résidence voisine.

– Quelle est la différence entre un cadeau et moi ? répéta-t-elle. Cette fois, réponds, ne fais pas ton gros méchant, Nojan.

– Si ça peut te consoler, j'emballe rarement les cadeaux. Sauf… s'ils te ressemblent.

Elle s'arrêta net. Je l'imitai, un sourire au coin des lèvres. Ses iris brillaient de joie, comme si je venais de lui offrir une portée de chatons.

– Par le nez de Voldemort, tu as fait de l'humour !

– Toi aussi : Voldemort n'a pas de nez.

– Et en plus tu as vu *Harry Potter* ? s'exclama-t-elle, au bord de l'hystérie.

Je poussai un soupir.

– Je les ai lus. Je m'intéresse à d'autres trucs que la moto, je te signale. Et puis qui ne connaît pas, franchement ?

– Ton livre préféré ?

– Lâche-moi deux secondes.

– Non, je t'écoute. Donne-moi le titre de ton livre préféré. Et la raison.

Je haussai les épaules tandis que mon regard se perdait dans la vague. Dans ma vie, j'avais lu des tas de bouquins. J'en avais aimé la plupart, sans vraiment détester les autres. Mais si je devais en citer un qui m'avait retourné l'estomac…

– *L'Invention de la solitude*, de Paul Auster.

Surprise, Sydney haussa un sourcil… puis une lueur de tristesse traversa son regard.

Je m'attendais à ce qu'elle me demande pourquoi j'adorais ce livre. Elle ne le fit pas. Elle connaissait une partie de mon histoire, pas besoin d'être un génie pour comprendre.

– Moi, c'est *Harry Potter*, m'apprit-elle.

– Sérieux ? Je ne m'en serais pas douté une seule seconde.

Elle s'esclaffa, et je m'éloignai en lui disant :

– Je me tire, Boucle d'or. Passe une bonne soirée… mais pas trop quand même.

Son rire me suivit jusqu'à ce que je disparaisse dans le bâtiment des sciences.

CHAPITRE 35

SYDNEY

Nojan flanchait, mon instinct me l'affirmait. Petit à petit, il baissait sa garde. Bientôt, la victoire serait à moi. Si son baiser ne témoignait pas d'un début de sentiments, alors que signifiait-il ?

Rêveuse, je pris la direction de la cafétéria en envoyant un long SMS à Violette. Cette dernière me rejoignit quinze minutes plus tard, une main prise par un gros bouquin, l'autre par un gobelet de café noir.

– Il faut que tu arrêtes ! s'exclama-t-elle.

– D'être aussi merveilleuse ?

– De me donner les détails de ta vie sexuelle avec cet idiot de Nojan. Pitié, je vais finir par en faire des cauchemars.

– Je t'ai juste décrit le baiser qu'il m'a donné et l'effet qu'il m'a procuré.

– C'est exactement ce que je dis.

– Et je ne t'ai pas tout raconté, soupirai-je en faisant glisser un donut dans sa direction. Tu sais qu'il est monté comme un taureau ? Sa…

– Non ! me coupa mon amie en riant. S'il te plaît. Tu as une idée du nombre de vidéos de chat je vais devoir regarder pour oublier ça ?

Traumatisée, elle grimaça et but une gorgée de sa boisson chaude.

– Sinon, exorcise-toi à coups de formule de chimie, lui suggérai-je. C'est ton truc, non ?

– Sale peste.

– Ou avec du sexe. Victor serait opé' pour te filer un coup de main et quelques coups de reins avec. Prévois des capotes samedi.

Violette se figea, son gobelet à quelques centimètres de ses lèvres. Ses joues virèrent au pourpre tant elle était embarrassée.

– Sydney, je ne compte pas coucher avec lui. Je l'aime bien, c'est vrai, mais…

– Il est un peu grand, non ?

– Il n'est pas grand, il est parfait.

– Tiens donc. « Parfait. »

Elle poussa un soupir, puis me révéla :

– Il veut que je le rejoigne à la fête organisée sur le campus dimanche

– Génial. Tu vas y aller ?

– Je n'en ai aucune idée. Le lendemain il y a cours. Pourquoi les soirées sont-elles toujours organisées quand on doit se lever tôt le lendemain ?

Je pouffai.

– Il y a des fêtes tous les soirs. C’est pour tester la force mentale des étudiants, selon moi.

Violette haussa les épaules, les joues rouges, et ajouta, gênée :

– Il va me trouver ennuyeuse à mourir de toute façon.

Mon amie manquait cruellement de confiance en elle. Pourtant, bosser un mois dans le bar de bikers de mon père aurait dû l’aider à se forger un caractère.

Je lui fourrai son donut pratiquement sous le nez.

– Tiens, mange ça.

– Hé !

– Mâcher t’empêchera de raconter des bêtises.

Elle enfourna la pâtisserie. J’en profitai pour lui poser une question qui me taraudait :

– J’ai besoin de tes lumières. Tu crois que le désir, c’est de l’amour ? Parce que si c’est le cas… pfiou ! Nojan et moi sommes raides dingues l’un de l’autre.

Violette haussa les épaules.

– Mmh… non. Je pense que l’amour, c’est du désir, entre autres, mais que le contraire n’est pas forcément vrai. Il y a deux sortes d’amour : le plus fort, celui qui nous tombe dessus sans prévenir. Et l’autre.

– L’autre ?

– L’état amoureux. Quand tu veux tellement le devenir que ton corps et ton esprit déclenchent ce sentiment. C’est… attends, tu vois la grippe et l’état grippal ? C’est pareil.

Mouais. Je n'aimais pas sa théorie. Je préférais ma vision des choses remplie de licornes et de petits oursons en chocolat.

– La grippe, c'est l'amour ?

– Bingo.

– Et tu crois que je suis malade ?

Elle éclata de rire.

– Je crois que tu as un état grippal. Tu ne ressens pas d'amour pour Nojan. Tu cherches à le séduire seulement parce que tu le trouves beau.

Pas tout à fait. Je l'avais abordé parce que quelque chose chez lui m'attirait comme un aimant, au-delà de son apparence.

– Je suis en passe de choper la grippe, je te dis.

– Alors grouille-toi de te vacciner. Ce mec est un connard de première, il traite les autres comme de la merde.

– Il souffre beaucoup.

– Je m'en fiche.

Je secouai la tête, désolée que mon amie ait une aussi piètre opinion de mon âme sœur.

– Ce n'est qu'une façade, Violette. Il n'est pas comme ça, en réalité. Tu vois, tu réagis comme ces gens qui jugent Victor sur son apparence.

Elle m'envoya un coup d'œil choqué… avant de basculer la tête en arrière.

– Tu as raison, c'est juste que… je ne l'aime pas. C'est tout. Ce n'est sans doute pas une raison pour te demander de ne pas l'apprécier non plus.

Je laissai passer quelques secondes avant de lui avouer :

– Steph m'a invitée à manger une pizza ce soir.

Violette manqua de peu de mourir étouffée. Je dus me lever et lui tapoter le dos pour qu'elle se remette de ses émotions.

– Quoi ? s'exclama-t-elle une fois la trachée dégagée. Ce mec drague tout ce qui bouge !

– Je l'admets, mais j'ai besoin de savoir si Nojan a la grippe ou juste un état grippal.

Mon amie me fusilla de son regard d'intello.

– Tu te sers de Steph pour atteindre Nojan ?

– La base, non ?

Elle claqua les mains sur la table. Visiblement non, pas pour elle.

– Tu n'as pas le droit de traiter Steph comme ça. Il a beau être relou, ce n'est pas une raison.

– Je ne compte pas m'envoyer en l'air avec lui. Et puis, il m'a invitée seulement parce qu'il veut coucher avec moi et gagner son pari avec Nojan.

Violette ne se dérida pas.

– Nojan t'enverra bouler quand il en aura terminé avec toi, me prévint-elle. Il te laissera sur les rotules et tu n'auras que mon épaule pour pleurer.

– Peut-être bien. Je prends le risque.

Sans compter que c'était l'effet recherché… non ?

CHAPITRE 36

NOJAN

Bricoler m'empêchait de penser à mes parents, à Joram, à Sydney, à ce crétin de Steph.

J'aurais aimé être capable de mettre mon existence sur pause, juste l'espace de quelques heures. Ne plus me poser de questions. Ne plus me torturer l'esprit.

Impossible. J'étais bloqué dans mon calvaire depuis onze putain de mois !

Je rampai pour sortir de sous la voiture d'Hugo, le crâne en feu à cause d'une migraine. J'avais mis une heure pour vidanger cette bagnole alors que ça aurait dû me prendre quinze minutes seulement. Crade des pieds à la tête, je tentai de me débarrasser du cambouis incrusté sur ma figure et d'oublier la journée pourrie que j'étais en train de passer.

Merde, merde, merde, merde !

D'un coup de pied rageur, je frappai un vieux pneu posé contre le mur à côté de moi.

– Wow ! Il t'a fait quoi ? me demanda James en apparaissant de nulle part.

– Ta gueule.

– C'est moi qui m'occupe de la caisse d'habitude, me fit-il remarquer en s'appuyant contre le pilier du porche. Qu'est-ce qui t'arrive ? Tu n'as pas l'impression d'avoir déjà une tonne de travail ?

Si, mais j'essayais d'arrêter de me torturer avec le rendez-vous de Steph et Sydney. J'étais sûr que Boucle d'or allait me la faire à l'envers. Je n'avais aucune confiance en cette nana. Raison pour laquelle je jugulais le désir qu'elle m'inspirait. Je refusais de souffrir encore plus à cause d'elle.

– Tu as préparé le dîner d'Hugo ? répliquai-je en balançant le chiffon aux pieds de James.

– Ouais, c'est bon. Il n'y a plus rien à faire, tu peux repartir chez toi.

Ces temps-ci, l'employé de mon grand-père se comportait un peu trop gentiment avec lui. Toujours aux petits soins, disponible au moindre coup de fil… un truc clochait. Si cette espèce de petit connard lui jouait un mauvais tour, il allait me le payer. Personne n'entourloupait Hugo.

– C'est quoi ton problème, Nojan ? Pourquoi tu me regardes comme ça ?

À défaut de lui péter la clavicule, je posai une main sur l'épaule de James.

– Fais gaffe, merdeux, je t'ai à l'œil. Un pas de travers et je te bousille. Pigé ?

– Y a un truc que je me demande… pourquoi tu me détestes autant ?

– Peut-être parce que tu es une tête de con ?

– Ou alors parce que je te rappelle tes parents ? Je suis sûr que c'est ça.

Je me figeai, à deux doigts de lui en coller une.

– Tu es à côté de la plaque.

– Alors éclaire-moi. Parce qu'avant leur mort, tu ne me haïssais pas autant.

« *Haïr.* » Il utilisait ce mot comme s'il le comprenait. Je haïssais les tempêtes, je haïssais la pluie qui avait tué ma famille, je haïssais notre condition humaine si fragile. Mais, lui, je ne le haïssais pas.

Cette discussion me foutait encore plus en rogne.

– Tu me reproches ce qui s'est passé ? insista-t-il.

– Pourquoi ce serait le cas ?

– Aucune idée, je cherche juste à comprendre. Ne me fais pas croire que c'est parce que je me roule des joints.

Je m'installai sur la première marche du porche, une épaule appuyée contre le pilier porteur. Des tas d'inscriptions dans le bois me rappelaient qu'avant, Joram et moi tracions des promesses indélébiles. Par exemple, celle de ne jamais nous séparer…

James soupira, puis me tourna le dos pour s'en aller.

– Tu veux savoir ce que je vois quand je te regarde ? lui lançai-je.

Il s'arrêta.

– Le temps que je n'ai pas passé avec mon père, contrairement à toi. Toutes ces heures où vous avez bricolé des caisses ensemble parce qu'il espérait te sauver de la délinquance. Je t'envie les souvenirs que tu as avec lui et que je n'aurai jamais.

Le regard rivé sur le ciel de plus en plus pâle, je me tus. Plusieurs secondes s'écoulèrent avant que James ne me raconte :

– Je ne me rappelle pas un seul jour où ton père ne m'ait pas demandé de prendre exemple sur toi ou sur Joram. Il était fier de ses fils. Sache un truc : je te les donnerais volontiers, ces souvenirs, si je le pouvais. Personne ne mérite de souffrir autant.

Un étrange silence s'installa. Une nuée d'oiseaux fila au-dessus de nos têtes et disparut dans des cris déchirants.

– J'étais avec toi le soir où c'est arrivé, tu te rappelles, Nojan ?

– Évidemment.

– Tu m'as remplacé auprès d'Hugo parce que j'avais chopé la crève et qu'il ne se sentait pas bien. Tu as refusé d'aller au ciné avec tes parents et ton frère. C'est bizarre, mais… j'ai l'impression que tu m'en veux pour ça. Le jour de l'enterrement… tu as dit à ton grand-père que tu aurais préféré te trouver avec eux plutôt que supporter leur absence.

Je fermai les paupières. Mes yeux me brûlaient.

– Tu le penses toujours ? ajouta James.

Si seulement j'avais eu la force de lui ordonner d'aller se faire foutre. Mais je n'y arrivais pas. Toute mon énergie était focalisée sur une seule chose : ne pas chialer.

– Je ne sais pas. Je ne sais plus.

– C'est compliqué de se rendre compte que le plus dur, c'est de continuer à vivre.

Je ne pouvais pas le nier.

Un dernier sourire, puis James s'en alla. Je partis prendre la douche la plus longue de mon existence. Sous le jet, mes pensées dérivèrent rapidement vers Sydney. Ces dernières heures, j'avais tout fait pour ne pas songer à elle. Qu'est-ce qui n'allait pas chez moi ? J'avais envie de la voir. Plus que ça, de la toucher, de sentir son parfum, ses mains sur moi.

En sortant de la salle de bains, je ne me sentais pas mieux. Il était temps d'aller faire un tour à moto…

Quelques minutes plus tard, je roulais en direction de la ville, la tête délivrée de toutes mes pensées. Ni Sydney, ni James, ni mon grand-père ne me tourmentaient plus. La route, c'était le seul endroit où je me permettais de tout oublier.

Jusqu'à ma vie entière.

Cette délivrance dura quelques kilomètres. Jusqu'à ce que je passe devant la pizzeria préférée de Steph et que mes soucis me reviennent en pleine gueule. Je ne pus m'empêcher de m'arrêter et de garer ma moto sous l'œil incandescent du soleil couchant. Les nuages viraient au rose et, sur le fil de l'horizon, des griffures rougeâtres déchiraient le ciel. La vision fugace des étoiles naissantes me serra le cœur. À chaque fois que je les regardais, je songeais à ma mère. Et ma mère m'aurait botté le cul si elle m'avait chopé en train d'espionner mon meilleur pote. Qu'est-ce qui me prenait, putain ? Comment Sydney parvenait-elle à me retourner le cerveau de cette façon ? Merde, pourquoi ne pouvais-je pas l'ignorer, reprendre mon existence là où je l'avais laissée avant de la connaître ? Ça aurait dû être facile.

Sauf que non.

Cette fille possédait un pouvoir sur moi. Sa présence réveillait mon âme anesthésiée. Elle m'empêchait de me perdre, de crever à petit feu sous l'assaut constant de la douleur. J'avais besoin qu'elle me prenne la tête au point de me faire ressentir autre chose que le manque.

Un rire sans joie m'échappa, et je pris conscience du merdier dans lequel je m'étais fourré.

J'entrai dans la pizzeria avec la sensation de peser dix kilos de moins. La dernière fois que je m'étais senti ainsi, mes vieux vivaient encore. Comme quoi, parfois il suffisait de creuser un peu. En attendant, je devais empêcher Sydney et Steph de s'envoyer en l'air.

Ils ne m'avaient pas vu entrer, trop occupés à se marrer pour regarder la porte. Moi, je les remarquai tout de suite. Sydney aimantait mon regard, comme à chaque fois. Elle devait s'adonner à la sorcellerie. Ce soir-là, abandonnant son habituelle queue-de-cheval, elle avait décidé de laisser tomber ses cheveux sur ses épaules.

Je pris place à l'écart de leur box et les observai. Boucle d'or pouffait comme une abrutie ; quant à Steph, il lui parlait en faisant de grands gestes avec les mains. Je poussai un soupir, me concentrant sur Sydney. Sur son sourire, sur ses yeux qui pétillaient, sur ses joues qui viraient au rouge. Je ne me souvenais pas qu'en ma présence, elle ait déjà autant ri. Bien sûr, je n'étais pas le mec le plus drôle de la planète, loin de là même. Peut-être que, dans le fond, c'était moi le problème.

Un serveur vint prendre ma commande. Le temps qu'il apporte ma pizza quatre fromages et mon coca, l'aura joyeuse de Boucle d'or ne faiblit pas une seule fois.

Steph finit par poser la main sur la sienne. Mes épaules se tendirent, mon souffle se coupa. Je ne me remis à respirer lorsqu'elle se déroba timidement à son toucher.

Avec un peu de chance, j'avais tort. Peut-être qu'elle ne coucherait pas avec lui.

Je devais admettre un truc : mon pote se débrouillait bien. Il amusait Sydney, alimentait la conversation et semblait lui poser des tas de questions. Choses que je n'avais pas faites lors de notre sortie à la fête foraine.

Ouais, c'est toi le connard, en fait.

J'engloutis ma pizza sans les quitter des yeux. Je m'en voulais de ne pas avoir franchement fait d'effort avec Boucle d'or pour améliorer nos rapports. Si je voulais gagner mes deux paris, il fallait que je foute ma rancœur habituelle de côté. Agir normalement, agir comme le mec que j'étais avant l'année dernière.

Agir comme Joram, en gars bien et civilisé.

Cette pensée ranima en moi des souvenirs. Ou, plus exactement, un souvenir bien particulier.

– Je crois que je suis amoureux, Nojan, m'avait dit mon frère un soir, alors qu'on squattait la maison d'Hugo.

Bien sûr, il parlait d'Emily.

– C'est seulement maintenant que tu t'en rends compte ? lui avais-je rétorqué.

Il avait souri. Il paraissait profondément serein et heureux.

– Tu crois qu'elle ressent quoi pour moi ? m'avait-il demandé.

Ce soir-là, on matait une vieille série pendant que notre grand-père dormait.

– C'est évident qu'elle craque pour toi autant que toi pour elle. Tu vas te décider à faire le premier pas ?

Les yeux rivés sur l'écran, Joram m'avait confié :

– Je vais l'inviter à un rendez-vous. Mais j'ai peur qu'elle refuse à cause de ma réputation.

– Je suppose que tu parles de toutes ces nanas que tu as sautées ?

Il avait hoché de la tête.

– Qu'est-ce qui t'a fait prendre conscience que c'est avec Emily que tu veux être ? m'étais-je enquis.

– Un type lui tourne autour et je crois qu'elle envisage sérieusement de sortir avec lui.

– Elle t'en a parlé ?

– Vaguement. Mais je suis sûr qu'il n'est pas fait pour elle, il n'est pas…

– Toi, avais-je conclu face à son hésitation.

Le hurlement d'une fille qui se faisait chatouiller me ramena à la réalité. Mes yeux s'embuèrent. Avant que la moindre larme ne coule, je les essuyai.

Il avait réussi. Joram avait réussi à changer, à prouver à Emily qu'il était un mec bien. Mais, de nous deux, il avait toujours été le plus sympa. Comment pouvais-je rivaliser ? Je n'étais pas comme lui.

CHAPITRE 37

SYDNEY

Des gosses passaient et repassaient devant notre box en éclatant de rire. Même en employant la menace, leurs parents ne parvenaient pas à les canaliser.

Steph soupira, l'air agacé.

– On devrait aller chez moi, il n'y a pas d'enfants.

– Bien tenté, mais ces démons finiront par se calmer.

Je bus une gorgée de jus d'orange, les yeux levés vers le plafond. Ce rendez-vous n'était pas comme je l'avais imaginé. Beaucoup plus détendu, beaucoup moins malsain. Steph avait de l'humour, j'appréciais cet aspect de sa personnalité.

– Alors, tu viens d'où, Sydney ? me demanda-t-il. Raconte-moi tout.

– J'ai vécu plusieurs années en famille d'accueil à New York. À ma majorité, j'ai passé quelques mois à Charleston, puis à Richmond, où j'ai enchaîné les petits boulots histoire de mettre de l'argent de côté pour les études. Ensuite…

Je devais avouer que la fac n'était pas conforme à ce que j'imaginais. J'avais choisi d'étudier les lettres parce que j'adorais lire, mais la perspective d'en faire mon métier ne me tentait plus autant qu'avant mon inscription.

– Moi aussi je dois bosser pour payer mes études, révéla Steph. Je suis tatoueur par intérim pendant les vacances, tu devrais venir au salon un ces quatre. Le patron est sympa et je suis sûr que tu apprécierais.

J'opinai. Il avait sans doute raison, mais, dans l'immédiat, me faire tatouer n'était pas dans mes projets.

– Tes parents ne t'aident pas ?

Il secoua la tête.

– Il ne me reste que ma mère, je n'ai pas envie de lui demander ça… même si c'est elle qui m'a forcé à entrer à la fac. Tatoueur, ce n'est pas vraiment ce dont elle rêvait pour moi.

Même s'il essayait de le cacher, je perçus la tristesse dans son regard.

– Tu penses qu'elle ne comprendrait pas ?

– Je te retourne la question. Ton père approuverait si tu arrêtais tes études ?

Je poussai un long soupir. L'histoire de ma vie reposait sur des incertitudes et des fuites permanentes. Mon père n'approuverait pas, mais il ne serait pas surpris non plus si je quittais tout du jour au lendemain. C'était triste, mais il se doutait que ça finirait par arriver. Dans le fond, ça me rendait malade, je ne pouvais m'empêcher de ressentir un certain dégoût pour moi-même.

– Je suis le genre de fille qui ne sait pas réellement ce qu'elle veut dans la vie. Je ne lui ai pas demandé de m'aider à payer l'université parce que, si je laisse tomber, je ne veux pas lui devoir quoi que ce soit. C'est mieux comme ça.

Pour détendre l'atmosphère, je lâchai :

– Une chance que notre fac soit un établissement de seconde zone qui ne nous a pas pompé tout l'argent que nous avons gagné à la sueur de notre front lors de l'inscription, n'est-ce pas ?

Steph opina en me décochant un sourire.

– Je vois. Ne me dis pas que tu es à Lexington uniquement parce que l'université ne coûte pas cher ?

– Non. Je suis ici pour… renouer les liens avec mon père. Il se trouve qu'il y a longtemps, ma famille a éclaté en morceaux et que ça nous a tous… détruits.

Il fronça les sourcils.

– Et ta mère ?

– Sujet tabou.

Il leva les mains en signe de soumission.

– OK, OK. Parle-moi de ta famille d'accueil, alors.

– C'étaient des personnes très gentilles, mais qui ne m'ont jamais vraiment comprise. On a gardé contact, mais ça ne va pas au-delà.

– Je vois. Peut-être que tu préférerais qu'on parle de moi, dans ce cas ? Tu verras à quel point je suis génial.

– Je t'écoute, pouffai-je.

– D'abord, détail important, je suis célibataire…

– Sans blague ?

Steph sourit, puis poursuivit :

– J'ai une petite sœur de treize ans. Mes parents aussi sont divorcés, mais ils s'entendent plutôt bien. Je dessine comme un dieu et je veux devenir tatoueur. C'est moi qui ai créé les tatouages que porte Nojan, d'ailleurs. J'adore les chiens, et Netflix. Les céréales sont la base de mon alimentation, je ne suis pas un mec qui coûte cher.

– J'ai cru comprendre que tu aimais le dessin, oui. Je croise des tas de filles avec tes créations, mais aucune à ton bras.

– Elles ne reconnaissent pas ma valeur.

– Pauvre de toi.

– Et toi, Sydney, qu'est-ce que tu veux faire plus tard ?

Patient, il attendit ma réponse avec un air réellement intéressé sur le visage.

– Je songe à devenir hôtesse de l'air, lui révélai-je.

– Non ? s'étouffa-t-il. Sérieux ?

– Oui, pour pouvoir voyager.

Et fuir. Toujours plus loin et sans dépenser un rond. Le plan parfait.

– C'est un truc de malade, faut savoir parler au moins quarante langues.

– Il ne m'en reste plus que trente-huit à maîtriser alors, facile. Attends… le sous-entendu peut-il être considéré comme une langue vivante ?

Steph fit mine de réfléchir.

– Sans aucun doute.

– OK, plus que trente-sept alors.

Il me décocha un sourire et un clin d'œil complice.

– Je peux te faire monter au septième ciel sans même que tu mettes les pieds dans un avion, tu sais ?

– Ce genre de phrase… Ça me donne une idée de la raison pour laquelle les filles ne s'intéressent qu'à ton côté artiste.

– Trop lourd ?

– Carrément.

– Zut. Pour me racheter, je te propose de voler le coloriage de ce gosse, là-bas… Regarde, il met ses crayons dans son nez, il ne me verra pas.

Il désignait un enfant joufflu et râleur qui tournait autour de ses parents en leur ordonnant de lui commander un second dessert.

– Laisse-lui ses crayons, je n'ai pas confiance. Il pourrait te tuer.

– C'est un blasphème de traiter des crayons de cette façon.

Steph avait l'air sérieux. Ce mec aimait le dessin plus que tout autre chose. Je ne doutais pas qu'un jour il puisse devenir tatoueur.

– Ce coloriage, tu as l'air de le vouloir plus que moi, me moquai-je gentiment. Tu veux que je te commande un menu enfant ? Comme ça, tu auras le tien.

– Tu ferais ça ?

– Sans hésiter.

Il réfléchit un instant, puis décida :

– Non. C'est à moi de racheter mes viles propositions sexuelles. Tu aimes les fondants au chocolat ?

Dix minutes plus tard, un délicieux gâteau m'était servi.

– J'ai gagné des points ? demanda Steph avec espoir.

– Des tas.

– Cool.

Nous plaisantâmes encore quelque temps, puis le futur tatoueur me ramena chez moi. Sa mine dépitée quand je refusai de lui faire visiter ma chambre me tira un rire. Je devais avouer un truc : j'avais passé une bonne soirée. Derrière ses manières de dragueur, Steph dissimulait une personnalité enjouée et sincère.

– Tu es certaine que tu ne veux pas passer chez moi ? tenta-t-il une dernière fois.

– Certaine. Il me faut plus qu'une pizza et deux jus d'orange pour coucher avec un mec.

Il poussa un long soupir, la main posée sur le cœur.

– C'est toi qui as refusé le troisième verre.

– C'est clair que ça aurait pu changer des tas de choses.

– Tu as oublié le fondant.

– Sacrilège, comment ai-je pu faire ça ? Désolée. Cela dit, ce n'est pas encore assez.

– Tant pis pour moi.

– Merci pour cette soirée, c'était sympa.

Résigné, Steph me laissa descendre de sa voiture. Le parking du bar se remplissait peu à peu : d'ici une heure ou deux, il n'y aurait plus de place pour stationner. Par instinct, je cherchai la moto de Nojan parmi les deux-roues. Elle n'était pas là. L'idée de le rejoindre chez lui me traversa l'esprit. On avait une partie de jambes en l'air à terminer.

– Hé, Sydney. Un autre rendez-vous, ça te dit ?

Je cherchai une manière polie de rembarrer mon nouvel ami. J'avais appris à l'apprécier ce soir-là : il ne méritait pas d'être mené en bateau.

– Je ne pense pas… soupirai-je.

– Moi qui pensais t'avoir envoûtée avec mon charme ravageur.

– J'ai quelqu'un en vue.

– Je suppose que ce n'est pas moi.

– Tu supposes bien. Ne m'en veux pas, d'accord ?

Il éclata de rire.

– Je ne t'en veux pas. Et j'ai ma petite idée de l'identité de la personne concernée. Il était là, ce soir. Il s'est planqué à l'autre bout du restaurant et t'a matée sans interruption. J'ai compris à ce moment-là ce que ça voulait dire.

De diaboliques papillons naquirent au creux de mon ventre, y faisant autant de dégâts que des lames de rasoir. Dans mon dos, une sueur froide me fit frissonner.

– Pourquoi tu ne m'as pas dit qu'il était là ?

– Parce que je voulais te garder pour moi tout seul. L'intérêt que Nojan te porte est… étonnant. On dirait celui qu'il était avant le drame. Celui que je pensais mort en même temps que sa famille.

La douleur zébra ma poitrine. Pas de celles que je cherchais habituellement, pas de celles qui me rappelaient que la vie était précieuse… Cette garce me lacérait le cœur. Elle me renvoyait le reflet du monstre que j'étais.

Les paroles de mon père me revinrent en mémoire.

« Ne lui fais pas ce que tu projettes. »

Le besoin de courir s'insinua dans mes muscles. Plus encore : le besoin de fuir.

– Sydney ?

– À plus, Steph.

Surpris par ma froideur subite, il comprit néanmoins qu'il était temps pour lui de s'en aller. Son moteur ronronna dans la nuit. Mais, même lorsqu'il fut parti, ce qu'il m'avait annoncé continua à tourner en boucle dans ma tête.

Nojan était venu. Et ça me fichait la trouille. Parce que mes intentions à son égard étaient mauvaises.

Avec un soupir fatigué, je rentrai dans le bar. Avant que je puisse parler, mon père posa une bouteille de jus d'orange devant moi.

– Bois ça. Je ne te donnerai pas d'alcool.

– Même pas un peu de vodka ?

– Dans tes rêves.

– Tu as raison, surtout que j'ai besoin de ta voiture. Tu peux me la prêter ? Je ne dors pas ici, ce soir.

Il me toisa, méfiant.

– Tu vas où ?

– Retrouver l'objet de mes fantasmes et lui faire tout un tas de trucs hyper cochons.

Le verre dans la main de mon père faillit lui échapper.

– C'est bon ! me coupa-t-il. Je n'ai pas besoin de détails. Prends la voiture, mais ramène-la demain matin.

– Tu es un ange.

Je pris la direction de l'étage, prête à vider mon armoire de sous-vêtements, mais mon paternel me retint :

– Au fait, Sydney, tu comptes aller jusqu'au bout ?

– Je croyais que tu ne voulais pas qu'on parle de ma vie sexuelle.

Il leva les yeux au ciel.

– Je te parle de ton jeu.

Encore.

– Crois-le ou non, Nojan a tourné les règles à son avantage.

– Je t'aime, Sydney, mais j'apprécie aussi ce gosse. Si tu vas trop loin, j'interviendrai.

Ma poitrine se serra.

– Tu feras quoi ?

– Je lui dirai la vérité sur tes intentions.

Il s'approcha de moi, me dominant de toute sa carrure. Je ne reculai pas. Il insista :

– Réfléchis aux conséquences.

– Peut-être que tu te trompes. Peut-être que je ne joue pas…

– Je l'espère pour toi.

– Bonne nuit, papounet chéri.

Quelques minutes plus tard, je roulais en direction de la ferme d'Hugo. Rihanna hurlait dans l'habitacle, mais elle n'arrivait pas à chasser mon malaise.

Je refusais que mon paternel se mêle de mon histoire avec Nojan. S'il le faisait, je partirais pour toujours. Sauf que, pour la première fois depuis longtemps, je rechignais à fuir. Et c'était à cause d'un certain motard…

Il me fallut une demi-heure pour arriver devant le mobile-home plongé dans l'obscurité. L'air frais de la nuit ne réussit pas apaiser les picotements que j'avais dans le ventre, ni les fourmis dans mes jambes. Ces satanées fourmis qui me rappelaient qu'à n'importe quel moment, mon corps pouvait flancher.

– Putain !

Rien qu'un chuchotement. Pourtant, il suffit à alerter Nojan de ma présence. Sa porte s'ouvrit. Torse nu, l'épaule appuyée contre l'encadrement et les bras croisés, il me détailla pendant plusieurs secondes sans rien laisser paraître de ses émotions.

– Qu’est-ce que tu fiches ici ? finit-il par demander.

– J’ai une blague à te raconter.

– Le contraire m’aurait étonné.

– On l’entend mais on ne la voit pas. Sans elle, le monde serait d’un ennui mortel. Qui est-elle ?

– Ta connerie ?

– La voix.

– Mmh, grogna-t-il, songeur. Sûrement pas celle de ta conscience.

Je le pointai d’un doigt accusateur.

– Ma conscience se porte très bien ! Je ne t’ai pas doublé. Avoue que tu pensais le contraire…

CHAPITRE 38

NOJAN

Avant l'arrivée de Sydney, je m'énervais sur un jeu débile sur mon téléphone. Impossible de trouver le sommeil.

– Pousse-toi, lui ordonnai-je en m'asseyant sur la première marche menant à la porte de mon mobile-home.

Sans me demander mon avis – comme d'habitude –, Boucle d'or s'installa sur mes genoux et entoura ma nuque de ses bras. Son parfum me donna envie d'enfoncer ma tête dans son cou, de m'imprégner d'elle jusqu'à oublier mes états d'âme. Je me contentai de dévorer des yeux ses lèvres pulpeuses, de m'en remémorer le goût, la douceur. Elles me manquaient cruellement. J'aurais pu les embrasser et j'en crevais d'envie. Sauf que, à trois mètres de mon pieu, c'était une mauvaise idée.

– Une question attend toujours une réponse, tu sais ? me dit-elle.

– Oui, j'ai pensé que tu allais me doubler.

– Ça t'a fait quoi ?

Son petit sourire plein de condescendance accentua ma mauvaise humeur. Histoire de l'effacer, j'attrapai le visage de Sydney entre mes mains et écrasai ma bouche sur la sienne. À moins que ce soit pour une raison plus obscure ? Pour assouvir ce besoin lancinant qui croissait peu à peu dans ma poitrine et foutait le bordel dans ma tête ?

Dans le fond, je m'en fichais.

À peine frôlai-je la langue de Boucle d'or qu'une vague de désir destructrice balaya toutes mes autres émotions. Il n'y avait plus qu'elle. Sa présence agitait chaque cellule de mon corps, apaisait mes blessures internes, calmait cette rage que je trimbalais depuis des mois.

Quand je la libérai de mon étreinte, elle souriait toujours, mais une joie pure avait remplacé l'arrogance sur son visage.

– Absolument rien, affirmai-je en replaçant une mèche de ses cheveux derrière son oreille.

Elle pouffa.

– Tu me prends pour une garce. Tu penses que je ne suis pas sincère avec toi.

Bonne question… si c'en était une, bien entendu.

Sydney me dissimulait quelque chose, c'était certain. Mais, au fond, je n'étais pas sûr que découvrir de quoi il s'agissait m'aiderait.

– Tu t'es bien amusée, ce soir ? lui demandai-je.

– C'était fun, mais beaucoup moins torride que notre petite escapade à la fête foraine, rassure-toi.

Elle fixait ma bouche du regard. Visiblement, je n'étais pas le seul à ressentir cette foutue attirance entre nous.

– Qui te dit que j'ai besoin d'être rassuré ?

– Ce n'est pas le cas ?

Les iris de Sydney brillaient sous la lueur de ma lampe d'extérieur. Une étincelle vivace y miroitait.

– Vas-y, balance, ordonnai-je.

– Quoi ?

– Qu'est-ce qui ne va pas ? Tu débarques chez moi à l'improviste, tu me serres comme si tu écrasais une peluche et tu as perdu ton humour louche. Je t'écoute, qu'est-ce qu'il y a ?

– En parlant de peluche, merci pour le chat.

– Ne change pas de sujet.

– Tu veux vraiment savoir ? La dernière fois, tu avais l'air de te moquer complètement de ce qui pouvait m'arriver ou de ce qui m'était arrivé par le passé.

Et voilà, je me sentais pitoyable…

Je poussai un soupir et secouai la tête. Ce soir-là, je désirais que Sydney se livre, et pas par curiosité malsaine. J'avais de bonnes intentions. Ce qui ne m'arrivait pas souvent, admettons-le.

– Ouais, parle-moi.

– Rien d'important, une altercation avec mon père.

– À propos de quoi ?

– De toi. De nous. De notre jeu.

Je laissai retomber mes bras le long de mon corps, douché par cette annonce.

– Qu'est-ce que tu as foutu, Boucle d'or ?

– Oh, rien, s'empressa-t-elle de répondre. Il sait qu'on est… enfin, qu'on s'amuse bien. Il trouve que je devrais arrêter de te manipuler.

Elle avait murmuré ce dernier mot comme si elle craignait ma réaction. Je savais pourtant qu'elle jouait avec moi depuis le début, je n'étais pas con. Ça m'allait, tant que je ne me penchais pas sur mes émotions les plus profondes. On passait de bons moments ensemble.

– Tu diras à ton paternel que je suis plus fort que ça, lâchai-je.

– Il le sait.

Aucune trace d'humour dans la voix de Sydney.

– Alors qu'est-ce qui te tracasse ? Pourquoi tu flippes ? Ce n'est pas seulement à cause de ton père, je me trompe ?

Elle hésita. Longtemps, si longtemps que le silence me prit la tête. Mais elle finit par m'avouer :

– J'ai un problème.

– Pas qu'un, si tu veux mon avis.

Insensible à ma remarque, elle soupira.

– Tu te rappelles que je t'ai dit que, après mon accident il y a quatre ans, je suis tombée dans le coma pendant quelques semaines. À mon réveil, j'étais… différente.

– Différente ?

– Il m'arrive parfois de ne plus rien ressentir physiquement et mentalement. Alors je m'oblige à pousser mon corps et mon esprit à l'extrême.

Elle baissa les yeux, incapable de me regarder en face.

– Qu'est-ce que ça signifie ? lui demandai-je.

– Que pour ressentir, je dois…

Elle ne termina pas sa phrase.

– Jouer ? compris-je.

– Tu as pigé, je suis accro à l'adrénaline et aux paris parce qu'ils me permettent de me sentir normale.

J'encaissai ce qu'elle venait de me dire en silence. Sans un mot de plus, elle partit vers sa voiture.

– Hé, Boucle d'or. Tu comptes t'en aller ?

– C'est trop dur ! cria-t-elle. D'en parler, je veux dire. D'essayer de faire comprendre aux gens pour qu'ils ne se méprennent pas.

Ses mains tremblaient tellement qu'elle n'arrivait pas déverrouiller sa portière.

– Je comprends, moi, lui avouai-je. Sans doute parce que j'ai aussi mes propres démons. C'est bon, reste.

Elle pouffa.

– Non, Nojan chéri, n'insiste pas, je ne coucherai pas avec toi ce soir. Par politesse envers Steph, même si lui n'aurait pas hésité une seconde à soulever ma minijupe.

Une pointe de jalousie me retourna l'estomac. Ouais, j'étais jaloux, bordel. C'était mauvais signe.

Je me levai et rejoignis Sydney. Je pris sa main qui tenait les clefs et plaquai son dos contre la carrosserie.

– À moins que tu insistes très fort, minauda-t-elle avec un petit sourire.

– Je ne ferai pas ça à mon pote avant de lui avoir dit la vérité. Finalement, ce pari que j'ai passé avec lui ne m'amuse plus beaucoup.

– Bonne nuit, alors.

Les routes de campagne n'étaient pas éclairées et j'étais bien placé pour savoir qu'elles cachaient des dangers mortels. Je ne pouvais pas laisser Boucle d'or s'en aller.

– Reste dormir ici cette nuit, tu repartiras dans la matinée, lui proposai-je. Il y a assez de place pour deux dans mon pieu. Et, si ça peut te rassurer, je ne te poserai aucune question susceptible de te faire fuir.

– Je ne fuis pas, d'abord !

– Si tu le dis. Viens.

Je me reculai pour la laisser entrer dans le mobile-home, même si toutes les cellules de mon corps me hurlaient que j'étais en train de faire une connerie.

– C'est sympa de m'inviter.

– Je suis un mec sympa, rien de plus normal.

– Tu devrais mettre plus de conviction dans tes paroles.

Aussitôt chez moi, elle ôta ses chaussures et les balança dans un coin.

– Tu n'as pas connu la souffrance tant que tu n'as pas marché avec des talons toute la journée, prétendit-elle en interceptant le regard que je posais sur elle.

– Tu as tort, j'en connais un rayon sur la douleur. Éteins les lumières.

Je retirai mon tee-shirt et filai dans ma chambre. Sans l'attendre, je me glissai sous la couette. Je fermai les yeux, les mains sous la nuque. Sydney me rejoignit et se colla contre moi, la tête posée sur mon épaule, en sous-vêtements. Putain, son corps me rendait dingue !

– Promis, je ne tenterai pas de te convaincre de sauter le pas, dit-elle.

Elle se tut.

Pendant dix-huit secondes. Ouais, je venais de les compter.

– Cela dit, je suis sûrement plus agréable à sauter que le pas.

Un foutu rire m'échappa. Je devais avouer que l'humour merdique de Boucle d'or me plaisait bien.

– Dors, lui ordonnai-je.

– Il m'arrive de me réveiller en sursaut.

Encore cette tristesse dans sa voix, qui me retournait les tripes et m'inspirait le besoin de la consoler.

– C'est pas grave.

– D'accord.

Maintenant que ma vision s'était habituée à l'obscurité, je pouvais voir les contours de son visage et les battements de ses cils. Je dus serrer les poings pour ne pas la toucher.

– Ce n'est facile ni pour toi, ni pour moi de se confier, n'est-ce pas, Nojan ?

– Peut-être qu'on n'est pas faits pour s'entendre.

Je fermai les paupières.

– Tu as tort.

Elle déposa un baiser sur ma peau déjà en feu puis, à ma grande surprise, elle resta silencieuse. Bientôt, son souffle régulier s'éleva dans la chambre, et je calquai ma respiration sur la sienne.

Elle ne se réveilla pas en sursaut. Et moi, je ne rêvai pas de mes parents. Quand mon téléphone sonna à 4 heures du matin, je me redressai sans faire de bruit et me dégageai de ses bras. J'attrapai ensuite des fringues propres et quittai le mobile-home pour aller prendre ma douche chez Hugo.

C'était plus prudent.

CHAPITRE 39

SYDNEY

Il n'était pas loin de 9 heures du matin. Me savoir en retard pour la fac aurait dû me forcer à bouger, sauf que l'odeur de Nojan qui imprégnait les draps m'en empêchait.

– Tu comptes rester là toute la journée ?

La tête enfoncée dans l'oreiller, je levai un pouce en signe d'affirmation. Pour me déloger d'ici, il faudrait une grue. Une très grosse grue. Peut-être même deux.

– Quel genre de gars se lève à quatre heures du matin ? demandai-je en tournant le visage dans sa direction.

– Le genre de gars qui a des tas de trucs à faire. Tu sais qu'on a cours ?

Une épaule appuyée contre le chambranle de la porte, les bras croisés sur son torse de façon très érotique et un sourcil haussé en signe d'agacement, Nojan m'observait.

– Je m’en fiche, déclarai-je en me redressant. Tu ne veux pas rester ici avec moi ?

Je tendis les bras, une mine de chien battu en guise d’arme fatale. À ma grande surprise, mon fantasme ambulant poussa un soupir, puis se laissa tomber sur le lit. Mais il enfouit les mains sous son oreiller au lieu de les poser sur moi. Dommage.

– Qu’est-ce que tu caches, Nojan Saïdi ? murmurai-je en dégageant une mèche noire de son visage.

– Rien du tout.

– Menteur. Je te trouve… moins tendu que d’habitude.

Il grimaça.

– Je ne suis pas tout le temps de mauvaise humeur.

– Comme quoi, les miracles existent.

Il se redressa, me crocheta le bras et me tira à lui. Je m’écroulai sur son torse, ma bouche à quelques centimètres de la sienne. La brusque envie de l’embrasser me brûla les lèvres, s’étendit jusqu’à ma poitrine, puis se nicha dans mon bas-ventre.

– Toujours pas amoureuse ? demanda Nojan avec un rictus.

– Il paraît que le désir n’est pas de l’amour, répondis-je en lui embrassant le menton.

Son sourire s’étira.

– Alors on n’a rien à craindre.

Remarquant l’effet que son contact me faisait, il prit un malin plaisir à me caresser la colonne vertébrale, déclenchant en moi des vagues de frissons qui me coupèrent le souffle. Ses lèvres emprisonnèrent ma bouche et sa langue commença une danse des plus sensuelles avec la mienne. Il glissa sa main sous ma culotte tout en continuant de m'embrasser. Un gémissement faillit m'échapper quand ses doigts frôlèrent mon intimité.

– Tu es sûre de toi, Boucle d'or ? murmura-t-il. Tu n'es toujours pas amoureuse ?

Mes ongles s'enfoncèrent dans ses épaules.

– Et toi, Nojan ?

Il me fit basculer sur le dos sans cesser ses caresses provocantes et enfonça sa tête dans le creux de mon cou pour y déposer des baisers. Le contact de sa barbe de trois jours tendit chacun de mes muscles, et l'odeur musquée de ses cheveux, à la fois douce et puissante, emplit mes narines.

– Non, toujours pas, mais tu peux continuer d'essayer.

Il accentua ses effleurements entre mes cuisses. Cette fois, je fus incapable de retenir un soupir.

– Tu me le dirais si c'était le cas ? m'interrogea-t-il.

Il entreprit de stimuler ma poitrine de ses dents.

– Non, lui avouai-je, sinon il n'y aurait plus rien de drôle.

– Tu finiras par céder, affirma-t-il sans la moindre hésitation.

Ses lèvres se posèrent sous mon nombril, brûlant presque mon épiderme. Des élancements dans mon bas-ventre me poussèrent à soulever mes hanches vers lui, comme si sa bouche m'explorait déjà.

– Peut-être bien, soufflai-je. Ou alors, ce sera toi qui craqueras en premier.

Il releva la tête.

– Ne prends pas tes rêves pour une réalité, Boucle d'or.

– Tu sais de quoi je rêve, là, tout de suite ? De toi.

Poussant un grognement, il saisit ma culotte et me la retira. Un sourire victorieux sur les lèvres, j'écartai les cuisses. Une lueur prédatrice zébra ses yeux d'un noir de jais et un rictus étira ses lèvres.

Sa tête disparut entre mes jambes. Un instant plus tard, sa langue sur ma chair découverte réveilla des sensations que je n'avais pas ressenties depuis longtemps. Le fait d'être mise à nu devant Nojan alors qu'il ne dévoilait rien de son propre corps me déstabilisait et m'excitait à la fois. La manière qu'il avait d'être à la fois doux et implacable me faisait fondre. Ma température grimpa en flèche, la chaleur parcourut mes veines, mon épiderme. Mon âme. Sous l'assaut d'une vague de bien-être absolu qui me heurta de plein fouet, je crochetai les draps dans un ultime gémissement.

Puis j'éclatai de rire, à bout de souffle et plus souriante que jamais.

– J'avoue que si tu continues sur cette pente, il y a des chances que je tombe amoureuse, Nojan chéri.

Il se redressa jusqu'à ce que mon visage soit à hauteur du sien. À travers son jean, je voyais que ce qu'il m'avait fait avait attisé son propre désir.

– J'ai bien l'intention de te faire craquer, Boucle d'or, affirma-t-il.

– Je n'en doute pas une minute.

Je glissai mes ongles le long de sa colonne vertébrale, ce qui lui arracha un juron. Sans crier gare, il s'éloigna de moi, comme électrocuté.

– Tu te contenteras de ça pour l'instant, décréta-t-il.

Je me figeai net, incrédule.

– Tu es vraiment un mec trop égoïste, toi, ma parole !

Bon d'accord, je ne le pensais pas. Lui partit dans un fou rire.

– Tu devrais y mettre plus de conviction, dit-il.

Je me redressai en position assise.

– Je vais prendre une douche, déclarai-je. Tu peux me rejoindre, si tu veux.

Il me regarda descendre du lit. Cependant, avant de quitter la chambre, je m'arrêtai.

– Pourquoi n'es-tu pas à la fac aujourd'hui ? lui demandai-je.

– Mon grand-père ne se sent pas très bien. Je reste avec lui. Je suppose que tu n'as pas cette excuse, alors il n'y a aucune raison pour que tu n'y ailles pas, toi.

Et voilà, il redevenait froid et distant.

– C'est vexant. Méchant, aussi.

– Quoi ?

– De me mettre à la porte.

– Je voulais juste dire que ce serait débile de foutre en l'air tes études, tiqua-t-il, et… Merde, en fait, tu peux rester si tu veux. Je m'en tape, du moment que tu ne traînes pas dans mes pattes.

Sur ce, il quitta le mobile-home. Quelques minutes plus tard, sous la douche, je tentai d'apaiser mon corps en ébullition. Sans succès. Des mains invisibles continuaient de réveiller mes instincts primaux.

Quand je sortis de chez Nojan, la tête encore pleine de sa présence, je découvris un inconnu en train de tourner autour de la voiture de mon paternel.

– Un problème ? lui lançai-je.

– Elle est à toi, cette bagnole ?

– À mon père. Tu es l'employé de ferme, c'est ça ?

– Bingo. C'est rare que Nojan invite des nanas chez lui. À ma connaissance, c'est même la première fois.

Mon cœur s'emballa, et je peinai à réprimer un sourire idiot.

– Il ne m'a pas invitée, je suis passée à l'improviste, précisai-je.

– Je vois, le genre de truc qui l'énerve totalement. Moi, c'est James.

Il me tendit une main couverte de crasse, avant de se raviser avec une grimace.

– Désolé, je viens de faire le poulailler. Euh… cool de te connaître. Tu es la copine de Nojan ?

Copine ? Pas vraiment. Plutôt une emmerdeuse qu'il désirait.

– Bientôt. Écoute, James, ç'a été un plaisir, mais je dois y aller. Salut.

J'abandonnai le jeune homme pour prendre la route. Chez moi, je trouvai mon père seul, occupé à nettoyer le sol. Je vins déposer un baiser sur sa joue.

– Alors, ta soirée qui a duré toute la nuit ? me demanda-t-il.

– Tu n'as pas idée, pouffai-je.

Il n'ajouta rien, conscient de marcher sur des charbons ardents. Je filai me brosser les dents, enfilai des fringues propres et retournai dans la grande salle.

– Tu veux que je te conduise à la fac ? me proposa mon père.

– Non, repose-toi. Je vais… me débrouiller.

Il abandonna son seau et sa serpillière pour se planter devant moi, la mine sévère.

– Je vais te conduire, ne discute pas.

Il parla peu pendant le trajet. Jusqu'à ce qu'il lâche cette bombe :

– Ta mère t'a envoyé une lettre.

– Quoi ?

– Comme elle n'arrive pas à te joindre par téléphone, elle t'a écrit. Tu veux que je jette l'enveloppe en rentrant ?

Je songeai à toutes les choses que j'avais subies par la faute de cette femme, à toutes les choses que je subissais encore aujourd'hui. Le souvenir des coups de son drogué de copain m'assaillit, défonça le mur que j'érigeais entre mon esprit et la réalité. Immédiatement, des picotements remontèrent dans mes jambes, à la manière de centaines d'araignées minuscules qui auraient décidé de m'attaquer ensemble.

– Laisse-moi ici, m'exclamai-je.

À partir de là, il restait cinq minutes à pied pour rejoindre le campus. Il fallait que je pousse mes muscles sur-le-champ, que je ne laisse pas le passé paralyser mon corps. Pas alors que la journée avait si bien commencé.

Mon père s'arrêta en me scrutant avec attention.

– Sydney, n'oublie pas que tu peux me parler.

– Je sais.

J'ouvris la portière et ajoutai :

– Pour la lettre, fais-en ce que tu veux.

Je descendis du véhicule, les jambes brûlantes.

– Tout va bien ?

– Oui, ne t'inquiète pas.

– Je passe te chercher ce soir ?

– Non, je reviendrai en courant. Bisous !

CHAPITRE 40

NOJAN

– Paraît que ta copine a passé la nuit chez toi. C'est James qui me l'a dit.

– James ferait mieux de la boucler.

Hugo s'installa dans son canapé en me lançant le regard le plus meurtrier qui soit.

– Ton langage.

– Ce n'est pas ma copine, me contentai-je de répliquer.

– C'est qui pour toi, alors ? Une amie ?

Je ne m'étais jamais posé la question, parce que je savais que ça me boufferait le cerveau. Pour moi, Sydney était Sydney, point final.

– Juste la fille de Ben.

– Rien d'autre ? insista mon grand-père en saisissant sa tasse de thé.

J'allais lui répondre de se mêler de ses affaires, au risque de me prendre une droite, quand je remarquai la grande enveloppe posée sur ses genoux. Je fis mine de ne pas la voir, même si mon estomac se serra.

– Non, rien d'autre.

Je détournai mon regard vers l'écran de la télévision. À cette heure de la matinée, Hugo aimait regarder les courses de *trucks* sur les chaînes câblées. Il me vint l'étrange pensée que ce genre de spectacle plairait à Boucle d'or, et qu'il faudrait que je l'y emmène un jour.

– Très bien. Si tu ne veux pas parler d'elle, on va parler de ça, annonça mon grand-père.

Il me tendit la missive.

– C'est le dossier de recrutement pour les officiers de police. Je t'avais dit qu'on me l'avait amené. Pourquoi tu n'y as pas touché ?

Les doigts d'Hugo tremblaient. Je lui pris l'enveloppe, même si j'avais plutôt envie de la brûler.

Entrer dans les forces de l'ordre avait été l'un de mes objectifs. Puis Joram et mes parents étaient morts, et avec eux mes rêves. Aujourd'hui, je ne savais pas ce que je voulais faire de mon existence, à part essayer de survivre.

– Je…

Ma gorge me brûlait rien que d'imaginer les mots qui allaient en sortir.

– Hugo, je ne suis plus certain de vouloir devenir flic. En fait, je ne suis plus certain de grand-chose.

Au lieu de s'emporter, mon grand-père poussa un long soupir et posa la tête contre le dossier du canapé.

– Prends le temps d'y réfléchir, termine ton année à la fac. Ensuite, tu aviseras. Seulement, promets-moi de ne pas renoncer à tes rêves uniquement parce que tu penses me devoir quelque chose. OK ?

Penser lui devoir quelque chose ? Mais bordel ! Je lui devais ma vie. Si mon cœur battait encore à cet instant précis, c'était parce qu'il avait besoin de moi.

– Nojan, insista-t-il.

– OK, répondis-je en me levant. Je vais à la cave vérifier la chaudière, on n'avait plus d'eau chaude ce matin.

Je mentais, bien entendu. Je voulais juste m'éloigner pour ne plus avoir à parler de mes choix et de ma douleur.

– Je mets l'enveloppe dans le tiroir de la commode ! me cria Hugo. Prends-la quand tu te sentiras prêt.

Ce n'était pas près d'arriver.

Je passai la journée à bricoler pour m'occuper l'esprit. Boucle d'or ne cessa de m'envoyer des messages privés, auxquels je pris, au début, un malin plaisir à ne pas répondre. Mais je finis par me laisser entraîner quand je reçus :

Tu fais quoi ? Je sais que tu lis
ce que je t'envoie.

Je répare des trucs.
M'emmerder est ta seule occupation ?

Je me laissai glisser contre un muret pour prendre une pause.

Chez moi, il y a des tas de trucs
à réparer.

Cette phrase me fit autant sourire que grincer des dents. Il était clair que Sydney n'allait pas bien, sauf que je n'étais pas le mieux placé pour l'aider.

À commencer par ton cerveau.
Ah oui, non, pardon, tu n'en as pas.

Très drôle, je suis ravie de constater
que tu es capable de faire
des blagues toi aussi. Quand aura lieu
notre prochain rencard ?

Si j'avais écouté la partie la moins brisée de moi, j'aurais répondu « tout de suite ». Au lieu de quoi je tapai :

Peut-être jamais ?

Je ne te crois pas.
Bon, faut que je révise.
Tu peux arrêter de me harceler
de messages s'il te plaît ?

Quel culot… Je rangeai mon téléphone dans ma poche, incapable de ne pas sourire. Dix minutes plus tard, alors que l'heure du dîner approchait, j'ordonnai à James de se charger de la préparation du repas.

– Tu manges pas ici ? s'étonna-t-il.

– Non. Si Hugo te demande où je suis, réponds-lui que je vais au bar.

Je pris la route avec la réelle intention d'aller là-bas pour me perdre à la fois dans l'alcool et dans les yeux de Sydney. Sauf qu'en passant devant chez elle, je ne m'arrêtai pas. Je continuai à rouler sans réfléchir à ma destination, toujours plus vite. Pour évacuer la tension, pour m'empêcher de penser à mon possible avenir de flic, si semblable à celui de mes parents.

Mes pneus finirent par crisser sur le gravier répandu devant le cimetière. Je descendis de ma bécane et poussai les grilles de cet endroit maudit. Mes jambes me portèrent jusqu'aux tombes de mes proches. Elles étaient toutes fleuries. Je m'installai devant la stèle de ma mère, qui reposait entre les deux hommes de sa vie. Mon cœur menaçait d'exploser, ma gorge semblait se serrer de seconde en seconde, comme pour m'étouffer.

– Salut, maman. Papa, Joram. Je n'ai aucune foutue idée de la raison pour laquelle je suis là, c'est juste que…

L'image du dossier de la police s'imposa en moi.

– Vous me manquez. Vous me manquez, putain, et je n'ai jamais eu autant besoin de vos conseils qu'aujourd'hui. Je suis censé faire quoi ? Ma vie part en couilles, je me sens tellement…

Je déglutis, tentai de soulager la brûlure de mes paupières et repris la parole dans un chuchotement :

– … minable et en colère. Les seules personnes qui me tiennent debout en ce moment, c'est Hugo et une fille que j'ai rencontrée à la fac. Elle est tarée, si vous saviez. Quant à Hugo, il est toujours égal à lui-même.

À cet instant, une fine pluie commença à s'abattre sur le cimetière. Comme un écho macabre à ce qui grondait à l'intérieur de moi.

– Tout était tellement plus facile quand vous étiez là.

Leur silence me pesait sur le cœur, presque autant que leur absence. Il m'arrivait de ne plus me souvenir de leurs voix. Pour ne pas les oublier, je regardais des vidéos d'eux sur mon portable et sur le mur Facebook toujours actif de mon frère. J'avais peur que leurs sourires disparaissent de ma mémoire. C'était con, mais je ne me sentais plus capable de vivre sans eux. Pendant près d'un an, j'avais mis ma vie en stand-by pour réfléchir à l'« après ». Mais l'« après » ne me plaisait pas. Ne me tentait pas.

Les larmes que je refoulais depuis des jours glissèrent sur mon visage. Je pouvais imaginer Joram en train de se foutre de ma gueule.

« Ben alors, fillette, tu chiales ? »

Ouais, je chialais parce que j'avais mal à en crever. Parce que je n'avais aucune autre façon d'extérioriser la douleur. Frapper ne servait à rien, j'essayais depuis des mois.

D'un geste vif, j'essuyai ma figure. Je me redressai, les jambes en coton.

– Je ne suis pas sûr d'être là dans deux semaines. Ne m'en voulez pas.

Je rebroussai chemin, la poitrine en feu. L'incendie ne s'éteignit pas au cours des minutes suivantes. Même quand je remontai sur ma moto. Même quand je la poussai, plus vite, toujours plus vite. Le ruban d'asphalte défilant qui m'apaisait d'habitude ne parvenait pas à me faire oublier la douleur, cette fois. Je roulai, roulai encore, un cri silencieux me déchirant de l'intérieur.

Quand les gyrophares bleu et rouge d'une voiture de police éclatèrent dans la nuit, je pris conscience que j'avais dépassé les limites. Une fois de plus. Il me vint à l'esprit de fuir, conscient que la bagnole ne pouvait rien contre ma moto. Mais, par respect pour mes parents, je m'arrêtai sur le bas-côté.

Les phares de la caisse repoussèrent la nuit et éclairèrent deux hommes en uniforme qui approchaient. Le plus vieux me reconnut immédiatement.

– Ça alors, Nojan Saïdi !

– Officier Stein.

– Tu allais où comme ça ?

– Chez moi.

– Tu sais à combien tu roulais ?

Stein avait bossé en étroite collaboration avec mon père, ça avait même été son équipier pendant des années. Je me souviens qu'à l'époque il venait souvent manger à la maison.

– Je sais, soupirai-je. Tu vas me foutre une amende ? Si c'est le cas, fais-le tout de suite.

Il planta ses yeux dans les miens, et un sourire triste naquit sur ses lèvres.

– Pas aujourd'hui, mais la prochaine fois je serai obligé de m'y coller.

– Merci.

Je m'apprêtai à remettre mon casque ; Stein ne semblait toutefois pas prêt à clore cette conversation.

– Paraît que tu veux intégrer la police ? C'est le shérif qui nous l'a dit, à moi et aux gars. On serait contents que tu viennes chez nous, tu sais ? Je suis sûr que tu ferais un bon flic.

Un bon flic ? Je n'étais même pas quelqu'un de bien, alors à quoi s'attendait-il ?

– Peut-être, ouais.

– Tes parents seraient fiers de toi.

Je grimaçai.

– Je dois y aller. C'est bon ?

Stein fit signe à son équipier, qui était en train d'admirer ma moto, puis hocha la tête.

– Vas-y, mais fais gaffe, OK ? Je n'ai pas envie de devoir te mettre une prune, mais j'y serai contraint si je te reprends en excès de vitesse.

– J'en doute pas. Bonne soirée, officier.

– Bonne soirée, mon gars.

Dix minutes plus tard, j'entrai dans le bar de Ben. Mon regard se perdit immédiatement du côté où aimait traîner Boucle d'or. Mais elle n'était pas là… En revanche, je repérai Steph. Je filai m'asseoir à sa table, et, avant qu'il ouvre la bouche, je le devançai :

– Comment c'était, ton rencard avec Sydney ?

– Elle a failli me sucer la queue, putain !

J'attendis que Jenna prenne ma commande et disparaisse pour réagir.

– « Failli » ?

Les joues de mon pote virèrent au rouge.

– Nan, en vrai, elle a repoussé mes avances. Paraît qu'elle a le béguin pour un autre mec. Tu ne saurais pas qui c'est ?

Je haussai les épaules, fouillant la foule du regard pour guetter l'arrivée de Boucle d'or.

– J'ai croisé Terry il y a quelques minutes, continua Steph. Devine ce qu'elle m'a dit ?

– Crache le morceau.

– Qu'elle t'a vu embrasser Sydney le jour où on a parié tous les deux.

Cette fois, impossible de me défiler. Je plongeai mes yeux dans ceux de mon pote. Dans ses iris, je lus un mélange de déception et de curiosité.

– C'est toi qui as voulu jouer, lui rappelai-je.

– Tu… vous sortiez ensemble quand tu as accepté le pari ?

– Non. Et maintenant non plus.

– Pourtant, dit-il sans dissimuler son agacement, tu lui roules des pelles ?

J'étouffai un soupir et puisai dans le peu de patience qu'il me restait.

– C'est vrai, mais je ne sors pas avec.

– Alors vous baisez ?

– Non plus.

Il m'envoya un coup d'œil plein d'incompréhension.

– C'est récent, OK ? grognai-je. Arrête de me saouler avec ça.

– Je ne marche plus pour le pari.

– Bonne idée, ça évitera que tu perdes cinq cents boules.

Ma bière arriva.

– J'en reviens pas que vous m'ayez roulé, s'insurgea Steph. Putain !

– Je t'avoue que l'idée de te faire chier me plaisait bien.

– Mais pourquoi ? Qu'est-ce que je t'ai fait ?

Ce n'était pas ce qu'il me faisait, le problème. C'était le lien qu'il voulait entretenir avec Boucle d'or.

– Laisse tomber, OK ? Trouve-toi une autre nana, point final.

– Tu la kiffes. Elle te plaît et l'idée que je puisse sortir avec elle te fout en rogne, je me trompe ?

Cette question me fit l'effet d'une baffe. Je gardai le silence, songeur. La réponse qui s'imposait à moi ne me plaisait pas et ne plairait pas non plus à Steph.

Il avait raison. Cette nana me rendait dingue. Elle avait ce pouvoir étrange de m'entraîner dans un autre monde, de me sortir de mon cocon de douleur et d'apaiser mon âme.

– On a un jeu tous les deux, expliquai-je. Celui de nous deux qui tombe amoureux de l'autre en premier a perdu. Si je gagne, elle s'en ira, c'est le deal.

À bien y réfléchir, cette perspective ne me réjouissait plus autant qu'avant.

– Tu te rends compte du tas de conneries que tu balances, Nojan ? me lança Steph. Tu veux que je laisse Sydney tranquille pour que tu puisses la pécho et ensuite la… la quoi, d'ailleurs ? Comment tu comptes la forcer à partir ?

– J'en sais rien.

– Et qu'est-ce que tu feras quand elle ne sera plus là ?

Je serrai les doigts autour de mon verre pour m'empêcher de craquer. Brusquement, j'avais envie de me foutre des baffes et d'en distribuer quelques autres. Parce qu'imaginer ma vie sans Sydney me rendait malade. Je me tenais sur la ligne qui me séparait de la folie, et elle m'empêchait de basculer. Comme Hugo, Steph et Victor. Si elle partait, si près de la date fatidique, mon grand-père et mes potes ne parviendraient pas à m'empêcher de sombrer.

– Nojan ?

– Je ne sais pas ce qui se passera.

– Moi, j'en ai ma petite idée, et je suis sûr que toi aussi. Allez, bonne soirée.

Mon ami se leva, jeta quelques billets sur la table et s'en alla sans me jeter un regard. Je restai immobile, les yeux dans le vague, et songeai à ce que m'avait confié Boucle d'or à propos de ses problèmes. Elle avait du mal à ressentir, c'était de ça dont elle souffrait. Alors elle se nourrissait d'adrénaline. Si seulement, moi, je pouvais me décharger de tous mes sentiments… Oublier la peine, la douleur. Tout oublier.

Une dernière fois, je la cherchai parmi les clients. Je dus me rendre à l'évidence : elle n'était pas là. Je sortis mon téléphone et l'appelai *via* Facebook. Elle ne répondit pas. Merde, j'avais envie de la voir. Je filai voir Ben, occupé à régler un problème avec sa machine à café.

– Hé, tu n'as pas vu Sydney ? l'interrogeai-je.

Il me jeta un coup d'œil surpris, prit un torchon, s'essuya les mains avec et me fit face.

– Pourquoi tu veux la voir ? me répondit-il, méfiant.

– Pour lui parler.

– Lui parler de quoi ?

Devant son regard noir, j'avouai :

– Bon, OK, pas tout à fait pour parler.

– Dégage d'ici, je ne veux plus te voir ce soir.

En colère, Ben se détourna. Sans réfléchir, je lançai :

– Elle m'a parlé de ce qui lui est arrivé il y a quatre ans. Le coma et ses difficultés pour reprendre une vie normale.

Il pivota à nouveau.

– Vraiment ?

– Ouais. C'est pour ça qu'elle lance des défis toutes les deux minutes, hein ? Et qu'elle joue avec les mecs ?

Ben se massa le front, embarrassé tout à coup.

– C'est pas ce que tu crois, Nojan. Sydney est… perturbée. Elle a été longtemps suivie par des psys. Ils l'ont aidée, mais j'ai la sensation que ça n'a pas suffi. Elle s'oblige à avoir mal, c'est ce qui stimule son corps et son esprit.

Avoir mal ? Intrigué, je pris place sur un tabouret.

– Elle se mutile ?

Je n'avais pourtant pas vu de marque sur ses bras, ni nulle part ailleurs.

– Pas de la façon dont on l'entend en général. C'est psychique.

Voyant que je ne comprenais pas, Ben m'expliqua :

– Il lui arrive de choisir un garçon qui lui plaît, de s'accrocher à lui de toutes ses forces, d'attendre que le bonheur lui fasse quitter la terre ferme puis… de se lâcher dans le vide. Tu comprends ?

– Alors tu crois qu'elle attend de tomber amoureuse de moi, pour ensuite partir histoire de se briser le cœur ? C'est du délire.

– Pourtant, c'est ce qu'elle fait en permanence. Je le sais parce que je l'ai vécu, Nojan. Après son coma, elle est venue vivre à la maison quelques semaines. Dès qu'elle s'y est sentie bien, en sécurité et heureuse, elle a demandé à vivre dans une famille d'accueil.

Elle m’avait raconté une tout autre histoire, selon laquelle son père n’avait pas eu sa garde. Putain !

– Peut-être que c’est autre chose qui la motivait ?

– Non, elle m’a tout avoué par écrit. Et je crains qu’elle soit revenue pour recommencer. Ne t’accroche pas à elle, mon gars. C’est le conseil que je peux te donner.

– Tu crois qu’elle va se barrer ?

– J’en ai bien peur.

Silencieux, je hochai la tête et décidai de quitter le bar. J’avais une idée d’où pouvait se trouver Sydney.

CHAPITRE 41

SYDNEY

– Tu te rends compte ? Après ça, il n'a même pas voulu coucher avec moi !

Violette leva les yeux au ciel.

– Ce n'est pas une mauvaise chose. Imagine que tu tombes enceinte ?

– Ce qui arrivera un jour, puisqu'on se mariera, mais, en attendant, vive les capotes.

– Ou alors, il ne se passera jamais rien de sérieux entre vous. Arrête deux secondes, Sydney, tu n'as aucun avenir avec Nojan.

Piquée au vif, je fis mine d'être vexée et m'enroulai dans la couverture de Lauren pour ne plus voir la mine réprobatrice de mon amie.

– Si ma coloc rentre, elle va te tuer, me fit-elle remarquer.

– Logiquement, après de tels préliminaires, on passe à l'acte, non ?

Mon esprit restait bloqué sur l'épisode de ce matin. Impossible d'oublier le contact de la langue de Nojan sur mon intimité et les ondes de plaisir que j'avais ressenties.

– Je n'ai pas envie de connaître les détails, protesta Violette.

– Tant pis pour toi. Dans ce cas, abordons un sujet tout aussi important : Victor.

– Pitié, stop !

– Vous vous êtes revus ? Tu lui as donné une réponse pour la fête ?

Les joues de mon amie virèrent au rouge vif et elle baissa les yeux, incapable de me regarder en face.

– Possible, baragouina-t-elle.

– Possible que vous vous êtes revus, ou possible que tu aies accepté le rencard ?

– Les deux.

– Je suis fière de toi, ma Violette !

– N'en parle surtout pas à Nojan, me supplia-t-elle. Ou à Victor lui-même, d'accord ? J'en serais trop gênée.

– Ça roule, tu peux avoir confiance. Tu vas adorer ces prochaines semaines, tu verras !

Elle ne sembla pas convaincue.

– Je ne suis pas comme toi.

– Pas aussi géniale ?

– Je veux dire, ça ne m'éclate pas, les soirées de ce genre.

– Vivi t'emmènera ailleurs si tu le lui demandes. Genre, dans son pieu, beaucoup plus intimiste si tu veux mon avis.

Violette s'embrasa de plus belle.

– Ne l'appelle pas Vivi, c'est moche.

– Je l'admets.

Alors que je la taquinais à propos de sa future histoire, la porte s'ouvrit à la volée. Violette sursauta tandis que mon cœur se mit à faire du rodéo dans ma poitrine. Nojan fronça les sourcils quand il me vit allongée dans le lit de Lauren.

– Si elle te trouve ici, elle te tuera, m'informa-t-il.

– Il paraît. Tu es là pour une raison précise, Nojan chéri ?

Il tourna la tête vers Violette, qui ne daigna pas le regarder, puis à nouveau vers moi.

– Si on allait se balader ?

La seconde d'après, j'étais debout en train de mettre mes chaussures.

– J'irai où tu veux !

Prête en un temps record, j'attrapai la main de mon âme sœur et l'entraînai dans le couloir.

– Tu ne trouves pas qu'on se voit beaucoup en ce moment ? lui lançai-je. Pas que cela me dérange. Au contraire. On devrait même se voir en permanence, par exemple, se lever ensemble le matin ou…

Un rire silencieux secoua les épaules de Nojan.

– Je serais bien curieux de voir si tu es capable de te réveiller tous les jours à quatre heures.

– Tous les jours ? Même le dimanche ?

– Même le dimanche.

– Tu sais quoi ? Après réflexion, je crois que se voir après dix heures, c'est bien aussi.

Je forçai Nojan à s'arrêter. J'allais lui ordonner de m'embrasser quand il déclara :

– Steph est au courant pour toi et moi. C'est mort pour le pari.

Cette annonce aurait dû me décevoir. Elle ne me fit ni chaud ni froid.

– Il t'en veut ?

– Je sais pas trop. Il devrait ?

– Ce n'était pas très réglo.

– Ouais, tu as raison. Mais il ne l'était pas non plus…

– C'est quand même un type chouette.

Nojan soupira.

– C'est quelqu'un de bien, ouais.

Une fois dehors, au lieu de se rendre sur le parking, il prit la direction opposée.

– Tu n'as pas l'intention de m'emmener chez toi ? m'étonnai-je.

Il ne répondit pas, se contentant d'enfoncer les mains dans ses poches et d'accélérer le pas. Je le suivis, comprenant qu'un truc clochait. Quand il se laissa tomber sur un banc, posa la tête sur le dossier et ferma les yeux, je lui demandai :

– Tu veux coucher avec moi en pleine nature ? Je ne suis pas contre.

– Parle-moi de ce qui s'est passé il y a quatre ans.

Sa question me fit l'effet d'un coup de poing dans l'estomac. Le souffle saccadé, j'écarquillai les yeux.

– Quoi ?

– S'il te plaît, parle-moi de ce qui t'a plongée dans le coma.

Nojan, d'ordinaire si distant, montrait subitement un intérêt non feint pour mon adorable personne. Je ne pus m'empêcher de me méfier.

– Pourquoi tu veux savoir, tout à coup ?

– Je t'ai déjà raconté des choses sur moi. C'est ton tour.

Un point pour lui, sauf que ce n'était pas le sens de mon interrogation.

– Très bien…

Je pris une profonde inspiration, m'installai à ses côtés et commençai :

– J'avais quinze ans et je vivais encore chez ma mère. Un jour, elle a ramené un type répugnant chez nous, un junkie qui aimait se défoncer et qui dealait, aussi. Il est resté quelques semaines, il est reparti, puis, une nuit, il est revenu. Il cherchait la came qu'il avait cachée chez nous, sauf qu'il ne l'a pas trouvée parce qu'entre-temps, je l'avais prise. Il a commencé à péter une durite, à tout casser et à devenir vraiment violent. Quand il a frappé ma mère, je suis allée chercher sa drogue, je la lui ai montrée et je l'ai menacé de la jeter dans les toilettes s'il continuait.

Les souvenirs remontaient lentement et, avec eux, les traits de celui qui avait brisé ma vie. Un homme au regard torve et au visage ravagé par l'addiction.

– Il a arrêté de la battre, poursuivis-je avec un rire sans joie, mais j'ai quand même balancé sa marchandise. Avec le recul, je me dis que j'aurais sans doute dû la vendre avant qu'il revienne, pour me faire un bon paquet de thunes…

Dans l'arbre au-dessus de nos têtes, une chauve-souris fit craquer les branches. Nojan leva les yeux vers elle. La lueur du lampadaire se reflétait sur ses traits sans émotion apparente.

– Qu'est-ce qu'il t'a fait ? finit-il par demander.

– Il m'a traînée dans le salon et il m'a frappée. Je ne me souviens plus tellement de ces quelques minutes, en dehors de la douleur que j'ai ressentie. Je sais juste que j'ai supplié ma mère de l'arrêter. Mais elle est restée immobile, à me regarder sans intervenir. Elle n'a pas bougé un seul petit doigt. Je n'ai même pas eu le temps de lui en vouloir, j'ai perdu connaissance. Et lorsque j'ai rouvert les yeux, plusieurs semaines venaient de s'écouler.

La période qui avait suivi avait été difficile. Réapprendre à vivre après une période d'inactivité aussi longue demandait des séances de rééducation. Et ça, c'était sans parler des psys que j'avais dû consulter.

– Le mec qui t'a fait ça, il est où maintenant ?

– En prison. Il a pris dix ans. Quant à ma mère, elle a été internée.

Nojan me sonda, comme s'il essayait de prendre la mesure de ce qui m'était arrivé.

– Putain de bordel de merde, finit-il par cracher.

– On t'a déjà dit que tu prononçais beaucoup de gros mots ?

– Tu lui en veux ?

– Non, elle m'indiffère. J'aurais aimé éprouver de la colère en me réveillant, mais ce n'était pas le cas. C'est ça, mon problème. Mes sentiments sont anesthésiés. Selon les psys, c'est une manière de me protéger de… ma vie. Tu parles.

– Donc, pour ressentir à nouveau, tu testes tes limites. Et celles des autres…

Ce n'était pas une question. Ça ressemblait à une accusation.

– Sois sincère avec moi, Boucle d'or, m'ordonna Nojan en pivotant pour me faire face. Est-ce que tu comptes te tirer de cette ville ?

– C'est la récompense du pari si tu…

– Dis-moi simplement si tu comptais partir de toute façon.

– Pourquoi tu me demandes ça ?

– S'il te plaît. Donne-moi une réponse.

Je haussai les épaules, un minuscule sourire aux lèvres.

– Elle risque de ne pas te plaire.

– Je m'en fous, je veux savoir à quoi m'en tenir.

– Pourquoi c'est si important ? Je croyais que tout ça n'était qu'un jeu ?

Il fronça les sourcils et ses mâchoires se serrèrent.

– Jeu que tu as commencé, je te rappelle.

– C'est vrai. Toujours pas amoureux ?

Son expression s'assombrit davantage. Je n'aurais pas cru cela possible.

– Tu vas partir, oui ou non ?

– Possible, admis-je. Ne me dis pas que ça te poserait problème !

Nojan se leva, les mains dans les poches.

– Avant de foutre le camp, appelle-moi, m'ordonna-t-il. Ne t'en va pas sans m'en parler, c'est la seule chose que je te demande.

Il se détourna. Je baissai les yeux sur mes doigts.

– Tu as discuté avec mon père, devinai-je.

Il hésita, passa une main dans ses cheveux et poussa un long soupir.

– Je n'ai pas le droit de te dire que ce que tu fais est mal, parce que je ne suis pas tout blanc de mon côté. Mais… tu aurais dû jouer cartes sur table avec moi.

Mon sourire s'effaça peu à peu, remplacé par une étrange souffrance qui poignarda ma poitrine. Les sous-entendus de Nojan me faisaient un mal de chien. Ironique, n'est-ce pas ? Après tout, la douleur, c'était ce que je cherchais.

– Tu m'en veux ? couinai-je.

– N'oublie pas, préviens-moi avant de partir.

– Nojan.

– J'en ai ma claque de tes conneries, Boucle d'or.

Sur ce, il plongea dans l'obscurité, me laissant seule avec ma peine ainsi qu'une brusque colère. Je m'en voulais d'avoir continué à jouer avec Nojan alors que je connaissais son état émotionnel et son passé. J'avais tout foiré. Plus que jamais, j'avais envie de disparaître.

Je restai assise sur le banc, sous le lampadaire, pendant un très long moment. Quand enfin mes paupières s'alourdirent, je pris la direction du dortoir des filles. Je ne comprenais toujours pas comment la situation avait pu dégénérer ainsi avec Nojan. Que lui avait dit mon père ? Et, surtout, pourquoi ça me perturbait autant ? Ces interrogations me suivirent jusqu'à la chambre de Violette

– Je peux te parler ? demandai-je en ouvrant la porte.

Je remarquai la présence de Lauren dans un coin de la pièce, pendue au téléphone. Quand elle me vit, elle me tourna le dos, agacée. Pour une fois, je n'avais pas envie de la charrier. Le cœur n'y était pas.

Comme si Violette lisait dans mes pensées, elle délaissa son tube de vernis à ongles pour me rejoindre. Dans le couloir, une surveillante nous informa qu'il ne restait que vingt minutes avant le couvre-feu.

– Où est passé Nojan ? me demanda mon amie.

– Je ne sais pas, mais je crois qu'on ne sortira jamais ensemble.

Je me laissai glisser contre le mur. Violette m'imita.

– Nous étions en pré-couple, tu vois ? Et mon père a fichu son grain de sel dans cette histoire.

– Ah, c'est sa faute ?

Sans que je puisse le contrôler, un rire dénué de bonne humeur m'échappa.

– Non, c'est la mienne.

– Tu m'expliques ce qui ne va pas, ma Sydney ? Je veux dire, ce qui ne va vraiment pas. Ici, insista Violette en tapotant sa poitrine du bout de l'index.

Il me fallut une seconde d'hésitation, pas plus. Je lui racontai mon besoin de tester ma résistance à l'extrême, de jouer avec mes émotions pour les éveiller, de me nourrir de la douleur psychique et physique. À la fin, je me sentais à la fois stupide, heureuse et morte de trouille.

– Je me disais bien qu'un truc clochait, lâcha mon amie.

– Hé ! me vexai-je.

– Ton but c'était de tomber amoureuse et de partir ? C'est un peu… curieux. Je veux dire, il y a d'autres façons de ressentir à nouveau. Par exemple, s'ouvrir à ceux qui nous entourent.

J'acquiesçai sans dire un mot. Je ne m'attendais pas à ce que les autres comprennent mon trouble, mon besoin, mon comportement.

– Est-ce qu'il a raison ? Est-ce que tu vas partir ?

La tristesse dans la voix de Violette ne m'échappa pas.

– Je l'ignore.

– Pense aux gens que tu laisseras derrière toi.

Une aiguille me traversa le cœur.

– Pense à Nojan aussi, poursuivit mon amie. Il m'est douloureux de l'admettre, mais je crois bien qu'il t'apprécie. Moi aussi, je t'apprécie.

Je lui attrapai la main et la serrai fort.

– Je crois que j'ai tout fichu en l'air avec lui.

– Qu'est-ce que tu vas faire ?

– Aucune idée. Je ne pense pas qu'il veuille qu'on continue à se peloter. Dommage. Il me plaisait bien. D'accord, il manquait d'humour et il employait un peu trop le langage familier. Cela dit… j'aimais bien être en état grippal. Zut, j'ai la nausée. La seule fois où je me suis sentie comme ça, c'était… quand Anakin est passé du côté obscur ! Non, en fait, aujourd'hui, c'est pire.

Violette m'adressa un sourire embarrassé.

– Mais je ne comprends pas : ce n'est pas ce que tu souhaitais ? Te sentir mal ?

– Cette douleur-là est pire que toutes les autres. Anakin et Padmé formaient un couple génial.

Mon amie écarquilla les yeux, puis déclara :

– Cette carapace que Nojan possède, tu l'as aussi.

– Tu as peut-être raison. Qu'est-ce que je devrais faire ?

– Pour commencer, prendre une décision. Soit tu t'en vas, soit tu restes. À partir de là, tu pourras agir en conséquence. Et si tu veux mon avis… tu devrais rester.

– Merci, ma Violette.

Sur ce, je me levai.

– Tu vas où ? me demanda mon amie.

– Me coucher. Il paraît que la nuit porte conseil.

***

Malheureusement, je ne trouvai aucun apaisement dans le sommeil. Mon corps se rebellait encore contre mon esprit, et je sentais des fourmis dévaler mes jambes. Je fermai les yeux. Le vide s'ouvrait sous mes pieds, dans mon âme, dans mon être entier. Ma conscience m'ordonnait de ne pas y plonger, même si la lutte était difficile. Ne pas y plonger…

Je me forçai à penser à mon père, à la tristesse que je lui infligeais, à ce que je lui avais déjà fait par le passé. Je songeai ensuite à Nojan, à l'enfer qu'il vivait, aux difficultés que ma présence lui causait.

Pas une once de regret ne me souleva l'estomac.

Ça aurait dû, pourtant. Mais impossible de réellement ressentir cette émotion.

Parfois, je me détestais. Comme à cet instant précis. Je crevais d'envie de prendre la voiture de mon père et de quitter Lexington pour longtemps, de commencer une nouvelle partie avec une âme moins torturée. L'idée de tout laisser derrière moi m'effrayait moins que celle de faire face à un possible avenir. Mon instinct m'affirmait que je finirais par briser les attaches que je nouais.

Je me levai malgré la faiblesse de mes hanches. Alors que je faisais les cent pas, mon bassin frappa le coin de mon bureau et quelque chose tomba par terre. Une enveloppe, réalisai-je. Zut, je l'avais oubliée, celle-là. La lettre de ma mère… J'avais espéré que mon père la jetterait à la poubelle. J'hésitai longtemps à la déchirer. Finalement, la curiosité prit le dessus. J'arrachai la bandelette, la gorge nouée, et tirai un morceau de papier blanc. En le dépliant, je découvris une écriture penchée et familière qui me donna presque envie de pleurer.

Sydney, je rêve souvent de toi, ces derniers temps. Tu as laissé une empreinte indélébile sur mon âme et elle devient de plus en plus vive. Un matin, je me suis réveillée avec la certitude qu'on ne se reverrait jamais et j'en ai pleuré toutes les larmes de mon corps.

Je cessai ma lecture pour serrer les mâchoires aussi fort que possible. Je m'interdisais de craquer. Je pris une grande inspiration et continuai.

Je vais mieux, je crois. Je n'ai jamais eu les idées aussi claires. Non pas que ce que je t'ai fait doive se justifier par une quelconque maladie : j'ai simplement été lâche. À chaque fois que je ferme les paupières, je le revois en train de te frapper, j'entends à nouveau tes cris, tes appels au secours... et je reste là, dans ce salon, à te regarder souffrir. Je m'en veux, si tu savais, Sydney. Je ne pense pas qu'il existe une quelconque forme de pardon pour ce que tu as subi par ma faute. D'ailleurs, je n'ai pas le droit de te demander pardon. Je paierai mes erreurs ma vie entière, quel qu'en soit le prix. Je voulais simplement t'écrire pour te dire que je t'aime. Je t'aime, Sydney, et je veux que tu vives heureuse. Tu l'as mérité. Chaque jour que Dieu fait, je pense à toi. Tu resteras toujours dans mon cœur. Peut-être qu'avec le temps tu réussiras à venir me voir, à me parler à nouveau. J'attends cela avec impatience. J'ai mal de me dire que peut-être, ces mots seront les derniers que tu liras de moi. J'ai mal de me dire que j'ai perdu mon unique enfant, le joyau de mon existence. J'aimerais que tu saches que tu es ma plus grande réussite et que je crois en toi. Et je suis persuadée que ton père le pense aussi.

À bientôt ?

Maman.

Bon sang. Oh. Bon. Sang. Je n'en revenais pas qu'elle ait osé m'écrire ! Pourquoi avait-elle fait une chose pareille ? Et comment avait-elle su que je vivais à nouveau chez mon père ? Il fallait que je parte. Que je coure.

Que je fuie.

Elle me souhaitait une vie heureuse ? Non, mais quelle foutue ironie ! Il n'y avait plus grand-chose qui me rendait heureuse et c'était sa faute.

À peine avais-je pensé cela que le visage de Nojan s'imposa dans mon esprit. Comme si c'était le moment.

Avant de foutre le camp, appelle-moi. Ne t'en va pas sans m'en parler, c'est la seule chose que je te demande.

J'attrapai un sac à dos rempli de fringues que je laissais sous mon lit « au cas où » et me précipitai dans le couloir. Au sommet de l'escalier, je croisai

Jenna qui se figea, surprise. Avant qu'elle puisse ouvrir la bouche, je lui demandai :

– C'est toi qui as dit à ma mère que je vivais ici ?

Elle éclata de rire.

– N'importe quoi, je ne lui parle même pas ! Qu'est-ce que tu fais avec ce sac ?

Si ce n'était pas elle, ça ne pouvait être que mon paternel. J'abandonnai ma belle-mère pour descendre dans la salle principale du bar. Mon géniteur se tenait derrière le comptoir. À peine me vit-il que son regard s'assombrit.

– Sydney, pourquoi fais-tu cette tête ?

Puis il vit le sac.

– Sydney…

– Comment a-t-elle su ?

Le client avec lequel mon père parlait s'en alla. Tant mieux, il fallait que je m'entretienne avec ce traître.

– De quoi tu parles ? me demanda-t-il.

– Pas de « quoi », mais de « qui ». Comment maman a-t-elle su où envoyer sa lettre ?

Avec une lenteur qui ne me plut pas, mon paternel posa le verre qu'il était en train de nettoyer.

– Elle m'a appelé avant ton arrivée, elle demandait de tes nouvelles. Je voulais qu'elle sache que tu étais en sécurité auprès de moi et qu'elle ne pourrait plus jamais t'atteindre.

Tu parles !

– Tu n'avais pas le droit, crachai-je. Comme tu n'avais pas le droit de te mettre entre Nojan et moi.

La peine voila le regard de mon père.

– Ne fais pas ça, Sydney.

Sans daigner lui répondre, je me détournai et quittai le bar. Qu'importait l'heure tardive, qu'importait qu'il fasse nuit. Partir me semblait la meilleure solution. Trouver une nouvelle ville, de nouveaux repères, oublier ceux que j'avais ici…

J'attrapai les clefs de la voiture dans la poche de mon jean et grimpai sur le siège avant. Quand je démarrai, il me vint l'idée stupide d'appeler Nojan. Sauf qu'il m'en voulait. Peut-être même qu'il serait ravi d'apprendre que je fuyais ?

En vérité, je n'étais sûre de rien. Ni de ce que je ressentais pour lui ni de mes intentions immédiates. Le pied sur l'accélérateur, je voulais juste rouler le plus loin possible, musique à fond et vitres baissées. Le froid entrait dans l'habitacle et la vitesse repoussait les élancements qui dévalaient mes jambes. Comme si quelqu'un me frappait.

Ou comme si je venais de sortir d'un sommeil d'un mois.

Je n'avais qu'une certitude : il fallait que je prenne une fichue décision avant de devenir complètement dingue.

CHAPITRE 42

NOJAN

Le temps défilait bien trop vite. La date fatidique approchait à une vitesse meurtrière et j'allais me prendre le mur en pleine gueule. Huit putains de jours avant que mon crâne, mon âme et mon corps ne se disloquent. La douleur s'apprêtait à me bouffer tout entier, à me détruire de l'intérieur. Alors je bossais comme un malade sans prendre de pause, j'alternais les cours et les travaux à la ferme pour tenter de trouver une échappatoire. Je restais éveillé jusqu'à ce que mes paupières pèsent une tonne, jusqu'à ce que chacune de mes cellules crie grâce. Ça fonctionnait. À peu près.

Et puis, il y avait Sydney. Elle refusait de quitter mes pensées. Aussi étrange que cela puisse paraître, bien souvent il me suffisait d'imaginer être avec elle pour que mon cœur cesse de me faire mal. Depuis notre discussion sur le campus, nous ne nous étions pas reparlé. Je savais depuis le début qu'elle me manipulait. Mais l'entendre de sa bouche m'avait foutu en rogne. J'avais été stupide. Stupide de m'accrocher à une illusion, stupide de la laisser entrer dans ma tête.

– Tu vas casser cette pauvre pelle si tu continues à t'acharner sur elle.

– Rien à foutre, je t'en achèterai une autre.

– Surveille ton langage, tu es toujours sur ma propriété.

J'enfonçai l'outil dans le fumier sans même ralentir. Hugo m'observait depuis le sentier qui menait à la ferme. S'il avait pu me trouer la peau du regard, il l'aurait fait sans hésiter.

– Nojan, ralentis la cadence.

– Finders m'a demandé de charger son camion. Je le lui ramène dans l'après-midi.

– Finders t'a aussi demandé de te tuer à la tâche ?

– Je vais bien.

– Tu mens.

Mon corps n'était pas encore à la limite de la rupture, mon esprit non plus. Hugo ne comprenait pas, de toute façon, et je ne lui en demandais pas tant.

– Nojan, arrête deux minutes.

– Je te dis que je vais bien.

– Nojan.

– Putain !

D'un geste rageur, je balançai la pelle au loin. Puis je fis volte-face avec le besoin maladif de cogner un mur jusqu'à ce que ma main éclate en morceaux. Mon grand-père ne sourcilla même pas.

– Je veux que tu arrêtes de t'enfoncer dans ce genre de cercle vicieux, déclara-t-il. Tu n'en sortiras pas.

– Je m'en tape, si tu savais.

Mes yeux me brûlaient, et ce n'était pas seulement à cause de ce que dégageait le fumier.

– Laisse ça à James, je dois aller voir un vieux copain. Je t'emmène.

– Je t'ai dit que Finders…

– James terminera de charger le camion et le rendra au voisin. Va prendre une douche, je t'attends dans la voiture.

Le ton implacable d'Hugo me tira un sourire sans joie. Mon père avait le même et, quand il l'employait, c'était inutile de discuter avec lui.

– C'est qui, ce vieux copain ? me contentai-je de demander.

– Ben Blair. Il me semble que tu vas très souvent dans son bar.

– Je ne t'accompagnerai pas.

– Je pensais pourtant que sa fille ne te laissait pas indifférent.

C'était ça le problème. Sydney. Cette foutue Sydney, qui venait à nouveau de se creuser un passage dans mon esprit.

– Tu te trompes. Désolé, emmène James.

– Tu es sûr de toi ?

Je gardai le silence. Cela valait mieux.

– Tu as raison, lança sournoisement Hugo. James va être ravi de m'accompagner. J'ai pas l'impression qu'il côtoie beaucoup de filles, ça lui fera du bien.

Fier de son petit effet, mon grand-père repartit en direction de la ferme. Je restai planté là, incapable de prendre une décision. Dans ma tête, un ouragan de contradictions me laminait. Merde, depuis quand une nana rendait-elle ma vie aussi compliquée ?

– Attends !

Je rejoignis Hugo.

– Pas de sous-entendu, le prévins-je.

– Ça va de soi.

– Ni envers Ben, ni envers Sydney. Surtout envers Sydney.

– C'est quoi le problème avec elle ?

– Il n'y en a pas. Laisse-moi un quart d'heure, je te rejoins.

Quelques minutes plus tard, nous prîmes la route. En silence, bien que je sente qu'Hugo avait quelque chose à me dire. Je savais que ce qu'il me balancerait ne me plairait pas, alors j'imitai son mutisme.

– Le shérif et ses hommes prévoient de faire un hommage à Adeline et Shayne.

Et voilà. Il n'avait pas pu se retenir.

– Tu comptes y aller ? continua mon grand-père.

– Non.

– Pourtant, tes parents auraient aimé que tu sois présent.

Les larmes menaçaient à nouveau de couler. Je détestais me sentir aussi faible !

– Arrête.

– Je sais que la douleur est encore vive, mais…

– Mais quoi ? le coupai-je en essayant de ne pas exploser de rage. Si tu sais à quel point ça me fait mal, pourquoi veux-tu me traîner à cette cérémonie ?

Bordel ! J'aurais voulu qu'Hugo roule plus vite, afin que notre tête-à-tête prenne fin. S'il n'avait pas insisté pour prendre le volant, on ne serait pas en train de se traîner à trente à l'heure et cette conversation aurait été vite abrégée.

– Parce que ça t'aidera.

– À aller mieux ou à entrer chez les flics, tu veux dire ?

Mon grand-père m'envoya un coup d'œil courroucé.

– Les deux. Il est temps que tu avances, mon gars. Ce n'est pas en te lamentant que tu réussiras à tourner la page.

La grosse blague.

– Tu n'as perdu que ton fils. Moi, c'est ma famille entière que je ne reverrai jamais.

Les mots eurent l'impact escompté. Le visage d'Hugo vira au blanc et je vis la colère déformer ses traits. Il se reconcentra sur la route, le regard voilé par la tristesse.

Je m'en voulais déjà à mort de lui avoir sorti une horreur pareille. Mais je souhaitais qu'il arrête de me tourmenter à chaque fois qu'on entamait une conversation.

– Tu n'as pas le droit de me demander de l'accepter, soufflai-je en posant la tête contre la vitre.

Il ne répondit rien.

Une éternité plus tard, nous nous garâmes devant le bar. Ben ouvrit la porte avant même que nous frappions. Il m'envoya un coup d'œil inquisiteur, puis il sourit à Hugo en nous invitant à entrer. Aucune trace de Sydney dans la grande salle vide.

– On va aller à la cuisine, c'est plus intimiste. Comment tu vas, Nojan ?

– À merveille, répondis-je avec cynisme.

– Il est de mauvaise humeur ces temps-ci, intervint mon traître de grand-père. Et je ne suis pas sûr que ce soit uniquement pour la raison que nous avons tous en tête.

Je haussai les épaules, les mains enfoncées dans les poches. Putain, j'avais déjà envie de me barrer d'ici. Dans ce cas, pourquoi est-ce que je guettais l'arrivée de Boucle d'or ? Un truc ne tournait vraiment pas rond chez moi.

La cuisine se trouvait à l'étage. Pour y parvenir, nous grimpâmes cet étroit escalier que j'avais tant de fois rêvé de monter. En haut, la présence de Sydney me frappa. Sans la croiser, je repérai aussitôt les objets qui lui appartenaient : un exemplaire de *Harry Potter*, une boîte de muffins au chocolat, un carnet orné de chatons en couverture.

Nom de Dieu, je devenais cinglé !

– Installez-vous, je fais du café, déclara Ben.

– Pour moi, ce sera du thé si tu en as.

– Pas de problème, Hugo.

Commença alors une discussion ennuyeuse sur les différents types de boissons chaudes qui existaient. Venant d'un motard couvert de tatouages, c'était assez louche. Assis sur une chaise, je fis mine d'écouter la conversation. En vérité, je surveillais la porte. J'étais prêt à me barrer si Boucle d'or apparaissait.

Ou à me la faire, je n'étais encore sûr de rien.

– Nojan ?

Je pris conscience que Ben me parlait.

– Mmh ?

– Tu vois toujours ma fille ?

– Oui, mentis-je.

En vérité, ça faisait bien deux jours que je ne l'avais pas croisée.

– Est-ce que tu es amoureux d'elle ?

La question me fit l'effet d'un putain de coup de poing dans l'estomac. Trop choqué pour parler, je me contentai de hausser les sourcils. Ben éclata de rire.

– Je suis fixé, comme ça.

– Qu'est-ce que tu veux dire ? grognai-je.

Hugo assistait à la discussion sans intervenir. Le pire ? Il avait l'air amusé.

– Rien du tout, prétendit le barman. Rien du tout. Mais s'il s'avérait que tu l'appréciais un tant soit peu, je serais obligé de te dire qu'elle n'est pas revenue à la maison depuis deux jours.

Je me figeai.

– Quoi ?

– Elle a pris mon pick-up, un sac et elle est partie. Je crois savoir ce qui l'a poussée à fuir. Et je suis certain que, si tu lui demandais de revenir, elle le ferait.

– De quoi vous parlez ? intervint Hugo.

Si j'avais pu ouvrir la bouche, je lui aurais dit que Ben racontait des conneries. Que Boucle d'or n'avait pas foutu le camp. Qu'elle n'avait pas pu faire ça, pas maintenant. Elle qui tenait les rênes de ce jeu depuis le début… je refusais de croire qu'elle ait pu abandonner la partie.

– Deux jours ? répétai-je.

– Deux jours, et aucun message. Elle filtre mes appels. Il s'est passé quelque chose ?

– Tu crois que c'est ma faute.

– Je crois qu'elle commence à s'ouvrir et que ça lui fait peur. Souviens-toi quand je t'ai dit qu'elle était fragile : je ne plaisantais pas. Un rien peut la briser plus qu'elle ne l'est déjà.

– Tu sais où elle est partie ?

– Non, je pensais que tu en aurais une petite idée.

– S'il lui était arrivé quelque chose ?

Cette perspective me retournait le bide.

– Il ne lui est rien arrivé, Nojan. Elle fait ça en permanence.

– J'ai besoin de prendre l'air.

J'attrapai ma veste et quittai la cuisine. Dehors, j'essayai d'appeler Sydney. Sans succès. Alors je lui envoyai un message :

Où es-tu ?

Mon grand-père sortit de la maison. La nuit tombait et les lampadaires s'allumaient. Je n'avais pas vu le temps filer.

– Tout va bien ?

– Ouais, mentis-je. Allons-y.

Nous grimpâmes dans la voiture. Cette fois, je pris le volant.

– Parle-moi, m'ordonna mon grand-père.

– De quoi ?

Hugo m'épingla sous son regard acéré.

– De ce qui te met dans cet état ?

– Rien, laisse tomber.

– C'est Sydney.

J'aurais aimé lui répondre que non, mais ça aurait été un mensonge.

– Je crois bien que tu l'aimes, cette petite, continua-t-il.

Je restai silencieux, bien décidé de ne pas donner à mon grand-père l'occasion de me tacler davantage.

– Si tu ne veux pas parler d'elle, on va reprendre notre discussion concernant cet hommage organisé par le shérif. Je vais faire comme si tu ne m'avais pas blessé, tout à l'heure.

La culpabilité me poignarda le cœur.

– Je ne pensais pas ce que j'ai dit.

– Pourtant, tu l'as fait. Il faut que tu apprennes à te contrôler, Nojan. Un jour, ton impulsivité te jouera des tours. N'oublie jamais que j'ai perdu autant que toi ce soir-là.

Je ne l'oubliais pas, non. Sauf que ça ne m'aidait pas de le savoir. Je me sentais comme un foutu naufragé perdu au milieu de l'océan. Seul.

– OK.

– J'aimerais que tu ailles à cette cérémonie.

Je fermai les yeux, histoire de juguler ma colère.

– À quoi ça va servir ?

– À te rendre compte que tu n'es pas le seul à avoir perdu quelqu'un. Certains ont dû dire adieu à des amis, des collègues de travail, un camarade de classe.

– Je m'en fous des autres. Je doute que quiconque présent à cette soirée ait dans le cœur un gouffre aussi profond que celui qui déchire le mien. Si je tente de regarder à l'intérieur, je perds pied. Tu peux comprendre ça ?

Je venais de hausser le ton. M'en rendant compte, je me forçai à déglutir et à retrouver mon calme.

– Oui, mon gars, soupira Hugo. Je peux comprendre. J'y serai, moi, à cette soirée. Si tu te sens capable de venir, je t'y encourage. Tu ne pourras pas fuir toute ta vie ce qui te fait peur ou ce qui te fait mal.

Peut-être bien. En attendant, je pouvais toujours essayer.

***

Oublier Sydney et faire comme si rien ne s'était passé ou écouter mon cœur, ce foutu organe que je pensais anesthésié à jamais ? Le dilemme me tenaillait. Dire que j'imaginais tout connaître de la douleur… Il faut croire que j'étais destiné à en apprendre un peu plus sur elle chaque jour.

Installé contre ma moto, j'observai la seule personne capable de me dire où Boucle d'or avait foutu le camp : Victoria. Ou Violette, peu importe comment elle s'appelait. Elle passait ses week-ends sur le campus, comme la plupart des étudiants qui ne pouvaient pas rentrer chez eux.

Pour la énième fois, je sortis mon téléphone portable pour voir si Sydney avait répondu à mes messages sur Facebook. Nada.

Pourquoi ça me tracassait autant ?

– C'est moi ou tu as l'air claqué ? Tu dors, au moins ?

Steph me rejoignit et me salua d'une tape sur l'épaule. Il me tendit un muffin au chocolat et un long café noir. Ce mec me connaissait bien.

– Merci. Pour répondre à ta question, je ne dors pas beaucoup, mais dans le fond on s'en fout. Tu as fini les cours ?

L'option dessin qu'il avait choisie à la rentrée lui valait plusieurs heures en plus le samedi, mais la plupart de ses vendredis après-midi étaient libres.

– Ouais, je rentre chez moi, ma mère m'attend. Je dois la conduire faire les courses et après, j'emmène ma frangine au centre commercial.

Steph possédait un cœur aussi gros qu'un camion. Après le départ de son père, il était le seul homme de la maison et faisait tout pour rendre sa famille heureuse.

– C'est le bal du lycée de ta sœur, bientôt, non ?

– Oui, grimaça-t-il. Elle y va avec un mec tordu qui mérite des baffes. J'hésite à les suivre toute la soirée pour les empêcher de se peloter.

– Fais pas ça, ta frangine te détestera si elle te grille. Elle n'est pas trop nerveuse, au fait ?

– Si, elle est terrifiée alors elle me terrifie. Je ne peux pas lui dire un mot sans qu'elle me hurle dessus, on dirait qu'elle se prépare à aller à la guerre. Elle a de la chance que je veuille bien la traîner partout.

Je ris en buvant une gorgée de ma boisson chaude.

– Ce qu'on ne serait pas prêt à faire pour les nanas qu'on aime…

Je me rendis compte de ce que je venais de dire. Et de l'impact que ça avait sur moi. Je faillis m'étouffer de surprise.

– Attends, s'exclama mon pote en suivant mon regard, tu ne dis pas ça pour la fille aux cheveux violets ? Victor la kiffe ! Ils vont même au cinoche ce soir…

– Mais non, je ne parle pas d'elle.

– Punaise, j'ai eu peur. De Sydney, alors ? Elle n'est pas venue en cours ces derniers jours. Elle est malade ?

Je haussai les épaules.

– Malade ? C'est clair. Le pire, c'est qu'elle me rend dingue.

– Elle est sympa. Elle aurait pu coucher avec moi, lors de notre soirée, mais elle ne l'a pas fait. Tu sais pourtant qu'aucune nana ne résiste à mon charme.

– Ouais, le tombeur, cause toujours.

Je pris une grande inspiration et me lançai :

– Son père m'a expliqué qu'elle avait pris des affaires et qu'elle était partie. Visiblement, ça lui ressemble beaucoup de faire ça.

– Tu vas essayer de la retrouver ?

Il fallait croire que Steph lisait dans mes pensées.

– Je n'avais pas réalisé à quel point ça me ferait chier de la voir s'en aller, jusqu'à aujourd'hui. Ça ne devrait pas, pourtant. J'ai même accepté de parier avec elle dans l'espoir qu'elle dégage.

Mon pote resta silencieux pendant de longues secondes avant de me demander :

– Son père n'a pas d'info sur l'endroit où elle pourrait être ?

– Non. Mais je suis certain que c'est le cas de Violette… de Victoria. Je vais aller lui parler.

Je m'éloignai d'un pas décidé, les yeux rivés sur la jeune femme installée dans l'herbe. Juste avant d'être trop loin pour qu'il puisse m'entendre, je me tournai vers Steph.

– Merci, mon pote. Merci d'être là.

Je ne lui laissai pas le temps de répondre et allai me planter devant Violette, les bras croisés sur mon torse.

– Qu'est-ce que tu veux ? demanda-t-elle sans lever les yeux de son livre.

– Tu es au courant que ton amie est partie ?

– Bien sûr. Je suis au courant de tout en ce qui concerne Sydney. Mais je ne vois pas en quoi ça te dérange qu'elle ne soit plus là. Après tout, c'est ce que tu voulais.

Prends ça dans ta face, Nojan Saïdi.

Je supposai l'avoir bien mérité.

– Tu sais où elle est ?

– Pourquoi je te le dirais ?

– Parce qu'il faut que je lui parle.

Loin de se démonter, Violette me répliqua :

– Ce n'est pas ce que vous avez fait, la dernière fois ? Tu sais, quand tu lui as tourné le dos ?

Putain de bordel de merde ! Je comprenais pourquoi Victor avait jeté son dévolu sur cette fille. Elle avait autant d'aplomb que sa meilleure amie.

– S'il te plaît, Victoria, j'ai réellement besoin de la voir.

Je n'étais pas du genre à supplier les gens. Violette dut s'en rendre compte, car elle s'exclama :

– Ça alors, tu es sérieux ? Elle te manque ?

La vérité, c'est que le silence de Sydney s'avérait aussi douloureux que celui de mes parents et Joram.

– Oui.

Violette claqua dans ses mains, un large sourire aux lèvres.

– OK, je vais te dire où elle est, mais c'est seulement parce que tu as l'air sincère. Si jamais tu me refais un coup tordu à l'avenir, du genre me virer de ma chambre alors que je révise, je te jure que je te rappellerai qu'en fait, tu es un fragile.

– Un fragile ?

– Oui, un fragile. Tiens.

Elle griffonna quelque chose sur son marque-page puis me le tendit en annonçant :

– Pour ta gouverne, elle avait l'intention de revenir.

J'attrapai le bout de papier. Un rire m'échappa en voyant les deux mots écrits dessus.

– J'aurais dû m'en douter. Sydney m'avait dit qu'elle voulait y aller.

– Tu vas la rejoindre ?

– Ne la préviens pas.

CHAPITRE 43

SYDNEY

Je perdais. À la fois la tête et les courses de chevaux sur lesquelles je pariais. Entre chaque départ, je tentais de me renseigner sur les statistiques de ces braves bêtes dans l'espoir de gagner quelques dollars, ce qui ne me laissait pas beaucoup de temps pour me morfondre. Ou me poser les questions qui me hantaient : devais-je rester à Lexington au risque que les défenses qui maintenaient mon passé loin de moi cèdent ? Ou fallait-il que je mette un terme au jeu que j'avais entamé avec Nojan ?

« Je t'aime, Sydney, et je veux que tu vives heureuse. »

De quel droit ma mère s'était-elle permis de me recontacter ?

Toutes ces interrogations sans réponse me retournaient le cerveau. Heureusement, à cet instant, un haut-parleur annonça la dernière course de la journée. J'avais parié dix dollars sur un cheval qui se nommait Nova, et j'avais hâte de le voir devancer tous ses concurrents.

Les gens autour de moi se tendirent, commencèrent à lancer des suppositions sur le futur gagnant. Une électricité palpable, brûlante, envahit l'atmosphère, dissipant la tempête dans mon esprit. Comme les autres spectateurs, je m'approchai des balustrades de sécurité pour mieux voir l'immense piste de l'hippodrome, humant à pleins poumons les odeurs de poussière chaude, de chevaux et de hot-dogs qui emplissaient l'air.

Une sirène sonna le départ.

Les chevaux s'élancèrent à une vitesse folle, aiguillonnés par leurs jockeys aux vêtements colorés. Le mien portait le numéro 7. Un grand écran diffusait la course en direct sous différents angles, faisant monter l'excitation et la joie dans le public. Je me laissai porter par le challenge et l'euphorie des gens autour de moi.

– Vas-y, Nova ! hurlai-je. Tiens bon !

Mais, peu à peu, je me rendis compte que ce cheval, bien que superbe, ne gagnerait pas. Il s'essoufflait et, quand la caméra se braquait dessus, je ne pouvais pas m'empêcher de me dire qu'il avait l'air triste.

Finalement, Nojan avait raison. Si ces courses étaient amusantes pour moi ou pour le vieux monsieur qui me servait de voisin, elles ne devaient pas l'être pour ces pauvres bêtes.

Nova arriva huitième. À peine franchit-il la ligne d'arrivée que je me dirigeai vers l'immense hall de l'hippodrome. Cet endroit évoquait une gare : des guichets permettaient de parier, des casiers étaient mis à disposition pour les sacs et une voix féminine lançait des annonces dans les haut-parleurs. Sauf qu'ici, on quittait ce qu'on connaissait seulement le temps de quelques courses, on ne partait pas définitivement.

Je filai me chercher une barre chocolatée au distributeur avant de sortir. Il était possible d'aller voir les chevaux si on payait : les gamins adoraient ça. Une brusque envie de les imiter me saisit. Comme si cela pouvait prouver à Nojan que je ne m'intéressais pas à ces animaux uniquement parce qu'ils pouvaient me rapporter de l'argent. Ce qu'ils ne faisaient pas, soit dit en passant.

Alors que le soleil déclinait lentement sur Louisville, je pris la direction des boxes. De nombreux jockeys y ramenaient leur monture, d'autres les lavaient ou leur donnaient à manger. Je m'approchai d'un étalon attaché à un anneau en acier. La majorité de sa robe était blanche, mais ses jambes étaient marron, comme s'il portait de grandes chaussettes. Majestueux et fier, il me regardait sans broncher. Je fis quelques pas, la main tendue vers son nez.

– Il est interdit de toucher les chevaux.

– Oh ! Désolée.

Une fille en tenue d'équitation s'approcha de moi et se plaça devant le cheval. Ça devait être le sien, vu la façon dont elle le couvait. Nojan se trompait sur une chose : on traitait bien les animaux ici, il y avait même des chiens qui se promenaient en liberté.

– Tu es venue pour regarder les courses ? me demanda la fille.

– Pour parier et pour… m'évader un peu. Ça doit être génial de monter, non ?

– Plus que tu l'imagines, m'avoua-t-elle en décrochant la longe du mur. J'espère que tu as trouvé ce que tu voulais. Je dois y aller. Salut.

Je la saluai de la main alors qu'elle s'éloignait. Sans doute n'aurais-je pas vu l'impensable si je ne l'avais pas suivie des yeux jusqu'à une série de boxes en retrait.

Nojan.

Il parlait avec un grand type, assez vieux, qui portait un chapeau de cow-boy. Appuyé contre un poteau, il secouait la tête de temps en temps, comme si ce que lui disait son interlocuteur ne lui plaisait pas.

Qu'est-ce qu'il faisait là ? J'avais cru comprendre qu'il n'aimait pas cet endroit. Se trouvait-il ici pour me voir ? où était-ce le hasard ?

Aussi discrètement que possible, je me plaquai contre un mur et le longeai pour m'approcher. Bientôt, la voix grave et chaude de Nojan parvint à mes oreilles.

– … rien à voir. C'était leur délire, pas le mien.

– Je sais, Nojan, mais je me souviens de toi qui courais partout dans nos pattes quand tu avais sept ans. Ton frère et toi rendiez mes jockeys fous. Ça fait une éternité que je ne t'ai pas vu ici.

Le motard émit un rire. Le plus triste que j'avais jamais entendu.

– Je sais : la dernière fois, c'était avec eux. Ils aimaient cet hippodrome, surtout quand tu les invitais à boire un coup dans le salon VIP pour regarder les courses.

– On peut y aller ensemble, si tu veux. Comme au bon vieux temps.

– Non, Ray. Je ne suis pas là pour ça. Je cherche quelqu'un.

– Je peux peut-être t'aider ?

– C'est une petite blonde aux cheveux bouclés, mince, yeux bleus, joli minois. Elle a dû parier un sacré paquet de thunes.

Non mais j'hallucine ! Il me faisait passer pour une accro aux jeux !

– Je vois passer des milliers de gens chaque jour. Je suis désolé, une description physique ne me suffit pas.

– Elle est… spéciale. Tu n'as pas idée. C'est le genre de fille qu'on n'oublie pas, tu vois ? Si tu l'avais croisée, tu saurais de qui je parle.

– « Spéciale » ? Tiens donc !

– Ouais, elle a un grain. Elle adore les bonbons et les chats, si tu as ça dans le coin je pense pouvoir l'appâter.

– C’est ta copine ?

Nojan hésita longtemps. En fait, plus qu’hésiter, il refusa de répondre. Zut !

– Il faut que j’y aille, Ray. J’ai été content de te voir.

– Moi aussi. Repasse de temps en temps, ça me fera plaisir.

Le jeune homme hocha la tête, sourit à l’employé de l’hippodrome et lui serra la main en guise d’au revoir. Dès qu’il se retrouva seul, toute trace de bonne humeur déserta son visage. Je vis dans ses yeux la même tristesse que celle que j’avais perçue lorsque nous nous étions rendus à la fête foraine.

Par deux fois, malgré sa peine, Nojan avait accepté de se rendre dans des endroits qui lui rappelaient sa famille rien que pour moi.

Une vague de culpabilité et de honte me submergea. Qu’est-ce que je fichais, bon sang ? Depuis toujours, je faisais en sorte que la douleur, ce soit moi qui la subisse. Pas ceux avec qui je jouais. J’avais été trop loin cette fois, je m’en rendais compte à présent. L’idée que Nojan souffre par ma faute me donnait envie de vomir.

Il fallait que je trouve un moyen de l’aider. Je lui devais bien ça. La façon dont il avait parlé de moi à ce Ray, cette tendresse dans sa voix… Je pris une grande inspiration. Tant pis pour mes démons. Pour l’instant, je prenais la décision de rester à Lexington.

Quelque chose de chaud me toucha le crâne. Pire, me tira les cheveux.

Mon hurlement attira tous les regards, y compris celui de Nojan. Trop occupée à me dégager de l'emprise du cheval qui me broutait les mèches, je n'y fis pas immédiatement attention.

– Oh non, oh non, oh non ! Au secours !

Je bondis loin de l'animal, qui poussa un hennissement presque amusé et retourna dans son box. Mon cœur n'avait jamais battu aussi fort. Je voulais des sensations fortes ? Se faire dévorer vivante en donnait pas mal.

– Il a dû prendre ta crinière pour de la paille, se moqua la voix grave de Nojan.

– Ou alors, rétorquai-je, il me trouve délicieuse.

– C'est là que tu te caches ? Il y a un hippodrome à Lexington, tu sais ?

– Pas aussi grand que celui-ci.

Nojan se tenait à un mètre de moi et m'observait, les sourcils froncés.

– Je ne me cache pas, je venais voir les chevaux, précisai-je. Qu'est-ce que tu fiches ici ?

Je connaissais la réponse, mais il n'était pas censé le savoir.

– Violette m'a tout balancé. Dis-moi ce que tu ne piges pas dans la phrase suivante : « avant de partir, appelle-moi » ?

Je haussai les épaules, masquant le fait qu'à l'intérieur, j'implosais.

Personne n'était jamais venu me chercher quand j'avais fui. Pas même mon père… Je devais cependant admettre que j'avais tout fait pour qu'il ne puisse pas me retenir.

– Ça aurait changé quoi ? demandai-je à Nojan. Je pensais que tu en avais marre de mes conneries.

– C'est vrai, je dois admettre que tu me les casses, mais si tu m'avais appelé je t'aurais dit de ne pas foutre le camp, Boucle d'or.

Ses mots me touchèrent si profondément que je sentis mes joues rougir.

– Pourquoi ?

Je m'attendais presque à une déclaration d'amour. Au lieu de quoi Nojan me balança :

– Parce que tu me saoules tellement que j'en oublie mes propres problèmes.

– Ce n'est pas une vraie réponse, ça.

– Dommage, c'est la seule que tu auras pour l'instant.

Je fis un pas vers lui et lui attrapai la main.

– Merci d'être venu, Nojan chéri.

Je crus voir un léger sourire se dessiner sur ses lèvres.

– Ne te fais pas d'illusion, je ne te pardonne pas.

– Tu finiras par le faire. Je vais tout faire pour que ce soit le cas. À commencer par rentrer avec toi à Lexington.

***

– Je suis désolée, papa.

Depuis mon retour, la veille au soir, il ne m'avait pas adressé la parole. Essayer de lui soutirer un sourire ou une phrase n'avait servi à rien. Il était temps de passer à l'étape supérieure. Assis sur la balancelle à l'arrière de la maison, mon paternel fumait une cigarette, une bouteille de vodka et la pluie pour compagnie.

– Tu es revenue.

Étrangement, ça ressemblait davantage à une question qu'à une affirmation.

– J'ai trouvé la lettre de ta mère sur ton bureau, poursuivit mon père. C'est à cause d'elle que tu es partie ?

La lettre. Je fermai les yeux, la gorge nouée. Encore une fois, le besoin de courir me saisit. Ou de fuir ? Les deux s'apparentaient. J'ouvris et fermai les poings pour empêcher les fourmis de s'étendre à mes poignets.

– Elle me demande de lui pardonner, dis-je.

– Tu vas y réfléchir ?

– Je ne suis pas prête. Ni à parler d'elle, ni à envisager… ça.

Je remarquai que mon père n'avait pas touché à la bouteille. Il la gardait simplement en main, l'attention rivée sur les champs plongés dans le noir, au loin.

– Alors discutons de ce qui t'a fait revenir.

– Nojan est venu me chercher à l'hippodrome de Louisville. Tu savais que ses parents y allaient souvent, avant ?

– Oui. Ils aimaient les chevaux presque autant que leurs propres enfants.

– Je sais que ça lui a coûté d'aller là-bas. Pourtant, il l'a fait. Pour moi.

Mon père éclata de rire.

– Nojan est un type bien. Il ne mérite pas tout ce qui lui est arrivé.

– Je sais.

Un long silence s'ensuivit. Mon paternel finit par reprendre :

– Je te pardonne d'avoir pris ma voiture, mais seulement pour cette fois. Je dois retourner à l'intérieur.

– Et moi, je vais me coucher. J'ai la sensation de ne pas avoir dormi depuis des lustres.

– C'est ça d'enchaîner les soirées.

– La vie d'étudiante est dure, papounet…

Je déposai un baiser sur sa joue et filai dans ma chambre, où je passai une partie de la nuit à chercher des moyens d'aider Nojan à aller mieux, de lui faire oublier sa peine, tout en envoyant des messages à Violette pour savoir comment s'était passé son rendez-vous de la veille avec Victor. Ses smileys cœur répondirent à la question et elle me proposa de venir chez moi le lendemain pour en parler, en précisant :

N'oublie pas les donuts, j'adore ceux
de la boutique à côté du bar…

Me vint alors une idée pour obtenir le pardon de Nojan.

***

Le lendemain, vers 18 heures, j'essayais des tas de tenues pour la fête à venir. Violette, assise sur mon lit, m'observait en mangeant ses pâtisseries préférées.

– Tu aimes celle-ci ?

Ma meilleure amie ne put réprimer une grimace devant ma mini-robe noire à l'effigie du chat d'*Alice au pays des merveilles*. Elle était à la fois mignonne et sexy, le cocktail parfait pour flirter avec un certain motard.

– C'est… court. Ce sont mes Converses posées à côté de ton miroir ?

– Tout à fait, j'ai oublié de te les rendre la dernière fois.

– Tu peux les garder, j'en ai encore plein des comme ça.

Elle lança un coup d'œil incertain à son portable, comme si elle attendait un message. Puisqu'elle ne semblait pas décidée à me donner des détails sur son rencard avec Victor, je lui demandai :

– Alors, comment ça s'est passé au cinéma ?

Ses joues rougirent et ses yeux pétillèrent.

– C'était génial ! Il est tellement intéressant, si tu savais ! C'est un garçon avec beaucoup de conversation.

Je pouffai.

– Quoi ? s'indigna-t-elle.

– On parle bien de Victor ?

– Figure-toi que ce mec est génial, OK ? Plutôt que de glousser comme une demeurée, dis-moi plutôt où tu en es avec Nojan.

D'un mouvement du menton, je montrai à mon amie les petits paquets entassés sur ma table de chevet.

– J'ai prévu de me faire pardonner à coups de pâtisseries et de baisers.

– Ah, bonne chance. Tu vas les lui donner à la fête ?

– Non, il passe au bar ce soir avant d'aller sur le campus. Tu devrais rester, Victor sera sûrement avec lui…

Elle poussa un long soupir et se laissa tomber sur mon oreiller.

– Non, merci, je préfère le voir en dehors du bar. On se rejoint à la fête pour vingt et une heures…

***

Comme prévu, je retrouvai Nojan à sa table habituelle. Sa mine était bien trop sombre à mon goût. Ce n'était pas une surprise. Les quelques SMS que nous avions échangés aujourd'hui m'avaient donné une petite idée de son état d'esprit actuel : il allait mal.

Je déposai mon fardeau de muffins et de beignets sur la table. Nojan sourcilla à peine.

– Cadeau en signe de paix, annonçai-je. Voilà tout un arsenal de calories qui vont te redonner le sourire.

– Ce n’est pas le moment.

Il tournait entre ses doigts un verre de limonade pétillante. Depuis quand ne buvait-il plus de bière ? Je me laissai tomber sur la chaise en face de la sienne.

– Écoute, je sais que tu es en colère après moi, mais…

– Ça n’a rien à voir, me coupa-t-il.

– Vraiment ?

Pourtant, je le sentais furieux.

– Ouais, vraiment.

– Tu n’es pas en colère après moi ?

Il soupira, blasé.

– Je suis rogne, mais pas après toi. Ce n’est qu’après moi que j’en ai réellement. Je n’ai pas envie de te forcer à supporter mon humeur de chien, d’accord ?

Il se leva et ajouta :

– Je te l’ai dit, Boucle d’or. Ce n’est pas le moment. Désolé.

Sur ce, il s’en alla. Je restai plantée sur place, incapable de réagir. Victor me rejoignit quelques minutes plus tard. Pour justifier son absence jusque-là, il me montra son portable :

– J’avais un coup de fil important à passer.

– Elle a les cheveux violets et un sourire plein d’innocence ? demandai-je.

Son clin d’œil répondit à ma question.

– Je viens de voir partir Nojan, me dit-il. Ça lui arrive d’être comme ça, ne le prends pas pour toi.

– C’est à cause de ses parents et de son frère ?

– En partie. Je soupçonne une fille de lui bousiller la carapace qu’il s’est forgée, aussi.

– Quelle garce, celle-là.

– Tu n’as pas idée.

Je me laissai tomber contre le dossier de ma chaise.

– J’ai envie de l’aider, dis-je.

– Vas-y, dans ce cas. Nojan en a besoin. Ne le laisse pas te repousser.

– Il est venu me chercher à Louisville.

– Victoria m’a raconté.

– Ça prouve qu’il tient à moi, non ?

– C’est toujours compliqué avec Nojan, surtout depuis la mort de ses parents. On ne sait jamais à quoi s’attendre de sa part.

Victor poussa un soupir, puis me sourit.

– Mais tu es pareille.

– Balance. Tu entends quoi par là ?

– Je ne te connais pas, Sydney Blair, mais je suis doué pour cerner les gens. Vous fuyez. Tous les deux. Maintenant, reste à savoir si c’est dans la même direction.

– Tu me glaces le sang, Victor.

– Te fous pas de moi, tu as l’air tout sauf terrifiée.

– À l’intérieur, je le suis, pourtant, lui avouai-je dans un murmure.

– Je te crois. Allez, salut.

Victor avala le reste de sa bière d’une traite et s’en alla.

Il était temps d'agir pour aider ma pauvre âme sœur en peine. Il fallait que je le sorte des eaux profondes dans lesquelles il se noyait. Une chance que je sois détentrice d'un diplôme de premier secours…

Je me rendis à la fête avec peu d'espoir de croiser Nojan. Effectivement, il resta invisible, ce qui me permit de réfléchir et de mater Violette avec Victor. J'étais presque sûre qu'ils allaient s'embrasser, mais quelqu'un se dressa devant moi, me cachant la vue.

– Hey, me salua Steph. Quoi de neuf ?

Il but une gorgée de sa bière, le regard brillant.

– Tiens, ça me fait plaisir de te voir, lui répondis-je. Tu as participé aux défis proposés par Terry ?

– Ouais, le jeu consistait à tenir debout sur une jambe le plus longtemps possible. C'est une de ses potes qui vit à Springfield qui lui a donné l'idée. N'importe quoi.

– Si tu perds l'équilibre, il se passe quoi ?

– Tu bois un verre cul sec. J'en avais marre, j'ai arrêté, mais ils sont au moins quatre ou cinq qui continuent à jouer. Tu veux les rejoindre ?

L'idée me tentait bien. Sauf qu'il fallait que je résiste à ce défi. J'avais promis à mon paternel de rentrer ce soir. Hors de question de dormir une nouvelle fois dans la voiture.

– Non, je conduis. D'ailleurs, tu veux que je te ramène ?

Comme si je venais de lui proposer un million de dollars, Steph écarquilla les yeux.

– Et on couchera ensemble ?

– Probablement pas.

– Ah merde, ronchonna-t-il. Tu pars dans combien de temps ?

– Assez pour que tu puisses picoler encore un peu. Je suis en pleine observation.

Il jeta un regard dans la direction que je lui montrais. Violette et Victor discutaient en toute innocence, à bonne distance l'un de l'autre. Quelle tristesse.

– Victoria et Victor, je trouve ça chelou, avoua Steph.

Il se fendit alors d'un rot capable de détruire une montagne. L'odeur de son haleine me poussa à m'écarter, une main posée sur mon nez… et je percutai une surface dure et chaude.

– Qu'est-ce que vous foutez ?

Nojan chéri, en chair et en os. Je ne croyais pourtant plus le voir ce soir-là. Un immense sourire naquit sur mon visage alors qu'il haussait les sourcils, dubitatif.

– Du voyeurisme, lui répondis-je. Attends une minute, je vais te chercher une immonde bière bon marché.

Je fis volte-face, adressai un clin d'œil à Steph et lui arrachai son verre des mains. Avant qu'il ait pu réagir, je le tendis à Nojan.

– Et voilà. Tu veux un muffin avec ? J'en ai plein mon sac.

– C'est quoi ton problème, Boucle d'or ?

Percevais-je de la douceur dans sa voix ?

– On ne va pas revenir là-dessus, décrétai-je. Dis-toi que je veux seulement être gentille, OK ? Je m'en sors comment, pour l'instant ?

En guise de réponse, Nojan vida le gobelet rouge d'une traite et me le rendit.

– Pas trop mal, quand tu veux. Il paraît même que tu ne te disputes plus avec Jenna.

– C'est elle qui te l'a dit ?

Il me décocha un sourire mystérieux.

– Je dois y aller, Boucle d'or.

Déjà, il creusait un espace glacial entre nous. Un soupir désolé franchit mes lèvres.

– Les choses s'annoncent plus difficiles que je le pensais.

– Tu m'as piqué ma bière ! s'insurgea Steph.

– Il faut que je trouve un moyen de raviver cette flamme entre nous. Une idée ?

Le tatoueur haussa les épaules, attrapant au vol la boisson d'une fille qui passait par là.

– Je sais pas trop, mais pour te consoler tu peux coucher avec moi.

Une idée de génie me traversa l'esprit, si éblouissante qu'elle me tira un éclat de rire.

– Tu crois que ça ferait réagir Nojan ?

– Carrément.

– Cool, alors je sais ce que je vais faire !

CHAPITRE 44

NOJAN

Un mec montait les marches avec Sydney à son bras. Ils s'étaient parlé à peine dix minutes ! En plus, j'étais certain qu'il n'était pas son genre. Il portait un jean classe et une chemise chic. Qu'est-ce qu'elle lui trouvait ? Il ressemblait à ces fils de riches dans les séries télé.

– Fait chier !

Mes doigts me brûlaient à l'idée de les abattre sur sa gueule de con et de lui péter le nez. Je rejoignis Steph, occupé à grappiller les dernières chips dans un saladier.

– C'est qui, lui ? demandai-je du tac au tac.

Comme s'il ne s'attendait pas à ce que je revienne aussi vite, il lui fallut quelques secondes pour répondre :

– Qui ?

– Là-bas, grondai-je en montrant l'étage.

À travers la balustrade, on pouvait encore apercevoir Boucle d'or et son nouveau copain.

– Aucune idée, elle vient de me planter pour aller à sa rencontre. Va lui poser la question ?

– Pourquoi elle monte avec lui ?

– Pour te rendre jaloux.

– Quelle grosse connerie.

– Pas tant que ça. Ça a l'air de bien marcher. Tu es complètement mordu, ma parole !

Je secouai la tête.

– Tu t'amuses à cette fête ? demandai-je pour changer de sujet.

– Pas vraiment. Au bout d'un moment, elles se ressemblent toutes. Et toi ?

– Pareil.

J'aurais pu foutre le camp sur-le-champ, mais je n'avais pas envie de laisser Boucle d'or s'envoyer en l'air avec son fils à papa. Mais en quel honneur pouvais-je les en empêcher ? Je n'étais pas son copain.

– Tu vas rester là sans rien faire ? me demanda Steph comme s'il lisait dans mes pensées. Je ne sais pas trop pourquoi tu en veux à Sydney, mais, à mon avis, ce serait une erreur de ne pas réagir.

– Elle ne me doit rien du tout.

– C'est ça ton excuse ?

Putain, mon corps et mon âme me hurlaient de suivre le conseil de mon pote. Il fallait que je me change les idées ! Une fille me faisait de l'œil au fond de la pièce, l'échappatoire parfait.

– Elle est canon, lançai-je en montrant la nana.

– Tu es sûr que c'est elle que tu veux ?

– Je croyais que tu voulais pécho Sydney ? Maintenant, tu veux me pousser dans ses bras ?

– Je trouve que tu vas mieux depuis que tu la côtoies.

Histoire de faire passer la boule d'acide qui venait de naître dans ma gorge, je me servis un verre. Brusquement, j'avais besoin de quelques minutes de liberté pure, sans réflexion, sans sentiments.

– Il me faut autre chose que cette bière dégueulasse.

Je plantai Steph pour filer à la cuisine. À peine avais-je franchi le seuil de la pièce que les souvenirs d'une autre fête, à laquelle j'avais assisté avec Joram, me revinrent en mémoire. On s'était retrouvés dans cette maison, derrière cette table, pour mélanger tout un tas d'alcools histoire de booster la soirée. Mon frangin désirait à tout prix lancer une partie de bière-pong explosive. On se marrait comme des gamins de dix ans quand le silence était tombé entre nous. Je savais que, depuis quelques jours, il me cachait un truc. J'attendais juste qu'il m'en dise plus.

– Faut que je te parle, Nojan, avait-il commencé.

Ses yeux noirs s'étaient posés sur moi, à la fois emplis d'une joie intense et de la peur d'être jugé. Il était plus jeune que moi de treize minutes et je le protégeais depuis toujours. Ça marchait comme ça, entre nous.

– Vas-y, je t'écoute. C'est à propos d'Emily ? Tu lui as enfin avoué tes sentiments ?

On se comprenait jusqu'au plus profond de nos âmes. On avait toujours su lire l'un en l'autre.

– Ouais. Je lui ai dit que j'étais amoureux d'elle.

Je l'avais su avant même que lui le réalise.

– On sort ensemble, ça y est. Je n'osais pas te le dire parce que… merde, Nojan ! Je sors avec ma meilleure pote, tu te rends compte ? C'est différent des plans cul à deux balles, je te jure.

– Si je m'attendais à ça.

– Elle est géniale, tu sais ?

– Tu es tombé raide dingue d'elle dès votre rencontre. Tu te souviens ? Quand tu as renversé un pot de yaourt au chocolat sur sa robe à notre premier jour au collège. J'ai cru qu'elle allait te frapper.

– Moi aussi.

Joram avait ri, puis avait porté son attention sur un point invisible, rêveur.

– C'est la meilleure chose qui me soit arrivée, Nojan.

Quelqu'un me bouscula. Une gonzesse un peu ivre et plutôt bien foutue, me ramenant au présent. Dans ce présent où mon jumeau ne me confierait plus jamais rien.

– Désolée, gloussa la nana.

Je secouai la tête pour m'empêcher de péter un plomb. Pourquoi étais-je allé dans cette cuisine ? Putain ! Mon crâne me faisait mal et des larmes me brûlaient l'intérieur des paupières.

– Tu vas bien ? insista la fille.

– On ne peut mieux.

Alors pourquoi l'image de mon frangin refusait-elle de s'estomper ? Pourquoi me regardait-il, là, derrière la table, comme il m'avait toujours regardé, avec un air à la fois moqueur et tendre ?

Comment sais-tu que tu es amoureux, Joram ?

Cette question m'avait échappé à l'époque. Plus que la raison, je voulais être certain qu'il ne fichait pas tout en l'air avec Emily.

Je le sais, c'est tout, ça ne s'explique pas. C'est puissant, c'est à la fois physique et émotionnel. Tu verras quand ça t'arrivera, tu le sentiras dans tes tripes.

Ce que je sentais dans mes tripes, aujourd'hui, c'était la rage, la peine, la souffrance.

Pas l'amour. Pas la joie.

– Je suis trop en colère pour aimer, frangin, murmurai-je.

Joram s'estompait. J'aurais tout donné pour continuer à le voir, à le sentir près de moi. Pour prendre sa place.

– Tu parles à qui ? s'enquit l'inconnue, qui me fixait comme si je sortais de l'asile.

Je m'appuyai contre la table, les jambes sur le point de flancher. Il n'y avait pas qu'elles qui me trahissaient : mes yeux aussi. J'avais envie de chialer jusqu'à en crever.

Brusquement, une présence familière vint éclater la bulle de tristesse dans laquelle je m'enfermais.

– Hé, Nojan, tu n'as pas vu Sydney ? Je la cherche partout.

Terry, la gothique, venait de se planter devant moi. Elle me permit de reprendre le contrôle de mes émotions. Du moins, de dresser un mur pour les tenir éloignées.

– Nan.

– Dommage. Si tu la vois, dis-lui qu'on va commencer une partie de bière-pong.

Bordel !

– Ça va, Nojan ?

– Non.

Je retournai dans le salon, slalomant entre les fêtards avec l'intention de foutre le camp. Puis l'image de Sydney et de l'autre abruti montant l'escalier me revint en mémoire. Je les imaginai ensemble, dans un pieu.

Ça me bouffait de l'intérieur de savoir Boucle d'or avec quelqu'un d'autre que moi. Steph avait raison, je ne pouvais pas laisser un quelconque connard poser ses mains sur elle. Rien à foutre qu'elle soit partie avec lui justement pour me rendre jaloux. Mes voix intérieures me poussaient à me rendre à l'étage pour faire un carnage. Elles me hurlaient aussi une chose que je n'arrivais pas à croire.

J'étais capable d'aimer.

Et ça me trouait l'estomac. Non, ça me broyait la totalité des organes.

Poussé par une force que je n'avais encore jamais ressentie, je pris la direction de l'escalier.

CHAPITRE 45

SYDNEY

– Et voilà, vingt dollars.

Le garçon accepta les billets que je lui tendais avec un petit sourire de connivence et me laissa seule. C'était cher payé pour m'avoir simplement accompagnée. Ce que je n'étais pas prête à faire pour Nojan !

Je lançai un coup d'œil à la chambre autour de moi, remarquant l'absence de bibliothèque. Au moins, il y avait un PC dans un coin, posé sur un bureau couvert de papiers. Le lit était défait et il flottait dans l'atmosphère une odeur rance de renfermé. J'ouvris la fenêtre pour laisser entrer de l'air frais. De là où je me trouvais, je pouvais voir l'arrière du campus : des bâtiments plongés dans le noir et des étendues d'herbe qui se perdaient dans la nuit. Le calme contrastait avec l'ambiance euphorique de la fête.

Je pris quelques minutes pour réfléchir à la situation. Je me sentais encore déchirée entre le besoin de fuir et l'envie de rester pour aider Nojan. Il était clair que le jeune homme avait besoin de soutien, même s'il le niait. Mais étais-je assez forte pour l'épauler ?

Cette question ouvrit une porte que je m'acharnais à bloquer dans mon esprit. Celle des souvenirs trop douloureux, d'un passé muselé. Parce que, la dernière fois que j'avais essayé d'aider quelqu'un, j'avais échoué lamentablement. Et j'étais tombée dans le coma.

« Tu es incapable de t'aider toi-même... »

Cette voix n'était pas celle de ma conscience. J'aurais largement préféré.

« Tu es incapable de t'aider toi-même, alors comment tu vas aider ta mère ? Réponds, petite conne ! »

Un visage masculin tordu par la colère apparut derrière mes paupières closes.

– Pas maintenant...

Des picotements dans mes doigts m'obligèrent à ouvrir les yeux pour tenter de refouler ces souvenirs traumatisants. Je fléchis les jambes pour ne pas laisser mes mollets s'engourdir.

– Je peux au moins essayer, chuchotai-je. Et peut-être même qu'avec lui, je réussirai.

Je m'assis sur le bord du lit, les pieds douloureux. Non, ce n'était pas le moment de laisser mon corps me trahir ! Je brûlais de quitter cette maison pour courir jusqu'au bout de la nuit, mais mon cœur refusait cette idée. Nojan allait monter, j'en étais certaine.

Pourquoi avait-il fallu que cette ordure qui avait détruit ma vie revienne me hanter ? Ses yeux emplis de méchanceté m'observaient. Comment était-ce possible, il était en prison ! Je clignai des paupières pour effacer son image et me mis à faire les cent pas.

Allez, Nojan, amène-toi !

Je serrai et desserrai les poings. Courir. Il fallait que j'aille courir, que je referme cette porte ouverte dans mon esprit.

Une vive douleur dans mon estomac me coupa le souffle. Comme un coup de pied. Un coup de pied que m'aurait envoyé un type dont j'avais jeté la drogue dans les toilettes. Je me pliai en deux, consciente que ma souffrance n'était pas réelle, et pourtant incapable de forcer mon corps à y croire.

« Tu te rends compte de ce que tu m'as fait perdre, sale pute ? Je vais te tuer ! »

D'un revers de manche, j'essuyai les larmes qui coulaient sur mes joues.

« Regarde-moi, poufiasse ! »

Je serrai les poings un peu plus fort et me forçai à fixer la photo d'un joueur de foot accrochée au mur. Je détaillai le cadre en fer forgé autour, puis les vêtements rouge et blanc de l'homme, le ballon à un centimètre de ses doigts tendus. Ça, c'était le présent. Il fallait que je m'y accroche.

« Ne la touche pas ! »

Les murs de la chambre disparaissaient au profit d'un vieux salon au canapé défoncé. Je me tenais là, debout devant ma mère pour la protéger du type avec qui elle était restée quelques mois. Je m'entendis hurler.

« Ce n'est pas elle, c'est moi qui ai jeté ta came ! »

La colère de Doug s'était alors dirigée vers moi. Cette fille téméraire de quinze ans qui ignorait encore ce qui allait lui arriver.

« Tu as fait quoi ? Nom de Dieu ! »

– Hé, Boucle d'or, qu'est-ce qui t'arrive ?

Une main chaude se posa sur mon épaule, chassant mes visions.

– Rien, je vais bien.

Pas vraiment. Mais Nojan se tenait à mes côtés et je me sentais déjà un peu mieux.

– J'ai eu une crampe à l'estomac, dis-je pour justifier le fait qu'il venait de me trouver agenouillée sur le tapis.

– Une crampe ? Tu te fous de moi ?

La chambre réapparaissait peu à peu, rassurante.

– Oui, ne t'en fais pas.

Nojan s'écarta. Je frissonnai. Mes mains tremblaient. En voyant ça, il fronça les sourcils. Son air inquiet le rendait terriblement sexy.

– Il est où, le mec avec qui tu es montée ?

– Je l'ai balancé par la fenêtre.

Nojan jeta un bref regard à l'extérieur, puis grogna :

– Qu'est-ce qu'il t'a fait ?

La rage dans sa voix ne m'échappa pas.

– Rien.

– Tu pleures.

– Je ne pleure pas, j'ai une conjonctivite.

– C'est ça, ouais. Dis-moi ce qu'il y a.

Il se laissa tomber dans le lit sans cesser de me fixer.

– Tu as bu ? lui demandai-je. Parce qu'il est rare que tu t'inquiètes pour moi à ce point.

– Nan. Maintenant, réponds à mes questions.

Je poussai un soupir. Encore une fois, je me levai pour arpenter la chambre, parce que j'en avais terriblement besoin.

– Il ne m'a rien fait, dis-je. J'ai demandé à ce mec de monter pour que tu viennes me voir.

– Alors pourquoi tu pleurais ? Qu'est-ce que tu as ? Je suis sérieux, réponds-moi.

– Rien. C'est juste que… j'ai pris une décision, et je crois que mon inconscient se rebelle.

– De quoi tu parles ?

De lui. De moi. De cette ville.

– Il faut que j'y aille, couinai-je.

D'habitude, réalisai-je, c'était lui qui se débinait, pas moi. Sauf que trop de choses s'agitaient dans mon esprit à cet instant, j'avais désespérément besoin de fuir, d'avaler des kilomètres, ne serait-ce que quelques dizaines de minutes, pour retrouver la maîtrise de moi-même, pour laisser la crise que je venais de subir derrière moi.

– Où ça ? me demanda Nojan, méfiant.

– Je reviens, j'en ai pour une heure. On en parlera ensuite, si tu le désires. Mais là… il faut que j'aille courir.

– À deux heures du matin ?

– Je suis une fille courageuse.

– Tu es timbrée. Hors de question que je te laisse te promener seule à cette heure. Je t'accompagne.

– Sérieusement ?

– Moi aussi, j'ai besoin de prendre l'air.

Sans attendre, Nojan me dépassa. Je le suivis dans le couloir. Des étudiants y planaient à quinze mille ou s'embrassaient. Sans leur prêter attention, le motard s'engagea dans l'escalier. Il s'arrêta en plein milieu pour vérifier si je le suivais.

– Tu n'es pas obligé de venir, lui dis-je. C'est un truc que je fais toute seule, d'habitude.

– Personne ne court aussi tard. Pourquoi tu y tiens tant ?

Il me barrait la route, et, derrière moi, un mec venait de s'effondrer en plein milieu des marches. Génial, pile au bon moment. Impossible d'échapper aux interrogations de Nojan.

Je poussai un long soupir pour gagner du temps. Il resta planté là à me regarder droit dans les yeux. Puisqu'il ne cillait pas et se fichait des gens qui lui demandaient de se pousser, j'avouai :

– Pour avoir mal.

N'importe qui se serait fichu de moi. Pas lui, sans doute parce qu'il connaissait mon histoire.

– Tu as besoin d'avoir mal, là ?

J'ouvris la bouche, la refermai. Des fourmis commençaient à cascader le long de mes jambes.

– J'ai besoin de ressentir quelque chose de… fort.

– Pas forcément de la douleur, je me trompe ?

Pas forcément, non, mais c'était ce qui fonctionnait le mieux.

– J'ai ce qu'il te faut, lâcha-t-il. Rapplique.

Sans me donner plus de détails, il me conduisit dehors. Quand nous nous arrêtâmes devant sa moto, j'écarquillai les yeux.

– Attends, tu m'invites sur ta bécane ?

Il s'éloigna, fouilla dans le *top-case* du deux-roues garé à côté du sien et me tendit un petit casque sans visière.

– C'est le casque de secours de Steph, enfile-le. Tu veux des sensations fortes ? Crois-moi, tu vas en avoir.

Il s'installa, et tapota la selle derrière lui pour me pousser à le rejoindre. Je ne me fis pas prier. J'entourai sa taille de mes bras et posai ma tête contre son dos. Il démarra. Étrangement, mon engourdissement commençait à se dissiper. J'avais l'impression de vibrer, une onde légère et continue traversait mes os. Ce n'était pas désagréable.

Je resserrai mon étreinte pour ne pas tomber. Quand il franchit la limite du campus et prit de la vitesse, je compris la raison pour laquelle il m'avait proposé cette petite balade. Le vent qui se fracassait contre mon corps comme pour essayer de me pousser en arrière, le bruit que je pouvais à la fois ressentir et entendre, mon cœur qui s'emballait à mesure qu'on prenait de la vitesse, le froid qui me faisait regretter de ne pas avoir mis une veste plus épaisse… autant de sensations grisantes, capables de libérer mon corps des contraintes de mon esprit. Je fermai les yeux, incapable de penser à autre chose qu'à la route.

Incapable de penser au passé.

Un éclat de rire incontrôlé m'échappa. J'ignore si ce fut cela qui poussa Nojan à accélérer, mais bientôt le paysage nocturne autour de nous ne fut plus qu'écharpes de brumes. Les bâtiments et les feux de signalisation laissèrent place à des étendues de champs. Nous accélérâmes encore. Le monde disparut, la réalité avec lui. Ne resta qu'un ruban gris interminable, capable de nous conduire au paradis. Plus rien d'autre n'existait et, ça, c'était la meilleure sensation à laquelle j'avais pu goûter.

Quand Nojan ralentit l'allure, mes doigts étaient un peu ankylosés par le froid, mais ça n'avait rien à voir avec la paralysie qui me menaçait à la fête. Nous nous arrêtâmes devant un petit restaurant qui proposait également des chambres à louer.

– Tu as décidé de me céder ? lançai-je en essayant de garder l'équilibre.

Pourquoi le monde tanguait-il tout autour de moi ?

– Dans un motel ? Bien sûr, comme si c'était mon genre. Amène-toi, j'ai faim.

Nojan se dirigea vers le bâtiment, mais je lui attrapai le bras et le forçai à s'arrêter. Quand il se tourna dans ma direction, surpris et méfiant, il ne s'attendait sûrement pas à ce que je l'embrasse. Ce que je fis pourtant avec une fougue non dissimulée. Il m'agrippa la taille, m'attira contre lui et me rendit mon baiser. Sa langue, sa bouche, son parfum parvinrent à éclipser le monde aussi efficacement que la vitesse quelques minutes plus tôt.

Lorsque je le lâchai pour enfoncer ma tête dans son cou, un mot me brûlait les lèvres, plus sincère que jamais :

– Merci.

Il ne répondit rien, se contentant de me serrer un peu plus dans ses bras tatoués. Lui aussi avait besoin de compagnie, me rendis-je compte.

– Tu te sens mieux, Boucle d'or ?

– Oui. Tu as eu une idée de génie ! Dommage que ton manque de romantisme vienne tout gâcher.

Il se décolla de moi.

– Qu'est-ce que tu veux dire ?

– Je te parle du « amène-toi, j'ai faim » prononcé avec tellement de sentimentalisme.

Il fut incapable de dissimuler son sourire.

– Je ne suis pas le genre de mec qu'on voit dans les films à l'eau de rose.

– Le contraire m'aurait étonné.

Nous entrâmes dans le restaurant. Une serveuse nous conduisit à une table au fond de la salle.

– Alors ? me demanda Nojan lorsque nous fûmes assis. C'est mieux que courir, non ?

– C'était… indescriptible !

– Et ça a fonctionné ?

– Mon corps n'a jamais été aussi réveillé.

J'attrapai la carte. Moi aussi, je mourais de faim. Nojan m'observait sans ciller.

– Qu'est-ce qu'il y a ? soupirai-je.

– Parle-moi de Zack.

Surprise, je bredouillai :

– Zack…

– C'est bien le dernier mec avec qui tu as parié, non ?

Qu'il se souvienne de son nom me troublait.

– Oui.

– Tu ne l'as pas vu depuis combien de temps ?

– Un peu plus de quatre mois. C'est si important que ça ?

– Tu étais amoureuse de lui ?

Une boule se forma dans ma gorge. Tout à coup, je comprenais pourquoi Nojan m'avait conduite ici : je ne pouvais pas m'échapper. Lui échapper.

Heureusement, la serveuse revint à cet instant, me permettant de gagner quelques secondes. Sans cesser de me fixer, mon biker commanda la même chose que moi. Il n'avait même pas regardé la carte.

– Non, je n'étais pas amoureuse de lui, continuai-je après le départ de la demoiselle. Mais je l'appréciais, assez pour…

Je me tus.

– Pour ?

– Pour avoir mal quand je suis partie.

– Il ne t'en a pas voulu de l'avoir utilisé ?

– Est-ce que je t'ai dit qu'il s'était servi de moi, lui aussi ? Il voulait récupérer son ex. J'ignore s'il y est parvenu, au final.

Nojan se laissa tomber en arrière avec un soupir.

– OK. Maintenant, dis-moi… Si tu pars, tu crois que ça t'aidera à vaincre tes démons ?

Les repousser, certainement, mais les vaincre…

– Je n'en sais rien. Pour la première fois depuis longtemps, je n'ai pas envie de fuir.

– Et pourquoi ça, Boucle d'or ?

Nojan se pencha en avant, les coudes sur la table. Notre baiser me revint en mémoire et des frissons agréables me parcoururent.

– Peut-être parce que j'ai trouvé une raison de rester ?

– Ton père est persuadé que tu lui briseras encore le cœur et que tu te barreras sous peu.

– Mon père est persuadé que les extraterrestres existent, alors tu sais…

Sans tenir compte de mon trait d'humour, Nojan m'assena :

– Si tu dois trouver une raison de rester, c'est lui. Tu n'imagines pas la chance que tu as de l'avoir encore auprès de toi.

Ses paroles me rappelèrent la manière dont je m'étais comportée à mes quinze ans, lorsque j'étais allée vivre chez mon père à ma sortie du coma.

Il avait tout fait pour que je me sente bien chez lui, mais je l'avais abandonné pour m'obliger à avoir mal. Je savais que j'avais été cruelle, mais, à l'époque, c'était une question de survie pour moi. Était-ce encore le cas ? En tout cas, je n'avais pas envie de me rappeler cette période.

– Tu m'as emmenée ici pour me faire la morale ? lançai-je à Nojan.

– Non, parce que la fête était merdique. Et parce que tu avais l'air d'avoir besoin d'un bon remontant. Pourquoi pleurais-tu dans cette chambre ? Si ce n'est pas à cause du mec que tu avais embarqué, alors quoi ?

À cet instant, la serveuse posa nos plats fumants devant nous.

– Bon appétit !

Il était 2 heures du matin, mais cela ne semblait pas la perturber que nous ayons commandé un repas complet aussi tard.

– Merci, lui dis-je.

Elle s'en alla d'un pas sautillant. Je la suivis des yeux jusqu'à ce que Nojan tapote sur la table pour attirer mon attention et grommelle :

– Reste concentrée, Boucle d'or.

D'un ton un peu plus doux, il ajouta :

– S'il te plaît.

Je soupirai, puis lui avouai :

– Tu as parlé de mes démons tout à l'heure. Ils m'ont assaillie dans la chambre. D'habitude, j'arrive à les étouffer, mais là…

Je bus une gorgée de jus d'orange pour faire passer le goût amer dans ma bouche.

– Qu'est-ce qui les a réveillés ?

Je haussai les épaules. Cette discussion ressemblait un peu trop à un interrogatoire.

– Je vais finir par croire que tu es de la police.

– C'est comme ça que tu me vois ? Tu crois que si je te pose toutes ces questions, c'est pour tenter de prouver quelque chose, pas parce que je m'intéresse vraiment à toi ?

– C'est-à-dire que… tu fais tout pour que je le croie.

– Détrompe-toi, Boucle d'or. Je suis un gars plein d'empathie.

– Tu es aussi empathique que romantique.

– Très bien, on va parier, alors. Vingt dollars que je parviens à te faire rougir ce soir sans te toucher.

– Tenu.

Il se leva, puis se dirigea vers le comptoir. La fille qui nous avait servis vint à sa rencontre. Je n'entendis pas ce qu'il lui demanda, mais il lui fallut dix bonnes minutes pour revenir. Dans une main, il tenait une petite assiette contenant des pancakes et, dans l'autre, tout un tas de serviettes en papier. Il posa le tout à côté de mon plat principal déjà conséquent.

– Romantique et empathique, annonça-t-il, fier de lui.

– En quoi les pancakes sont-ils romantiques ? me moquai-je gentiment.

– Retourne-les.

Sur les faces bien cuites il n'y avait rien, mais, sur les autres, une tête de chat était dessinée.

– Oh, mon Dieu ! m'exclamai-je.

– Alors que penses-tu de ça ? C'est mieux que des fleurs ou du chocolat, non ?

Nojan s'accouda à la table de façon à baisser son visage à hauteur du mien. Son petit sourire me fit fondre. Comme quoi, il cachait un cœur derrière ses airs grognons. Dans le fond, je n'en avais jamais douté.

– C'est carrément mieux, oui.

J'avais du mal à respirer. La proximité entre nous faisait battre mon cœur à un million de kilomètres heure.

– Comment as-tu réussi à obtenir ça ? demandai-je dans un souffle.

– C'est l'une des particularités de la maison, me répondit Nojan en me montrant une pancarte accrochée au mur.

« Vos pancakes personnalisés pour votre anniversaire ! Renseignez-vous auprès du personnel ! »

L'affiche montrait des personnages des *Simpson*, d'*Avengers* et même de Disney.

– Attends, ce n'est pas mon anniversaire.

– Je sais.

Je souris, et il reprit :

– Il semblerait que tu aies perdu, Boucle d'or. Tu rougis.

Il tendit la main, fier de lui. Je devais avouer que, sur ce coup-là, il avait réussi à me surprendre. Je lui tendis mes vingt dollars ; aussitôt, il se releva, fit un saut jusqu'au comptoir puis revint s'asseoir en face de moi.

– Tu as payé la serveuse avec mes vingt dollars ! m'écriai-je.

– *Mes* vingt dollars. Et ce n'était pas ton anniversaire, mais, contre un petit supplément, elle a bien voulu jouer le jeu.

Je lançai un coup d'œil à la jeune femme, qui ne cessait de regarder Nojan en coin, le visage cramoisi.

– Ce n'était pas romantique du tout. Et en quoi me donner toutes ces serviettes te rend plus empathique ?

– J'avais peur que tu te mettes à pleurer devant la beauté de mon geste.

– Tu es le mec le plus arrogant de la Terre !

– Et toi, la nana la plus bizarre que j'aie jamais rencontrée.

– Je crois que la serveuse a des vues sur toi.

Sans s'offusquer de mon brusque changement de sujet, Nojan me rétorqua :

– Et pourquoi pas sur toi ?

– Possible. Il faut dire que je suis le fantasme de beaucoup de gens.

Me regardant droit dans les yeux, il revint brusquement à la question qui l'intéressait :

– Réponds-moi : qu'est-ce qui a déclenché ta crise de panique dans la chambre ?

– Je l'ignore.

– Tu mens.

– La réponse ne te plaira pas.

– Parce qu'elle est en rapport avec moi ?

– Oui, avouai-je.

Je n'ajoutai pas un mot de plus, malgré l'expression de sévérité absolue de Nojan.

– Ce qui t'arrive… tu crois que ça finira par s'arranger ? me demanda-t-il après un long moment de silence.

– Selon les psys, ça ne tient qu'à moi de guérir. Il paraît que je fais un blocage émotionnel si violent quand je repense au passé que ça influe sur mon état physique.

– Tu devrais continuer à te faire suivre.

Je baissai les yeux. Il tendit la main dans ma direction, crocheta mes doigts, me sourit.

– Nojan chéri.

– Quoi ?

– Merci pour tout.

– C'est bon, ce n'est rien. Mange tes pancakes.

Nous terminâmes notre repas et sortîmes du restaurant. Alors que Nojan me tendait mon casque, je lui demandai :

– Tu ne veux pas qu'on aille autre part ?

Je n'avais pas envie que cette soirée s'arrête.

– Si. On va chez moi.

Sur ce, il grimpa sur son bolide.

– Attends, quand tu dis chez toi, c'est…

Le hurlement du moteur étouffa le reste de ma phrase. Message reçu cinq sur cinq.

Une demi-heure plus tard, grisée par la route et la vitesse, je sautai à terre face au mobile-home de Nojan. Obligée de me tenir à lui pour garder l'équilibre, j'éclatai de rire pour la millième fois.

– Je crois que j'ai le mal de mer. C'est possible, ça ?

– J'imagine qu'avec toi, je peux m'attendre à tout, même à ça.

CHAPITRE 46

NOJAN

Même en fermant les yeux pour me concentrer sur le rythme de ma respiration, le bruit de l'eau dans la douche m'imposait l'image du corps nu de Sydney. Ses jambes hâlées, sa poitrine parfaite, son sourire, ses yeux… Bordel ! Je ne pouvais pas lutter. Pas maintenant, pas à cet instant précis, alors que Boucle d'or était la seule personne qui me tenait à flot. À choisir entre la souffrance et le désir, je préférais le moins douloureux des deux. Je venais sans doute de passer l'une des meilleures soirées de l'année, et le soulagement que cela me procurait était indescriptible. Pour la première fois, avoir emmené une fille chez moi ne me dérangeait pas. Bien sûr, Sydney continuait de me rendre cinglé, mais elle représentait mon unique barrière contre le chaos. Je m'en étais rendu compte quand je l'avais vue sur le point de craquer dans la chambre. Soit je la laissais se noyer au risque qu'elle m'entraîne avec elle, soit j'intervenais en m'autorisant à songer à quelqu'un d'autre qu'à *eux*.

– À quoi tu penses ?

Je ne l'avais pas entendue sortir de la salle de bains.

– À toi.

– Vraiment ? Pas en mal, j'espère.

Pas en mal, non. Peu à peu, je me rendais compte que je tenais à elle, à ses blagues pourries, à sa façon narquoise de me regarder, à sa présence, à ses sourires. J'ignorais si elle avait vraiment renoncé à quitter Lexington, mais, si ce n'était pas le cas, ça me bousillerait. Je n'étais pas certain d'encaisser une autre perte.

– Reste avec moi, Boucle d'or.

Je m'efforçai de ne pas poser les yeux sur elle. Auquel cas, ma foutue fierté m'obligerait à revenir sur ce que je venais de dire.

Elle s'allongea à côté de moi.

– C'est si gentiment demandé. J'accepte. Même si, dans le fond, je comptais bien dormir ici quel que soit ton avis.

Quelques minutes passèrent dans un silence absolu, silence qui m'obligea à me poser des questions sur ce qui allait se passer dans les jours à venir. Et comment ça allait se passer.

– J'y arriverai pas, soufflai-je.

– À te retenir de me toucher ? Je t'en prie, ne te gêne pas. Mon corps est tout à toi.

Un fichu sourire m'échappa.

– À me rendre à l'hommage organisé pour ma famille. À supporter tous ces gens et leurs putains de visages désolés, à les entendre me dire que mes vieux étaient géniaux et mon frère un bon gars. Merde, je n'ai pas envie de m'infliger ça.

Une main invisible m'arrachait des lambeaux de cœur avec une lenteur insupportable. La douleur revenait.

– Un road trip, lâcha soudain Sydney.

– Quoi ?

– Toi et moi, on se barre sur la route et on ne revient pas. On vit d'amour et d'aventure.

Cette perspective me plaisait bien, même si je savais que, dans mon état normal, je la considérerais comme une connerie.

Je tournai la tête en direction de Sydney. Mauvaise idée. Elle était allongée en sous-vêtements. Mon corps réagit instantanément. Putain de merde, cette tarée allait m'achever ! Je n'avais jamais autant ressenti de désir pour une nana. Jamais autant d'attachement, non plus.

– Alors ? Road trip ? insista-t-elle.

– C'est ton truc de tout laisser tomber sans remords, pas le mien, Boucle d'or.

Elle se tendit. Je me rendis compte que je venais de la blesser. Mal à l'aise, je tentai de me rattraper.

– Ce que je veux dire c'est que… Rah ! Désolé.

– Je sais ce que tu voulais dire.

Je posai un baiser sur le sommet de son crâne et l'attirai contre moi.

– Toujours pas amoureux, Nojan chéri ?

– Et toi ?

Elle hésita un long moment, puis soupira :

– Admettons que je te dise « oui ». Qu'adviendra-t-il de moi ?

Le deal, c'était qu'elle foute le camp de cette ville. Sauf que je n'en avais pas envie. Je n'en avais plus envie.

– Ce serait dommage, tu aurais perdu.

Son visage se fendit d'un sourire lumineux. Perdre ne la dérangeait pas. C'était troublant.

– Tu vas aller à cet hommage, alors ?

En guise de réponse, je lui crochetai la nuque et l'embrassai. Elle me rendit mon baiser avec une fougue à laquelle je ne m'attendais pas. Très vite, le goût de sa bouche et de sa langue brisa le peu de défenses qui me restaient. Rien à foutre des conséquences. Je la voulais, là, sur-le-champ. Je voulais me perdre en elle, oublier mes tourments, ressentir du plaisir à l'état pur. Aussi bien émotionnel que physique. Je laissai mes doigts cascader le long de son dos, se nourrir de la douceur sa peau, de son contact électrisant. Toutes ces fois où j'avais lutté contre mon désir me revinrent en mémoire. Avec elles, la raison de mon acharnement : je refusais de m'attacher à nouveau. Je refusais que quiconque soit capable d'alimenter et de nourrir ce gouffre béant dans ma poitrine. Surtout une fille aussi instable que Sydney.

Ma peur fut cependant balayée par un sentiment plus fort encore. Une émotion que j'avais tout fait pour ignorer, pour combattre. Plus que du désir et de la colère, devenus si familiers dans ma vie, je ressentais du bonheur. Le vrai. Presque semblable à celui qui avait bercé mon existence jusqu'à ce qu'un accident me l'arrache sur une putain de route de campagne.

Je basculai Sydney sur le dos, lui offris un autre baiser auquel elle ne résista pas plus qu'au premier, et laissai mon corps se nourrir d'elle. Toutes les fibres de mon être me hurlaient de lui arracher son soutien-gorge et sa culotte, de plonger en elle sans sommation, de libérer toute cette pression que je muselais depuis des semaines. Au lieu de ça, je pris le temps d'éveiller son plaisir. Mes dents titillèrent sa poitrine, ma langue voyagea sur sa peau douce, mes doigts se glissèrent entre ses jambes. Un soupir d'aise franchit sa bouche, vite étouffé par mes lèvres contre les siennes. Ses hanches dansaient au rythme de mes mouvements, de plus en plus rapides, de plus en plus avides de sensations. Son souffle saccadé se transforma en gémissement, et les yeux qu'elle posa sur moi embrasèrent chacun de mes muscles. Je ne les avais jamais vus aussi brillants, aussi sincères, aussi pleins de vie. Boucle d'or et moi étions des âmes écorchées vives par des existences merdiques. On ne nous avait pas fait de cadeau. On encaissait une souffrance et une douleur que la plupart des gens ne concevaient même pas. C'était sans doute ce qui nous avait rapprochés. Mais nos maux ne s'additionnaient pas : nous nous apaisions l'un l'autre. Je lui étais reconnaissant pour ça. Et pour sa capacité à emplir mes pensées quand j'en avais besoin. Peut-être que j'étais amoureux. Ou peut-être que je le devenais, jour après jour. Quoi qu'il en soit, je la voulais. Tout entière, même si une partie de sa personnalité m'agaçait au plus haut point.

Je décidai de le lui faire comprendre. Pas avec des mots, mais avec mes mains, ma langue, mon corps. Ce langage de substitution était celui que je maîtrisais le mieux. Sans brutalité, mais avec une force difficilement contenue, je la libérai de ses sous-vêtements, la serrai un peu plus contre moi et m'insinuai dans son intimité trempée. Si je voulais éviter de la brusquer, elle me fit rapidement comprendre que ces précautions n'étaient pas nécessaires. Elle avait besoin de tendresse, mais aussi d'une chose plus… animale. Elle enfonça ses ongles dans mon dos, crocheta ma nuque et murmura :

– Plus fort, je t'en prie.

Ses paroles embrasèrent à la fois mon âme et ma chair. J'accélérai la cadence, répondant à ses supplications silencieuses. Chaque coup de reins éveillait en moi des sensations que je n'avais encore jamais ressenties auparavant. Pourtant, j'en avais baisé, des filles. Mais aucune ne s'appelait Sydney.

Et cette vérité me tuait autant qu'elle me ravissait.

***

– Tu as passé une bonne nuit ?

Oui, une nuit parfaite, comme je n'en avais pas connu depuis longtemps. Contrairement aux autres jours, au réveil, le manque ne m'avait pas plié en deux.

– Oui, et toi ?

Je posai une tasse de thé devant Hugo en tentant d'ignorer le regard curieux qu'il posait sur moi.

– Très bien, me répondit-il. J'ai cru te voir revenir avec Sydney, hier.

– C'est vrai, je l'ai ramenée chez moi.

Mon grand-père éclata de rire.

– J'en suis bien content. Mieux vaut tard que jamais.

– Qu'est-ce que tu veux dire ?

– Que tu avances. Je suis fier de toi, mon garçon.

Même si je ne le montrai pas, ce compliment me toucha.

– Tu as besoin d'autre chose ? demandai-je à Hugo en posant une orange devant lui.

– Que tu te reposes. Le cousin de James vient donner un coup de main à la ferme pour les prochaines semaines.

Cette annonce me fit l'effet d'un coup de poing dans le bide.

– Quoi ?

– Ouais, James m'a parlé de lui. C'est un brave gamin, travailleur, à ce qu'il paraît.

– Pourquoi tu ne m'en as pas parlé ?

– Parce que je savais comment tu allais réagir ?

– N'importe quoi, putain ! On n'a pas besoin d'un autre trouduc à la ferme !

Hugo porta sa tasse à ses lèvres. D'une voix calme, il rétorqua :

– Moi, si, Nojan. Il te faudra un boulot pour payer le loyer et à moi, quelqu'un pour te remplacer.

Second coup. Beaucoup plus violent.

– Un loyer ? Me remplacer ? De quoi tu parles ?

– À partir du mois prochain, je te demanderai une participation financière pour la location de mon terrain.

Putain de merde, il était sérieux.

– Je suis à la fac, je te rappelle, et je bosse déjà ici.

– Je te parle d'un emploi payé. Tu ne touches aucun salaire pour ce que tu fais à la ferme.

– Alors donne-m'en un.

– Non, mon gars. Tu fais un travail remarquable, je ne peux pas le nier, sauf que si je t'embauche à la ferme tu resteras ici.

Un rire sans joie m'échappa.

– Tu veux que je foute le camp ?

– Je veux que tu t'en sortes. Le shérif cherche quelqu'un à temps partiel pour l'aider au bureau. Ça pourrait te convenir, non ?

Et voilà, je pigeais où il voulait en venir. Il souhaitait que j'entre chez les flics, bien entendu.

– J'ai assez d'argent pour te payer un loyer sans prendre un boulot. Je te rappelle que j'ai vendu la maison familiale. Et puis, il y a l'héritage.

Imaginer l'utiliser me donnait envie de gerber, mais là n'était pas la question.

– Ouais, mais tu auras besoin de cet argent plus tard. Va faire un tour dans les bureaux du shérif cette semaine.

Sur le point de péter un câble, je sortis après avoir attrapé ma veste. Je n'en revenais pas du coup que mon grand-père cherchait à me faire. Je n'avais pas besoin d'un autre job pour m'en sortir, j'avais besoin… d'*eux* ! Juste d'*eux*.

Lorsque je revins à mon mobile-home, Boucle d'or ne dormait plus. Elle lisait l'un des livres de ma bibliothèque en mangeant du pain tartiné de chocolat. Je reconnus le titre pour l'avoir lu un million de fois. *L'Île au trésor*.

– Les pirates, lança Sydney sans lever les yeux. J'ignorais que tu les aimais.

– Mon frère m'a offert ce bouquin pour mes douze ans.

– Je suis ravie de constater que tu en as pris soin. Faire attention aux livres est une des conditions de sélection de l'homme que j'épouserai.

– Je lui souhaite bon courage, à ce mec.

Je balançai ma veste sur la table et me laissai tomber dans le lit. Ma colère était moins vive, mais l'indignation me carbonisait toujours les tripes.

– Je prends soin des trucs que j'aime, annonçai-je. Et j'aime les livres, surtout ceux qui viennent de Joram.

– Il aimait les pirates ?

– Depuis ses huit ans, il essaie… essayait de me refiler sa passion. Ça n'a jamais vraiment marché. Les marins pilleurs et sales, ce n'est pas mon délire.

Sydney me sourit. Le genre de sourire qui me donnait envie de l'embrasser.

– Vous étiez différents tous les deux, n'est-ce pas ?

– Tu n'imagines même pas. Lui, il adorait les gens, les fêtes, les sorties en famille.

Et c'était ce dernier point qui l'avait conduit dans la tombe. Une sortie en famille.

– C'est difficile d'accepter que c'est ça qui l'a tué, terminai-je.

Je fus reconnaissant à Boucle d'or de ne pas me dire qu'elle était désolée. Ces paroles ne signifiaient plus rien, je les avais trop entendues. Au lieu de ça, elle se colla contre moi et enfouit sa tête dans mon cou, en silence. On resta un moment comme ça, immobiles, pensifs. Je finis par me redresser sur les coudes. Sydney reprit sa position initiale. Dans ses sous-vêtements, avec les cheveux en bataille et le regard brillant, elle me faisait un effet de malade. Les souvenirs de la nuit que nous venions de passer ensemble promettaient de rester gravés dans ma mémoire. Je sentais encore sa peau sous mes doigts, sa chaleur, son désir, son…

– Je me sens trop stupide, lança-t-elle brusquement.

– Pourquoi ?

– Pour t'avoir demandé des détails sur ce qui s'est passé. Je vois bien que ça te met en rogne.

– Arrête, je ne suis pas en rogne. Pas à cause de toi, en tout cas.

– Alors qu'est-ce qui se passe ?

Je n'avais pas l'habitude de parler de mes émotions. En temps normal, Steph et Victor devaient me tirer les vers du nez. Avec beaucoup de difficulté.

– Je me suis disputé avec mon grand-père, avouai-je.

– À propos de quoi ?

– D'un truc débile.

Sydney me sourit et se redressa sur les genoux pour me dominer. La vue de son corps fit instantanément réagir ma queue.

– Ce truc débile, c'est moi ?

– Débile, tu l'es clairement, ouais. Mais ça n'a rien à voir avec toi.

– J'en suis bien contente.

Elle posa les mains de chaque côté de ma tête et se pencha sur mon visage. Ses lèvres chatouillèrent les miennes, sa poitrine effleura mon torse. La pression sous mon jean s'accentua.

– Tu veux en parler ?

– Non.

Je me levai pour éviter de céder à nouveau à la tentation que représentait son corps.

– Nojan chéri, on est quoi ?

– Pardon ?

Sydney m'observait sans ciller.

– Entre toi et moi, c'est quoi ?

– Juste du sexe.

Elle se rembrunit.

– OK.

À son tour, elle quitta le lit et récupéra ses affaires éparpillées.

– Tu t'en vas ? m'étonnai-je.

– Faut bien que je donne signe de vie à mon paternel, sinon il risque de venir ici pour tout retourner… et j'ai cours cet après-midi.

– Tu m'en veux, devinai-je.

– Bravo, petit génie. Tu veux que je sois honnête avec toi ? Je quitterai peut-être Lexington, en fait. Tout dépendra de ta motivation à demeurer dans ma vie.

– Qu'est-ce que tu veux dire ?

– Du sexe, j'en aurai partout où j'irai. Je n'ai pas envie de me contenter de ça.

– Où veux-tu en venir, Boucle d'or ?

– Donne-moi une raison de rester.

Je fermai les yeux. Je n'y arrivais pas. Trop d'émotions se bousculaient en moi.

– Une raison de rester définitivement, tu veux dire ?

– Oui.

Elle attendait clairement une réponse. Mais je n'étais pas prêt à la lui donner. C'était plus fort que moi, quelque chose faisait barrage dans mon esprit, empêchant mes sentiments de s'exprimer.

– J'ai du travail, déclarai-je en la repoussant. Tu peux rentrer chez toi. On se voit plus tard.

CHAPITRE 47

SYDNEY

Nojan quitta le mobile-home en hâte, me laissant seule avec mon sentiment de culpabilité. L'acculer n'avait pas été une bonne idée…

En me réveillant ce matin, je m'étais sentie différente, beaucoup plus apaisée que je l'avais été ces dernières années. Peut-être même heureuse. Je ressentais bien plus que de la satisfaction d'être parvenue à mes fins avec le beau motard. Jusque-là, seuls les drames étaient parvenus à éveiller mon esprit. La donne changeait et, au lieu de me terrifier, cette idée m'excitait. Je me sentais capable d'aborder le sujet des sentiments, ce qui n'était toujours pas le cas de Nojan. Cette approche ne fonctionnait pas avec lui ; je devais trouver un moyen de briser sa carapace.

Je m'habillai rapidement et sortis à mon tour. Le soleil rayonnait dans le ciel bleu sans nuages, la journée promettait d'être belle. Je cherchai rapidement mon biker des yeux, avant de pousser mon exploration à la ferme entière. Alors que j'approchai des écuries, un gros chat vint se frotter contre mes jambes. C'était un signe, je le sentais. J'étais sur la bonne voie.

– Hé, salut toi.

L'animal s'éloigna en miaulant. Je fis un bond en découvrant James à quelques mètres de moi. Il tenait une pelle à la main et ses fringues étaient couvertes de fumier.

– Salut, me lança-t-il.

– Salut. Tu as vu Nojan ?

– Il est parti s'occuper de ses chevaux. Il n'avait pas l'air en forme.

La culpabilité m'assaillit de plus belle. Afin de dissimuler mon trouble, je demandai :

– Tu connaissais sa famille ?

Le blondinet hocha la tête.

– Très bien. Ce sont ses parents qui m'ont aidé à me remettre dans le droit chemin et qui m'ont trouvé ce job à la ferme. C'étaient des gens bien. Bon, écoute, je dois y aller avant de me faire assassiner. À plus.

Je le saluai de la main, le laissant s'éloigner, avant de prendre la direction qu'il m'avait montrée en parlant du pâturage. En effet, Nojan était bien là, au milieu d'une grande étendue herbeuse, en compagnie de Sahara. Sous ses caresses, la bête piaffait doucement. Je pris appui contre un petit poteau en bois pour les observer tous les deux. Ils avaient l'air si paisibles, hors du temps, comme si rien n'existait autour d'eux. Il était rare qu'une telle paix émane de Nojan. Inconscient de ma présence, il entreprit de seller sa jument et la monta. Quand il la lança au galop, je me fis la remarque que chevaucher lui allait bien, tout comme rouler à moto.

Au bout de plusieurs minutes, j'entrai dans le pâturage. Nojan arrêta sa monture à un mètre de moi et en descendit.

– Qu'est-ce que tu fais ici ?

Il n'y avait pas de colère dans sa voix. Juste une profonde lassitude.

– Je suis passée te dire au revoir.

Avec douceur, j'avançai ma main en direction de Sahara. Sans hésiter, elle posa son nez sur ma paume, puis appuya dessus pour me faire comprendre qu'elle voulait des caresses.

– Elle est magnifique, soupirai-je.

– Elle appartenait à mon père.

– Elle t'aime beaucoup, on dirait.

– Oui. Elle agit parfois comme ma mère : elle n'hésite pas à me foutre un coup quand je joue au con. C'est troublant.

– On dirait mon paternel.

Nous restâmes silencieux, tous les deux plongés dans nos pensées, jusqu'à ce que la jument décide de claquer du sabot, de hennir et de se précipiter dans le pré au trot.

– Oublie ce que je t'ai demandé dans le mobile-home, dis-je.

Nojan me coula un regard inquisiteur, plein de méfiance.

– Vraiment ?

– Oui. Pour l'instant, je reste.

– Parce que tu comptais réellement foutre le camp, tiqua-t-il.

– Oui : entrer dans une fac de Californie, à côté de la plage et sous le soleil, me tentait bien. Tant pis, je me contenterai de Lexington dans l'immédiat.

Renfrogné, le motard ne répondit rien pendant un moment, suivant des yeux les mouvements de Sahara. Puis il me demanda :

– Qu'est-ce que tu veux faire après l'université, Boucle d'or ?

– Éleveuse de chats, c'est un métier, tu crois ?

– J'imagine. C'est parce que tu as la certitude que tu finiras seule que tu aimes autant ces bêtes ?

Faussement outrée, je lui envoyai une tape sur l'épaule.

– N'importe quoi, je ne finirai pas seule ! Tu m'épouseras.

– Compte là-dessus.

Nous fîmes quelques pas en silence, jusqu'à ce qu'il redemande :

– Alors, des projets d'avenir ?

– Je suis encore très indécise. Mais, à dix-neuf ans, ce n'est pas un crime de ne pas savoir quel métier on aimerait faire, si ?

Il haussa les épaules.

– Non, personne ne peut te jeter la pierre. Surtout pas moi.

– Tu as des idées, toi ?

Un sourire triste étira ses lèvres.

– Avant, je voulais devenir flic, comme mes parents. Après nos études, Joram et moi avions l'intention de postuler.

– Un uniforme t'irait très bien.

– Te fous pas de moi.

– Je suis sérieuse. Tu vas attendre la fin de l'année pour candidater ?

Il haussa les épaules.

– Je ne sais pas. Je ne parviens plus à supporter la fac, mon grand-père le sent, alors il me pousse à contacter le shérif tout de suite… Il a sans doute peur que je lâche tout et que je tombe dans un puits sans fond. Quelle putain de grosse connerie !

– Tu comptes faire quoi ?

– Je n'en suis pas encore sûr.

Cela semblait lui faire un mal de chien de devoir prendre une décision. Sans doute parce que l'univers de la police représentait à la fois son rêve et son pire cauchemar. Après tout, ses parents avaient été flics : penser à eux chaque matin en franchissait le seuil du commissariat exigerait de lui un mental d'acier.

– Tu feras le bon choix, lui assurai-je. Et puis, je serai là pour te botter le cul au cas où tu files un mauvais coton. Dans le pire des cas, on élèvera des chats ensemble.

Un rire silencieux secoua ses épaules.

CHAPITRE 48

NOJAN

Le besoin lancinant de *leur* parler me prenait parfois sans raison, me forçant à me rendre au cimetière, cet endroit que je détestais tant. Le soleil se couchait sur Lexington, nimbant les tombes d'un halo aux couleurs chaudes. Quelle triste ironie.

Je remontai l'allée principale comme un automate aux piles usées, les pieds aussi lourds que du plomb. Je n'arrêtais pas de songer à Sydney, à la question qu'elle m'avait posée dans le mobile-home. Pouvais-je lui donner une raison de rester ici ? J'avais déjà du mal à en trouver une pour moi. Ces derniers temps, mes émotions me trahissaient, jouaient au rodéo dans mon esprit et ça me rendait cinglé. Je ne savais pas quoi faire. Je savais ce que je *voulais* faire, mais pas comment. Je me sentais perdu, sur le point de péter un plomb. J'espérais que la compagnie de mes parents m'aiderait.

À l'instant où je bifurquai dans leur allée, je compris que je n'allais pas pouvoir chialer en paix devant eux ce soir. Il y avait déjà quelqu'un devant la stèle de Joram.

– Salut, Emily.

Elle sursauta, ne m'ayant pas vu arriver, puis me sourit, les joues rouges. Ses yeux brillaient de larmes.

– Oh, Nojan ! Je… Excuse-moi.

Elle portait une robe bleue et un ruban de la même teinte dans ses longs cheveux bruns. La couleur préférée de mon frangin… Elle avait déposé un gros bouquet de fleurs blanches sur sa tombe, ainsi que sur celle de mes parents, à quelques mètres.

– Je suis content de te voir, lui dis-je.

– Moi aussi. Je ne pensais pas croiser quelqu'un aussi tard.

– Tu as eu raison de venir à cette heure-là. Le cimetière est toujours plus beau le soir. C'est moins difficile de s'y rendre.

Elle hocha la tête pendant que je m'asseyais à côté d'elle.

– Je suis d'accord.

Elle marqua une pause, puis ajouta :

– Je ne pourrai pas me rendre à l'hommage organisé par la police, demain, parce que je dois accompagner ma mère à des examens médicaux. J'ai eu envie de venir ce soir pour m'en excuser auprès d'eux.

– T'excuser de quoi ? Mes parents et Joram connaissaient l'état de santé de ta mère, ils comprendraient. Comment va-t-elle ?

Emily haussa les épaules.

– Mieux, mais parfois…

Elle se tut et une ombre assombrit son visage. Ça me rendait tellement triste de voir de la peine sur ces traits ordinairement si joyeux…

– C'était plus facile quand il était là pour m'aider, avoua-t-elle en fixant les lettres dorées qui formaient le prénom de mon frère. Mais je fais de mon mieux.

J'acquiesçai, une boule dans la gorge.

– Toi aussi, non ? Tu t'accroches, Nojan ?

Merde, la question piège. Si elle savait…

– C'est…

– Compliqué ? Je sais. Ton grand-père m'a un peu parlé de toi quand il m'a appelée pour me parler de l'hommage. J'avais l'intention de passer te voir bientôt pour discuter.

Sur le point de lâcher une série de jurons, je me retins *in extremis*. Ce n'était ni le lieu, ni le moment.

– Ne lui en veux pas, Nojan. Je lui ai posé des questions, il s'est contenté d'être franc.

– Tu lui as demandé quoi ?

– Comment tu faisais pour ne pas t'effondrer. Comment tu faisais pour réussir à te lever et à mener une vie normale en sachant que tu avais perdu non pas une, mais trois âmes auxquelles tu tenais plus que tout.

La voix d'Emily se brisa. D'un revers de bras, elle essuya les larmes sur ses joues.

– C'est simple, murmurai-je, je me contente de tout faire pour ne pas penser à eux.

– Ça fonctionne ?

– Non.

– Je m'en doutais un peu.

Un silence s'installa. Une nuée d'oiseaux passa dans le ciel embrasé. Je les suivis du regard jusqu'à ce qu'ils deviennent invisibles.

– Est-ce que je peux être franche, Nojan ?

Comme si elle avait besoin de le demander… Je connaissais cette nana depuis toujours, elle n'avait jamais fait dans la dentelle quand elle devait aborder les sujets fâcheux.

– Vas-y.

– C'est peut-être ça, le problème. Vouloir ne plus penser à eux, je veux dire.

Je détournai les yeux, les mâchoires si serrées que mes dents me faisaient mal. Si j'avais ouvert la bouche, j'aurais hurlé. Parce que la tristesse me tiraillait, me mettant à la torture.

– Nojan, regarde-moi.

Brusquement, j'eus envie de retrouver Boucle d'or. De la prendre dans mes bras, de la serrer contre moi. Je devais me décharger de toutes mes émotions et, en présence de Sydney, j'y arrivais plutôt bien. Qu'est-ce qui n'allait pas chez moi ?

– Tu as besoin de parler ? Je sais que tu ne vas pas bien. Je le vois en te regardant, tu sembles si… fatigué, et triste.

– Je t'en prie, Emily. Je n'ai rien à dire, d'accord ? Rien du tout, je ne suis… je ne suis plus rien. Mes conseils ne te serviront pas, ils sont complètement à la ramasse. Punaise, ce que je t'envie d'avoir continué à vivre, à avancer. Moi, je suis resté au point mort.

Elle croisa les bras sur sa poitrine, déglutit, ferma les yeux un instant. Le calme autour de nous devenait écrasant.

– Je crois au contraire que tu as beaucoup de choses à expulser, à commencer par ta rage, finit-elle par lâcher.

– Tu te prends pour une psy, maintenant ?

Si mon frangin avait été en vie, il m'en aurait collé une pour avoir parlé de cette façon à sa copine.

– Ta colère et cette armure que tu dresses entre les gens et toi… Elles finiront par t'aspirer dans les ténèbres.

Je me levai pour faire quelques pas et essayer de calmer les battements de mon cœur.

– C'est tellement facile pour toi, Emily, tu es… la lumière. Tu entends ? Tu es la lumière, là où je suis l'obscurité. On ne fonctionne pas de la même façon.

Un rire acerbe lui échappa. Surpris, je me figeai.

– J'ai connu Joram toute ma vie, assena-t-elle. Je l'ai aimé dès l'instant où nous nous sommes rencontrés, avant même que je sache à quoi ressemblait l'amour. Tu crois que lorsqu'on me l'a arraché, je l'ai pris avec philosophie ? Tu crois que ça a été simple pour moi de sourire à nouveau ?

Je me pris la tête entre les mains, incapable de donner une réponse à Emily. Je la connaissais pourtant, cette réponse, je la lisais partout sur elle. Dans ses yeux, dans sa manière de se tenir.

À quoi je jouais ? Je m'étais juré de ne pas craquer.

– Je ne l'ai jamais oublié, Nojan !

– Alors il faut croire que tu es plus forte que moi.

– Tu sais pourquoi tu as aussi mal ?

Voyons, parce qu'ils ne sont plus là ?

Avant que je puisse rétorquer, Emily lança :

– Parce que tu n'as pas accepté leur départ. Parce que tu les as enfermés en toi à double tour, tu les as empêchés de prendre leur envol. Mais les fantômes ne sont pas faits pour être prisonniers. Ils se débattent pour sortir. C'est ce qu'ils font avec toi, ils lacèrent ton âme.

Cette phrase brisa en moi un mur que je maintenais depuis près d'un an. Une trombe d'émotions dévastatrices me percuta comme un fleuve retenu trop longtemps.

– Ils sont morts, Nojan, et rien ne les fera jamais revenir, continua Emily. Mais ils ont laissé sur cette Terre bien plus que des souvenirs, ils ont laissé des valeurs, des empreintes indélébiles dans le cœur de toutes les personnes qu'ils ont rencontrées. Tu sais, pendant des semaines j'ai eu l'impression que Jori avait creusé un trou béant en moi. Avec le temps et beaucoup d'énergie, j'ai compris que c'était moi qui le creusais, ce trou. Qu'il n'y était pour rien. Lui m'a laissé tous les outils pour que je m'en sorte. J'ai juste eu besoin de les voir pour les utiliser. C'est de cette façon que, des ténèbres, je suis passée à la lumière.

Mes yeux me brûlaient. Sans le faire vraiment exprès, je croisai ceux d'Emily. La meilleure amie de mon frangin, l'amour de sa vie, qui avait fait de lui quelqu'un de bien, le centre de son univers. Je le retrouvais en elle. En elle, comme en Sydney.

– Tu t'es toi-même attaché des boulets aux pieds pour ne pas avancer. Regarde autour de toi : tu as encore tellement de temps, tellement de personnes qui t'aiment. Tu as Hugo, tu pourrais te trouver une copine…

– J'ai déjà une copine.

Merde, ces mots avaient franchi mes lèvres sans que je le veuille. Je les pensais trop fort.

– Elle s'appelle Sydney, continuai-je.

– Est-ce qu'elle compte pour toi ?

Oui. Sans hésiter.

Je hochai la tête.

– Raccroche-toi à ces sentiments-là, pas au manque ou à la tristesse. Raccroche-toi aux émotions de tes proches. C'est seulement comme ça que tu pourras avancer.

Emily conclut sa tirade en posant une main sur mon épaule et se pencha sur moi pour déposer un baiser sur ma joue.

– Je dois m'en aller. J'ai été contente de te parler. Ne m'en veux pas, s'il te plaît.

Jamais de la vie. C'était à moi que j'en voulais. Rien qu'à moi.

Alors qu'elle repartait, je la hélai :

– Moi aussi, je suis heureux de t'avoir vu.

– Comme au bon vieux temps, lança-t-elle avec un sourire. Je suis certaine que Joram nous regarde de là-haut et qu'il se marre.

– J'espère.

Un ultime sourire, et elle disparut.

***

La dernière fois que je m'étais retrouvé en compagnie des collègues de mes parents ou de leurs amis, c'était lors de l'enterrement. Une période sombre, qui me bouffait encore de l'intérieur. Je n'étais pas certain de supporter le choc que représenterait l'hommage du lendemain.

– Pas de bière ce soir, mon garçon ?

Je cessai de faire tourner mon verre de limonade entre mes doigts pour lever les yeux sur Ben. Ça faisait quatre jours que je n'avais pas bu une goutte d'alcool.

– J'ai décidé d'arrêter de picoler.

– La plupart des gens qui disent ça s'y remettent dès le lendemain.

– Je ne suis pas comme la plupart des gens.

Il posa un verre vide devant lui et se servit un whisky. Rien que l'odeur me donnait envie de gerber. Cela dit, il n'y avait pas que ça qui me rendait malade. Mon propre reflet y contribuait pour beaucoup.

– Tu as l'air d'avoir le moral dans les chaussettes, Nojan.

– Sans doute parce que c'est le cas. Je ne sais pas trop où j'en suis, ces derniers temps.

– Besoin de parler ?

Je haussai les épaules. J'avais surtout besoin de retrouver une paix intérieure. D'exorciser mes démons.

– Pas ce soir, Ben. Mais merci.

Il but une autre gorgée d'alcool.

– J'ai entendu dire qu'il y aurait une commémoration en souvenir de tes parents, demain. Tu comptes t'y rendre ?

Je poussai un soupir pour m'empêcher de jurer.

– Je ne sais pas encore.

– Ça pourrait t'aider.

Histoire de changer de sujet, je demandai :

– Elle est là, Sydney ?

– Non, elle est avec Victoria, mais elle ne devrait pas tarder à rentrer. Tu vas me dire ce qu'il y a entre vous ?

Si seulement je le savais.

– Aucune idée, mais, en tout cas, j'ai sacrément besoin de ça.

Le visage de Ben s'adoucit.

– Je crois qu'elle n'a pas l'intention de partir, poursuivis-je dans un souffle. Plus maintenant, en tout cas.

– Elle te l'a dit ?

J'avais tellement envie de la croire. En fait, j'avais vraiment besoin de croire en quelque chose.

– Possible ?

– J'espère que tu dis vrai. Elle aussi a besoin de stabilité. Tu m'excuses ? Je dois m'occuper d'un type, là-bas.

J'attendis que Ben s'éloigne pour sortir du bar et contourner le bâtiment. Je grimpai sur une poutre porteuse du porche et me hissai sur le petit toit, puis je m'installai près de la fenêtre de Boucle d'or pour l'attendre. Allongé, les mains sous la nuque, je contemplai les étoiles, si belles et si nombreuses, comme les bons souvenirs qui me revenaient en mémoire. Avant sa mort, je passais des heures à regarder le ciel nocturne avec ma mère. Elle aimait me raconter des histoires sur les constellations. Elle avait toujours voulu me faire croire qu'une vie extraterrestre existait : le sujet la passionnait. Elle adorait l'astronomie, la magie, la science-fiction.

– Peut-être, m'avait-elle dit un jour, qu'en ce moment même quelqu'un nous regarde ?

– Qui pourrait bien s'intéresser à nous ? Tu ne crois pas que si de petits bonshommes verts existaient, ils auraient mieux à faire que nous observer ?

Ma remarque lui avait tiré un sourire mystérieux. Je me souvenais que Joram avait débarqué à cet instant avec un saladier rempli de pop-corn.

– Arrête de plomber l'ambiance, Nojan, tu ne vois pas que c'est important pour maman de rêver à autre chose qu'à cette réalité ?

Un sourire étira mes lèvres et je revins dans le présent. Ce soir-là, j'espérais que ma mère me regardait. Si c'était le cas, était-elle fière de moi ? Ou la décevais-je ? J'aurais tout donné pour la revoir une dernière fois, pour la serrer contre moi. Pour lui dire à quel point elle me manquait et lui murmurer tous les « je t'aime » que je ne lui avais pas dits.

Je serrai les mâchoires pour encaisser une énième vague de douleur. Quand allait se terminer ce foutu calvaire ? Parfois, j'en venais à penser que les oublier m'aiderait à m'en remettre.

La réponse à l'une de mes précédentes questions me sauta au visage. Comment, avec ce genre de réflexions à deux balles, pouvais-je imaginer que ma mère puisse être fière de moi ?

De la lumière troua soudain la nuit. Sydney venait de rentrer. À travers les rideaux, je la vis balancer son sac à dos sur le lit et s'étirer à la manière d'un chat. Je pris le temps de l'observer, longtemps. Quand je me décidai enfin à bouger, elle allait se déshabiller. Elle sursauta lorsque je frappai contre la vitre.

– Ça alors ! s'exclama-t-elle en ouvrant la fenêtre.

– Salut, Boucle d'or.

– Je n'imaginais pas que tu serais capable d'un truc pareil.

– Quoi donc ?

– Grimper ici, tel un prince charmant sur le point de me demander ma main.

– Je suis capable de beaucoup de choses. Sauf peut-être de te demander ta main, je préfère encore me faire rouler dessus par un train.

– C'est méchant, mais dans ma bonté d'âme je vais tout de même t'inviter à entrer.

Je bondis dans la chambre, me prenant les pieds dans un coffre de gamine. Je m'étalai de tout mon long sur le plancher avant de me faire ensevelir sous une tonne de peluches. Le rire de Sydney m'arracha une série de jurons, même si, en vérité, il me faisait un bien fou. En essayant de ne pas céder à l'hilarité qui menaçait de m'envahir, je lui envoyai un lapin à la figure.

– Tu devrais te débarrasser de ces trucs, on dirait la piaule d'une petite fille de dix ans.

En guise de réponse, Boucle d'or se laissa tomber sur moi. Elle serra les jambes autour de ma taille, plaça les mains de chaque côté de ma tête et se pencha en avant.

– Je suis contente de te voir, Nojan.

Ses lèvres se posèrent sur les miennes, sa langue força un passage dans ma bouche. Ce baiser avait un goût de… désespoir. Je le connaissais pour avoir souvent embrassé mes conquêtes d'un soir de la sorte, en cherchant du sexe et de l'oubli.

Les mains de Sydney se glissèrent sous mon tee-shirt, puis sous mon caleçon.

– Non, attends. Pas maintenant.

Je lui attrapai les poignets pour l'empêcher d'aller plus loin. Je crevais d'envie de lui faire l'amour, pourtant. J'avais besoin de me perdre encore une fois en elle, de retrouver cette plénitude qui m'avait envahi la première fois que nous avions couché ensemble.

Mais pas ce soir. Et pas pour le reste du week-end.

– Pourquoi ?

– Parce que j'ai trop de trucs en tête, Boucle d'or. Et…

Et je n'avais pas envie de m'envoyer en l'air avec elle uniquement pour oublier mes états d'âme.

Elle n'attendit pas que je finisse ma phrase pour se relever.

– Je mets quoi, demain ? demanda-t-elle brusquement.

Je me redressai à mon tour, avant de me laisser tomber sur sa couette à l'effigie de *La Belle et la Bête*.

– Ce que tu veux, pourquoi tu me poses cette question ?

– J'ai décidé de t'accompagner au commissariat. Pour te soutenir.

– Je n'irai pas.

– Si, tu iras, sinon tu le regretteras toute ta vie.

Elle s'allongea à côté de moi et posa sa tête sur mon torse. L'odeur de ses cheveux me rendait dingue. Non : tout chez elle me rendait dingue. Putain, je n'étais pas sûr d'apprécier ça.

Je laissai couler quelques minutes de silence salvateur. Enfin, je trouvai le courage de poser l'une des questions qui me trottaient dans la tête au sujet de Sydney.

– Pourquoi tu t'es enfuie à l'hippodrome, il y a quelques jours ?

– Ma mère m'a envoyé une lettre. J'ai fait l'erreur de l'ouvrir et de faire face à mon passé.

– J'aimerais te dire de tourner la page, mais il se trouve que je suis incapable de suivre mon propre conseil. La vie est merdique, Boucle d'or, mais je pense que, malgré tous les drames qui nous arrivent, ce qui nous permet de tenir, ce sont les petits moments de bonheur qu'on arrive à attraper.

Bordel, je n'arrivais pas à croire que je venais de dire ça. Des petits moments de bonheur ? Ça aurait pu être une grosse connerie si je n'en vivais pas un actuellement.

– Whaou, c'est le truc le plus profond que tu m'aies jamais dit.

Et le plus vrai, aussi.

– N'abandonne pas, Boucle d'or, insistai-je. Ne fais pas ce plaisir à celui qui a voulu détruire ton existence.

Elle émit un petit rire adorable.

– Tu as raison, on ne va pas laisser nos drames nous mettre à genoux, Nojan chéri. Alors, je mets quoi demain ?

Elle m'avait pris au piège de mes propres paroles…

– Ce que tu veux. On ne restera sans doute pas longtemps.

Elle ne trouva rien à répondre à ça. Quelques minutes s'écoulèrent avant qu'elle se lève et me dise qu'elle allait prendre une douche.

– Tu viens avec moi ? me proposa-t-elle.

Si je l'avais fait, je n'aurais pas résisté à la tentation que représentait son corps. Alors je décidai de partir. Juste avant que je franchisse la fenêtre, elle déposa un baiser sur mes lèvres. On ressemblait à s'y méprendre à un couple. Et, pour la première fois de ma vie, cette idée ne me déplaisait pas.

Je retournai au bar et m'installai à nouveau au comptoir. Ben revint me voir, me servit une autre limonade et me demanda :

– Où étais-tu passé, mon gars ?

– J'étais avec Sydney, elle vient de rentrer.

Pourquoi lui mentir ? Il connaissait déjà la réponse, de toute façon.

– Je vois ça, dit-il en tendant la main pour attraper une minuscule plume rose coincée dans le col de mon tee-shirt. Ce truc vient d'une écharpe avec laquelle elle a concouru quand elle avait huit ans pour décrocher le titre de Miss Okay.

– Miss Okay ? Je ne sais pas ce qui me dérange le plus : le nom de cette ville ou imaginer Sydney en train de se pavaner sur une scène.

Franchement, je m'attendais à ce que Ben m'arrache la tête pour être allé dans la piaule de sa fille. Sauf qu'au lieu de ça, il éclata de rire.

– Elle l'a gagné, ce concours.

– C'est une battante, c'est le moins qu'on puisse dire.

Je bus une gorgée de ma boisson, incapable de ne pas sourire.

– Vous sortez ensemble ?

– On… s'entend bien.

Cette réponse sembla satisfaire Ben.

– Si tu lui brises le cœur, je t'arrache le tien.

Un rire m'échappa.

– Pour ça, il faudrait que j'en possède encore un.

***

Leurs deux portraits trônaient sur un mur, bien en évidence, entourés de fleurs en papier certainement fabriquées par les enfants des officiers. Les rayons du soleil qui filtraient à travers la baie vitrée illuminaient leurs visages. Ils mettaient en valeur les yeux remplis de fierté de ma mère, qui posait en uniforme de police, et les traits plus détendus et légèrement moqueurs de mon père. Sur une petite table juste en dessous, Joram me souriait, ceint de bougies à la flamme vacillante, de peluches, de dessins et de bouquets de fleurs. S'il avait été vivant, il aurait certainement été plié en deux.

J'avançai vers cet autel improvisé. Des poignards me trouaient le bide, des griffes immatérielles essayaient de me déchirer le cœur, pourtant je n'arrivais pas à détourner mon regard des trois photos.

– Tu en penses quoi ? demanda Hugo en se plantant à mes côtés.

Que ça leur aurait fait plaisir.

– Que ça n'aurait jamais dû se passer comme ça. Ils n'avaient pas le droit de partir si jeunes, ils…

Je déglutis avec difficulté.

– Ils me manquent, tu n'as pas idée, soufflai-je.

– Je sais. À moi aussi, ils me manquent. Je suis heureux que tu sois là. Eux aussi, ils le sont, j'en suis sûr.

Je me contentai de hocher la tête. Si j'ouvrais la bouche, je craquerais.

– Je vais aller remercier le shérif. Tu es venu seul ? demanda mon grand-père.

À la base, nous devions partir ensemble, lui et moi. Au dernier moment, le besoin viscéral de prendre ma moto m'avait poussé à modifier les plans.

– Ne t'inquiète pas pour moi, répondis-je.

Il s'éloigna, l'air satisfait. J'ignorais ce qu'il lisait en moi, mais ça le rendait moins nerveux que ces derniers jours. Pourtant, Dieu savait à quel point cette soirée menaçait de me rendre malade. J'essayais de faire bonne figure, de contrer la douleur, mais, plus les minutes passaient, plus je me sentais mal.

Histoire de ne pas péter les plombs, je me concentrai sur les gens présents autour de moi. Je reconnaissais quelques visages pour les avoir déjà croisés lors des bals de la police. Mes parents m'y traînaient toujours de force chaque année. J'entendais encore mon père me menacer de m'enfermer dans le coffre de la voiture pour m'obliger à venir. Aujourd'hui, j'aurais donné mon âme au diable pour y retourner avec eux.

– Pourquoi ne doit-on pas frapper un homme avec des lunettes ?

Je me retournai pour découvrir Boucle d'or en robe noire, appuyée contre le bureau d'un officier. Les battements de mon cœur accélérèrent et une étrange chaleur se nicha au creux de ma poitrine.

– Une nouvelle blague ?

– Fraîchement sortie du four. Tu as une idée de la réponse ?

– Parce que c'est mal, Boucle d'or ?

– Non : parce qu'avec une batte de base-ball, c'est plus efficace.

Un rire incontrôlé m'échappa.

– Elle est bonne, celle-là.

– Tu parles de la blague ?

Je suivis des yeux les courbes délicieuses de son corps, avant de remonter lentement en direction de son joli minois.

– Qui sait ?

Un sourire taquin étira ses lèvres.

– Regarde ça, Nojan. Tu crois que si je vole cette agrafeuse, on m'arrêtera ?

Elle reluquait les fournitures du bureau avec intérêt, surtout celles sur lesquelles on avait collé des autocollants *Aladdin*.

– L'avantage, c'est que si tu te fais choper, les cellules sont au sous-sol.

– Ils me garderont combien de temps, selon toi ?

– Je dirais… une heure grand maximum. Un mec normal ne peut pas te supporter plus longtemps.

Elle pouffa.

– Parce que toi, tu n'es pas un mec normal ?

– Non, sinon je t'aurais déjà remplacée par quelqu'un de moins barge.

– Tu as raison, un point pour toi.

Ses boucles blondes étaient attachées en chignon, mais quelques mèches tombaient devant son visage. Je tendis la main pour en replacer une derrière son oreille. Je devais avouer qu'elle était magnifique.

– Je me demande un truc : tu as déjà dormi en garde à vue ? me demanda-t-elle.

– Je suis fils de flics, je te laisse deviner toute seule.

Cette proximité avec elle me soulageait, comme si elle empêchait la tristesse qui se dégageait de notre environnement de m'atteindre. Je me surpris à espérer qu'elle reste toute la soirée à mes côtés. Ses doigts glissèrent entre les miens, rassurants. Alors qu'elle allait parler, une main se tendit dans ma direction :

– Monsieur Saïdi ? Excusez-moi de vous déranger. Je suis venu en coup de vent et je dois rentrer pour m'occuper de ma femme, elle est enceinte. Je tenais à vous dire que vos parents faisaient partie des meilleures personnes que j'ai croisées.

– Ah oui ? intervint Sydney en constatant que je restais silencieux. Vous les connaissiez ?

– Ils m'ont sauvé la vie. Un soir, en sortant du boulot, je me suis fait agresser et ils sont intervenus alors qu'ils n'étaient même pas en service.

Une foutue boule dans ma gorge m'empêchait de parler. Boucle d'or tapota l'épaule de mon interlocuteur, le remercia, puis m'entraîna à l'écart.

– Respire.

– Putain…

J'aurais aimé ne ressentir que de la colère, en vouloir à ce gars de m'avoir parlé de mes parents comme les héros qu'ils étaient avant et non pas comme les fantômes d'aujourd'hui. Mais je ne pouvais pas m'empêcher d'éprouver également une fierté immense envers eux… qui me renvoyait à la tristesse que je trimbalais depuis un bail.

– Je ne connaissais pas cette histoire, avouai-je.

– Je crois que tu en ignores encore beaucoup. Regarde ça.

Je laissai Sydney m'embarquer à travers la salle, même si mes jambes me hurlaient de fuir. Elle attrapa un livre ouvert à côté du portrait de Joram. Je compris ce qu'il contenait : des témoignages, des petits mots, le genre de truc capable de m'entraîner dans un puits sans fond.

– Ne fais pas ça, Boucle d'or.

Sourde à ma supplique, elle commença :

– « J'ai connu Adeline à l'école de police. À cette époque, elle adorait déjà régler les comptes des voyous qui osaient l'aborder dans la rue sans aucun respect. »

Sydney éclata de rire.

– Elle avait sûrement commencé à casser des doigts, commenta-t-elle.

– Probable.

Je fermai les yeux pour empêcher les larmes de couler.

– « Shayne m'a un jour sauvé de ma voiture en flammes, n'hésitant pas une seconde à plonger dans le brasier pour me sortir de là. Grâce à lui, j'ai pu voir grandir mes enfants. »

Je me souvenais de ça, Joram et moi avions dix ans. Une nuit, ma mère nous avait réveillés pour nous dire qu'il s'était passé quelque chose et qu'on devait s'habiller. Gardant son calme malgré son inquiétude, elle nous avait conduits à l'hôpital pour qu'on puisse voir notre père. Il souriait quand on est entrés dans la chambre. Putain, il ne pouvait plus bouger les mains et il souffrait le martyre, mais il souriait.

– Alors, les garçons, avait-il lancé en fronçant les sourcils, pourquoi vous pleurez ? Votre merveilleux père s'est juste brûlé avec une allumette.

– Une très grosse allumette, avait ajouté ma mère. Espèce d'idiot.

Je me massai le front, histoire de garder la tête haute. Ou, du moins, de faire semblant.

– Tes parents ont fait des choses extraordinaires, Nojan, tu dois être fier d'eux.

Je l'étais. Mon Dieu, je l'étais jusqu'au plus profond de mon âme.

– Tous ces gens sont ici parce qu'ils éprouvent beaucoup de respect pour eux et ça ne changera jamais, continua Sydney. Moi aussi, j'en ai énormément, parce qu'ils t'ont élevé de façon à ce que tu sois droit et respectueux.

Je n'en revenais pas qu'elle me dise une chose pareille. Pire, qu'elle paraisse le croire.

– « Droit et respectueux » ? J'avais l'intention de te baiser et de te jeter.

– Ouais… moi aussi, il faut dire. Comme quoi, la vie est pleine de surprises. Ça va ? Tu as l'air mal en point.

– J'ai besoin d'un verre, je crève de soif.

En fait, je désirais qu'elle s'éloigne un peu pour que je puisse filer en douce.

– Je vais te chercher de l'eau. Je te prends un sandwich aussi ?

Son visage se décomposa.

– Oh non, je suis trop impolie, je n'en reviens pas ! On ne mange pas lors d'un hommage. Si ? Il faut dire que c'est le premier auquel je viens.

Réellement embarrassée, elle se tortillait sur place.

– C'est trop mignon, ricanai-je.

– Quoi ?

– Réponds à l'appel de ton estomac, prends un sandwich et ramènes-en moi un aussi.

– OK, je reviens.

Elle disparut dans la foule. Le cœur en vrac, je me dirigeai vers la porte. Il fallait que je prenne l'air, je commençais à étouffer.

Je me laissai glisser le long du mur extérieur du commissariat, sous la lueur d'un lampadaire, écoutant le bruit sourd des gens à l'intérieur du bâtiment. J'ignorais combien de temps je restai assis là. Une éternité ? Une heure ? Une minute ? Quoi qu'il en soit, quand le shérif se planta devant moi avec une cigarette à la main, je ne chialais plus. J'avais simplement envie de dormir.

– J'ai cru que tu étais parti, mon garçon.

– Eh non.

Il alluma sa clope, en tira une bouffée et recracha la fumée, la tête tournée vers le ciel obscur.

– Il y a une fille qui te cherche à l'intérieur. Blonde, de taille moyenne, mince, les yeux bleus, visage en forme de cœur.

– Une belle description de flic, raillai-je. Je vois de qui tu parles.

– Je la soupçonne de vouloir s'emparer de l'agrafeuse de ma collègue Milla. Elle tourne autour depuis tout à l'heure.

S'il désirait m'arracher un sourire, il y parvint.

– Je crois bien que je vais devoir l'empêcher de commettre un vol, murmurai-je.

Quelques secondes s'écoulèrent avant que le shérif reprenne, un brin plus sérieux :

– Empêcher les criminels de sévir, ce n'est plus ton rêve ?

Ça l'avait été pendant longtemps, sauf que la vie l'avait enseveli. Je songeai à ce que m'avait dit Emily au cimetière, à propos des boulets qui m'empêchaient d'avancer.

– Je n'en sais rien, dis-je.

– Je crois que si, tu le sais. Tu as perdu le goût d'y croire, c'est tout. Ton grand-père t'a donné le dossier d'inscription que je lui ai fait parvenir ?

– Peut-être bien.

– Tu as l'intention de le remplir ?

Je songeai à ce que m'avait dit Hugo à propos du loyer qu'il comptait me faire payer.

– C'est possible.

– Comment se passent les cours ?

– Pas très bien.

Mes notes dégringolaient, je séchais les cours depuis pas mal de temps… Je n'étais pas certain de tenir un semestre de plus. En fait, je n'étais même pas sûr de vouloir essayer.

– Tu as besoin de te trouver de nouveaux objectifs, Nojan.

– Comme celui de devenir flic ? Comme entrer dans ce commissariat tous les jours et voir les portraits de mes parents accrochés au mur ?

– Comme réaliser ton rêve de gosse. Tu peux quitter cette ville et devenir policier autre part.

Je te connais depuis que tu es môme, gamin. Je sais que tu bosses d'arrache-pied, que tu as une bonne condition physique et, surtout, un grand cœur. Tu as toutes tes chances.

– Je vais y réfléchir, shérif.

Je me rendis compte que j'étais sincère. Joram et moi avions longtemps parlé d'entrer à l'école des officiers ensemble, d'évoluer côte à côte. Ce chemin sans lui ne ressemblait pas à celui qu'on devait emprunter ensemble, mais, finalement, qu'avais-je à perdre ?

– Tiens, regarde qui vient de sortir, lança le shérif.

Je suivis son regard. Dans sa robe noire cintrée qui dévoilait ses jambes hâlées, Sydney patientait contre le mur, les bras croisés. Sa façon de se tenir n'avait rien de féminine, malgré ses escarpins.

– À bientôt, Nojan. Mademoiselle…

Le shérif passa devant Boucle d'or sans cesser de la fixer. Nullement impressionnée, elle lui sourit.

– J'adore votre étoile, lui dit-elle.

Il rentra à l'intérieur en dissimulant à peine son amusement. Pour ma part, je me redressai et rejoignis Sydney.

– Il est sym…

Avant qu'elle puisse continuer, je la pris dans mes bras, la serrai avec force et enfouis mon visage dans son cou.

– … pa, finit-elle, surprise. Tu vas bien ?

– Je ne sais pas trop.

– Il y a clairement une évolution. Tu ne veux pas rentrer ? Les sandwiches sont super bons et je t'ai trouvé à boire.

J'avais surtout besoin de sommeil. Une masse invisible m'écrasait les épaules, je me sentais vidé de toute énergie.

– Je vais rentrer chez moi, je suis claqué, dis-je.

– Je viens avec toi. Je vais chercher mes affaires et j'arrive.

Elle s'éloigna. J'en profitai pour envoyer un message à James afin qu'il se charge de ramener Hugo après l'hommage. Sa réponse ne tarda pas.

Il va faire un discours.
Tu ne veux pas l'entendre ?

Intrigué, je me glissai jusqu'à la porte et m'appuyai contre l'encadrement. Le shérif venait de tendre un micro à mon grand-père. Ce dernier se plaça devant les portraits, face au public. Il lança un coup d'œil aux trois photos, puis un sourire extrêmement triste étira ses lèvres fines. Putain, j'en avais déjà mal au bide. Je pouvais encore me casser et ne pas empirer mon état, mais… je me devais d'encaisser la tristesse. Pour eux.

– Comme vous le savez tous, il y a un an, un accident malheureux a emporté une grande partie de mon âme. Ce soir funeste, j'ai perdu un fils courageux, une belle-fille téméraire et remplie de gentillesse, ainsi qu'un petit-fils qui avait encore toute la vie devant lui. Ils ont quitté ce monde avec brutalité, laissant derrière eux des gens qui les aimaient profondément, des gens qui portent maintenant un vide profond et douloureux dans leur cœur.

Mes yeux me piquèrent. Je les rivai sur le sol, comme si je pouvais échapper aux larmes et aux lames qui me broyaient l'estomac.

– Si je les pleure tous les soirs, je n'oublie pas pour autant qu'ils souhaitaient le meilleur pour leur famille, pour moi, pour Nojan. La douleur liée à leur perte m'a appris qu'on n'a qu'une vie et qu'elle peut s'achever à n'importe quel moment. Elle m'a appris qu'il faut aimer et chérir nos proches pendant qu'on le peut encore.

Hugo fit une pause. Ma cage thoracique me brûlait au point de me donner envie de hurler. Mon regard rencontra celui, figé, de Joram. Il souriait. J'essuyai mes joues.

– Ce soir, je tiens à vous remercier pour votre présence, poursuivit mon grand-père. Merci à la ville d'avoir organisé cet hommage, de ne pas oublier Adeline, Shayne et Joram. Et, enfin, merci à mon petit-fils de m'avoir soutenu, de rester fort. Tu es bien le fils de tes parents, Nojan, ils seraient fiers de toi.

Ça, j'en doutais, mais les mots d'Hugo vibraient en moi, se creusaient un passage dans mon crâne, dans mon esprit, comme ceux d'Emily la veille. Ils tentaient de me convaincre de leur véracité.

Une main se posa sur mon épaule. Steph. Je ne savais même pas qu'il assistait à l'hommage.

– Viens là.

Mon meilleur pote me serra dans ses bras.
– On est avec toi, OK ?
Victor m'approcha à son tour. Aucune accolade de sa part, juste une vive émotion dans ses yeux.
– Merci, les gars, leur dis-je. Je sais que j'ai agi comme un con ces derniers temps avec vous, pourtant vous ne m'avez jamais lâché. Putain, à votre place, je n'aurais pas tenu.
– Ne raconte pas de conneries, lança Steph. Je suis sûr que tu aurais fait pareil pour nous.
J'envoyai un coup d'œil vers Sydney. Elle se tenait à côté de son père, la mine grave.
Il fallait que je parte. Je ne pouvais pas lui infliger mon humeur merdique ce soir.
– J'y vais.
– Si ta copine te demande ?
Le terme « copine » me fit l'effet d'une claque. Cet enfoiré de Steph avait fait exprès de l'employer. Pourtant, je devais me rendre à l'évidence : ces prochaines heures allaient être cruciales. Soit j'acceptais l'évidence au risque de souffrir encore plus et de me paumer davantage en m'ouvrant à Boucle d'or, soit… tout s'arrêtait, et je reprenais ma petite vie de solitaire maussade.
– Si elle insiste, elle saura où me trouver.
– Et si c'est Hugo qui le fait ?
– Dites-lui… que je suis désolé.
Ma voix se brisa. Avant de partir complètement en couilles, je quittai la salle.

CHAPITRE 49

SYDNEY

Nojan était en train de partir. J'avais senti sa réaction venir à des kilomètres. Je déposai un baiser sur la joue de mon père et m'apprêtai à quitter les lieux aussi. Jenna me retint par le bras. Alors que j'attendais la confrontation, elle me surprit en me lançant :

– Tu comptes aller chez lui ?

Aucune trace de reproche dans sa voix.

– Peut-être bien…

– Il est venu à moto.

– Et ? tiquai-je, ne voyant pas où elle voulait en venir.

– Tu portes une robe. C'est peu compatible avec les trajets en deux-roues.

Un point pour ma belle-mère.

– Je t'emmène, si tu veux, me proposa-t-elle.

À mon avis, je devais faire une sacrée tête, puisqu'elle leva les yeux au ciel.

– Demande à ton père, sinon.

– Non, c'est gentil de ta part, euh… laisse-moi une minute.

Je me faufilai jusqu'à Steph et Victor, à qui je demandai :

– Où est-ce qu'il va ?

– Je crois qu'il rentre, répondit le tatoueur. L'hommage lui coûte bien plus qu'il veut bien le montrer.

Ça, je le savais.

– Il aurait bien besoin de rester avec quelqu'un, ce soir, intervint Victor.

Il m'envoya un clin d'œil. Sans m'attarder, je rejoignis Nojan dehors. Déjà, il enfourchait sa moto et enfilait son casque. Je me plantai devant l'engin, les poings sur les hanches.

– Tu vas quelque part ?

Il releva sa visière. Ses yeux étaient rougis, signe qu'il avait pleuré. Il resta longtemps à m'observer, les bras ballants.

– Nojan, si on allait chez toi ? lui suggérai-je. Pas pour les raisons que tu penses, cette fois. J'ai envie qu'on parle.

Il secoua la tête.

– Laisse-moi simplement rester auprès de toi, alors. Promis, je me tairai.

Il poussa un soupir fatigué, opina, puis baissa à nouveau sa visière. Il attendit que je recule pour démarrer en trombe et quitter le parking. Je retournai auprès de Jenna.

– Ça tient toujours ? lui demandai-je.

Elle glissa quelques mots à mon paternel, puis nous nous en allâmes. Dix minutes plus tard, nous roulions dans le silence le plus total. Brusquement, je lui lançai :

– Mon père… tu l'aimes ?

D'abord, elle garda le silence, se contentant de ricaner. Puis elle lâcha :

– Tu crois que si ce n'était pas le cas, je resterais avec lui ?

– Son bar lui rapporte pas mal d'argent, glissai-je mine de rien.

– Tu sais qui sont mes parents ?

Sa question m'embarrassa. Pour être franche, je n'avais jamais voulu connaître ce genre de détails à son propos.

– Non…

– Ça te dit quelque chose, Redfeld ?

Vaguement.

– C'est une chaîne de bijouteries, non ?

– En effet. Mes parents en sont les propriétaires. J'ai cru comprendre que tu m'accusais d'avoir épousé ton père pour son fric. Désolée de te dire ça, Sydney, mais je n'en ai pas vraiment besoin. Et je compte rester à ses côtés, quel que soit ton comportement ou tes préjugés.

Vlan ! Prends ça dans ta face, Sydney Blair.

Le reste du chemin se déroula dans le mutisme le plus complet. Quand Jenna se gara devant le mobile-home de Nojan, je la remerciai rapidement et descendis.

– Préviens mon père que je ne rentre pas, ce soir, lui dis-je.

– Sois prudente.

Elle enclencha la première et disparut.

Sois prudente. C'était le genre de conseil qu'on donnait à une personne qu'on appréciait, non ? Être sympa avec elle avait porté ses fruits, finalement, même si c'était une condition imposée par Nojan…

À peine entrai-je dans l'habitation que j'oubliai Jenna. L'eau de la douche coulait et les fringues de mon motard étaient éparpillées par terre. Je verrouillai la porte, enlevai mes propres vêtements et entrai dans la salle de bains. La pièce était petite, mais la cabine pouvait facilement contenir deux personnes. Nojan se tenait appuyé contre le mur, immobile, le regard dans le vague. Il ne fit même pas mine de me voir.

– Bonsoir, beau et ténébreux biker.

Il ne répondit pas. Une intense souffrance brillait dans ses yeux. Sans rien dire de plus, je posai ma tête contre son épaule. L'eau me trempa instantanément, mais je la sentais à peine.

Au bout d'une interminable minute, Nojan posa la main dans mes cheveux.

– Tu sais ce que j'ai réalisé ces jours-ci, Boucle d'or ?

Je faillis lui balancer une vanne du genre : « que tu m'aimais ? » Sauf que le moment n'était pas très propice à l'humour.

– Non.

– Que lorsque tu penses ne pas pouvoir avoir plus mal… la douleur te prouve le contraire. Ce soir, j'ai compris que je ne les verrai plus jamais. J'ai le sentiment qu'on me les a à nouveau arrachés.

Que répondre à ça ? Je me contentai de déposer un léger baiser dans le creux de son cou tatoué.

– Je ne serai pas de bonne compagnie, Boucle d'or.

J'ignorais s'il parlait des heures à venir ou de l'avenir en général.

– Je m'en fiche.

Il émit un rire silencieux, embrassa mon front, puis sortit de la douche. Je le rejoignis peu après, habillée d'un de ses tee-shirts.

La souffrance de Nojan était immense, au point que je la sentais couler dans mes veines. Avoir mal, c'était ma came… mais, là, j'étouffais. Je pris sur moi, parce que mon motard avait besoin de quelqu'un auprès de lui. Je le rejoignis dans son lit.

– Tu restes pour de bon, alors, Boucle d'or ? me demanda-t-il après de longues secondes d'un silence pesant.

– Je songe à finir mon année universitaire ici.

Un peu d'oxygène entra dans mes poumons.

– Ensuite ?

– Doucement, je suis à peine capable de savoir ce que je vais manger demain midi. Une chose à la fois. Et toi, tu vas faire quoi ? Tu vas suivre les conseils du shérif ?

– J’en ai aucune foutue idée. Tu me vois flic, franchement ?

– Je te vois aider les gens. Tu as ça dans le sang. La preuve : tu as été incapable de me laisser tomber.

Il ne répondit pas. J’en profitai pour humer son parfum et pour caresser les muscles saillants de ses biceps. Sa main glissa en bas de mon dos, puis plus bas encore. Un juron franchit ses lèvres.

– Tu es sérieuse, Boucle d’or ? Tu n’as pas mis de culotte ?

– Pas besoin, tu allais me l’enlever de toute façon.

Je me redressai pour le fixer du regard, histoire de savoir si j’avais raison. À la façon dont il me dévisageait, c’était évident. Presque désespéré, il s’empara ma bouche, profita de son élan pour me retourner puis me cloua sur le matelas.

– C’est vrai, m’avoua-t-il.

– Je sais, le taquinai-je en entourant ses hanches de mes jambes. J’ai toujours raison.

Son léger sourire affola les battements de mon cœur. Bon, d’accord, il n’y avait pas que son sourire, mais aussi ce désir brûlant dans ses iris et le renflement évident de son jean. Ma présence le rendait moins triste, et cela me réjouissait.

– Merci d’être là, me dit-il.

– Pas la peine de me remercier, Nojan chéri. Tu mérites que nous soyons là pour toi, moi et toutes les personnalités dans ma tête.

– Tu es dingue.

– De toi ? C'est une certitude. Arrête de jacasser et embrasse-moi.

Il obéit. Il ne fit pas que cela, d'ailleurs. Il me débarrassa de son tee-shirt et entreprit de couvrir chaque parcelle de ma peau de baisers. Le sang dans mes veines se transforma bientôt en un incendie que sa bouche, ses mains, son être entier alimentaient. Quand il prit possession de mon entrejambe, je me retins de lui dire à quel point j'avais besoin de lui, de sa présence. De lui dire qu'il m'aidait à sa manière et que personne jusqu'à aujourd'hui n'avait réellement réussi cet exploit. Il empêchait mes démons de me submerger. Le soutenir me donnait un objectif bien plus noble que celui qui m'avait conduite à Lexington.

Il n'était cependant pas question de moi ce soir-là, mais de lui, alors je me contentai de penser tout cela très fort en me nourrissant du plaisir profond qu'il me procurait.

Je ne m'étais jamais sentie aussi vivante. Et aussi bien.

Quand il s'écarta de moi, me laissant essoufflée et tremblante de désir, je ne pus me retenir de rire.

– Pourquoi tu te marres ? s'étonna-t-il.

– Le sexe est aussi efficace que la course sur mon corps. Je viens de choisir une nouvelle façon d'éviter à mon cerveau de me paralyser.

– Tu devrais quand même consulter, aller à l'hôpital ou un truc comme ça.

– Sans blague ? Tu crois que j'ai fait quoi pendant des années ? J'ai vu plus de psys qu'il y a d'étoiles dans le ciel.

Nojan poussa un long soupir.

– Mais les étoiles n'aident pas à se sentir mieux, Boucle d'or.

Il paraissait cependant ne pas croire en ses propres paroles.

– Tu crois que c'est le cas des psys ? Tu en as vu toi, après… enfin, je veux dire…

– Après la mort de Joram et mes parents ? Non. Hugo a essayé de me pousser à consulter, sauf que c'est une connerie de penser que des médecins pourraient m'enlever cette putain de tristesse qui me bouffe.

Je me redressai sur un coude et posai une main sur son torse couvert de tatouages. À la lueur de la lune, je pouvais remarquer qu'un corbeau aux ailes déployées s'étendait sur ses pectoraux. Il levait la tête en direction de ronces et de roses noires qui emprisonnaient un crâne, comme pour hurler. Il y avait tellement de souffrance dans ces dessins…

– Le pire, c'est quand je me réveille le matin, me confia-t-il. Quand je me souviens qu'ils ne seront plus jamais à mes côtés. Je bosse à en crever pour ne pas rêver d'eux. Parfois, ça marche, mais il arrive que le passé resurgisse. Dans mes cauchemars, je suis conscient de ce qui va leur arriver et j'essaie de les sauver. J'y parviens… souvent. Jusqu'à ce que j'ouvre les yeux.

Je ravalai une soudaine envie de pleurer. Je me rendais compte que, depuis des années, je courais après la douleur afin de la laisser me submerger pour me sentir en vie. Sauf que ce n'était rien comparé à ce que Nojan devait endurer en permanence.

Incapable de trouver les mots pour l'apaiser, je me collai contre lui. Il entoura mes épaules de son bras et déposa un baiser dans mes cheveux. Alors que je songeais à ce qu'il venait de me dire, je lâchai sans réfléchir :

– Je crois que c'est une vraie chance.

– De quoi tu parles ?

– De continuer à les voir. De pouvoir les sentir auprès de toi, même si c'est le temps d'un rêve. Tu devrais t'accrocher à ça. Ça veut dire qu'ils vivent encore à travers toi.

Je sentis ses muscles se tendre et la pression se resserrer autour de mes épaules. Cela dura à peine quelques secondes, le temps que je comprenne que je venais de faire une boulette. Nojan était du genre à se refermer sur lui-même quand on parlait du deuil et du passé. Ses plaies étaient trop enflammées pour pouvoir être touchées.

– Excuse-moi, murmurai-je.

Puisqu'il ne me répondait pas, je levai la tête histoire de déchiffrer son expression et savoir si je risquais une tentative de meurtre. Mais Nojan n'avait pas l'air en colère. En fait, ses paupières étaient closes et il semblait endormi.

– Je n'avais jamais imaginé les choses sous cet angle, avoua-t-il tout à coup.

Je déposai un baiser sur ses lèvres. Parce qu'il ne m'avait pas rejetée, et que je le trouvais beau à tomber.

Il rouvrit les yeux pour les plonger dans les miens.

– Ce jeu entre nous… il ne mènera nulle part.

– Ah oui ? Toujours pas amoureux, Nojan chéri ?

Je l'observais. Nous avions déjà eu une discussion semblable qui ne s'était pas très bien terminée. Sauf que la situation avait évolué depuis.

– Je déclare forfait, souffla-t-il.

Mon cœur se serra.

– Ce qui veut dire ?

– Qu'on arrête. Demain, on arrête tout…

Je vis des larmes briller dans ses yeux. Juste un instant, parce qu'il me tourna le dos.

Je voulus lui demander ce que ses paroles signifiaient. Mais je ne le fis pas. Car j'avais peur de sa réponse.

Je ne pouvais m'empêcher de penser qu'il venait de rompre avec moi…

CHAPITRE 50

NOJAN

Ils n'étaient pas morts. Mon père cherchait ses clefs partout dans la cuisine, ma mère le regardait avec un air moqueur, une tasse de café dans la main, comme toujours. Joram textotait. Avec Emily, sûrement.

Ils n'étaient pas morts. Le soulagement et la joie de les revoir me firent bondir de la chaise. Je me précipitai vers mon jumeau pour le prendre dans mes bras.

Une force invisible m'en empêcha.

– Joram ?

Je restai figé à quelques centimètres de lui, incapable de le toucher. Mon frangin leva les yeux, me sourit, me lança quelques mots que je ne compris pas. Ma mère éclata de rire, m'envoya le regard le plus tendre de l'univers, but une gorgée de son café.

Ce n'était qu'un rêve. À peine m'en rendis-je compte que le monde implosa, le décor s'effaça, le noir m'avala. Puis j'ouvris les yeux sur la réalité, le visage couvert de larmes, la poitrine en feu, les muscles raidis. Pour ne pas hurler et réveiller Sydney, j'enfouis la tête dans l'oreiller.

Un rêve. Un foutu rêve !

Était-ce un hasard si ce songe était aussi insoutenable ? Aujourd'hui, ça faisait un an jour pour jour qu'*ils* étaient partis. Qu'*ils* m'avaient laissé.

Un an.

Une éternité.

Je restai un moment immobile à essayer de reprendre pied, d'oublier les images de ma famille. Elles continuaient de me hanter. Incapable de rester là, à ne rien faire, je me glissai hors du lit. Après une rapide douche et un coup d'œil à Sydney, étendue en étoile de mer sur le pieu, je quittai le mobile-home. Il était 4 h 20. À ma grande surprise, James fumait une clope sous le porche de la maison.

– Qu'est-ce que tu fous ici ? lui lançai-je.

– Je me suis dit que j'allais m'occuper du petit-dej' d'Hugo. Et que je pouvais te donner un coup de main pour le reste… mais putain, je sais pas comment tu fais pour te lever aussi tôt.

Avoir peur de dormir, ça aidait.

– Pourquoi tu ferais un truc pareil ? grognai-je.

James haussa les épaules en rivant son regard sur la grange.

– Hugo m'a dit que si je ne prenais pas exemple sur toi, il me foutrait à la porte. Au moins, à partir de demain, tu pourras dormir.

Si seulement.

– L'hommage était magnifique, tu ne trouves pas ?

– Ouais.

En voulant détourner les yeux, je tombai sur une gravure dans le pilier en bois, juste à hauteur de ma tête. Quelle ironie.

Joram et Nojan.

On avait écrit ça au couteau six ans plus tôt alors qu'on fêtait l'anniversaire de mon grand-père. Ce jour-là, on s'était dit, mon frangin et moi, que rien ne nous séparerait jamais. Ni les filles, ni nos futures carrières. C'était une sorte de pacte qu'on avait conclu avec notre sang. Aujourd'hui, le brun rougeâtre se mêlait à la couleur du bois et ne se voyait pratiquement plus.

Une boule enfla dans ma gorge, m'empêchant presque de respirer.

Pas une seule seconde mon jumeau et moi n'avions songé à la mort, cette garce qui me l'avait arraché pour toujours.

– Ça va, Nojan ?

Pourquoi est-ce que je retombais sur ça ? Alors que, pendant des mois, je n'y avais plus songé ?

– Ouais. Je te laisse te débrouiller seul ce matin. J'ai un truc à faire.

– Tu vas où ?

Sans prendre la peine de répondre, je filai en direction de ma moto. Je grimpai dessus, enfilai mon casque et la fis grimper de zéro à cent kilomètres heure en une poignée de secondes. Un brusque besoin de *les* revoir, de *leur* parler, de *les* sentir venait de me saisir. À cette heure-ci, les grilles du cimetière étaient fermées. Tant pis, je les escaladai pour me plonger dans l'océan de ténèbres silencieuses qui se trouvait derrière. À l'aide d'une lampe-torche que j'emportais toujours dans mon *top-case* au cas où, je me dirigeai à travers les tombes. Plus j'approchais de celles de Joram et de mes parents, plus mon cœur menaçait d'imploser.

Une fois devant les stèles parfaitement fleuries, je lançai dans le silence :

– Tu te souviens, frangin, à quel point tu flippais quand on te lançait des défis du style : te rendre dans un cimetière alors qu'il fait noir ?

Je me laissai tomber dans l'herbe mouillée. Je pouvais presque voir le visage de Joram flotter derrière mes paupières.

– C'est mon tour et j'ai réussi. J'ai toujours été plus courageux que toi, que veux-tu ?

Je ne le pensais pas une seconde.

« C'est ça, tu rêves. Tu te souviens de qui était mort de trouille quand maman éteignait la lumière de la chambre lorsqu'on était mômes ? »

J'entendis la remarque de mon jumeau comme si elle était réelle, comme s'il venait de la prononcer, alors qu'il m'avait balancé ça un siècle plus tôt. Je ne pus me retenir de sourire.

Et de chialer.

– Tu as raison, qui est-ce que je cherche à tromper ? Je suis certain que tu gérerais cette situation mieux que moi. Tout ce que je me trimbale en ce moment, je veux dire. Je me suis rendu à l'hommage. J'ai cru que la douleur allait me tuer.

Je laissai le silence dominer un moment. Puis, le cœur lourd, je repris :

– Le shérif est venu me voir et m'a demandé ce que je comptais faire de mon rêve. De notre rêve. Qu'est-ce que tu aurais dit, à ma place ? Qu'est-ce que tu aurais fait ?

Il l'aurait réalisé. Pour moi. Pour nous. Il possédait un esprit combatif plus fort que le mien.

– C'est toi qui aurais dû rester, frangin.

Je fermai les yeux, pris une grande inspiration et continuai, à l'attention de mes parents cette fois :

– Hier soir, j'ai rencontré des gens que vous aviez sauvés ou aidés d'une manière ou d'une autre. Vous leur avez donné tellement d'espoir, j'ai senti en eux une reconnaissance éternelle. Et moi, quelle image de vous est-ce que je dégage, aujourd'hui ?

Celle d'un mec qui n'en avait plus rien à foutre de tout, dépourvu d'empathie. Tout ce qu'ils voulaient que je ne devienne pas.

– Vos actes ont marqué ces personnes. Je suis tellement fier de vous.

Pendant un long moment, je fus incapable de parler. Mon cœur semblait se gonfler jusqu'à la limite de l'explosion, j'en avais presque mal à la poitrine. Puis je m'agaçai :

– Hé, Jori, tu as entendu ce que ta copine m'a balancé à la tronche, la dernière fois que je suis venu ici ? Tu crois que je le méritais ? J'imagine que ça a dû bien te faire marrer. Elle veut que je vous laisse partir, elle m'assure que ça fera moins mal à l'avenir. Quelle putain de grosse connerie !

Je me mordis la lèvre. Si j'avais été face à mes parents, ma mère m'aurait sans doute reproché de m'exprimer de la sorte.

– Désolé. Désolé, je pense juste que… c'est impossible. Comment puis-je faire un truc pareil ? Ne plus vous garder auprès de moi ? Comment vais-je faire pour m'en sortir sans vous ?

Le ululement d'une chouette résonna dans mon dos.

– Sérieux ? J'hallucine.

Ma mère adorait les chouettes. Elle en collectionnait de toutes sortes : sur des posters, en bijoux, en bibelots. L'été, elle nous traînait dans les forêts pour nous obliger à les observer.

Un signe ? ou une simple blague du destin ?

– J'ai l'impression de crever chaque jour un peu plus. Je suis désolé, je ne peux pas vous laisser partir. Je ne peux pas…

Mon intention initiale avait été de leur dire qu'il était temps pour eux de me laisser, que je parviendrais à remonter la pente. En vérité, c'était trop dur. Tous ces beaux discours à la con ne valaient rien face à la réalité de la situation, face à ma peine. Parce que je crevais de honte, je me levai. Il fallait que je foute le plus de distance possible entre eux et moi. À peine fis-je quelques pas que la pluie s'abattit sur moi. Je levai les yeux en direction du ciel chargé de nuages sombres. Comment avais-je pu ne pas les voir approcher ? Incapable de bouger, je laissai l'eau dévaler mes vêtements, comme si elle pouvait noyer mon chagrin et ma douleur. J'avais mal à en crever, putain. Le pas lourd, je retournai à ma moto.

Il n'y avait que la vitesse qui me préservait d'eux.

De leur image.

De mes pensées et de mes émotions.

Je démarrai en trombe, prenant la direction de la ville. Le paysage autour de moi perdit ses contours, le ruban de bitume devint ma seule réalité. J'accélérai encore.

Joram s'imposa dans mon esprit malgré tout.

Son rire, sa voix, ses yeux.

Je pris plus de vitesse. Il devint flou, puis invisible. Mon esprit s'effilocha, le monde aussi. Les vibrations dans tout mon corps prirent mon âme d'assaut et plus rien n'exista que la route et ma bécane.

La pluie redoubla de violence. Je me forçai à ralentir, essayant d'ignorer le vent glacial qui me traversait les os. Les doigts complètement gelés, je décidai de m'arrêter sur le parking d'un petit café en bord de route. Malgré ma douleur et le manque, je n'avais pas envie de foutre ma vie en l'air. Pas encore, du moins.

Légèrement plus détendu, j'enlevai mon casque, la tête tournée vers le ciel. Un rire incontrôlable secoua ma poitrine, brisa le silence.

Qu'est-ce que je foutais ? Putain, qu'est-ce que je foutais ?

Comme pour me donner une réponse, un crissement de pneus retentit dans le parking. Un éclair blanc, fugace, traversa mon champ de vision et une masse me fonça dessus. J'eus à peine le temps de comprendre que c'était une bagnole avant que le choc me propulse en arrière. Un sifflement aigu éclata dans mon crâne… Mon corps percuta le sol. Une fraction de seconde plus tard, tout s'arrêta. Le temps, le monde. La douleur.

Les souvenirs.

Jusqu'à ce que sa voix résonne à mes oreilles :

– Tu es en train de merder, Nojan.

Je papillonnai des paupières, la tête en bouillie. Je n'avais plus conscience de grand-chose, en dehors de Joram, assis à côté de moi. Je tentai de me redresser, sans succès. Immobile, en position allongée, je ne pus qu'attendre que la vision de mon frère s'estompe.

Ce qu'elle ne fit pas.

– Joram ?

– Qui d'autre ?

La pluie plaquait ses cheveux noirs sur son front et dégoulinait le long de son visage. Il souriait, les bras autour des genoux.

– Merde, je suis en train de délirer, compris-je.

– C'est le moins qu'on puisse dire.

Une quinte de toux secoua mon torse.

– On m'a foncé dedans, c'est ça ?

– Ouais. J'espère que ma moto est dans un meilleur état que toi.

Je ris.

– C'est bon de te revoir, frangin.

– C'est provisoire.

– Je sais. Tu n'es même pas réel, de toute façon.

Ce genre de truc n'arrivait que dans les livres ou les films. Du moins, c'est ce que je croyais, jusqu'à cet instant. Comme quoi, l'esprit pouvait sacrément nous jouer des tours, parfois.

– Reste.

– Je ne peux pas.

– Alors pourquoi tu es là ?

– Tu le sais bien. Ai-je vraiment besoin de te dire que tu joues au con avec toutes les personnes qui t'entourent, Nojan ? Tu fous ta vie en l'air.

C'est ce que je m'étais dit moi-même mot pour mot, quelques minutes avant l'accident. Ce Joram-là n'était pas mon frère, il n'était que le pâle reflet de ma putain de conscience.

Il n'empêche que cela me faisait du bien de le revoir.

– Jori… J'essaie, je te jure.

– Tu te lamentes, ça ne te permettra pas d'avancer.
– Comment tu veux que j'avance sans vous ?
– Tu le dois. Pas seulement à Hugo, à maman, à papa ou même à Sydney… mais à toi-même. Tu te le dois à toi-même. Tu n'as pas le droit de baisser les bras.

Je pris une grande inspiration.

– C'est trop dur.
– Pourtant, j'ai l'impression qu'il te suffirait d'accepter ce que tu te refuses à admettre pour y arriver.
– Votre mort ?
– Ça, ça viendra. Je parle de Sydney.

Bordel de merde !

– Tu es sérieux ? Pourquoi elle ? C'est n'importe quoi.

Je ne sentais plus le vent sur mon visage, ni même la pluie.

– Hé, frangin, il n'y a que trois choses auxquelles tu penses en ce moment : les parents, moi et Boucle d'or, comme tu l'appelles. Bien sûr que je suis sérieux.
– Alors, parlons des parents.
– Je ne crois pas, non. Tu n'es pas prêt pour ça.

Clairement pas. Le manque revint. Brutal, déchirant.

– Et maintenant ? soufflai-je.
– Maintenant, dis-moi ce que tu ressens pour elle.
– Non.

– Dis-le, Nojan.

Je fermai les yeux pour étouffer mon chagrin.

– J'aurais tellement voulu vous accompagner, ce soir-là, si tu savais.

– Oh, je sais. Moi, je suis content que tu aies choisi de rester chez Hugo. Je suis content de savoir que tu vas bien. Et de voir que tu es tombé amoureux.

Dans d'autres circonstances, je l'aurais envoyé balader.

– Amoureux…

– Ouais, tu es dingue de cette fille. Mais tu es trop figé dans le passé pour t'en rendre compte.

– Ce sont des conneries.

– Arrête ton char. Tu as peur.

J'allais me moquer, mais je me rendis compte que mon jumeau avait raison. Il insista :

– Tu as peur de la perdre comme tu nous as perdus. Mais, en amour, la fuite n'évite pas le danger, elle rend juste malheureux. Tu ne mérites pas d'être seul.

– Si je me goure ? Si je me rétame la gueule au point de ne plus pouvoir me lever ?

– C'est le risque. Tu aimes en prendre à moto, ben là c'est pareil. Peut-être que ça ne marchera pas, ou peut-être que si, mais en fait… On s'en fout, Nojan. Tu auras avancé, c'est ça le principal.

Joram émit un rire sec. Le genre de rire qui, un an plus tôt, annonçait une bagarre imminente.

– Tu es en vie, conclut-il. La vie c'est de la douleur, de la souffrance à n'en plus finir, mais c'est aussi du bonheur, de l'amitié et de l'amour. Tu as négligé ces trois derniers points, frangin.

Incapable de répliquer, je me contentai de détailler mon frère, d'enregistrer chacun de ses traits dans ma mémoire, de me nourrir de cette lueur taquine dans ses yeux marron, de sa manière de sourire.

– Reste fort, Nojan. Fais-le pour nous. Avance.

Des larmes coulaient sur mes joues. À moins que ce soit la pluie qui revenait ?

– Je vais devoir m'en aller, me dit doucement Joram.

– Reste. Je t'en prie, reste encore un peu.

Il se pencha sur moi pour me serrer dans ses bras. Même si j'avais conscience de délirer, son contact me parut si réel qu'il chassa ma tristesse. Légèrement.

– Arrête de fuir, d'accord ? Emily a raison, tu dois nous laisser partir.

– Joram…

– Je t'aime, frangin. Rends-moi fier de toi, OK ?

Déjà, son image s'estompait.

– Jori.

– Au revoir.

– Putain, Jori !

Je sus à cet instant que ce serait la dernière fois que je le voyais.

CHAPITRE 51

SYDNEY

Commotion cérébrale, un bras cassé et des côtes fêlées. Nojan était bon pour ne plus faire de moto pendant des semaines. Sans compter qu'il lui faudrait réparer sa bécane, la pauvre avait beaucoup plus morflé que lui dans l'accident.

Histoire de penser à autre chose qu'à cette terreur sourde qui me coupait le souffle depuis trente bonnes minutes, je fis cette remarque à Steph. Le tatoué tourna la tête dans ma direction, un sourire triste sur les lèvres.

– Tu as raison, mais elle était à Joram, cette moto. Je ne suis pas certain qu'il s'en remette vraiment.

Victor, qui faisait les cent pas dans le couloir dans un silence digne des plus grands psychopathes, intervint :

– Il s'en remettra. C'est de Nojan qu'on parle, je te rappelle.

– Tu as raison, soupira Steph.

Encore une fois, je tournai la tête en direction de la porte close de la chambre. Étant de la famille, Hugo avait eu l'autorisation de rendre visite à son petit-fils avant nous. Logique. Alors nous attendions patiemment notre tour.

J'avais fait la route avec le vieil homme jusqu'à l'hôpital. C'était lui qui avait reçu le coup de téléphone, lui qui avait pâli le premier à l'annonce de l'accident. Quelques minutes plus tôt, il m'avait trouvée sous le porche de sa maison à attendre que la pluie passe. Quand il m'avait invitée à entrer pour boire un thé et discuter, je n'avais pas refusé. À cet instant, l'hôpital l'avait appelé. Jamais je n'avais vu autant de peur dans les yeux de quelqu'un. Nojan était la seule famille qui lui restait.

– James est au courant ? demanda Steph.

– Il est allé chercher son cousin à la gare. Je ne sais pas si Hugo l'a prévenu.

Le tatoueur hocha la tête. Sa jambe tressautait à un rythme effréné. Il crevait de trouille.

– Ça va aller, tentai-je de le tranquilliser.

Je n'en menais pas large, moi non plus, même si je savais que Nojan ne courait plus aucun risque. Dans ma tête tournaient encore et encore les paroles qu'il avait prononcées la veille au soir.

« Demain, on arrête tout… »

Est-ce que ça signifiait qu'il avait planifié ce drame ? Qu'il avait voulu en finir ? Franchement, on se posait tous la question. Personne n'osait la formuler à voix haute, c'est tout.

Il fallait que je pense à autre chose. Mon angoisse m'empêchait de réfléchir.

– Hé, Victor.

Il s'arrêta devant moi.

– Toi et Violette… continuai-je.

Mon amie restait beaucoup trop discrète sur l'évolution de leur relation, ça m'attristait. Je ne savais même pas s'ils s'étaient embrassés ! Peut-être que Victor accepterait de me filer davantage d'infos ?

– On s'entend plutôt bien.

Sa mine méfiante et ses joues rougies me tirèrent un rire.

– Vous sortez ensemble ? Vous vous êtes embrassés ?

– Elle ne t'a rien dit de ce qui s'est passé à la fête ?

Pas vraiment, je n'avais pas eu l'occasion de discuter avec elle depuis.

– Ce genre de truc la gêne. Du coup, je suis obligée de te demander à toi. Je compte bien lui tirer les vers du nez bientôt, mais j'aime les spoilers…

Steph faillit intervenir, mais il choisit de se taire et sortit un carnet de la poche de son blouson. Armé d'un crayon, il s'enferma dans son monde.

– Ouais, on sort ensemble, avoua Victor après un instant d'hésitation.

– Je m'en doutais. Si tu songes à la plaquer un jour, n'oublie jamais que je ne crains pas d'aller en taule. Pigé ?

Il éclata de rire.

– Ça ne risque pas.

– Que j'aille en taule ?

– Si, ça, c'est même très probable. Mais que je la plaque, non.

Steph releva la tête de son dessin pour ajouter :

– L'avantage, c'est que si Nojan devient flic il pourra sûrement te filer un coup de pouce pour t'évader. Et puis, Victor a dans l'idée de devenir avocat. Si tu es sympa avec lui, il pourra te défendre à ton procès ?

– Tu serais d'accord ? piaillai-je en papillonnant des paupières.

– Ça dépend du crime et de la situation.

– Je prends ça pour un oui.

Sur un ton plus sérieux, je demandai :

– Vous croyez que Nojan suivra les traces de ses parents ?

Aucun de nous ne put donner une réponse.

La porte de la chambre s'ouvrit quelques secondes plus tard sur un Hugo toujours un peu pâle et profondément triste.

– Il veut te voir en premier, m'informa-t-il. Bonjour, les garçons.

Sur ce, il prit la direction de la cafétéria. Victor décida de l'accompagner, alors que Steph se levait en même temps que moi.

– Tu veux que je vienne avec toi ?

– Non, ça va aller. Je vous préviens dès que je sors.

Nerveuse, je toquai à la porte de la chambre et en franchis le seuil.

Pour des raisons évidentes, je détestais les pièces aseptisées et impersonnelles. Elles inspiraient le malheur, la mort, la tristesse, et me rappelaient que, chaque jour, je devais me battre contre le passé.

Je me focalisai sur Nojan, assis dans son lit. Il portait un jean et avait arraché sa tunique d'hôpital, qui gisait par terre. J'avais une vue imprenable sur son torse musclé, bien qu'il soit à moitié dissimulé par des bandages, alors je n'allais pas m'en plaindre. J'avais l'intention de lui offrir une remarque de mon cru, mais trop de doutes se bousculaient dans ma tête et me rendaient dingue. Il me fallait des réponses.

– Ne me regarde pas comme ça, Boucle d'or.

– Comment ?

Il était épuisé.

– Comme si j'avais voulu ce qui s'est passé.

Je m'installai au bout du lit, même si l'envie de fuir fourmillait dans mes jambes.

– Je t'ai apporté ça. Tu vas en avoir besoin.

Je lui balançai trois tablettes de chocolat.

– Du chocolat ?

– C'est important pour guérir. Crois-moi sur parole, je suis passée par-là, moi aussi. C'est bon pour le moral.

Il hocha la tête, posa mes cadeaux sur la table de chevet et poussa un soupir. Il n'en menait pas large. Quelque chose dans sa façon de me regarder et de se comporter m'intriguait. C'était la première fois qu'il manquait autant d'assurance.

– C'était un accident, lâcha-t-il comme si les mots lui brûlaient la langue.

Ça me soulageait de le savoir.

– Je n'aurais pas abandonné Hugo, Steph, Victor… ou toi.

L'émotion me serra la gorge. Sans réfléchir, j'attrapai la main de Nojan pour la serrer très fort. Elle portait les stigmates des coups qu'il avait envoyés de trop nombreuses fois dans le mur.

– Tu m'as fait peur, lui avouai-je.

Il me décocha un sourire en coin.

– C'est vrai, ça ?

– Ouais, tellement que j'ai envie de te frapper.

Il ne répondit pas. Afin de briser l'étrange silence qui venait de s'installer, je lui demandai :

– Comment tu te sens ?

Je regrettai aussitôt ma question. Aujourd'hui, c'était l'anniversaire de la mort de sa famille. Bien sûr qu'il allait mal.

– Comme si on m'avait broyé.

– À ce point ?

– Pas physiquement, mais émotionnellement.

– Tu ne ressens plus rien ? soufflai-je, angoissée par la réponse qu'il allait me donner.

Il rit, avant de grimacer et de poser une main sur ses côtes.

– Relaxe. Je ne vais pas devoir me foutre de la gueule des autres pour me sentir vivant.

– Hé ! Ça, c'était méchant.

– C'était pour me venger.

– Te venger de quoi ?

– De m'avoir fait perdre la tête et la partie.

Il me fallut un moment pour comprendre le sens de ses paroles. Une boule d'angoisse naquit alors dans mon ventre et s'étendit jusque dans ma poitrine. Si forte, si violente qu'elle me comprima les poumons. Je sentis mes joues s'enflammer et mes yeux me piquer. J'aurais dû éprouver de la joie, mais la peur me tétanisa. Incapable de bouger ou de parler, je dévisageai Nojan.

– Je m'attendais à tout, sauf à ça, lâcha-t-il. Tu n'es pas en train de claquer, rassure-moi ?

D'un mouvement du bras, j'essuyai mes joues. La transpiration coulait dans mon dos, ma température corporelle semblait augmenter de seconde en seconde. Pourquoi avais-je dû mal à respirer, aussi ?

– Tu as compris ce que j'ai dit ? me demanda Nojan.

– Arrête, soufflai-je.

– Tu as gagné, Boucle d'or. Reste à Lexington… avec moi.

À cet instant, quelque chose se rompit en moi. Mon âme, un muscle, un nerf ? Aucune idée, mais le choc fut puissant. À tel point qu'il me retourna l'estomac. J'avais attendu ces mots avec impatience, alors pourquoi agissaient-ils si brutalement sur ma conscience ?

– Non.

– Qu'est-ce qui t'arrive, Sydney ?

– Je… je suis…

Désolée ? Paumée ? Sans doute tout à la fois. Qu'est-ce qui m'arrivait ? Bon sang, j'avais le sentiment de fondre de l'intérieur ! Je me levai, les jambes en coton. Comme s'il avait lu dans mes pensées, Nojan fronça les sourcils et essaya de se redresser.

– Non, Boucle d'or !

Parce qu'un poids invisible écrasait mes épaules, je quittai la chambre.

– Sydney !

L'appel de Nojan résonna en moi, en écho à ma propre angoisse. Si je m'arrêtais maintenant, si je cessais ma fuite, mes jeux, mes paris, mon corps me lâcherait, je sombrerais à nouveau dans le coma et tous ces efforts que j'avais dû faire pour ne pas m'enfoncer tomberaient à l'eau.

Ridicule, je sais. Aucune raison plausible ne pouvait m'envoyer à nouveau dans un sommeil si profond qu'il me dévorerait l'âme, mais à cet instant j'y croyais dur comme fer. Raison pour laquelle je traversai le couloir, passai devant Steph sans m'arrêter, dévalai les escaliers menant au rez-de-chaussée et sortis de l'hôpital.

« Tu as gagné, Boucle d'or. »

Les paroles de Nojan résonnaient en moi, encore et encore. J'aurais dû être folle de joie : il était amoureux. Je l'aimais sans doute moi aussi, rien ne pouvait plus se mettre en travers de notre chemin.

C'était ce dont les filles rêvaient. L'amour. La possibilité de partager son existence avec quelqu'un sur qui on pouvait compter, quelqu'un capable de nous soulager de nos peines, de nos douleurs…

Alors qu'est-ce qui n'allait pas ?

Je me dirigeai vers la voiture d'Hugo, dont il m'avait confié les clefs pour venir à l'hôpital. Mais je fus incapable de les insérer dans le contact. Les larmes m'empêchaient de voir et mes mains tremblaient.

– Bordel !

D'un mouvement rageur, je les balançai sur la banquette arrière. J'avais tellement mal au cœur que courir n'était pas une option. Et l'engourdissement dans mes jambes continuait de remonter lentement le long de mon corps, tel un serpent prêt à m'étouffer. La souffrance que je ressentais ne suffisait pas à le chasser. Peut-être que, dans le fond, je l'avais mérité. On ne plaisantait pas avec le karma. Zack m'avait dit un jour que les dommages qu'on infligeait aux autres nous revenaient toujours en pleine face. Dix minutes ou dix ans après, aucune importance.

Il avait raison, cet imbécile.

Les yeux rivés sur le pare-brise, je tentai de remettre de l'ordre dans mes idées. De combattre mon envie, mon besoin de partir loin. Ces quatre dernières années, la fuite avait réussi à éveiller mon cœur, ma conscience, mes émotions. Quand j'avais vu Zack embrasser son ex devant moi, ça m'avait fait mal. Surpris ? Non, parce que dès le début j'avais compris qu'il avait encore des sentiments pour elle. Avais-je été en colère ? Un peu. Déçue ? Pas vraiment. Triste ? Profondément. Mais cela m'allait, parce que ça avait tué ma léthargie. Sauf que là, aujourd'hui, je n'étais ni surprise, ni en colère, ni déçue, et pas triste du tout. Alors pourquoi mon cerveau tournait-il à plein régime ? Pourquoi avais-je envie de pleurer toutes les larmes de mon corps ? Nojan ne m'avait pas lâchée dans le vide, contrairement aux autres garçons. Pourtant, ça ne m'aidait pas à me sentir mieux. Je me noyais. Je me sentais couler vers le fond d'un stupide océan de peur sans pouvoir battre des bras pour remonter à la surface.

Voilà ce qui n'allait pas.

La terreur me dominait. Jamais encore je ne l'avais ressentie aussi fortement.

La portière s'ouvrit à la volée. Nojan s'installa sur le siège passager en grimaçant.

– Faut qu'on parle.

– Tu… mais tu es dingue de sortir dans ton état !

– T'as pas idée, mais je serais encore plus dingue de te laisser foutre le camp.

Je déglutis, la gorge en feu.

– Je ne vais pas y aller par quatre chemins, Boucle d'or, parce que d'ici cinq minutes le personnel de l'hosto va me tomber dessus et je vais me prendre la dérouillée de ma vie.

Il devait avoir croisé Steph, car il portait son sweat bleu à capuche pour se protéger du froid. Ses mèches sombres dissimulèrent ses yeux quand il baissa la tête. J'en profitai pour détailler la ligne carrée de ses mâchoires, sa peau hâlée, sa barbe naissante… Bon sang, je le trouvais à tomber, comme au premier jour. Les difficultés de la vie avaient creusé certaines zones de son visage : des poches sous ses yeux, des rides à la base de son nez et aux coins de sa bouche. Autant de signes qui n'auraient pas dû apparaître chez un jeune homme de vingt ans. Le pire ? Je m'apprêtais à l'enfoncer davantage et je me détestais d'avance pour ça.

– Je te demanderais bien ce qui t'est arrivé, mais je connais la réponse, continua-t-il.

– Ah ouais ? ricanai-je en serrant le volant entre mes doigts crispés. Ça, j'en doute, parce que moi-même je l'ignore.

– Tu sais qui est la dernière personne chez qui j'ai vu ton expression ?

Je secouai la tête.

– Chez Hugo.

J'écarquillai les yeux. Je ne m'attendais pas à ça.

– Hugo ?

– Oui. Quand on lui a diagnostiqué la maladie de Parkinson. Il a toujours été habitué à tout faire lui-même, ça fait plus de quarante ans qu'il gère sa ferme et ses animaux. Il est en train de perdre son autonomie, il sait qu'à un moment ou à un autre il va devoir arrêter de bosser. Il l'a compris à l'instant même où le médecin lui a annoncé ce qu'il avait. Et, à ce moment-là, il a tiré exactement la même tête que toi.

– Je n'ai pas Parkinson.

Réponse débile numéro un.

– Je sais.

– Je ne vais pas perdre ma ferme non plus.

Réponse débile numéro deux. Un léger sourire étira les lèvres de Nojan, qui me fixait avec une intensité embarrassante.

– Je sais aussi, merci.

– Alors c'est quoi le rapport avec moi ?

Il poussa un long soupir… puis faillit s'étouffer avec son souffle et sa salive. Une quinte de toux le secoua tout entier. Il me vint à l'idée de frapper son dos, mais, au vu de l'état de ses côtes, ce n'était sans doute pas la chose à faire. Pour rien au monde je ne voulais qu'il meure à cause de moi. Pour rien au monde je ne voulais qu'il meure, tout court.

Dès que son souffle put circuler à nouveau dans sa poitrine, il reprit :

– Tu sais ce qui a autant fait flipper mon grand-père ?

– Non.

– L'inconnu.

– Et ?

– Combien de parties tu as gagnées dans ta vie ? Combien de mecs sont tombés amoureux de toi, Boucle d'or ?

Je fis mine de réfléchir.

– Voyons…

– Arrête ton cinéma.

– Bon, OK, zéro ! Tu es content ? Je n'ai gagné aucune partie et personne n'est tombé amoureux de moi.

– Maintenant, dis-moi, tu t'attendais franchement à ce que ce soit mon cas ?

Je rivai les yeux sur le pylône électrique juste devant la voiture. Une grosse araignée noire était en train de l'escalader.

– Non, lui avouai-je. Je ne suis pas le genre de nana à qui on s'attache.

– Sans blague ?

– Je suis à la limite du harcèlement, Nojan chéri. Soit tu es timbré, soit tu as chopé le syndrome de Stockholm. Dans tous les cas, la partie n'aurait pas dû se finir comme ça. C'est moi qui mène la danse, d'habitude.

– Elle aurait dû se finir comment, alors ?

– Tu aurais dû me dire que j'avais perdu, qu'il valait mieux que je m'éloigne de toi, voire que je me fasse interner.

Il tendit le bras pour tirer l'une de mes mèches. N'importe quel mec galant l'aurait remise derrière mon oreille, non ?

– C'est ce genre de conneries que tu voulais que je te balance ?

Je haussai les épaules. Dans le fond, j'étais bien incapable de lui formuler ce que je désirais. Un combat féroce se déroulait dans mon esprit, entre celle que j'étais devenue ces dernières semaines et celle que j'étais avant de venir à Lexington.

– Ne compte pas sur moi pour ça, Boucle d'or. On ne joue pas avec les gens sans prendre le risque de se brûler les ailes. Va savoir comment c'est possible, mais je suis amoureux de toi. Pire, je crois même que si tu n'avais pas été là pendant l'hommage à mes parents, j'aurais sans doute laissé ma peine me submerger et décidé que ma vie n'en valait plus la peine. Je me fous de savoir que toute cette histoire n'était qu'un jeu pour toi, je ne peux pas m'empêcher de penser que tu as débarqué en ville pour me sauver.

Je fermai les yeux, les mâchoires serrées et l'estomac en vrac. La joie tentait de se frayer un chemin dans mon esprit cabossé, mais quelque chose de bien plus sombre lui barrait l'accès.

– Je suis désolée, soupirai-je. J'ai commis tellement d'erreurs.

– Ce n'est pas la réponse que j'attendais.

– Mes sentiments pour toi sont… à la hauteur des tiens, avouai-je. Crois-moi, je ne me suis jamais attachée aussi vite à quelqu'un. Mais…

– Mais tu crèves de trouille.

Non !

– Peut-être bien.

– C'est cette même peur qui a envahi mon grand-père, il y a quelques années. Celle de ne pas pouvoir contrôler la situation, celle d'être désarmé devant la vie qu'il s'était construite, celle d'être écrasé par cette même vie. Il a dû plonger dans le gouffre de l'inconnu et ça l'a fait paniquer, parce qu'il ne savait pas ce qu'il trouverait au fond. L'espoir de parvenir à garder ses bêtes et à s'occuper de sa ferme ? ou la certitude qu'il finirait par vendre et qu'il devrait être enfermé dans un établissement spécialisé ?

Un vide semblable s'étendait devant moi. Je m'en approchais depuis un moment, sans réellement m'en rendre compte. Si je n'avais pas pris la décision d'aider Nojan à supporter son chagrin, nous n'aurions pas eu cette conversation. Il n'aurait pas été amoureux de moi, je ne l'aurais sans doute pas été autant moi-même à son égard et j'aurais roulé vers d'autres horizons. La douleur m'aurait permis de me sentir en vie… mais, si je partais maintenant, elle me tuerait. J'avais trop attendu, je m'étais trop impliquée.

– Il a trouvé quoi, alors ? soufflai-je.

– Il ne le sait toujours pas, parce que la chute… sa chute va durer plusieurs années. Mais il a décidé de sauter quand même.

– Tu me demandes de l'imiter ?

– Ouais, Boucle d'or, je te demande de sauter avec moi. Je te ferais remarquer qu'on est l'un à côté de l'autre.

– Bravo, tu es très observateur.

– Je te parle de ma métaphore.

– J'avais saisi. Je passe mon temps à raconter des blagues. Le second degré, je connais.

Je ne pouvais nier que sa présence m'apportait quelque chose de positif. Quand on était tous les deux, quand il me touchait, quand il me parlait… le besoin de fuir disparaissait. Je me sentais libre et bien à ses côtés. Mais je craignais qu'avec le temps ça finisse par disparaître.

– Si un jour tu ne m'aimes plus ? soufflai-je.

Il rumina entre ses dents, la tête tournée vers sa vitre de façon à ce que je ne puisse pas voir son visage.

– Regarde mes parents ! m'emportai-je. Regarde où le divorce a mené ma mère ! Regarde ce que tomber amoureuse d'un autre mec lui a fait !

Et m'avait fait, surtout.

Mon hurlement surprit Nojan. Les sourcils haussés, il m'observa un long moment en silence. Je continuai :

– L'amour c'est… c'est…

– Ça te tombe dessus quand tu ne t'y attends pas, je suis bien placé pour le savoir. Tu veux un scoop ? J'ai peur autant que toi que nous deux, ça ne marche pas.

– Alors pourquoi tu veux prendre le risque ?

– Parce que tu m'apaises. Parce que si tu t'en vas, je ne m'en remettrai pas, Boucle d'or. Je refuse de te perdre. Pas toi, pas après eux.

Ma repartie mourut sur mes lèvres devant la peine que renfermaient ses paroles.

– Je suis prêt à essayer, Sydney. Je te propose sans doute le plus gros pari de ta vie, ne me dis pas que tu n'as pas assez de cran pour l'accepter ?

Il se fichait de moi ?

– Tu transformes notre histoire en un défi ?

– Ouais.

– Tu sais très bien comment je réagis face aux défis !

– Bien sûr.

– Je te déteste, Nojan Saïdi !

Non, je ne le détestais pas. Loin de là, même.

– Allez, Boucle d'or. Sans aucune limite de temps. Je te parie que notre histoire fonctionnera et que tu vas l'adorer.

– C'est débile.

– Si je perds, tu reprends ton jeu à la con avec qui tu veux et où tu veux… n'importe quand, je ne te demanderai même pas de justification. Tu seras libre de partir, mais seulement si tu as essayé. Ça te va ? Tu retrouveras tes repères là où tu les as laissés si ça ne fonctionne pas. Qu'en penses-tu ?

– Nojan, personne de sensé ne me proposerait un truc pareil.

– On s'en fout. Alors ?

Sa proposition me tentait bien. En réalité, elle me tentait tellement que, peu à peu, mes muscles se mettaient à lutter contre l'engourdissement, le repoussant aux frontières de mon être.

– Et si tu gagnes, ce sera quoi ta récompense ? demandai-je.

– Si je gagne…

Il prit le temps de réfléchir. Il avait une lueur d'amusement dans le regard quand il décida :

– Si je gagne, tu m'épouses.

Mon cœur eut un million de ratés.

– Un mariage ? piaillai-je.

– C'est sans limite de temps, je te rappelle. Ça pourra être dans un an, dans cinq, dans dix, tu ne le sauras jamais.

– Un mariage, répétai-je, choquée. Pourquoi ?

– Tu connais un contrat plus compliqué à briser, toi ? Celui que me préparera Victor sera tellement en béton armé que tu n'oseras jamais t'y risquer.

Il se prit mon poing dans l'épaule. Il retint à la fois un rire et un cri de douleur.

– Non, mais je rêve ! m'écriai-je.

– C'était une plaisanterie… argh…

Les bras autour du ventre, il essayait de se remettre des élancements dans ses côtes. Tant mieux, il méritait d'être puni pour s'être moqué de moi. Mais au-delà de ça…

– Pari tenu, Nojan chéri.

Il crocheta mes doigts avec force tandis qu'un sourire fleurissait sur ses lèvres. Ses yeux luisaient d'une étincelle que je n'y avais encore jamais vue : celle qui exprimait une joie intense, suffisamment pour me transpercer l'âme et chasser tous mes doutes.

– Tu réalises qu'on ne se connaît que depuis une poignée de semaines et que tu me parles déjà mariage ? soulignai-je. Victor et Steph vont tellement te charrier…

– Les règles.

– Quelles règles ?

Sa main glissait doucement le long de mon avant-bras.

– Quelqu'un m'a dit un jour que tout jeu comportait des règles. Voici la mienne : jamais, quelle que soit la situation, tu ne parleras à quiconque de ce qui vient de se dire dans cette voiture.

– Genre le pari qui nous lie actuellement ?

– Ainsi que ses enjeux.

– Ça me va. Quant à ma règle, la voici : tu devras me faire ressentir tellement de choses que j'en oublierai ces quatre dernières années.

Sans crier gare, Nojan attrapa ma nuque, puis m'attira à lui. La brutalité avec laquelle il prit possession de mes lèvres se répercuta jusqu'au plus profond de mon être.

– Promis.

La portière s'ouvrit à cet instant sur Hugo, furibond, entouré de deux infirmiers. Notre petite bulle de tranquillité éclata d'un coup.

– Oups, tu vas prendre cher, murmurai-je à Nojan.

– Ouais, j'ai dans l'idée que tu as raison.

En retrait, Victor et Steph semblaient embarrassés, comme s'ils venaient de subir une montagne de remontrances. Ce qui devait être le cas, vu la tête d'Hugo.

– Nojan Saïdi ! Sors de cette voiture et remonte dans ta chambre immédiatement !

Mon petit ami (ça me faisait tout drôle de le qualifier ainsi) m'envoya un clin d'œil, avant de se redresser avec difficulté.

– Qu'est-ce qui t'a pris ? continuait de hurler son grand-père. Tu aurais pu aggraver tes blessures ! Tu es comme Shayne, une vraie tête de mule !

– Il fallait que je parle à Sydney.

– Qu'est-ce que tu pouvais bien avoir à lui dire de si urgent ?

Je me retenais de bouger le moindre cil, parce que je sentais qu'à tout moment la colère d'Hugo pouvait me retomber dessus. Mais je ne parvins pas à me maîtriser. Car Nojan balança :

– Que je l'aime.

Je me mis à trembler de tous mes membres. L'assurance que moi aussi, je l'aimais, balaya les angoisses qui me restaient.

Peut-être que je me trompais. Peut-être que ça marcherait, lui et moi. Peut-être que sa présence suffirait à me soigner. À cette seconde précise, j'y croyais tellement qu'une nuée d'émotions positives me saisit. Jamais je n'avais ressenti quoi que ce soit d'aussi bon. La souffrance que je m'infligeais n'était rien à côté de ça. Amour, excitation, plaisir, je ne savais pas trop, mais ça m'était égal.

– Ça va aller, le choc est gérable ? demanda Nojan en se penchant par la fenêtre ouverte. Tu n'as pas l'intention de mettre les voiles ?

En guise de réponse, je lui jetai un vieux chiffon qui traînait là.

Hugo dévisageait son petit-fils avec une surprise profonde, Victor pianotait sur son téléphone et Steph levait un pouce dans notre direction avec un sourire stupide. Tout allait bien dans le meilleur des mondes. Même si mon univers à moi s'écroulait au profit d'autre chose. Je ne savais pas encore quoi, mais j'espérais que j'y serais heureuse.

– Tu n'as pas encore perdu, Nojan chéri.

– Tu m'en vois ravi.

ÉPILOGUE

Cinq ans plus tard

SYDNEY

Nojan était en retard. Une affaire le retenait au poste, selon son dernier SMS, que j'avais reçu vingt minutes plus tôt. S'il ne se grouillait pas, il allait rater le mariage de Victor. Qu'est-ce qu'il fichait ?

Oui, grande nouvelle, Victor se mariait. Ça ne lui suffisait pas d'être devenu avocat et d'avoir une maison de deux cent vingt mètres carrés avec piscine, il fallait en plus qu'il passe la bague au doigt de Violette. Bien sûr, à qui d'autre ? Ces deux-là filaient le parfait amour depuis la fac. Et moi, dans l'histoire, je venais de perdre trois cents dollars. Quelle gourde d'avoir parié avec Nojan que nos amis attendraient Noël pour la cérémonie. Cela dit, dans mon malheur, j'avais de la chance : la température estivale me permettait de porter une robe de demoiselle d'honneur qui valait de perdre quelques billets. Ouverte dans le dos et d'une magnifique couleur perle, elle m'arrivait au milieu des cuisses. Je l'avais écourtée spécialement pour taper dans l'œil d'un certain motard qui ne l'avait toujours pas vue.

– Les invités arrivent.

Je cessai de reluquer le banquet auquel je ne pouvais pas toucher avant que les mariés ne se disent « oui », pour me concentrer sur Steph. Il avait fermé sa boutique plus tôt afin de pouvoir être à l'heure, lui. Quand on était son propre patron, on pouvait se le permettre. Nojan étant officier, il devait se coltiner la hiérarchie. Même si, dans le fond, tout le monde l'avait à la bonne au poste.

– Oh la la, les parents de Victor me terrifient. Tu crois que son père est motard ?

L'homme possédait la même stature impressionnante que son fils et je l'imaginais aisément sur une bécane.

– Bien sûr, pouffa Steph, il fait partie du même club que ton père.

– Sérieux ? Pourquoi je ne suis pas au courant ?

– Sans doute parce que tu as été recalée à l'admission.

Quelle idée de devoir posséder un permis valide depuis plus de six ans pour s'inscrire… J'avais passé le mien quatre ans plus tôt, après avoir décidé d'abandonner la fac. Quand Nojan avait quitté l'université pour réaliser son rêve de gosse, je n'avais plus trouvé les études aussi passionnantes. À moins que la fin de mes parties de « Lover Game » aient marqué un tournant dans ma vie ? Je ne pouvais pas m'empêcher de penser que si je m'étais inscrite à la fac lors de mon arrivée à Lexington, c'était pour trouver un joueur. *Le* joueur. Celui qui serait capable de transformer mon existence en quelque chose de meilleur…

Mon père avait accepté ma décision. Je pense qu'il l'avait sentie venir. Violette avait fait une de ces têtes quand je lui avais annoncé que je préférais trimer aux côtés de mon paternel plutôt que de continuer à suivre des cours de littérature… Mais elle avait fini par s'y faire, et moi aussi. Qui aurait pu penser que mon boulot au bar m'irait comme un gant ? Cet univers me correspondait à la perfection. Je m'en étais rendu compte dès que j'avais pris mon poste. Sans compter que ça m'avait permis de resserrer les liens avec mon père et, d'une certaine façon, de me faire pardonner la souffrance que je lui avais causée étant plus jeune.

En prime, une poignée de mois plus tard, j'avais pu m'acheter ma première moto.

Devinez à qui appartenait la moitié du bar à présent ?

D'accord, je n'avais pas la carrière de Victor, ni celle de Violette – devenue récemment scientifique pour une boîte pharmaceutique –, encore moins les avantages de mon amoureux à bosser dans la police, mais l'établissement portait dorénavant mon nom en plus de celui de mon paternel. Cadeau d'anniversaire de mon papounet pour mes vingt-trois ans. *Chez Ben & Sydney*… La classe totale.

– Tu crois que si on vole un petit-four, ça se verra ? demanda Steph.

Lui aussi observait le buffet avec envie. Il valait mieux qu'on s'écarte. Je passai mon bras sous le sien et l'attirai en direction des chaises blanches drapées de soie. Un vent doux soufflait sur la falaise, nous apportant le parfum de l'océan et des fleurs sauvages. Si on se fiait à la beauté de cette journée, ce mariage allait durer.

– Je t'ai vu, tu sais ? lançai-je mine de rien quand Steph se mit à mâcher, se croyant discret.

– Moi aussi, je t'ai vu, intervint Emily. Encore heureux qu'il n'y ait pas de pizzas, les autres invités n'auraient déjà plus rien.

La meilleure amie de Nojan embrassa le tatoueur sur la joue et me prit dans ses bras. On s'entendait bien, elle et moi. Très bien, en fait. Elle n'habitait plus Lexington, mais elle revenait très souvent en visite. Quand mon petit ami avait décidé de s'acheter une maison avec l'argent de la vente de celle de ses parents, elle nous avait aidés à déménager ses affaires. C'était à ce moment-là que nous nous étions rencontrées en chair et en os. Avant ça, Nojan m'avait beaucoup parlé d'elle et, quand il le faisait, il souriait comme un gosse. Cette fille possédait un étrange pouvoir sur lui : elle lui redonnait l'innocence qu'il avait perdue après la perte de sa famille.

– Nojan n'est pas là ? demanda-t-elle en se dévissant le cou pour le chercher parmi la foule d'invités qui s'installaient sur les chaises.

– Il arrive. Un contretemps.

Nous prîmes place tous les trois une rangée derrière celle des parents de Victor et de Violette.

– Steph, soupirai-je quand je le vis prendre ses aises.

– Quoi ?

– Tu es le témoin de Victor.

– Oui, je sais.

Je soupirai, faussement désolée.

– Tu sais que ton rôle ne consistait pas seulement à organiser l'enterrement de vie de garçon ?

– J'ai aidé à préparer le mariage, je te signale.

Emily, assise à côté de lui, posa une main sur son bras.

– Il faut aussi que tu ailles soutenir Victor avant sa grande entrée. Il doit être dans tous ses états.

– Les filles, c'est de Victor qu'on parle ! s'exclama Steph. Il va gérer la situation avec brio, comme d'habitude.

Devant le froncement de sourcils d'Emily, il ajouta :

– D'accord, d'accord, je me rends. Avec un peu de chance, il m'autorisera à prendre un peu de bouffe.

– Fiche le camp, estomac sur pattes.

Il se leva et traversa la horde d'invités. Emily se décala pour prendre la place qu'il venait de laisser, à côté de moi.

– Comment va Nojan ?

– À merveille.

Je savais qu'elle faisait allusion à la date anniversaire de la mort de ses parents et de Joram, qui approchait. Je haussai les épaules et ajoutai :

– C'est toujours compliqué pour lui à cette période, mais c'est plus facile qu'avant.

– Parce que tu es là.

Nojan me le répétait souvent, comme s'il craignait que je l'oublie. Ou comme s'il craignait que je parte, même après tout ce temps.

– Et toi ? demanda Emily en croisant les jambes.

– Quoi, moi ?

– Tu es heureuse ?

La plupart des gens se contentaient d'un « ça va ? » Personne ne prenait la peine de s'enquérir de mon bonheur. C'était pourtant une question très importante, non ?

– Oui, répondis-je avec sincérité.

– J'ai appris que tu t'occupais d'un club de running depuis quelques semaines.

Parce que courir restait un besoin. Il me fallait toujours repousser les limites de mon corps. J'avais peur que mes démons reviennent si j'arrêtais, et je ne voulais prendre aucun risque.

– J'ai été recalée au club de moto, alors je me console comme je peux. Six ans de permis, tu y crois, toi ? C'est une honte !

Emily éclata de rire.

– Tu as quand même essayé.

– Elle a tenté de soudoyer son père, et ça a été un échec.

Un motard que je ne citerai pas posa un baiser sur le sommet de mon crâne, avant de passer la main dans mes cheveux et de défaire la coiffure que j'avais mis quarante minutes à élaborer.

– Espèce de sale petit… Rah, je te déteste !

Mon ton un peu trop élevé attira plusieurs regards dans notre direction. Nojan contourna la rangée de chaises et se plaça devant moi, les mains levées. Il portait toujours son uniforme de police, qui mettait en valeur ses délicieux abdominaux.

– Tout va bien, je maîtrise la situation. Pour votre confort, chers invités, je l'emmène en cabane. Elle serait bien capable de se lever au milieu de la cérémonie quand le prêtre demandera s'il y a une objection au mariage.

Pas mal de gens éclatèrent de rire. Outrée, je ne trouvai aucune réponse bien sentie à envoyer à Nojan, d'autant qu'il se pencha et me souleva dans ses bras comme si je ne pesais rien.

– Salut, Emily. Tu peux garder nos places ? Je dois me changer et Boucle d'or a besoin de se recoiffer.

– Bien sûr, à tout de suite.

Je respirai le parfum de mon petit ami, et ma colère se dissipa. Le sentir contre moi chassa toute pensée cohérente de mon esprit, en fait. Des tas d'images pas très adaptées au moment me traversèrent l'esprit.

– C'est quand même une idée plutôt drôle d'interrompre la cérémonie, fis-je remarquer.

Nojan me décocha un sourire à tomber à la renverse.

– Si tu fais ça, Boucle d'or, ne m'appelle pas au secours.

– Ce serait juste une blague. Allez, chiche ?

Il se dirigeait vers une petite tente dressée un peu plus bas sur la falaise. Les invités pouvaient y ranger leurs affaires dans des casiers et se changer en cas de problème. La famille de Victor avait pensé à tout, il y avait même des coiffeuses et des paravents. La cérémonie étant sur le point de commencer, il n'y avait personne lorsque nous pénétrâmes à l'intérieur. Nojan me déposa par terre et attrapa son costume pendu à un cintre.

– Est-ce que je t'ai dit que ta robe était magnifique ? Même si je te préférerais sans…

Un sourire étira mes lèvres.

– Je savais que tu l'aimerais, je l'ai customisée. À la base, elle était plus longue… mais ce serait vilain de notre part d'être en retard juste parce que tu as envie de profiter de mon corps de rêve, n'est-ce pas ?

Il éclata de rire, puis fila derrière un paravent pour se changer. Je me plantai devant le miroir dans l'espoir d'arranger mes cheveux. Ce n'était pas gagné. Agacée, je lançai :

– N'empêche, je n'en reviens pas que tu aies pu me transporter devant tous les invités parce que tu n'osais pas venir ici tout seul.

– Comment ça ?

– Tu as la pétoche. C'est comme les filles au lycée qui demandent à leur meilleure copine de les accompagner aux toilettes. Tu aurais juste pu me poser la question, je t'aurais dit oui.

À travers le reflet du miroir, je le vis me jeter un coup d'œil amusé.

– Vraiment ?

– Oui. Je ne résiste jamais au plaisir de te voir à poil.

– Donc, en conclut-il, tu dirais oui à toutes les questions que je te poserais si en échange je te promettais d'enlever toutes mes fringues ?

– Sans hésitation.

J'attrapai la bombe de laque pour replacer convenablement mes mèches bouclées. Je détestais mes cheveux quand je devais les coiffer.

– Dans ce cas, lança Nojan en sortant torse nu de derrière sa cachette, épouse-moi. Si tu dis oui, je te jure que ce corps de rêve est à toi et que tu pourras le voir aussi souvent tu veux.

Je me figeai net. Son reflet me souriait avec une sorte de malice mêlée à une assurance dérangeante. Je voyais à sa manière de se tenir qu'il ne doutait pas de ma réponse.

– Tu… quoi ?

Je restai immobile, les doigts dans mes cheveux. Ils étaient coincés dans un tas de pinces : si je les ôtais, ma coiffure serait définitivement fichue.

– J'estime avoir gagné le pari d'il y a cinq ans, non ?

Il approcha avec la démarche d'un lynx. La partie la plus obsédée de moi-même ne put s'empêcher de baver devant ses muscles parfaits et ses tatouages. Il en avait ajouté deux de plus depuis notre rencontre ; parmi eux, un « S » gravé sur sa poitrine. Quand je l'avais vu, mes yeux s'étaient embués et je n'avais pas pu m'empêcher de commenter :

– Un « S » comme « Sexy ». C'est tout moi, ça, Nojan chéri.

– En fait, c'est « S » comme « Sauvez-moi ». Si on me demande, je dirai que c'est ça.

– Qui pourrait bien te le demander ? Pour que les gens voient ça, il faudrait déjà que tu te déshabilles.

Il m'avait répondu avec un clin d'œil.

Pourquoi je pensais à ça, au fait ? Ce n'était pas le moment. Primo, j'étais toujours coincée avec mes cheveux. Alors quand il se colla contre moi, entoura ma taille de ses bras et déposa des baisers dans mon cou, je n'en menais pas large. Deuzio…

– C'était une demande en mariage, ça ? m'insurgeai-je en essayant de ne pas soupirer d'aise sous ses caresses. Tu sais que Victor a demandé Violette en mariage quand ils sont allés en vacances en Islande ? Elle adore l'Islande !

– Tu veux que je t'y emmène ?

– Non, merci, le froid et le vent, très peu pour moi. Ce que je veux dire, c'est que c'était romantique ! Chandelles, dîner, légendes qui font peur en fond sonore…

Je venais d'inventer ce dernier détail. Mais là n'était pas la question.

– Et toi, tu me demandes ça là ? poursuivis-je. Dans une tente ? À moitié nu ? Bon d'accord, ça, ce n'est pas un problème.

Le regard incandescent de Nojan croisa le mien dans le miroir. Avec un calme à toute épreuve, il entreprit de m'aider à me libérer de ma coiffure démoniaque.

– Tu acceptes ? m'interrogea-t-il.

Plus rien ne me poussait à fuir depuis un moment. Moi aussi, avec le temps, j'avais compris que Nojan était apparu dans ma vie pour me sauver.

– Bien sûr que j'accepte !

Cependant, puisqu'il n'avait pas fait sa demande en bonne et due forme, j'ajoutai :

– Mais seulement si tu attrapes le bouquet de Violette.

Je lui fis face et crochetai sa taille pour me coller davantage à lui. Il fronçait les sourcils, brusquement moins assuré.

– Sérieux ?

– Ne me dis pas que tu as peur de ne pas le choper ?

Mon sourire accentua l'agacement que je sentais poindre chez lui.

– Tu m'énerves, tu sais ?

– Oui, je sais.

– Je vais les récupérer, tes fleurs, même si je dois y laisser la vie.

Sur ce, il plaqua sur mes lèvres un baiser plein d'irritation contenue et me tourna le dos pour retourner derrière le paravent.

– Mais je t'aime, minaudai-je.

– Moi aussi. Je me demande encore comment c'est possible avec tous tes paris et tes défis à la con !

Je levai les yeux au ciel. Je savais qu'au fond, il adorait mes paris et mes défis à la con.

ÉPILOGUE
Cinq ans plus tard

NOJAN

P.-S. : Je l'ai attrapé, son foutu bouquet.

FIN

REMERCIEMENTS

Si ce livre est là aujourd'hui, c'est d'abord grâce à C.S. Quill. La première auteure de New Romance® que j'ai lue et adorée. Cette tarée m'a tellement vendu du rêve que je me suis lancée dans ce genre si particulier. Merci à toi de m'avoir soutenue dans ce projet et de m'avoir conseillée pour certaines scènes que je ne citerai pas (mais on devinera tous desquelles je parle). Je te voue un culte pour l'éternité, ta statue est bientôt prête.

Ensuite, je ne peux pas écrire de remerciements sans parler de ma Sarah d'amour. Merci d'avoir lu cette histoire en avant-première et de m'avoir donné autant de conseils pour la rendre meilleure.

Samuelle, tu ne vas pas y échapper. Ma vie serait bien morne sans toi et mes personnages ne seraient pas les mêmes. Mon humour et moi, on se félicite de t'avoir abordée à la fac. Certains chemins ne se séparent jamais.

Merci à mes lectrices (ohé, y a-t-il des lecteurs ? Levez la main !) de Fyctia (et Wattpad) pour le soutien permanent que vous m'apportez ! Que ce soit sur cette histoire ou sur les autres, sans vous j'aurais perdu la bataille contre la motivation. Votre confiance et votre soutien sont mes moteurs (on pourrait glisser ce slogan dans une pub, non ?). Hâte de partager mes autres aventures avec vous !

Mille mercis à Camille, ma formidable éditrice ! Merci de ta patience (très, très grande patience !), du travail que tu effectues sur chacun de mes romans, de me permettre de réaliser mon rêve (encore une fois)… et de ne pas avoir cédé quand j'ai glissé mine de rien l'idée d'ajouter du surnaturel à l'histoire de Sydney et Nojan.

Merci à ma mère et mon beau-père. Je sais que vous ne lirez jamais ce livre, mais c'est l'intention qui compte et je vous aime de tout mon cœur.

Composition et mise en pages
Nord Compo à Villeneuve-d'Ascq